我们的队伍向太阳

王朝柱 著　　　上

作家出版社

第 一 集

随着激战的枪炮声，硝烟战火充斥电视屏幕，随即送出深沉的画外音：

"1946 年 6 月 26 日，我中原野战军被迫突围，遂揭开了伟大的解放战争的序幕。从此，国共两党为逐鹿中原、争夺天下，在长城内外、大河上下紧张有序地排兵布阵，下着事关全国命运的一盘大棋……"

南京　国防部作战室　内　夜

正面墙上悬挂着一幅全国作战地图，上面标记着国共双方军力布防的各种符号。

作战室中央是一条长方形的会议桌，上面摆着茶具以及会议所需的铅笔和便笺。

会议桌四周正襟危坐着国民党戎装在身的将军，肩扛着上将、中将等不同的军阶。

一声"蒋主席到——"

与会的将军肃然起立，整齐划一地看着作战厅门口。

蒋介石身着戎装，迈着军人那特有的步伐走进作战厅，待走到属于他的座位前，伸出双手，命令地："请坐！"

与会的将军唰的一声坐下。

蒋介石巡视一遍与会将领的表情后坐下。

蒋介石低沉地说道："辞修，你这位参谋总长制订的全国作战纲要我看了，尚可！等我改过之后再下发各部执行。"

陈诚站起："是！"

叠印字幕：国民党军参谋总长　陈诚

蒋介石："但是，我认为由你负责拟订的这份作战纲要嘛，从全国这盘大棋上看，你们对华北这枚具有特殊意义的棋子重视不够，需要与会的诸位将领重点研究一下。"

他说罢起身走到那幅全国作战地图前，转身一看：

与会的将领肃然地看着蒋介石。

蒋介石拿起教鞭，指着作战地图说道："从历史上看，华北是拱卫元、明、清三大封建王朝的军事重地，又是我国近代政治、文化的中心，北洋政府在此地经营不过十二年多的时间，就不得不退出历史舞台；日本侵略者在此地烧杀抢掠八年多的时光，也未能征服平、津、保一带的老百姓。这是为什么呢？我们必须深思之！辞修，你再给与会的将领讲一讲华北在全国战局上的重要性吧。"

陈诚："是！"他起身走到作战地图前，双手接过蒋介石手中的教鞭。

蒋介石转身走回自己的座位。

陈诚拿着教鞭一边指着作战地图一边说道："华北重地，南与刘邓匪部相邻，北、东与林彪匪部相接，东南与陈毅、粟裕匪部相依，西与贺龙匪部相连，再往西——渡过黄河就是毛泽东、朱德的指挥中心所在地延安——"

蒋介石插话："这点很重要！朱德、毛泽东天天在这里发号施令，指挥全国的土八路和我军争夺天下！"

陈诚："是！"他指着作战地图继续讲道，"这里是聂荣臻匪部的地盘，他们在这里和日本军队打了八年，用他们的话说，和当地的老百姓是鱼水的关系——"

蒋介石："这点更为重要！当年我们在闽赣地区出动那样多的军

队，都没有把朱、毛所部消灭殆尽！"

陈诚："是！"他接着讲道，"诚如诸位所知，国军现有兵力约四百三十多万人枪，其中包括——"

蒋介石不悦地："停！"

陈诚愕然地看着蒋介石。

蒋介石："不要再说全国大势，主要讲华北一带我军的部署。"

陈诚："是！"他指着作战地图讲道，"国军在华北一带的兵力计有三个战区十一个军三十个师约三十三万多人。其中，第十一战区孙连仲所辖的第三、第十六、第五十三、第九十二、第九十四等五个军分别驻扎在北平、天津、唐山、保定、石家庄一线；第十二战区傅作义所辖的第三十五军、暂编第三军、东北挺进军马占山部分布在归绥、包头、大同一线——"

蒋介石蔑视地："马占山的部队是东北胡子的残部，没有什么战斗力；就说阎锡山的第二战区的部队吧，也不会为我们卖力的！"

陈诚："是！"

蒋介石："你这位参谋总长的注意力，要集中在延安的朱德、毛泽东，华北的聂荣臻所部！"

陈诚："是！"

蒋介石："唯有如此，才能实现你所提出的三到六个月消灭共匪的战略计划！"他沉吟片时，"你预估毛泽东在华北的首战会选在什么地方？"

陈诚："根据聂荣臻所部以及贺龙所部的调动，我以为很有可能选在晋北重镇大同！"

蒋介石微微地摇了摇头，说道："大同位居平绥、同蒲两条铁路的交会处，城西北山岳陡起，蜿蜒至城东，像是一把太师椅拱卫全城，再加上东面有一条宽而深的护城河，天然形成易守难攻之势，故历来为兵家必争之地。他毛泽东会选择大同为初战之地吗？"

陈诚："我认为，正因为大同是'巩固华北，屏障绥宁，呼应热察，支撑太原'的战略要地，一旦失守，对共军而言等于在军事上占得了先机。"

蒋介石沉吟良久，自言自语地："但愿如此……"

延安杨家岭　毛泽东窑洞前　外　日

杨家岭院中的枣树上传来烦人的知了叫声。

毛泽东蹙着眉头在枣树阴凉下缓缓踱步沉思。

有顷，毛泽东停下脚步，寻声抬头仰视枣树，转身拿来一根木棍，冲着枣树一边轰一边小声地喊道："噢！噢……"可是枣树上的知了依然叫个不停。

毛泽东猝然间来了气，扔掉手中的木棍，又俯身拿起一块不大的石头，对着枣树上的知了掷去。

"吱——"知了叫着展翅向着远方飞去。

朱德笑着走来，说道："老伙计！知了怎么又惹着你了？"

毛泽东拍了拍手上的土，有些得意地说："我在树下思考军机大事，它在树上叫个不停，我的思路被它搅乱了，我只好强迫它离去，给你我留下个安静的谈话空间。"

朱德："真有你的！"

毛泽东指着枣树下那两把简易的安乐椅："来！一人一把，你我躺着慢慢地交谈华北晋察冀军区的情况。"

毛泽东搀扶着朱德躺在简易的安乐椅上，转身又熟练地躺在自己那把安乐椅上："老总，万事开头难，还是由你打头炮，谈一谈晋察冀军区如何准备应敌的军情吧！"

朱德严肃地说道："老伙计，我为这件事一夜都没有睡好，越想越觉得晋察冀军区的情况不乐观啊！"

毛泽东："这是秃子头上的虱子——明摆着的事。说得详细些，然后你、我再帮着聂荣臻他们寻找破敌之策。"

朱德："首先是敌我双方军事力量的对比太悬殊了！抗战胜利以后，晋察冀军区的同志根据中央的指示，他们把五万多野战部队转为地方武装，同时还复员了不少非战斗人员，终于完成了裁员'十万'的指标。"

毛泽东："公平地讲，聂荣臻他们并无大错，至多犯了'执行上'的错误。一句话，我们的同志太老实了，忘了'兵者，诡道也'这句军事古训的真实含意。"

朱德："这样一来，他们原有的野战军由九个纵队二十六个旅，缩编为四个纵队九个旅，老伙计……"

毛泽东："聂荣臻手里的部队的确是少了点。"

朱德："接着，他们又根据中央的指示，捷足先登，派出主力部队连夜东出山海关，和蒋某人抢占东三省的地盘，结果嘛，晋察冀军区的兵力就更弱了！"

毛泽东沉吟顷许，说道："依我看啊，晋察冀军区向东北增兵的事，今后恐怕还要继续做。"

朱德："那晋察冀军区的兵力不就弱上加弱了嘛！"

这时，院外传来汽车的刹车声。

毛泽东："罗长子到了，你我出郭相迎。"他说罢站起身来，双手扶起朱德，二人边说边向大门走去。

罗瑞卿身着晋察冀军区的戎装大步走进院来，向着毛泽东、朱德行军礼，说道："主席！老总！我奉命赶到，前来接受您二位的军事指示。"

叠印字幕：晋察冀军区副政委 罗瑞卿

毛泽东握着罗瑞卿的手，说道："罗长子，我和老总哪有什么指示噢，请你来延安，主要听你讲一讲你们晋察冀军区敌我双方的政治、军事情况，然后再视情帮你们出点主意。"

朱德握着罗瑞卿的手，说道："就是主席说的这个意思！详情，我们去主席的窑洞里再说。"

毛泽东、朱德、罗瑞卿边说边向那排窑洞走去。

毛泽东办公的窑洞　内　日

毛泽东坐在桌前蹙着眉头下意识地吸着烟。

朱德坐在桌前看着铺在桌面上的军事地图，倾听罗瑞卿讲解敌我双方的军事布防及意图。

罗瑞卿指着桌面上的军事地图讲道："我们认为，国民党军第十一战区孙连仲部的真实意图是，他们凭借优势的军事实力，首先占领热河的承德和冀东地区，切断我晋察冀军区和我东北民主联军的联系，然后再挥兵西指，夺取我晋察冀军区首府张家口市。"

朱德指着军事地图："我看蒋某人的终极意图是，集中张家口以东孙连仲第十一战区的主力，西边傅作义第十二战区的主力来个东西对进，在夺取张家口的同时消灭你们晋察冀军区的主力部队。"

毛泽东："我看这种可能性是很大的！"他随手掐灭香烟，问道，"你们制订的破敌之策呢？"

罗瑞卿："尚未取得统一的共识。所以，由我来延安听取主席和老总的指示。"

毛泽东指着军事地图斩钉截铁地说道："蒋某人想以重兵东西对进，进而形成合围之势，在张家口一带包你们晋察冀军区的饺子。那你们如何破敌呢，中央认为应主动地跳出他们的军事合围圈，打到外线去，然后再集中优势兵力夺取三路、四城！"

罗瑞卿一怔，自语地："三路、四城……"

毛泽东："对！"他指着桌面上的军事地图说道，"所谓三路，即平汉路北段、正太路、同蒲路；所谓四城，即保定、石门、太原、大同。"

朱德："这是一个带有战略性的决定。换句话说，这可是一步出敌所料的大棋哟！"

罗瑞卿微微地点了点头，看了毛泽东一眼，遂取出笔记本、钢笔准备做记录。

毛泽东："如何实施这一事关晋察冀军区的战略决定呢？第一步，以贺龙的晋绥军区主力部队和你们晋察冀军区一部进行晋北战役，夺取同蒲路北段诸城，割断太原、大同的联系；而晋察冀军区的主力呢，应预留冀东作战，协助林彪他们尽快建立牢固的东北革命根据地。"

朱德："这是战略全局的开篇，你们晋绥、晋察冀两个军区，一定要做到初战必胜！"

罗瑞卿边记边说："是！"

毛泽东指着军事地图继续说道："第二步，以晋察冀、晋绥军区两大主力部队夺取大同。为此，必须以一部兵力阻击北平孙连仲部西进。第三步，视情况发展进行平汉路战役，首先夺取平汉路北段，并相机攻占石家庄、保定等城，然后再集中兵力夺取正太路和太原。"

朱德："罗长子，听明白了吗？"

罗瑞卿："听明白了！"

毛泽东："有什么困难吗？"

罗瑞卿合上笔记本，有些为难地说道："主席，老总，我只有一个担心——"

朱德断然地："那就是兵力不足！对吧？"

罗瑞卿："对，对！"

毛泽东生气地说："对什么！你应该知道中央为什么叫你来延安接受任务吧？"

罗瑞卿愕然不语，看着毛泽东。

朱德："你是知道的，当年我们在中央苏区的时候，蒋介石派八倍、十倍于我的军队围剿我们红军，结果呢，我们不是都粉碎了他们的围剿嘛！"

罗瑞卿："是！"

毛泽东站起身来，边缓缓踱步边严厉地说："你回去以后，告诉聂荣臻他们——你们的军队是少了点，但是，你们只要坚定执行党中央的正确领导，时刻和晋察冀老区的人民握成一个拳头，就能无往而不胜！"

朱德："这就是我们军歌所唱的那样，我们的队伍向太阳，脚踏着祖国的大地，背负着民族的希望！"

陕北高原　外　晨

节奏明快的《中国人民解放军进行曲》骤然响起。

一轮朝阳在东方冉冉升起，金色的朝晖下是一抹绿色的陕北高坡。

罗瑞卿骑着一匹枣红骏马，飞驰在陕北那特有的忽高忽低的大路上。

罗瑞卿蹙眉凝思，传出毛泽东的画外音：

"你们的军队是少了点，但是，你们只要坚定执行党中央的正确领导，时刻和晋察冀老区的人民握成一个拳头，就能无往而不胜！"

张家口　晋察冀军区司令部门口　外　日

聂荣臻、郑维山驻足司令部大门口，顺着大街一边向前方张望一边交谈。

聂荣臻："郑维山同志，你是张家口卫戍区司令员，对我们改变中央军委、毛主席下达给我们的三路、四城的战略方针有何看法？"

郑维山："说老实话，开始，我心里有点打鼓；不久，毛主席回电同意了，我的心就像是一块石头落了地。"他说罢抬头循着街道向前方一看：

一辆吉普车沿着街道飞驰而来。

郑维山惊喜地说："聂司令！罗副政委到了。"

聂荣臻高兴地："好！我们欢迎罗副政委的到来。"遂大步走下台阶。

吉普车戛然停在大门前街道中央。

罗瑞卿跳下吉普车，行军礼，有些焦急地："聂司令！我何时向军区党委报告中央军委和毛主席的作战指示啊？"

聂荣臻笑着说："不用了！中央军委和毛主席同意我们新的作战部署了！"

罗瑞卿愕然地："真的？"

郑维山："真的！中央军委和毛主席回电，同意我们晋察冀军区提出的新的作战部署了！"

聂荣臻看着有些不解的罗瑞卿，笑着说："不要惊诧，回到司令部再说。"

聂荣臻下榻处　内　夜

聂荣臻左手举着一盏马灯，右手指着墙上的作战地图讲道："我军区四个野战纵队，主要围绕着保卫东线承德、西线张家口两个战略中心。若想通过夺取三路、四城实现晋察冀和晋绥、晋冀鲁豫三大解放区连成一片的战略构想，是我们力所难及的。为此，我们采取'西攻东防'的战略，与贺龙所部发起'先取大同，后取平汉'以分步实施中央军委、毛主席下达的既定的战略目标。"

罗瑞卿："我在途经晋绥军区的时候，就听贺龙同志说过了。我认为战役的关键，一是如何协调两大军区协同作战，再是知己知彼的问题。"

聂荣臻："我已经与贺龙同志协调好，8月2日，两大军区有关参战的指挥员在阳高县召开军事会议。"

罗瑞卿有些沉重地点了点头。

阳高县小学课堂　内　夜

在聂荣臻的讲话声中渐次摇出：

一间课室中央摆着用数张课桌拼成的长方形会议桌，桌子的两端各有一盏马灯，映出桌面上摆着一张手绘的作战地图，四周坐满身着不同颜色军装的指挥员，在全神贯注地倾听聂荣臻的讲话。

聂荣臻严肃地讲道："中央军委、毛主席批复同意我们的作战计划，首先攻占大同。为统一指挥，由晋察冀军区和晋绥军区组成大同前线指挥部，以晋绥野战军副司令员张宗逊为司令员，晋察冀军区副政委罗瑞卿为政治委员，第三纵队司令员杨成武为副司令员。下面，由张宗逊司令员下达大同战役的作战计划。"

张宗逊肃然站起，拿着学校老师用的教鞭，指着作战地图讲道："大同，为阎锡山第二战区管辖，虽说守军不足两万，但城防坚固，弹药粮食充足，是一块难啃的骨头。为此，以晋绥军区第三五八旅、晋察冀军区第三纵队第七、第八旅、教导旅、炮兵团、冀晋军区第一军分区两个团、第五军分区第二团等部队任务攻击大同的担任。同时，第四纵队第十旅亦北调参加大同作战。"

聂荣臻："记住了吗？"

与会者答道："记住了！"

张宗逊："另外，以晋绥军区独立第一旅于卓资山，独立第三旅一个团在集宁西北之土城为阻援右翼兵团；以独立第三旅一个团、骑兵团、第二纵队第四旅等部队完成大同外围作战后，于新堂、凉城地区为阻援左翼兵团。我讲完了！"遂坐下。

聂荣臻："罗政委！你还有什么指示吗？"

罗瑞卿："大同战役，是我晋察冀、晋绥两大军区反击战的序幕，因此，我们必须遵照毛主席的教导——一定要做到初战必胜！"

大同郊外旷野　夜

《中国人民解放军进行曲》轰然而起。

在战火纷飞、枪炮声阵阵的画面中送出深沉的画外音：

"我军在攻打大同的外围战斗中，虽说歼敌两千余人，但由于未能将国民党军分割包围，各个歼灭，使国民党军得以收缩兵力退守大同城内。同时，我军又未能控制城东南机场，使国民党军得以从包头空运交通警察进入市区，故又增强了大同城内的防御力量。加之我军在攻城的战斗中多采用正面攻击，炮火分散，步炮协同不好，使得攻城的进展不快，几近成胶着状态……"

延安　毛泽东办公的窑洞　内　日

毛泽东大口地吸着烟，表情严峻地盯着窗外的长空。

远方叠化出攻打大同的战斗画面。

"报告！"

毛泽东似未听见，依然望着窗外凝思。

警卫员小李拿着一份电报引朱德走进："主席！总司令到了。"信手把手中的电报放在桌上，"主席！这是大同前线发来的电报。"转身离去。

毛泽东转过身来，拿起电报边看边说："老总，俗话说得好，来得早不如来得巧，你再不来啊，我就要登门求教了！"随手把电报递给朱德。

朱德看完电报放在桌面上，笑着说："方才，我进门后一看你的表情，就猜到你在为大同战役生气。"

毛泽东指着桌上的电报："我能不生气吗？你看看，桌上摆满了他们发来的战情通报，没有一份让人高兴的！"

朱德："是啊！我记得大同战役发起之前，你就曾电示他们'你们对攻大同的把握如何……如大同久攻不下，此结果将如何？此种可能应当估计到。'不幸的是，战情的发展全都被你预测到了！"

毛泽东断然地说道："老总！我以为这还不是最严重的战况！"

朱德："这也是我最担心的！"他转身指着挂在墙上的作战地图，说道，"如果坐镇太原的阎锡山派重兵沿同蒲路北上，稳坐归绥的傅作义突然派兵西援，大同前线就会迅速逆转，我攻打大同的晋绥、晋察冀联合部队就危险了！"

毛泽东似成竹在胸，不为所动。

朱德疑虑地："老伙计！你认为这种情况不会出现吗？"

毛泽东微微地点了点头。

朱德一怔，问道："你是不是算就了阎老西不敢派重兵北上增援大同，是吗？"

毛泽东微微地点了点头，说道："老总是知道的，阎老西虽然算不上是什么军事家，但他的确是一位精于算计的老政客，从不做亏本的买卖。太原位居山西的中部，是他赖以生存、发展的老巢，而大同呢，只是拱卫晋北的边城，他岂能舍太原大本营而倾巢北上救援边城大同？"

朱德沉吟片时，说道："另外，我认为阎老西不派重兵解救大同，恐怕还有其他的原因。"

毛泽东："说说看。"

朱德："我想，这个阎老西不会忘记去年主席赴山城谈判，刘邓所部一个上党战役就消灭了他数万主力部队。时下，他胆敢轻率地出动重兵北救大同，我留驻太行的刘邓所部，突然向太原发起攻击……"

毛泽东笑着说："那他阎老西就一定会演出当今的《空城计》。"他说罢微微地摇了摇头，"可惜啊，阎老西不是当今的马谡啊！"

朱德沉吟片刻："老伙计！万一傅作义冒险当一把偷取西城的司马懿呢？"

毛泽东冷然作笑，轻蔑地说："用老百姓的话说，我谅他傅作义即使有此贼心，也无此贼胆啊！"

朱德："是啊！大同毕竟是二战区阎老西的地盘，他傅作义岂敢越境犯界，落个猪八戒照镜子——里外都不是人的结果呢。"

毛泽东叹了口气："老总，你想过没有，坐镇南京的蒋某人要是主动为傅作义壮胆呢？"

朱德一怔："果如斯，我攻打大同的部队就危险了！"

南京　国防部作战厅　内　夜

蒋介石驻足墙下一动不动，两眼死死地盯着标有各种军事符号的作战地图。

陈诚走进："校长！您找我？"

蒋介石生气地："是！"他转过身来，严肃地质问，"你这个参谋总长要立即回答我，如何速解大同之围？又如何实现你提出的三到六个月消灭朱毛共军的战略构想？"

陈诚嗫嚅地："这、这……"

蒋介石严厉地："这什么？"

陈诚低沉地："我以为校长说的是一篇大文章，不是三言两语讲得清楚的。"

蒋介石换了个口气："好吧！那你就先讲一讲如何速解大同这篇小文章吧。"

陈诚："大同，是第二战区司令长官阎锡山的管辖之地，为此，我和他通了很长时间的电话，他不仅不谈如何速解大同之围，反而向中央摆出他的各种困难，一句话——"

蒋介石断然地说道："他就是不派重兵北上，打破大同被围的僵局！"

陈诚："是！是……"

蒋介石生气地："是什么？这本是所料中事！"接着，他又无比冷漠地哼了一声，遂又说道，"他呀，就是派兵北上，也解不了大同之围。"

陈诚信服地："校长一言中的。"

蒋介石："你这位参谋总长就不要绕弯子了，快说说如何速解大同之围的办法吧！"

陈诚："我想了许久，看来只有下令第十二战区司令长官傅作义将军出奇兵南援大同！可是……"

蒋介石："可是什么？"

陈诚："大同，是二战区阎锡山的地盘，他傅作义无论如何是不敢去抢占阎长官的盘中之肉。"

蒋介石漠然而笑，蔑视地说道："傅作义怕阎锡山，他阎某人难道就不怕我蒋主席吗？"

陈诚恍然醒悟，笑着说："是，是。"

归绥　傅作义官邸客厅　内　日

傅作义背剪着双手，一边缓慢地踱步一边轻声地哼唱《借东风》唱段："设天坛……"

这时，年轻的女记者傅冬菊走进客厅，倾听了片刻，突然有些撒娇地喊道："爸！我回来了。"

叠印字幕：中共地下党员　傅冬菊

傅作义有些愕然地问道："冬菊，你怎么突然放下记者的工作，从天津跑回归绥来了？"

傅冬菊："报业的同行让我回来问问父亲，面对天下大势，爸爸如何坐镇归绥，唱好这出《空城计》呢？没想到我一进客厅，竟然听见父亲却独自哼唱《借东风》，这一下子就把女儿打入闷葫芦中了！"

傅作义故作严肃状："这是军机大事，不是我女儿应该问的。再说，我就是讲了，你小小的年纪——"

傅冬菊把嘴一噘："我也听不明白，对吧？"

傅作义笑了："对！对！"

傅冬菊真的有些生气了："对什么？请您不要忘了，我已经大学毕业，没靠您这位司令长官从旁相助，独自一人跑到天津考进《大公报》当记者，深入军政各界采访，写出了很有影响的文章。"

傅作义："好，好！我的女儿已经长大成人独当一面了！说吧，需要爸爸帮你做些什么？"

傅冬菊："请父亲告诉我，平津各界都在议论，说您应该借大同战役成胶着之势，出奇兵，一举拿下大同，既扩大了第十二战区的地盘，又赢得能打败解放军的美名，可您就是稳坐如山，错失战机，独自一人躲在舒适的客厅里，好不逍遥自在地唱什么《借东风》。"

傅作义一本正经地问："女儿也是这种看法吗？"

傅冬菊："对！"

傅作义摇了摇头说道："冬菊啊！你还没长大啊！"

傅冬菊："为了我快些长大，请父亲告诉我独自一人在家里借什么东风啊？"

这时，肩扛中将军阶时任第三十五军军长的鲁英麟手持电文走进："报告！蒋主席自南京给您发来绝密急电。"

叠印字幕：时任第三十五军军长　鲁英麟

傅作义接过电报拆阅，边笑边自语："谢天谢地，我终于借来了蒋主席的东风。"他猝然把头一昂，命令地，"鲁军长！立即召开紧急的作战会议！"

鲁英麟："是！"

傅作义矫首昂视、迈着军人的步伐走出客厅。

鲁英麟紧跟傅作义走出客厅。

傅冬菊蹙眉凝视客厅门口，小声自语："我终于借来了蒋主席的东风……"

战区作战室　内　夜

傅作义及十二战区的主要将领依次走进作战室，顺序落座。将领们严肃地看着傅作义。

傅作义用眼扫了一遍与会将领的表情，严厉地说道："为解大同之围，蒋主席亲自电令我第十二战区接管原属二战区阎长官的管辖之地大同……"

一位肩扛中将军阶的军官站起，忙问："傅长官，我们解围大同之后，是否还将大同归还阎长官？"

与会者似乎是本能地应声说道："是啊！是否还将大同归还阎长官呢？"

傅作义表情肃穆地看着与会将领的表情。

与会将领似感到了什么，遂相继恢复严肃的表情。

傅作义故作生气状，低沉地说道："我已经说过多少次了，十二战区的官兵是国民政府的，不是我傅作义的私有的财产，你们的一言一行都要符合蒋主席的命令！"

"是！"与会将领情绪低沉地答说。

傅作义突然把声调提高，很有兴致地说道："唯有如此，我们才能获得蒋主席的信任！换句话说，只有我们和蒋主席一条心，蒋主席才会分外关照我们第十二战区。对此，你们都听懂了吗？"

"听懂了！"

傅作义又巡视一遍情绪不高的将领，遂又提高了一个声调，坚定地说："蒋主席亲自电令阎长官和我，自今日起，大同划归我第十二战区管辖！"

与会的将官顿时兴奋起来，七嘴八舌地说道："好啊！我们出兵解围大同是在为自己打仗啊……"

傅作义："停止议论！"

与会的将领肃然收声，看着傅作义。

傅作义："方才，陈参谋总长给我打来电话，亲自告知，不仅大同划归我们第十二战区管辖，而且还把卓资山、丰镇、集宁等战略重地划归我第十二战区管辖！"

与会的将领再次兴奋起来。

傅作义严厉地命令："停止喧哗！"

与会的将领肃然噤声。

傅作义："下面，由三十五军鲁英麟军长代我下达解围大同的作战计划！"

鲁英麟起身，走到悬挂作战地图的墙下，拿起教鞭，指着作战地图讲道："根据傅长官的命令：欲解围位于我东南方向的大同，先由陶林出奇兵攻打东面共军武力比较空虚的集宁一线。一旦我军在此取得大胜，大同可不战而胜。"

与会的将领露出笑颜。

鲁英麟指着作战地图讲道："下面，我下达具体的作战命令：今晚，我十二战区的各军兵种神不知鬼不觉地由陶林分兵三路向集宁发起攻击，中路为主攻，以暂编第三军第十一、第十七师，第三十五军第一○一师及新编第三十一、第三十二师各两个团和炮兵第二十五团，沿平绥路北侧山地东进；北路以骑兵第一、骑兵第十、骑兵第十四纵队及骑兵保安师共三千余人向集宁正西方向进攻；南路，以新编骑兵第四师所部一千余人、骑兵第二纵队及保安旅向凉城方向进攻。"他说罢放下教鞭，"傅长官！我讲完了。"

傅作义："诸位都听清楚了吗？"

"听清楚了！"

傅作义："好，即刻出征！"

平绥路两边　外　夜

全身戎装的十二战区的陆军急行在平绥路两边。

旷野上空传来野狗的狂吠声。

草原夜色　外　夜

疾骤如雨的马蹄声冲破草原的寂静，化出一组又一组马蹄飞驰的画面。

初秋的旷野　外　夜

随着隆隆战车的轰鸣声，隐约可见一辆接一辆的坦克、装甲车滚滚向前。

接着，是骑兵、陆军整齐有序地行进在空旷的原野。

大同郊外指挥所　内　夜

在隆隆的攻城枪炮声中渐次化出：

一座干打垒的土房，这就是前线指挥所：指挥所中央是用炮弹箱搭起的桌子，上面放着一部手摇电话机。

炮弹在四周不时起爆，震得土房的房顶落下灰尘土块。

杨成武站在窗口前，双手拿着望远镜看着被战火染红的大同夜景。

张宗逊驻足指挥所中央，一手拿着望远镜，一手按着那部手摇电话机，似在焦急地等待什么。

罗瑞卿蹙眉凝思，在指挥所内缓缓踱步。

突然，急促的电话铃声响了。

张宗逊拿起话筒，低沉地：“喂！我是张宗逊，爆破城墙的坑道作业完成了吗？”

“报告张司令员！炸开大同城墙的坑道挖好，炸药填满，就等着您下命令了！”

张宗逊：“很好！我命令你们，大同城墙在炸开一道口子之后，立即吹响军号，你们要以不怕牺牲的大无畏的革命精神，冲进大同城内！”

“是！”啪的一声，对方挂上了电话。

张宗逊挂上电话：“罗政委！走，到成武同志那边的窗前，观看我军第一次利用坑道、炸药攻城。”说罢走到杨成武的左边，双手拿起望远镜观看战火染红的大同古城。

罗瑞卿快步走到杨成武的右边，双手拿着望远镜观看大同外围激战的战场。

突然，攻城的枪炮声戛然而止，夜空是那样的寂静。

杨成武兴奋地说道：“张司令，罗政委，随着一声惊天动地的巨响，引来数十把军号齐鸣，再接下来就会听到我军指战员杀进大同城内的呐喊声，结果嘛……”

张宗逊激动地：“随着朝阳从东方升起，我军胜利的红旗就高高地插在大同城墙上了！”

罗瑞卿：“但愿天遂人愿吧！”

大同城下猝然升起一团烈焰，划破沉沉的夜空，照亮了大同的夜景。

接着又传来一声震耳欲聋的巨响，回荡在大同上空。

随着大同城下传来数十把军号的响声，我千军万马攻城的枪炮声、喊杀声响成一片。

杨成武大声地："张司令！罗政委！我们三人以水代酒，庆祝攻下大同的胜利。"

张宗逊："好！"他转身走到用炮箱搭成的桌子，提起一把铜制的茶壶，倒满三大搪瓷缸子白水，他首先举起一缸子白水，大声地，"来，碰杯！"

杨成武也端起一搪瓷缸子白水，看了看似在倾听什么的罗瑞卿，说道："罗政委！快端起你面前的搪瓷缸子，我们三人碰杯痛饮之后，你还得草拟给晋绥、晋察冀两大军区领导并报中央军委、毛主席的战报呢！"

罗瑞卿："不急！你们听，军号声停了，攻城略地的喊杀声怎么也渐渐小了？"

杨成武、张宗逊用心听辨，脸上溢荡的笑容渐渐退去，遂又泛起一层疑惑的愁云。

急促的电话铃声响起。

张宗逊急忙拿起话筒，大声地："喂！我是张宗逊，攻城的前线发生了什么情况？"

"报告首长！由于大同城墙坚固，再加之我坑道中装的炸药量少，没有炸开城墙。"

张宗逊："退下来的指战员安全吗？"

"请首长放心，安全！"

张宗逊："你们要认真总结这次攻城失败的教训，静候领导新的攻城指示！"

"是！"

张宗逊十分生气地挂上电话，在指挥所内快速地踱步。

杨成武长长地吐了口气，快步走出指挥所。

罗瑞卿走到张宗逊身边，轻轻地拍了一下他的后背，说道："走！和成武同志一道去外边透透气。"

张宗逊大声叹了口气，大步走出指挥所。

罗瑞卿微微地摇了摇头，遂走出指挥所。

指挥所外边　夜

夜色沉沉，伸手不见五指，大同方向传来稀疏的枪声。

张宗逊、罗瑞卿、杨成武一声不响，缓缓地踱着十分沉重的脚步。

作战参谋手持电报从指挥所内走出："报告！我内线同志发来紧急的密报。"

作战参谋把电报交给罗瑞卿，遂又打开手电筒。

罗瑞卿凭借手电灯光迅速看罢密电，转身看着已经走到身边的张宗逊、杨成武，严肃地说道："傅作义奉蒋介石的命令，全权指挥大同战役。"遂把电文交给张宗逊。

张宗逊接过电文很快看罢又转交给杨成武，近似自语地说道："傅作义果然用兵不俗，他为解大同之围，首先出兵东指，攻击我兵力薄弱的集宁一线，一旦占领集宁、卓资山等战略要地，他再挥兵杀回大同。这样一来，他们就和死守大同的军队来个里应外合，置我军于不利的境地。"

杨成武看罢电文，沉吟片时："我赞成宗逊同志的意见。时下，他们已经悄悄兵发集宁，我们已经没有时间向军区领导报告，更没有时间报告中央军委和毛主席。"

罗瑞卿断然地："将在外，君命有所不受。现在，我们三人必须做出破敌之策。"

罗瑞卿、张宗逊、杨成武沉思不语。

张宗逊："我的意见，立即改变原定的攻略大同的决定，采取先打援、后再攻城的方针。具体地说，以一部分部队继续围困大同，以大部军队迅速北指，阻击傅作义进攻集宁一线的部队！"

罗瑞卿："我同意！我的意见，由我和宗逊同志率第三五八旅北上打援，留第三纵队及第十旅和第一、第五军分区的部队，在杨成武同志的指挥下继续围困大同。"

张宗逊："同意！成武同志呢？"

杨成武："我也同意！"

张宗逊："好！立即分头执行。"

初秋的草原　外　夜

我晋绥、晋察冀大军近似小跑行进在夜色的草原。

一辆吉普车飞驰而来。化入车中：

张宗逊、罗瑞卿并排坐在后排座位上，表情肃穆地交谈着军情。

罗瑞卿："自攻打大同开始，我就深感我们这支靠打游击起家的部队必须学习新战法，否则我们未来就无法攻打天津、北平这样的大城市。"

张宗逊："你讲得不错！但时下你我考虑的中心是，如何胜利完成打援的任务！"

罗瑞卿："完全正确！为了胜利完成打援的任务，天亮之前必须埋锅做饭，吃饱了才能胜利完成打援的任务。"

定格　叠印字幕：第一集终

第 二 集

草原大地　外　晨

草原晨色，一望无际，渐渐化入简易的指挥所。

张宗逊端着一个搪瓷缸子大口地吃着早餐。

罗瑞卿蹙眉远眺，望着晨曦微明的东方，还有那一望无际的绿色草原。

勤务兵小王双手捧着一个搪瓷缸子，小声哀求地说："罗政委！就要行军赶路了，你多少吃点吧。"

罗瑞卿严厉地答说："不吃！你不要干扰我思考攻打大同的教训。"

小王委屈地："那、那也不能不吃饭啊！"

罗瑞卿生气地："你怎么这样啰唆，下去！"

小王转身看着大口吃饭的张宗逊，几乎落下眼泪。

张宗逊一见也来了气，说道："罗政委！如果不吃早饭就能总结出大同失利的教训，我这个司令带头向你这位政委学习，借用老祖宗的一句话说：废此朝食！"

罗瑞卿看着生气的张宗逊，痛苦地说道："张宗逊同志，我真的吃不下去啊！"

张宗逊："那也不能拿勤务兵小王出气啊！"

罗瑞卿："我错了！小王同志，我向你检讨。"

小王噘着个嘴说道："首长说声检讨有什么用？我的任务还是没有

完成！"

罗瑞卿一把夺过盛满饭的搪瓷缸子，依然有气地说道："我吃还不行吗？"

小王露出了笑颜，转身走出指挥所。

张宗逊："不准再谈大同战役失利的事情。"

罗瑞卿："好！"他端着搪瓷缸子沉思片时，问道，"说说看，傅作义所部进展到什么地方了？"

张宗逊："吃完早饭再说！"

罗瑞卿："不行！说说看，他会出重兵奇袭集宁吗？"

这时，作战参谋持电文走进："报告！傅作义所部于今晨攻占卓资山！"

张宗逊、罗瑞卿闻声大惊，张宗逊接过电文阅毕遂又交给罗瑞卿。

罗瑞卿看罢电文命令地："拿作战地图来！"

作战参谋取出作战地图铺在地上。

张宗逊、罗瑞卿迅速地把手中的搪瓷缸子放在地上，遂又相继蹲在地上，严肃地审看作战地图。

罗瑞卿："宗逊同志！说说看，傅作义下一步棋会怎么个走法？"

张宗逊："傅作义出兵的终极目的是解大同之围。"他指着作战地图继续说道，"我以为傅部的主力可能会沿铁路进犯集宁。"

罗瑞卿指着作战地图，说道："还有一种可能性，用兵狡诈的傅作义很可能还会沿着公路由凉城、新堂进攻丰镇，进而以解大同之围。"

张宗逊："很有可能！为此，我们必须增调第四纵队第十一旅赶来集宁前线，并将第一纵队两个旅，由平绥铁路东段车运丰镇，为战役预备队。"

罗瑞卿："我完全赞成！"

这时，草原晨空响起出发的号声。

张宗逊："小王！立即收好作战地图出发。"

小王应声走进临时作战室，一眼看见罗瑞卿那未动一口的搪瓷缸子，望着罗瑞卿的背影，大声说："罗政委！你还是没有吃早饭呢。"

罗瑞卿头也不回地答说："原本这顿早饭就不该吃！"他大步走出临时指挥所。

茫茫草原　外　日

我晋绥、晋察冀两大军区的指战员快速行军。

一辆吉普车紧贴着行军部队飞驰向前。化入车内：

张宗逊、罗瑞卿蹙着眉宇并排坐在后排座位上。

张宗逊："卓资山是大同、集宁的咽喉之地，时下傅部业已攻占此山，他既可挥兵南下解大同之围，也可挥兵北指，对我兵力较弱的集宁形成压力。"

罗瑞卿："搞不好啊，我们将失掉战略重镇集宁！"

张宗逊："因此，我们必须重新夺回卓资山！"

罗瑞卿："是！"他沉吟良久，低沉地说道，"傅作义所部是西北军中能攻、能守的部队，早年，他就以孤军死守涿州扬名天下；全面抗战前夕，他又指挥绥远红格尔图战役和收复百灵庙战役。当时，毛主席和朱老总发电祝贺，称他是'英勇抗战'的将军。"

张宗逊："更为重要的是，他老谋深算，善出奇兵。就说这次他不派重兵攻打大同，却突然采取'围魏救赵'之策攻打卓资山，就实出我们所料。"

罗瑞卿怆然地叹了口气："咳！我也正在思索他的下一步棋是怎么个走法，是回兵解大同之围呢，还是继续攻占集宁，迫我主动放弃围攻大同呢？"

张宗逊："对此，西方的上帝也不知道！时下，为打破傅作义'围魏救赵'的战法，我再重申一次：必须重新夺回联络大同、集宁的咽喉要道卓资山！"

归绥 傅作义官邸客室 内 日

傅作义驻足墙下，一动不动地望着挂在墙上的作战地图。

傅冬菊悄悄走进客室，看着傅作义的样子做了个鬼脸，操着孩子的口吻说道："爸！你怎么又独自一人对着这幅作战地图相面啊？"

傅作义头也不回地说道："这是爸爸作战的习惯！"

傅冬菊噘着嘴自语："又是习惯，习惯……在您的脑子里，女儿是永远长不大的孩子。"

傅作义转过身来，看着生气的傅冬菊，操着疼爱的口气说道："冬菊！你在父亲的眼里永远是最可爱的女儿。说说看，你们天津《大公报》的同仁对爸爸用兵有何评说啊？"

傅冬菊把嘴一噘："对您不出重兵解大同之围，反而调兵遣将，跑到距大同百里之外去攻打卓资山颇多非议。"

傅作义微微地笑着说："冬菊，说得具体些好吗？"

傅冬菊："他们说爸爸为什么不首先解围大同呢？因为镇守大同的军队是二战区阎老西的……"

傅作义故作生气地："叫阎伯伯！"

傅冬菊不服地："这是我的同仁说的！"

傅作义："那也不能由你的口说出！"

傅冬菊："好！他们说，等共产党的军队和阎……伯伯的军队打得两败俱伤，父亲才会兵发大同。目的嘛……"

傅作义："骂我是一个借力打力，坐收渔利的真正的新军阀！对吗？"

傅冬菊高兴地拍个手："对！对！"

傅作义肃然变色："对什么！一群哗众取宠，像你一样的靠着嘴巴乱说而混饭吃的小知识分子！"

傅冬菊生气地："请问，一向靠着军事实力说话的父亲，您的真正军事用意是什么呢？"

傅作义："军机不可泄露！"

傅冬菊故作女儿状地抓住傅作义的胳膊，说道：“爸！您给我说说真实的军事内情，由我执笔写篇长篇报道，发在我们的《大公报》上，好好地反驳他们一下，替父亲出口气！自然嘛，女儿——”

傅作义：“也可借此扬名传世！对吧？”

傅冬菊欣喜地：“对！对！”

傅作义把脸色一变：“对什么？这是军机大事，对你也不能例外！”

傅冬菊把嘴一噘，“哼”了一声，遂又故作生气的样子松开抓住傅作义胳膊的手。

傅作义：“生气也没有用！”

“报告！”

傅作义严肃地答说：“进来！”

鲁英麟身着戎装大步走进，行军礼：“长官！前线有重要军情大事报告！”

傅作义：“请等一下！”他看着依然生气的傅冬菊，“冬菊，我交给你一个任务，立即赶到你的忘年同行——长官部新闻处副处长、我十二战区《奋斗日报》社社长阎又文的家里，让他密切关注集宁前线的军情变化，等候我的传唤，接收新的任务！”

傅冬菊不高兴地说：“是！”转身走出客室。

傅作义：“鲁军长！请讲。”

鲁英麟取出一纸电文：“集宁前线发来密电，共军完全按照您的预判，倾其主力部队向卓资山运动，看来，一场争夺卓资山的大战即将开打！”

傅作义兴奋地大声说：“好，好哇！这正是我求之不得的结果。”他说罢快步走到大墙下面，拿起教鞭，指着作战地图说道，“立即电令暂编第三军第十一、第十七师经平绥铁路以北的火石坝秘密东进，一俟到达集宁西北地区就停止前进，在此隐蔽集结待命。”

鲁英麟指着作战地图：“待到我军部署完毕，再示形于共军，等到他们获知上当以后，匆匆自卓资山向集宁前进之时，我们这支隐蔽待命的部队突然杀向集宁。"

傅作义："这集宁战役的胜负嘛，哈哈……"他得意地笑了起来。

在激战的枪炮声中送出深沉的画外音。同时，一张集宁地区的作战地图推满整个屏幕。

随着画外音内容的变化，屏幕忽而变成张宗逊、罗瑞卿在指挥我军作战的不同画面，忽而化做傅作义在远方调兵遣将的画面：

"我军由于对敌情侦察不力，迟至9月8日晚才获悉敌人的大队人马东进，张宗逊、罗瑞卿迅速撤出卓资山战役，并迅速转向集宁。

"9月10日，傅作义急令预先隐蔽待命的暂编第三军第十一、第十七师和新编第三十一师，在空军配合下，向集宁城西、北两面阵地发起猛烈的进攻，先后攻占卧龙山、南营房，并逼进城垣。我守城部队进行顽强的抵抗，阻止了傅作义部队的进攻。待到我军主力相继赶到以后，敌我双方在集宁城郊展开了最为猛烈的厮杀。经激战，至12日晨，我军控制了三岔口、脑包山、玻璃图、天门山等要点及卧龙山阵地一部，歼敌五千余人，并袭击了暂编第三军司令部和暂编第十七师司令部，摧毁了敌人唯一的一部电台……

"由于我军未能抓住有利时机，组织连续攻击，使傅作义中路部队得以重新整顿，再次向集宁发起攻击。又由于我军用兵有误，几经激战，使我军处于四面受敌的被动地位，只好被迫撤出阵地，向集宁东北转移，至13日晚放弃集宁，撤出战斗。围困大同的部队也不能再攻，遂于9月16日撤围大同。至此，大同、集宁战役遂告结束……"

归绥　第十二战区长官司令部门口　晨

随着鞭炮声、锣鼓声以及欢笑声渐渐化出：

一幅红底白字的横幅挂在门额的上方，写着"热烈庆祝大同、集宁战役双双告捷"；

门口站着两个大兵，每人举着一挂长鞭炮响着不停；

大门旁边有数人缠着红腰带，扎着白羊肚子毛巾拼命地敲锣打鼓；

门前站满看热闹的官兵、百姓，一个个咧着个大嘴傻笑，孩子们在人群中钻来钻去，增加了无限的欢乐气氛；

傅作义全身戎装，肩扛上将军阶，微然作笑地步出官邸大门，很是庄重地站在台阶上，向着欢庆胜利的官兵、百姓频频招手致意；

鲁英麟全身戎装、肩扛中将军阶紧随傅作义身后步出官邸大门，伸出双手示意安静，然后满脸堆笑地大声说道："请安静！下面，请我们的傅总司令发表大同、集宁战役连战告捷的感言！"

与会的官兵、百姓热烈鼓掌。

傅作义十分傲气地说道："第十二战区的官兵们！归绥的父老乡亲们！大同、集宁战役取得胜利只是小试牛刀，不值得你们如此兴高采烈！等到傅某人带领你们攻下张家口，拿下平津保，把朱德、毛泽东指挥的共匪赶出华北，你们再为我开庆功大会吧！"

与会的官兵、百姓高喊呼唤："万岁！万岁！……"

归绥大街　外　日

破旧的市面热闹非凡，不仅两边的商家叫喊不已，而且街道上走着熙来攘去的汉族、蒙古族的百姓。自然还有少数兵痞横行街面。他们似乎感觉不到一丝战场上的厮杀，也不关心傅作义精心安排的庆功大会。

傅冬菊陪着一位肩扛上校军阶的中年军官迎面走来。

叠印字幕：中共地下党员　阎又文

傅冬菊："阎处长！你是十二战区《奋斗日报》社的社长，庆祝大同、集宁大捷的稿子写好了吗？"

阎又文无精打采地说："岂止是写好了，我已经送到印刷厂发排了。"

傅冬菊："你可真是一把快手。"

阎又文："我哪里是什么快手噢！我的上眼皮和下眼皮不停地在

打架，刚刚想倒在床上去见周公交谈的时候，你又心急火燎地把我叫起来。"

傅冬菊："阎处长！这可要把话说清楚了，不是我傅冬菊不让你休息，而是你的老上司——我的父亲让我把你请到长官处，说是有天大的事情要你完成。"

阎又文近似自语地："什么，有天大的事情要我完成……"

傅冬菊："对！是我爸亲自说的。"

阎又文沉思有顷："冬菊女公子，看在同行的分上，能不能先向我透露一下啊？"

傅冬菊："可以！只是我不知道是什么天大的事情。"

阎又文："好一个我不知道是什么天大的事情！你能不能先对我说一下，你父亲即将交我要办的这件天大的事情，难道比打下大同、集宁还要大？"

傅冬菊："我的感觉是还要大！"

阎又文："真的？"

傅冬菊："真的！"

傅作义官邸客室　内　日

傅作义背剪着手缓缓踱步，不无得意地在哼唱山西梆子《大登殿》。

傅冬菊引阎又文走进官邸客室，看着傅作义洋洋自得的样子，有意地说："爸！先不要想《大登殿》的事，您要见的人，我给您请来了。"

傅作义严肃地："不要瞎说！"他转身看着阎又文，客气地："请坐！"遂坐在自己的座位上。

阎又文："谢谢！"就近坐在一把椅子上。

傅冬菊不高兴地："爸！你们该谈国家大事了，那我也就该回避了！"转身欲走。

傅作义伸手示意："停！今天要谈的大事对你不保密，坐下一块听吧。"

傅冬菊撒娇地："今天的太阳从西边出来了，爸爸要女儿一块谈军国大事。"遂坐在傅作义身边的一把椅子上。

傅作义："又文啊，我知道你为报道大同、集宁战役的胜利，一夜都没有睡觉了，可是，这件事情事关重大，没有办法，还得请你连夜再赶写一篇一字值千金的文章。"

阎又文一怔，忙说道："是什么重要的文章啊，要一字值千金啊？"

傅冬菊沉吟片时，侧首看了看傅作义含而不露的表情。

傅作义胸有成竹地低声说："我要你代我给毛泽东先生写一封公开信。"

阎又文又是一怔，惊得不知该说些什么才好。

傅冬菊故作欣喜状地："有意思，爸爸竟然想给毛泽东先生写公开信了。"

傅作义严肃地："不行吗？"

傅冬菊："当然行了！我的潜台词是，爸爸请阎处长写的这封致毛泽东先生的公开信，可不可以在我们的《大公报》上发表啊？"

傅作义："当然可以！"

傅冬菊："我明白了，这是父亲留下我来的原因。"

傅作义看着陷入沉思的阎又文："阎处长，你也没有想到我会请你代我给毛泽东先生写公开信吧？"

阎又文："说句老实话，我做梦也不曾想到您要给毛泽东先生写公开信。"

傅作义："你们是搞新闻的，怎么就不会想到我要给毛泽东先生写公开信呢！一句话，这是一封公开信，不仅让毛泽东先生知情，而且还要让全国人民都知道！"

阎又文带着疑惑的口气问："换句话说，这封致毛泽东先生的公开信是要在我们的报纸上发表了？"

傅作义："对！同时，还要在我们的电台上播发。"

傅冬菊下意识地说："什么？您不仅要在您管辖的报纸上发表，而且还要在您的电台上播发？"

傅作义断然地："对！"

阎又文蹙眉凝思，一言不发。

傅作义打量阎又文的表情，低沉地问道："阎处长，你也不赞成我写这封致毛泽东先生的公开信？"

阎又文慌忙站起，迭迭说道："非也！非也……"

傅作义："那你为什么蹙眉不语呢？"

阎又文："一、我不知道傅长官为什么要给毛泽东先生写这封公开信；二、作为这封信的执笔者，我真的不知道如何写这封公开信。"

傅作义："你是我十二战区最好的写手，或曰秀才，但不懂军事家——尤其是政治家做事的用意，因此，你说的第一个问题我就不说了，由未来的历史告诉你。"

阎又文："什么，由未来的历史告诉我？"

傅作义笑着说："对！说到这封致毛泽东先生公开信的内容，就是要通过大同和集宁战役的成败得失，劝说毛泽东先生率部向我们、向南京国民政府投降。"

傅冬菊又是一惊，故作幼稚地说道："什么？你要公开劝说毛泽东先生率部向南京国民政府投降……"

傅作义："对！阎处长，你立即回去就动笔，限两天之内必须高水平地完稿。"

阎又文诚惶诚恐地站起，低声地说道："是！"遂站起转身快步走出官邸客室。

阎又文办公室　内　夜

阎又文蹙着眉头快速地踱着步子，瞬间又走到窗前，隔窗看着夜空中的繁星。

阎又文悲楚的画外音："我作为一名地下党员，为何要向党的主席毛泽东同志写劝降信？再说怎么写，如何写，我真的不知道该如何落笔啊……"

阎又文沉重地摇了摇头，叹了口气，遂又转过身来慢慢地踱步沉思。

阎又文的画外音："我执笔写的这封致毛泽东主席的公开信应如何把握政治分寸？让傅作义满意了，党中央、毛泽东主席一定会生气；让党中央、毛泽东主席满意了，傅作义一定会不通过。搞得不好，我这位深获傅作义信任的地下党员就会失去应有的作用……怎么办？怎么办？……看来，我只有破例求救于远在南京的周恩来同志了。"

阎又文把头一甩，遂大步走向写字台。

南京梅园新村　内　夜

周恩来坐在办公桌前，神态严肃地审看电文。

董必武手持一份电文走进："恩来，你还没有休息啊？"

周恩来："董老，你不是也没有休息吗？这么晚了来找我，一定是有什么要紧的事吧？"

董必武双手递上一份电报："傅作义打下集宁，进而又逼我军撤围大同，可没有想到，他又给我们的地下工作者出了一道天大的难题。"

周恩来接过电文很快看罢，笑着说："董老，你看傅作义为什么会出这样一道难题呢？"

董必武："我以为他想借此逼中央军委、毛泽东同志发怒，和他傅作义的十二战区所属部队决战！"

周恩来蔑视地笑了笑："中央军委——尤其是毛泽东同志绝不会中他傅作义的激将法。"他沉思片时，笑着说，"我想，毛泽东会生一时之气的。"

董必武："他的目的恐怕不只是为讨蒋某人的好吧？"

周恩来："我看，傅作义借此讨蒋某人的好是有的，但他的真实目的是进一步扩大他的地盘，增大他十二战区的实力，想快一点当上华北王。"

董必武："有道理，有道理。"

周恩来："为此，我认为可以秘密电告阎又文同志：不要担心党对他的印象，要放开手写好这封致毛泽东同志的公开信。"

董必武："好！我赞成。"

阎又文办公室　内　晨

阎又文驻足室内，双手拜读一份电文，表情肃穆的脸上渐渐泛起欣嘉的笑颜。

阎又文阅罢电文，擦着一根火柴点燃电文，直到电文纸烧光。

阎又文快步走到桌前，提笔展纸，飞快地写着。

傅作义官邸客室　内　日

傅作义双手捧读文稿，表情极为严肃的脸上渐渐化出开心的笑容。

阎又文、傅冬菊站在傅作义的两边，有些焦急地看着傅作义的表情变化。

傅作义看罢文稿，用力往桌上一拍，大声地说道："好！一字重千金，我要亲自重奖你阎处长。"

阎又文仍不放心地问："傅长官，这篇文章好什么啊？"

傅作义："一、对南京的蒋主席能起到振聋发聩的作用，从此要高看我十二战区一步；二、对延安的毛泽东先生能气得他吐血三口，大骂他的百战百胜的共匪；三、还能让我十二战区的将士开拓疆域，换上美式的军事装备。一句话，这篇文稿后力无穷，真可谓是一字值千金啊！"

阎又文颓然作笑，频频点头。

傅冬菊不以为然地问道："爸！这篇致毛泽东先生的公开信，真的有这样大的作用吗？"

傅作义笑着说道："那就借用河套老百姓的一句俗话，骑驴看唱本——走着瞧吧！"

傅冬菊："但愿爸爸说的这番话变成现实。"

傅作义自信地："那是一定的！冬菊，你们的《大公报》能登这篇致毛泽东先生的公开信吗？"

傅冬菊："我尽力办到。"

傅作义一怔："为什么还要尽力？"

傅冬菊："世人皆知，天津的《大公报》历来是有政治倾向的。"

傅作义生气地："好吧！我们先在十二战区的《奋斗日报》上刊出！自然，我们辖区的电台也同时播发！"

南京　蒋介石的官邸客室　内　日

蒋介石身着唐装，满脸堆笑，不无得意地边小声哼唱越剧唱段边收听广播：

"中央社察绥20日电：傅长官作义致毛泽东先生，希接受教训，放下武器，参加政府，促进宪政，电文如下：

"延安毛泽东先生，溯自去年日本投降，你们大举进攻绥包，放出内战的第一枪……最近由于你们背弃诺言，围攻大同，政府以和平的努力，均告绝望之后，本战区国军不得已而采取行动，救援大同……然你们相信武力万能，调集了十七个旅、五十一个团之众，企图在集宁歼灭国军，城郊野战和惨烈巷战，继续达四昼夜，然后你们终于溃败了……"

宋美龄缓步走进客室，看了一眼蒋介石那高兴的样子，啪的一声关死收音机："达令！这封致毛泽东的公开信，你听了多少遍了，怎么也听不烦！"

蒋介石："我怎么能听烦呢！傅宜生不仅有韩信之勇，而且还有张良之谋！他效仿张良用一支洞箫吹散项羽三千子弟兵的办法，利用最为现代的广播手段播发这封致毛泽东的公开信，我看自负的毛泽东如何收拾这败局！"

宋美龄："我不赞成你的结论！"

蒋介石一怔："为什么？"

宋美龄："我清楚记得二十年前，是你我永结秦晋之好，也是你主动挑起和共产党分手的时候，你在基督的面前曾许诺过多少次一定打败毛泽东——"

蒋介石震怒地："不要再说下去了！"

宋美龄愕然："达令，我讲的话有什么错吗？"

蒋介石："你搅了我从未有过的大好心情！"

宋美龄不屑地："什么大好心情？我相信毛泽东听了这封信的内容绝不会发脾气的！"

蒋介石鄙夷地笑了："那就说明夫人并不了解毛泽东！"说罢转身走进内室。

延安　毛泽东的窑洞　内　日

毛泽东怒容满面地站在窑洞中央，射出怒火的双眼死死地盯着桌上的收音机，蹙着眉宇在收听广播：

"当你们溃败的前一天，延安广播已宣布本战区被你们完全包围、完全击溃、完全歼灭。但次日的事实，立刻给你们一个无情的证明，证明被包围被击溃被歼灭的不是国军，而是你们自夸所谓参加二万五千里长征的贺龙所部、聂荣臻所部，以及张宗逊、陈正湘、姚喆等的全部主力……"

朱德悄悄地走进窑洞，看着毛泽东那极度愤怒的表情微笑着摇了摇头。

"我热诚希望你们接受血的教训，立刻改变政策……只要毛先生参加政府，以政府一员的资格向国府保荐贺龙或你们任何一位先生接替我的现任的职务，我不但首先衷心欢迎，并愿尽力促成……"

毛泽东奋力挥臂，重重地砸在桌子上，低沉地说道："此仇不报，誓不为人！"

朱德笑着走到毛泽东身后，轻轻地拍了一下毛泽东的后背，说道：

"老伙计，消消气，我想你是不会中傅作义的激将法的！"

毛泽东余怒未消地："我当然不会中他傅作义的激将法！老总，你说怎么办吧？"

朱德指着门口："我的意见，你我到院子里呼吸着新鲜空气，平心静气地谈论破敌之法。"

毛泽东："好，好。这窑洞里的空气嘛是有点闷得慌，到院子里去谈。"他说罢大步走出窑洞。

朱德紧随其后笑着走出窑洞。

枣园院落　外　日

初秋的枣园一派金色，只有挂在墙上的串串辣椒和晾在地上的枣子是红色的。

毛泽东、朱德徜徉在院中，自由地交谈着。

朱德："从军事上讲，傅作义、蒋介石的用意是明确的，那就是利用激将法搅乱华北我军的士气，进而达到所谓的乱中取胜的目的。"

毛泽东轻轻地哼了一声："想得倒美，借用陕北老乡的话说，他傅作义是做梦娶媳妇——净想那好事！"

朱德笑了："一言中的，一言中的。"

毛泽东："我看你我的老对头蒋某人是另有他谋的，他想借势搅乱我军的军心。"

朱德："这是因为他懂得攻心为上的！"

毛泽东："但是，他不懂得我军的建军思想，有了党的坚强领导，有了正确的政治方向，军心是攻不破的！"

朱德："完全正确！我想，我们不仅不上当，反而给他也来个反其道而用之。"

毛泽东："说说看！"

朱德："我们大胆一些，把傅作义致你的这封公开信当作反面教材，不仅要向连以上的干部传达，而且还要全文登在我们的报纸上，激发我军指战员消灭顽敌的精神力量！"

毛泽东："我赞成！另外，还应以中央军委的名义电告他们：认真总结教训，以利再战！"

朱德："很好！"

毛泽东："说到教训，我毛泽东是要承担责任的。鉴于目前我军武器简陋，指战员又没有攻打大城市的经验，尤其是像打大同这样坚固的城市是要慎之又慎的。"

朱德："应该像华东的陈毅、粟裕他们那样，不计较一城一地的得失，而是以消灭敌人有生力量为主要目的。"

毛泽东："这就要求我军以打运动战为主，在运动中消灭更多的敌人。待到敌我力量发生了根本转变之后，攻打大中城市就会必然地提到议事日程上来。"

朱德："我完全赞成！"

毛泽东："恩来同志自南京发来密电，蒋介石已经做出所谓乘胜追击，拿下晋察冀军区的首府张家口，进而把我军赶进太行山的指示。同时，他还要冒天下之大不韪，召开没有我们参加的伪国大。"

朱德沉重地叹了口气，说道："再接下来，老蒋恐怕就要对我们的延安下手了！"

毛泽东："那是一定的！为此，立即电令晋绥部队归建。同时，为适应新的更加严峻的作战形势，电令聂荣臻同志恢复晋察冀军区野战军指挥机构。"

草原大路　外　晨

金色的草原一望无际，一条土路将草原劈为两半。

两匹骏马沿大路飞驰而来，渐渐看清骑马人是张宗逊和罗瑞卿。

张宗逊、罗瑞卿表情严峻地跳下战马。

张宗逊紧紧握住罗瑞卿的双手，沉重地说道："送君千里，终有一别。罗政委，我们会后会有期的！"

罗瑞卿："但是，我还坚定地相信，待到你我再度相会之日，一定是我军大获全胜之时！"

张宗逊："我也坚信不疑！"

罗瑞卿："见到贺老总，一定要带去我的问候。同时，还要带去我的检查。"

张宗逊："不，不！我是司令员，我应负主要责任，请你也务必把我们二人写的《绥东战役经过及经验教训》送交聂总，听候他的批评。"

罗瑞卿怅然地叹了口气，遂取出一张报纸说道："这是刚刚出版的刊载傅作义致毛主席公开信的报纸，请你也留一份，等到全国解放了，你我再还给他，看他说什么。"

张宗逊接过报纸，无比愤怒地："到那时，毛主席要是心软了，你我就一起把这两张报纸送给他。"

罗瑞卿笑了："那你我可要把这张报纸保存好啊！"

张宗逊："一定！"

罗瑞卿："宗逊同志，那就请上马吧！"

张宗逊："好！"纵身跃上战马，说了一句"后会有期！"遂策马沿着大道向前飞奔而去。

罗瑞卿目送张宗逊远去，转身跳上战马，两腿用力一夹马腹，迎着刚刚升起的朝阳飞奔而去。

张家口　聂荣臻办公室　内　夜

聂荣臻坐在桌前，潜心地批阅作战文件。

这时，警卫员引萧克走进："报告！萧副司令员到。"

叠印字幕：晋察冀军区副司令员　萧克

聂荣臻急忙站起，看了看手表，说道："都快到子夜十二点了，你一定是有什么军机大事相商，对吧？"

萧克取出一纸电文："对！毛主席转来周副主席自南京发来的密电，要我们相机行事。"

聂荣臻接过电报迅速阅罢放在桌上，近似自语地说道："不出所料啊！他蒋某人要北平行辕乘胜追击，一举拿下张家口……"

萧克："这是意料中事！另外，他搞东西夹击的战略也是一定的，关键是他蒋某人将如何排兵布阵，这是我们尚不了解的事情。"

聂荣臻从桌上拿起另外一份密电："这是耿飚同志自北平发来的急电，说是国军的参谋总长陈诚奉蒋介石的命令于今日飞抵北平，要亲自部署进攻张家口战役。"

萧克："耿飚同志不是结束军调处的工作了吗？他何时飞回张家口？"

聂荣臻："近日！"

萧克："立即电令耿飚同志，要他的部下杨科长一定要设法打入李宗仁的北平行辕，把陈诚部署进攻张家口战役的详细情报搞到手。"

聂荣臻："耿飚同志已经知道了。"

北平行辕客室　内　夜

行辕客室不大，显得十分安静，即使是灯光也非常柔和，正面的一组沙发空无一人，其他三面的沙发已经坐满肩扛将军军阶的军人，还有少数几位西服革履的中青年人。其中一位戴博士眼镜的年轻人格外突出。

叠印字幕：杨科长

有顷，陈诚在李宗仁的陪同下走进客室。

与会者相继站起，气氛很是严肃。

李宗仁、陈诚相继落座。

与会的军政两界人士也相继落座。

李宗仁很有身份地说道："方才，我与陈参谋总长根据蒋主席的指令，逐一协商、落实了攻取张家口的作战计划。下面，先由陈参谋总长传达蒋主席的指令！"

叠印字幕：北平行辕主任　李宗仁

与会人员热烈鼓掌。

陈诚肃然站起，十分威严地说："蒋主席命令你们：在北平行辕所属各部于完成冀东扫荡后，以第十一、第十二战区之主力，沿平绥线东西并进，向张家口攻击。以东北兵团之一部围击张家口附近匪军而歼灭之，并折断其退路。"他转而看着李宗仁，说道，"李主任！前一阶段，你部所属第十二战区傅作义部在西线连下集宁、大同，并以致毛泽东先生公开信扬名国内。下面，是否由你的属下第十一战区司令孙连仲将军先讲一讲他们在东线的战果啊？"

李宗仁："可以！孙连仲司令，你就对着作战地图向陈参谋总长报告十一战区的战绩吧！"

孙连仲站起，说道："是！"遂迈着军人的步伐走到挂有作战地图的大墙下面，拿起教鞭讲道，"在西线激战大同、集宁期间，我军首先由平泉分三路出击：一路沿铁路、公路经上板城向承德前进。一路经土沟、六沟前进。由于这两路进军神速，只用了两天，就攻陷了热河首府承德。第三路经黄土梁、六营子，于承德攻陷的第二天又攻占头沟、隆化、张三营子。一句话，三天痛快淋漓地解决了热河省。"

陈诚连声赞曰："好！好！孙司令不愧是我们保定军校的高才生啊！"

孙连仲更加神气活现地讲道："冀东是华北与东北联系的走廊，同时还直接威胁北宁路和平津地区的安全。为此，我军稍作休整之后，就从冀东西部的通县、怀柔、密云，南部的武清、唐山、滦县，东部的山海关、昌黎等先后出动，经数日血战，冀东大部业已收入我囊中！"

陈诚："好啊！好啊！孙将军能继续保持我国军不善张扬的战斗风格，更属不易啊！李主任，你说呢？"

李宗仁："陈参谋总长所言极是！我看孙司令就不必再继续讲下去了。"

陈诚："好！好！"

孙连仲大步走回自己的座位落座，似乎总有那么一点不服气的感觉。

陈诚："孙司令，在下达攻打张家口的命令之前，我有一个想法想征求你的意见。”

孙连仲：“请陈参谋总长示谕。”

陈诚：“第十二战区在攻打集宁、大同的战役中打得很苦，需要作较长时间的休整。因此，我和李主任商定，先由你指挥的十一战区从东面发起张家口攻坚战。”

孙连仲：“坚决完成收复张家口的战斗任务！”

李宗仁有意地说道：“孙司令，傅宜生指挥的第十二战区攻克集宁、大同之后，蒋主席把绥远省划拨给十二战区管辖，接下来嘛……”

孙连仲：“绝不会再把察哈尔省作为奖励品再送给第十二战区！”

陈诚：“好！好！孙司令，请你记住：我这个保定军校的毕业生愿意为你颁此大奖的。”

孙连仲：“谢谢！”

陈诚：“李主任，下面就由你下达攻打张家口的命令！”

军调处耿飚办公室　内　夜

身着军调处军装、肩扛少将军阶的耿飚坐在桌前，精心地处理公文。

杨科长像阵风似的闯进，喜悦地说道：“报告！我得胜而归！”

耿飚笑着说：“那是自然的！要么就不是小杨出马，一个顶俩了！”他一边倒水一边说，“他们进攻张家口的作战计划一定是搞到了吧？”随即把水放到杨科长的面前。

杨科长：“搞到了！我现在就向你汇报。”

耿飚从桌上拿起一张火车票，说道：“聂司令发来密令，让你立即乘火车赶回张家口，军区的领导正在焦急地等着你的军事情报呢！”

杨科长接过火车票：“那你呢？”

耿飚：“我已接到命令，办完移交手续之后，立即返回张家口。”

杨科长：“好！张家口见。”

定格　叠印字幕：第二集终

第 三 集

张家口　聂荣臻办公室　内　夜

聂荣臻坐在桌前，认真地审阅一份机要文件。

警卫员引耿飚走进："报告！耿飚首长回来了。"

聂荣臻站起，紧紧握住耿飚的手，高兴地说："耿飚同志，你回来了，怎么样？一路还顺利吧？"

耿飚："报告首长，我这不是顺利地回来了吗？聂司令！快给我下达作战任务吧。"

聂荣臻一边去拿竹套暖瓶一边说："这就是我们的耿飚同志！先坐下，喝杯张家口的奶茶，然后我再简单地向你交代一些情况。"

耿飚忙说："我自己来！"他从聂荣臻手中抢过竹套暖瓶，十分熟练地冲泡了一杯奶茶，他一边喝一边听聂荣臻介绍情况。

聂荣臻深沉地说道："你是知道的，蒋介石对我们张家口垂涎已久，他企图夺取张家口，打通平绥路，把北平和绥远既能联结起来，又可以切断我们华北解放区和西北解放区以及东北解放区的联系。目前，他正在加紧调动兵力，准备向张家口进攻。"

耿飚："您收到杨科长的情报了吧？"

聂荣臻："收到了！前一个时期，承德被敌军占领，集宁一战又没有打好，这样，就使张家口陷于东、西两面受敌的境地。据杨科长的情报，孙连仲制定的进攻张家口的作战计划，也是从东、西两个方面包围和进攻张家口。所以，我们必须针对东西对进的敌情，尽快地制订出我们的作战计划，做出我们的作战部署。"

耿飚微微地点了点头。

聂荣臻："我个人的意见，今后军区有关作战的工作，还是由你来抓。"

耿飚："好的，但是让我先熟悉一下情况。"

张家口城墙之上　　外　　日

古老的城墙依然显露出它那不屈的性格，远眺西边，夕阳如火，把河山烧成五光十色。

罗瑞卿、耿飚漫步古城墙之上，进行严肃的交谈。

罗瑞卿："说到进攻张家口，蒋介石不想再把察哈尔省这块肥肉让傅作义拿去，所以他决定让孙连仲指挥中央军的嫡系部队攻占张家口。为此，所谓东西夹击张家口的作战计划，实际上——至少在开始阶段的主战场在东线。"

耿飚："我们搞到孙连仲在东线进犯张家口的具体部署了吗？"

罗瑞卿："搞到了！其部署是：东线，以第十一战区李文兵团的第十六、第五十三军由南口、怀柔等地向张家口进逼，第九十四军为战役预备队，第十三军出沽源，做牵制性的佯动。"

耿飚："西线傅作义的第十二战区的部队呢？"

罗瑞卿："战役的第一阶段，他们只配合东线第十一战区会攻张家口。"

耿飚："我们在保卫张家口的战略方针是什么呢？"

罗瑞卿："有分歧！说得严重一点，有很大的分歧。"

耿飚一怔："分歧点是什么呢？"

罗瑞卿："聂司令员根据敌我双方的态势正式提出：打得赢，就打；打不赢，就走。为此，我们必须做好从张家口撤退的准备。我和萧克副司令支持聂司令的意见。但是，有一些高级干部和将领坚决反对放弃张家口。"

耿飚："他们的理由呢？"

罗瑞卿："很简单，他们说张家口是我们用鲜血和生命攻下来的，如此轻易地丢掉就没有了！当时，我很生气地反对了他们。"

耿飚："聂司令的态度呢？"

罗瑞卿："聂司令也很生气地说，不要扯啦！这件事没有扯的必要啦。早撤，还可以多搬些东西，甩掉了包袱能主动打胜仗。打了胜仗以后，北平、天津、保定都是我们的。"

耿飚："他们服气了吗？"

罗瑞卿："没有！他们只是噘着嘴不说话而已。"

耿飚："最后是怎么解决的？"

罗瑞卿："我们的聂司令说，给中央军委和毛主席写报告，交由毛主席作最后的裁决。"

耿飚："毛主席回电了吗？"

罗瑞卿："没有！"他沉吟片时，"耿飚同志，近期，军区领导就要召开军事会议，你要多动些脑子，多提一些建设性的意见。"

耿飚："我会尽力而为的！"

聂荣臻办公室　内　夜

聂荣臻、萧克、刘澜涛、罗瑞卿、耿飚等高级将领与会，个个表情肃穆。

聂荣臻严肃地讲道："现在，我宣布开会。第一个议题，就是关于是撤离还是死守张家口的不同意见。中央军委和毛主席收到我们的报告之后，立即发来了由毛主席亲自起草的指示。下面，请罗瑞卿同志向同志们作精神传达。"

罗瑞卿站起，双手解读电文要义："……除各方布置外，集中主力于适当的地区待敌分路前进，歼灭一个师（两个团左右），得手后看情形如有可能，则再歼其一部，则可将敌第一次进攻打破。依南口至张家口之地形及群众条件，我事前进行充分准备，各个歼敌，打破此次进攻之可能性是存在的。"他抬头看了看与会者的严肃表情。

罗瑞卿接着宣读："……同时张家口应秘密进行疏散，准备于必要时放弃之，这种准备和积极布置歼敌计划并不矛盾。"他放下电文，说道，"大家对毛主席的电文有什么不同的意见吗？"

"没有！"

聂荣臻："很好！下面，由耿飚同志介绍我军应敌的作战计划。"

耿飚起身走到简易的作战地图前，用手指着地图讲道："聂司令根据毛主席电示精神，以及来自诸方面获悉的情报得出结论，敌人进攻的重点在东线。为此，以第一纵队全部及第二、第三纵队各一个旅集中到怀来以南地区，待机出击，准备歼灭由康庄、怀来西犯的敌人，在歼灭若干敌人之后再撤出张家口。为配合张家口正面作战，为撤出军民向南转移，由第三纵队司令员杨成武、冀晋军区政治委员王平，指挥第三纵队第八旅和冀晋、冀察、冀中军区的五个独立旅发起平汉战役，打击国民党军的侧背。"他抬起头，"聂司令，我全部讲完。"遂走回自己的座位。

聂荣臻："大家听明白了吗？"

"听明白了！"

聂荣臻："为统一领导，军区党委决定并报中央军委毛主席批准，组成野战军前线指挥部，以晋察冀军区副司令员萧克为司令员、以军区副政治委员罗瑞卿为政治委员、以耿飚为参谋长、以潘自力为政治部主任。罗瑞卿为前线委员会书记。会后，你们要分头传达、动员，组织等各项工作，同时还要保障后勤供应。都记下了吗？"

"记下了！"

聂荣臻："下面，请前线指挥部罗政委讲话！"

罗瑞卿站起，拿起一叠油印的材料："为了配合这次作战，晋察冀中央局和军区联合发布了紧急动员令，会后每人拿一份带回去，务必在军民中落实！"

"是！"

晋察冀军区大门口　外　晨

张家口的清晨是非常安静的，除去雄鸡报晓似乎没有一点动静，更无起早晨练的百姓。

军区大门前停着一辆吉普车，司机待命坐在驾驶座上。

有顷，罗瑞卿、耿飚、杨科长从军区大门口中相继走出，驻足吉普车前。

耿飚紧紧握住罗瑞卿的手，说道："罗政委，请回吧！我一定如期赶往怀来前线，设立野战军司令部前线指挥所，并仔细勘察地形和落实防御作战的各项准备工作。"

罗瑞卿："我希望在我和萧克司令员到达前线之前，你们要利用一切条件了解敌人——尤其是上层的军事行动。"

耿飚："是！"

罗瑞卿："时下，其他野战军一个接着一个打大胜仗，唯独我们晋察冀军区没有交出一份合格的答卷，搞得指战员们的情绪都很低落。"

耿飚："我虽然回来不久，也感到这种情绪必须尽快改观，否则会影响战场上的胜负。"

罗瑞卿："内战爆发以后，毛主席要我回延安接受战斗任务，他对我说：你们只要坚定执行党中央的正确领导，时刻和晋察冀老区的人民拧成一个拳头，就能无往而不胜！"

耿飚："说得是何等地好啊！罗政委，见到我们的总司令了吗？"

罗瑞卿："见到了！"

耿飚："他对你说些什么了？"

罗瑞卿："他说，主席讲的就是我们军歌唱的那样：我们的队伍向太阳，脚踏着祖国的大地，背负着民族的希望！"

耿飚："好！我要让指战员经常唱《中国人民解放军进行曲》。"他说罢跃身跳上吉普车，"罗政委！战场上见。"

平绥铁路东段南侧的公路　外　日

这里是一眼看不到尽头的各种果林，熟透了的鸭梨在树枝上随风轻轻摇曳，一串接一串的马奶葡萄格外诱人。

一辆吉普车沿着公路飞驰而来。化入车内：

耿飚、杨科长并肩坐在后排座位上，他们眼望窗外，看着那熟透了的各种水果真是就要流出口水来了。

杨科长有意地问："参谋长，我的肚子里为什么开始闹革命了？"

耿飚一怔："你瞎说些什么啊，搞得我的肚子里也像是条件反射似的'咕咕'乱叫。"

杨科长："这说明你我的肚子都向我们发出明确的信号，民以食为天啊！"

耿飚："这还不是怪你！我说吃点东西再走，你说才一百多里路，赶到怀来有好吃的。结果嘛……"

杨科长："谁想到为了打仗，公路被破坏了，七拐八拐，到现在才赶到沙城。"

耿飚："咳！那就只好挨饿了。"

杨科长灵机一动，命令地："停车！"

吉普车戛然停下。

耿飚一惊："你为什么要停车？"

杨科长打开车门，纵身跳下车来："参谋长，下车，先解决民以食为天的问题。"

耿飚跳下车来，一眼看见不远处有一片果树："杨科长！你是不是想打果树的主意？"

杨科长："这还瞒得了以聪明闻名天下的耿参谋长！"他说罢一边向着瓜果窝棚走去一边喊道，"老乡！我们要买鸭梨和马奶葡萄。"

看瓜果的窝棚里没有回声。

耿飚："看来，果农听说要打仗，一定是躲起来了！"

杨科长快步走到果窝棚前一看："咳！不幸被参谋长所言中，里边空空如也！"

耿飚走到跟前一看，只有一件破上衣挂在木钉上："没人，我们只好打道回府。"

杨科长："参谋长，你看里边还有一件上衣嘛，我猜啊这位看水果的老农回家吃饭去了。我的意见，咱们先吃鸭梨和葡萄，说不定咱们还没有吃饱，他就回来了。"

耿飚沉思良久："前提是不准违反群众纪律！"

杨科长："那是一定的！"他说罢第一个伸手摘了一个鸭梨，简单地擦了擦，十分香甜地吃了起来。

耿飚顺手摘了一串马奶葡萄，因无法冲洗遂狼吞虎咽地吃个不停。

很快，耿飚、杨科长等吃了个水饱，放眼望去，依然不见看水果的老农回来。

杨科长："参谋长，我们还坐在这里等他回来吗？"

耿飚："不行！赶路重要。"

杨科长："我们没有国民党的钞票啊！"

耿飚："我有！"取出几张钞票交给杨科长，"这是我在北平军调处工作的时候剩下的。你写个便条，连同这些钱一并放在那件上衣口袋里。"

杨科长接过钱："是！"走进窝棚里。

坑洼不平的公路　外　日

耿飚、杨科长坐在吉普车内严肃地交谈。

耿飚："杨科长！我们在怀来住下以后，留在北平行辕的内线同志还能和你联系吗？"

杨科长："绝无问题！"

耿飚："时下，陈诚留在北平督战，要准确地掌握他的一切行动。"

杨科长："是！"

怀来前线　外　日

在《中国人民解放军进行曲》的军乐声中叠印：

指战员在拼力、紧张地构筑工事；

耿飚在警卫员的陪同下视察前线构筑的各种工事；

战士们光着膀子、汗流浃背地挥锹抡镐，在构筑战壕或碉堡，进度相当地快、好。

耿飚接过战士手中的铁锹，用力铲了一锹泥土掂了掂分量，笑着说："足有二十多斤吧！"

战士："如果是湿的泥土，恐怕还要重！"

耿飚放下铁锹，抓过这个战士的一只手，特写：

一只红红的大手，上面磨起了好几个血泡。

战士腼腆地："首长！没有关系，大家都这样。"

耿飚纵身跳上战壕，向前望去。

特写：弯弯曲曲地向前延伸，十分壮观。

耿飚感慨地："同志们！你们用双手构筑了一条现代化的长城，有了它，我们就能打败敌人！"

战士们咧着大嘴笑了。

耿飚指着旁边新建的碉堡，问道："同志们！这座新建的碉堡坚固吗？"

一个战士答说："首长跳上去试一试就知道了！"

耿飚一个箭步跳上了碉堡，用力跳了几下，坚如磐石，连声赞曰："结实！十分地结实！"

这个战士大声说："报告首长！这个碉堡都是用枕木、铁轨构筑的，抗住一般的炮弹不成问题。"

这时，一位王团长跑步似的赶到近前，行军礼："报告参谋长！萧司令、罗政委到了，请您去。"

耿飚："好！我们一边走一边谈。"

王团长："是！"遂与耿飚向前走去。

耿飚问道："王团长！你们弹药配备得怎么样？一定要充足些啊！"

王团长："报告参谋长！我们不但把前沿的弹药配备足了，团部也准备了不少。一句话，够敌人吃的啦！"

耿飚："弹药充足就有了打胜仗的保证，但要注意节约使用，通讯联络也要保证畅通。"

王团长："是！"

这时，杨科长迎面快步走来："参谋长！据内线同志报告，国民党的参谋总长陈诚突然要返回南京，行前将在北平单独传见进攻张家口的东线主力兵团李文司令。"

耿飚严肃地："你一定要设法把陈诚传见李文谈话内容搞到手，供萧司令、罗政委下决心迎战敌人的参考！"

杨科长："保证完成任务！"

北平　陈诚下榻处　内　日

陈诚身着便装，在室内踽踽踱步，似在思索什么。

"报告！"

陈诚："请进！"

肩扛中将军阶的李文走进，行军礼："参谋总长！学生李文奉命赶到，接受您的示谕。"

陈诚笑着说："我哪有什么示谕啊！今天，蒋主席自南京打来电话，让我行前单独和你再谈谈张家口战役的意义。"他说罢又客气地说，"好！坐下谈吧。"他主动地坐下。

李文小心地坐下。

陈诚："关于张家口战役的整体作战方案，校长阅后很高兴。他在电话里对我说：很好！我批准了，你们就按照这一作战方案实施就是了。"

李文："是！"

陈诚："校长再三叮嘱，说你在战场上打仗是员虎将，但在政治上就不够那么成熟了。简单地说，校长对你拿下张家口是放心的，但他不放心的是，你未必认识到这场战役放在全国这盘大棋上，是一场政治大仗。"

李文一惊，近似自语地："什么，是一场政治大仗？"

陈诚严肃地："对！大同、集宁战役，让地方派系傅作义拔了个头筹，他不仅得到了校长恩赐的大片地盘，而且还利用致毛泽东一封公开信声名远播，真可谓是名利双收啊！校长说，你李文是黄埔一期的高才生，如果此役一举拿不下张家口，校长，还有我这个老师……"

李文赫然站起："请放心！我绝不会丢黄埔的脸。"

陈诚："好，很好！"他沉吟片时，又说道，"校长还说，如果你李文拿下张家口等地，不仅证明中央嫡系部队就是有战斗力，而且还等于把察哈尔省的地盘，全部划入中央政府的版图。"

李文："请转告校长，我李文绝不会让察哈尔省再落入傅作义手中！"

陈诚："你是知道的，蒋主席早已昭告天下，10月底就要召开没有中共参加的国大了，还要制定第一部治国的宪法。校长让我告诉你，希望你拿下张家口向国大献礼！"

李文："请校长放心，这个大礼我是献定了！"

陈诚取出一纸公文，说道："为了确保你拿下张家口，我还征得行辕主任李德邻的同意，特批了飞机、装甲车、坦克，还有大口径的野战大炮配合你作战。"

李文接过公文："谢校长和参谋总长！"

怀来　前线指挥部　内　夜

这是一间学校的课堂，屋顶上挂着明亮的汽灯，可见灯下会议桌是由课桌拼凑而成，四周坐着参加张家口战役的纵队指挥员，萧克、罗瑞卿坐在首长席上。

萧克："前线指挥部根据中央军委和毛主席对张家口战役的指示精神，制定了以张家口为钓饵，把部队主力集中在东线适当地区，选择一路歼灭之，得手后再歼灭敌一部。下面，由参谋长耿飚同志介绍敌我双方的兵力配备。"

在萧克的讲话声中摇出与会的指挥员不同的表情。

耿飚同志站起身来，走向讲堂，只见正面墙壁上是一块黑板，上面画着一幅简易的张家口作战地图。

耿飚拿着教鞭指着简易地图说道："根据最新情报，敌人李文兵团决定以第十六军及第五十三军一个师，分两个梯队沿平绥路向怀来发起进攻。为此，我前指确定的战役部署是：以第二纵队主力附地方武装一部在怀来、延庆地区正面抗击敌人进攻；以第一纵队及第二、第三纵队各一个旅隐蔽集结于怀来以南地区，待机出击。另外，鉴于此次战役敌人将出动飞机对我军阵地进行狂轰滥炸，参战部队务必做好防空准备。"

罗瑞卿："耿飚同志！我打入敌人内部的情报同志，搞到敌人准确发动攻击的日期了吗？"

耿飚："搞到了！9 月 29 日。"

《中国人民解放军进行曲》轰然而起，在敌我交战的枪炮声、飞机轰鸣声中送出沉重的男声画外音：

"9 月 29 日，国民党军果真以第十六军第九十四、第二十二、第一〇九和第五十三军第一三〇师共四个师的兵力，在空军、坦克的配合下，沿平绥铁路分两个梯队向怀来进攻，企图首先攻占延庆，再迂回怀来。我军第二纵队遵照原定作战方针应战，击退敌人多次进攻。10 月 2 日，敌军占领了岔道、南园、内泡、东西花园地区。10 月 3 日，敌军第九十四师由马圈子沿铁路北侧，第一〇九师东西花园南侧，向怀来以东火炼营、南北七里桥、达子营地区进攻。同时，还出动飞机一百多架次配合地面部队作战，与我军暂时打成相持状态……"

南京　蒋介石官邸客室　内　夜

蒋介石蹙着眉宇一边快速踱步，一边愤然自语："废物！废物！一群废物！"

这时，陈诚走进："校长！又生谁的气了？"

蒋介石转身怒视陈诚："我生你的气！"

陈诚一惊："我……怎么惹您生气了？"

蒋介石："一个小小的怀来攻歼战，用了四个师的正规军，打了整整三天，还没有拿下来，漫说我无法向国人交代，就说你这个参谋总长吧，脸上有光彩吗？"

陈诚低沉地："我对不起校长对我的栽培与信任。"

蒋介石："说这些有什么用？现在前线的战况如何？"

陈诚："我刚刚接到李文将军的报告，我第一〇九师为突破共军部队的阵地，打乱其防御体系，除用飞机轰炸、坦克冲杀，还发射了七千多发炮弹……"

蒋介石："结果怎么样？"

陈诚："共军打得十分英勇，经过四个小时的激战，我一〇九师第三二五团全部及第三二七团一个营全部殉国，另有三辆坦克也成了共军的战利品。"

蒋介石气得挥拳砸在桌面上，大声骂道："一群饭桶！一群笨蛋！"

陈诚："还有——"

蒋介石一挥右手："讲！"

陈诚："由于李文所部从正面进攻怀来受阻，他被迫改攻为守。"

蒋介石震怒地："真是丢尽了我军的脸！看来，你们只能用战场上的失败来迎接国大的召开了！"

陈诚把头一昂，信心百倍地说："不！我一定要用国军高奏的凯歌庆祝国大的召开。"

蒋介石："你有什么转危为安的妙计吗？"

陈诚："我明天上午飞往北平，我要亲自到战场督战，把校长的指示精神转为胜利的现实！"

蒋介石："好，很好！转告李文，从怀来正面攻击受阻，那就出其不意地从侧面进攻嘛！等打下怀来以后，再长驱西进，一举拿下张家口！"

陈诚："是！"转身大步走出客厅。

蒋介石看着陈诚的背影微微地摇了摇头。

南口　外　内

远方隐隐传来激战的枪炮声，还有空中轰炸机的隆隆马达声。

这是一间临时供作战使用的房屋：墙上挂着张家口会战的作战地图，房中置有一套中式桌椅，桌子上摆着一部电话和考究的茶具。

陈诚身着戎装、肩扛上将军阶，十分威严地站在地上，望着墙上的作战地图凝思不语。

有顷，肩扛上校军阶的随侍秘书走进："报告！李文司令已经从火线赶来，听你指示。"

陈诚转过身来："请他进来！"

随侍秘书："是！"转身大步走出。

有顷，李文全身征尘，满脸怒气地走进，行军礼："报告！李文奉命赶来领受批评！"

陈诚转过身来，扫了一眼李文的表情，严厉地说："不要说这种泄气的话！时下交战，你李文仅仅是暂时的失误，更何况胜负乃兵家常事嘛。"

李文："谢参谋总长，请告知，我率领的兵团如何能转败为胜呢？"

陈诚："校长指示我们：从怀来正面攻击受阻，那就出其不意地从侧面进攻嘛！为此，我决定用军车悄悄地运输你的预备队第九十四军第四十三师及第一二一师两个团至沙河，从怀来东南二十公里的马刨泉、横岭进入，然后再迂回到共匪的侧背，突然向怀来发起攻击。"

李文："好！这叫出其不意，攻其不备，此次战役，我军必将大获全胜。"

陈诚："先不要说大话！"

李文："是！"

陈诚："为掩护这次从侧背偷袭式的进攻，一要假戏真做，继续把正面进攻的枪炮声打得更响，再是一定要保密，绝不能把我军改变进攻意图透露给共匪！"

李文："是！"

陈诚："我在此督战，随时可以帮你出主意。如战况进展需要，我还可以帮你调兵遣将！"他沉吟片时，以命令的口吻讲道，"我再重复一遍，这次从侧背偷袭共匪的战斗，一定要保密，决不能让共匪获知这一消息！"

李文："请参谋总长放心，一切都会按照您的指示办！"

怀来　前线指挥部　内　日

室外传来激战的枪炮声和飞机的马达声。

耿飚站在讲堂桌前，用教鞭指着黑板上画的张家口战役简图讲道："方才，我传达了情报人员获悉的最新作战情报，他们要采取迂回、偷袭的办法拿下怀来。为此，我前线指挥部制订了也是偷袭的办法粉碎该敌的企图。具体的部署：我决定集中第一纵队、第二纵队的第七旅和第四纵队第十旅的一个团，统由第一纵队司令杨得志、政委苏振华指挥。"他说罢走下讲台，坐在自己的座位上。

萧克："大家都听清楚了吧？"

"听清楚了！"

萧克："第一纵队原是冀鲁豫的部队，因此杨得志、苏振华同志也不是我们晋察冀的干部。我要讲清楚，军队是党的军队，干部也是党的干部，都必须服从党的统一指挥。二纵司令郭天民同志你必须做出榜样！"

郭天民站起："是！"

萧克："很好！"郭天民遂坐下。

罗瑞卿："方才，萧克司令讲的很重要，这也是我军以弱势之旅战胜强敌的根本。另外，蒋介石十分看重此役，并吹牛说，各方面皆表示相信，一切战事至 10 月 10 日——也就是国民党的双十节即将停止，届时政府自铁路线上肃清共军之战可告完成。耿飚同志，要电告杨得志司令员，要让蒋介石的美梦变成恶梦！"

耿飚："是！"

杨得志司令部　内　日

远处传来隐隐的枪炮声。

一张简易的作战地图铺在桌面上，用不同的军事符号标出各个交战的地点。

杨得志指着作战地图讲道："方才，卢参谋长传达了国民党军迂回、偷袭怀来的企图，以及我前指首长迎敌的重要指示。下面，我讲一下具体的作战部署：根据敌人第四十三师第一二七团于 8 日进至马刨泉，主力进至水涧地区设伏，我军以第一旅担任阻援，以第二、第四旅赶在 7 日之前到达指定地点，并占领制高点。等到 8 日晚敌人到达马刨泉——且立足未稳之时，我三发信号弹升空，你们以五倍于敌的兵力冲向敌人一二七团，争取全歼。记住了吗？"

"记住了！"

杨得志："为保证此次军事行动的高度机密，所有参战部队一律在夜间行军！"

"是！"

寂静的夜晚　外　夜

在《中国人民解放军进行曲》轻轻的军乐声中叠印：

我军全副武装，大步行进在夜色的小路上。

杨得志与卢参谋长快步行进在大队人马的后边，小声地交谈着。

杨得志："卢参谋长！天亮之前我们的部队能全部赶到设伏地点吗？"

卢参谋长："绝无问题！"

杨得志："到达设伏地点之后，简单地用过早饭，要依照规定，全都隐藏在设伏之地。"

卢参谋长："是！"

秋季的田野大道　外　日

国民党不同兵种的军队行进在大道上。

大道两边的玉米地全都变黄了，若不是战争，农民早就忙着收玉米了。

有两个兵痞借口小解，跑进玉米地里边掰还是青色的棒子槌边开心地说：

"很久没吃烤玉米了！小的时候，经常跑到玉米地里偷人家的棒子，用火一烧，歪提有多么香了！"

"是啊！到了休息吃饭的地方，我们把这些棒槌往灶膛里一扔，等一会就香气扑鼻了！"

村边场院　外　夜

这是一片空地，国民党军队在此埋锅造饭，热闹非常。

刚刚赶到的国民党部队一二七团官兵有的躺在地上休息，有的坐在地上瞎聊。

方才，那两个在玉米地掰棒槌的兵痞，现在每人拿着几个烧得黑乎乎的棒槌大声喊道："吃最新鲜的烤玉米了！别看它的样子黑不溜秋的，它就像是长得丑的媳妇，样儿不济，好脾气！咬一口，保你流口水，快来吃了！"

霎时之间，无论是倒在地上的还是坐在地上的，腾地一下跳起来，抢着吃烤玉米。

这时，传来轰轰隆隆的汽车声。

抢吃棒槌的官兵下意识地停止喧闹，侧耳倾听。

一位军官站在凳子上，大声说："官兵弟兄们！我们不仅是一支受过美式训练，而且还是全部美式装备的正规团，为了保证马刨泉首战的胜利，我们的兵团司令又给我们团送来了三个山炮连。等一下，他们一到就开饭，大家吃得酒足饭饱以后，我们就向马刨泉发起突然的攻击。"

刚刚静下来的官兵又恢复了嘈杂声。

杨得志指挥阵地　外　夜

这是一座绵延起伏的小山包，杨得志的指挥部设在山包的最高处。

杨得志、卢参谋长拿着望远镜向山下一看：

山下灯火一片，可见敌一二七团及三个山炮连的官兵一边吃饭一边发出嗡嗡的说话声。

杨得志："敌人开饭已经快十分钟了，再有五分钟就到了下达发起攻击的信号了！卢参谋长，我们的攻击部队准备得怎么样了？"

卢参谋长："一句话，万事俱备，就欠东风了！"

杨得志："为了勿使少数敌人成漏网之鱼，我部切断敌人的退路了吗？"

卢参谋长："方才接到他们的报告：敌人的退路已经全部切断。"

杨得志："好！下达攻击的命令。"

卢参谋长："警卫员！立即向夜空中发射三发信号弹！"

警卫员："是！"他拔出信号枪，向着空中"啪、啪、啪"打了三发信号弹。

特写：漆黑的夜空腾空而起三发红色的信号弹。

接着，冲锋号声震天而响，遂引来了我指战员向山下发起攻击的枪炮声。

《中国人民解放军进行曲》轰然而响，与枪炮声、冲锋号声、呐喊声混合成一支战争交响曲。

同时，送出洪亮的男声画外音："10 月 8 日晚，我军在杨得志司令亲自指挥下，按照预设的作战方案，从四面八方向敌人发起冲锋，经一夜的激战，敌人这支受过美式训练、全部美式装备、蒋介石的嫡系部队一二七团共一千六百余人，被我军全部歼灭。此时，气急败坏的陈诚又命令敌一二一师经镇边城，四十三师的两个团经横岭分路推进，妄图迂回怀来，取得转败为胜的战绩。我军又在杨得志司令的亲自指挥下，在南石岭英勇阻击敌四十三师，打死打伤敌六百余名。我军第三旅、第四旅、第十旅和第二旅主力，也在镇边城东南联合阻击敌一二一师，又消灭敌一千余人。就这样，历时三天的激烈战斗，敌人迂回我怀来的全部企图，以死伤三千余人的代价宣告终结……"

激战后的战场　外　日

战场上到处堆满了缴获的各种枪支弹药，还有几门山野大炮以及炮弹箱。

地上躺着横七竖八被打死的敌人尸体。

我军战士拿着枪押解一队队俘虏迎面走来。

杨得志、卢参谋长在警卫人员的保护下一边视察战场一边自由地交谈。

杨得志拿起一把缴获的美式冲锋枪看了看："真是好东西啊！"

卢参谋长："要是我们的部队装配这样的武器，敌人就更不是我们的对手啦！"

杨得志："这说明毛主席说的'战场上决定胜负的不是武器而是人'是真理。"

卢参谋长："毛主席说的还有错！"

杨得志走到一门山野大炮前用手摸了摸说："那天，我们如果有这家伙，自山上向山下打它几炮，正在吃饭的敌人官兵，就用不着我们的同志和他们拼刺刀了！"

卢参谋长："那是自然了！"

杨得志："告诉我们的炮兵专家高主任，让他教会更多的官兵会打炮，将来在攻打大城市的时候用得着。"

这时，迎面走来一队俘虏兵。

卢参谋长："杨司令！我建议请肖司令员、罗政委把部分俘虏押到张家口，让聂司令有文章好做。"

杨得志："我看这个主意不错。"

张家口　聂荣臻指挥部　内　日

聂荣臻坐在桌前面带笑颜地阅看电文。

郑维山手持电文走进："聂司令！东线战场发来喜报，取得了很大的胜利。"

聂荣臻接过电文看罢又拿起刚刚阅看过的电文，笑着说："你看，这是何等地巧啊！为配合平绥东线作战，我第三纵队第八旅、冀晋军区独立第四旅和冀中军区独立第七、第八旅等部，也是在 9 月 29 日向平汉线南起漕河北至涿县段发起大规模破击战，经五天的连续战斗，先后攻克望都、徐水、定兴、容城四座县城，共歼灭敌军八千余人。"

郑维山："胜利很大啊！"

聂荣臻："我准备给中央军委和毛主席写报告，讲一讲我们晋察冀军区最近所取得的战果。"

郑维山："我赞成！为安定张家口军民的情绪，我准备让大家看看在东线俘虏的敌军。"

聂荣臻沉吟片时："但不要违反三大纪律八项注意。"

郑维山："是！"

聂荣臻："夜里搬运物资的工作进展得怎样？"

郑维山："一切按计划进行！不过，同志们在搬运物资的过程中有些意见。"

聂荣臻："说说看！"

郑维山："同志们对炼钢厂、发电厂等大型工厂的设备留给敌人想不通！"

聂荣臻："想不通不行，这是一个铁定的原则。告诉同志们，这些大工厂的设备是人民的，你炸了它，那些工人和家属靠什么生活？我们再打回来靠什么发电、炼钢？"

郑维山："好！我坚决执行。"

延安枣园　毛泽东的窑洞　内　日

毛泽东伏案疾书，笔走龙蛇，一气呵成，遂拿起写成的文稿审阅。

朱德走进："老毛！又在做什么文章？"

毛泽东头也不抬地说："你先请坐，我看完后再谈。"

朱德："好！恭敬不如从命。"他说罢坐在毛泽东的对面。

毛泽东看罢交给朱德："你看完如没有不同的意见，就发给聂荣臻他们。"

朱德接过文稿很快阅完："很好！立发。"他把文稿退给毛泽东。接着，他有些沉重地说，"老毛，东线战场，我们虽然取得了一些胜利，但我感到张家口的形势并不妙啊！"

毛泽东："我也有同感！老总，你先说说看。"

朱德："东线的胜利，无疑会暴露我们在西线战场尤其是张家口守备的空虚，一旦傅作义突然向张家口发起攻击，这座空城就会轻易地被傅作义占领。"

毛泽东："我以为傅作义暂时还不敢贸然进攻张家口。"

朱德："理由呢？"

毛泽东："一、傅作义明白，蒋介石如此布局张家口战役，就等于告诉他：你和你的部队好好地在归绥休息吧；二、傅作义的肚子里也有他的小九九，蒋介石不给他重利，他是不会轻易出兵的。换句话说，他和阎锡山这些新老军阀是一样的，蚀本的买卖他是绝不做的！"

朱德："有道理，这是中国式军阀的共性。老毛，傅作义在什么条件下才出兵抢占张家口呢？"

毛泽东："我认为傅作义出兵有两个条件：一、从军事上讲，东线的战事难以取得速胜；二、从政治上讲，东线的战役影响到蒋某人的伪国大召开。"

朱德："有道理。老毛，猜猜看，在归绥作壁上观的傅作义天天在想些什么呢？"

毛泽东："一、静静地等待蒋某人征召他出兵；二、默默地计算如何调兵遣将巧取张家口。"

朱德："果如斯，这是最危险的啊！"

定格　叠印字幕：第三集终

第 四 集

归绥　傅作义宅邸庭院　外　晨

　　这是一座典型的中式大院：一条青砖铺就的甬路连接大门和正房屋门，甬路两边各植有一棵枣树，多数的树叶已经落光，只有几个红红的枣子散挂在树枝上。

　　傅作义身着习武的中式打扮，手持一把大刀，在枣树下耍得风生水起，一看就知是把习武的老手。

　　傅冬菊悄声走进，看着父亲习武的招数忍不住地笑了。

　　恰在这时，傅作义习武转身之时看见了微笑的傅冬菊，他停止了舞刀，问道："冬菊，是不是笑你父亲老了，这刀耍得不如过去了。"

　　傅冬菊："不，和过去耍得差不多。"

　　傅作义："那你为什么还发笑呢？"

　　傅冬菊："我笑父亲没有一点新鲜的！从我记事，我就看你耍大刀，套路一点也没有改，我都看烦了，可你还是这样一板一眼地耍。"

　　傅作义："女儿，我天天看你写那些八股式的新闻报道，觉得一点意思都没有，可你还乐此不疲，这是为什么呢？"

　　傅冬菊："这是我的职业啊！"

　　傅作义笑了："说得是何等地好啊！这是你的职业。"他转而指着屋门，"女儿，爸爸好久没有上战场指挥打仗了，全身的肌肉都紧绷着，进屋去，给爸爸捏一捏双肩，还有这就要落枕的脖子。"

傅冬菊笑了："没想到啊，往常按摩从不让女儿在旁边，今天却亲自点名要女儿代劳，太阳真是从西边出来了。"

傅作义官邸客室　内　日

傅作义紧闭双眼，眉宇间似蹙就一个眉包，他虽然半躺半坐在沙发中，且双腿十分松弛地放在前边的垫椅上，但依然可以看出他很不开心。

傅冬菊一言不发，故作用心地给傅作义捏双肩，可仍然可以看出她是心猿意马。

傅作义突然生气地喊了一句："停！"

傅冬菊惊得一怔，下意识地停止这心不在焉的按摩，有气地问："爸！你这是怎么了？"

傅作义站起身来，稍微活动了一下身子，有意放松地说："没什么，没什么。"

傅冬菊顽皮地："爸，我看不是没什么，而是大有什么，对吧？"

傅作义叹了口气："往常，你从天津回来，始终是打着《大公报》的旗号问这问那，可你这次从天津回来，除和我打了个招呼，什么也没问，什么也没给爸爸说。"

傅冬菊把嘴一噘："我敢问吗？过去，我一问你就说这是军事机密；我一说报刊同仁的看法，你就说这是一群小知识分子胡乱猜测，搞得我很没有面子。"

傅作义："你呀，少给我要小聪明！如果没有所谓热点新闻需你采访，你才不会专程回来看爸爸呢！"

傅冬菊："这就叫知女莫若父嘛！说老实话，您真的想要知道我要采访的内容吗？"

傅作义微微地摇了摇头："那也不是。"

傅冬菊："那我就不问了！"

傅作义又轻声叹了口气："咳！你我父女除了政治性的采访，难道就没有真情实意的谈心了吗？”

傅冬菊：“这就要问问您自己了。”

傅作义：“好！我去掉父道尊严，平等地交谈。说吧，你这次回来的目的是什么呢？”

傅冬菊：“说来也简单！一、父亲作为第十二战区的司令长官，为什么按兵不动？二、父亲何时出兵，一举拿下空城张家口。”

傅作义笑着摇了摇头：“无知的提问。”

傅冬菊把嘴一噘：“看！您又摆司令长官的官架子了。”

傅作义：“对不起，我习惯了。简单地说，武人和你们文人不一样，上级——也就是蒋主席没有下命令，我这个战区司令敢擅自出兵吗？”

傅冬菊：“爸！你说的这些理由连我都不信。”

傅作义一怔，沉思有顷：“你是怎么看待爸爸的呢？”

傅冬菊：“爸爸安坐归绥是在钓鱼。”

傅作义一惊，下意识地自语：“钓鱼……”

傅冬菊：“对！换句话说，爸爸是在待价而沽。时下，爸爸不出兵攻打张家口这座空城，一定还有比张家口更大的利益在等着父亲。”

傅作义沉思良久：“这是你一个人的看法，还是新闻界同仁们的见解？”

傅冬菊猝然变得严肃起来：“我也给您说句老实话，基本上是女儿一个人的见解。”

傅作义一把抓住傅冬菊的双肩，打量了一会儿，好像是不认识似的，遂又严肃地说道：“你的这一见解，不得随意对外乱说，更不准在报刊上披露。”

傅冬菊：“放心，我懂得孰轻孰重的。”

傅作义：“这才是我的好女儿！”

傅冬菊：“那是自然了！父亲何时出兵，一举拿下张家口这座空城呢？”

傅作义沉吟良久，神秘地：“你可不准在外边乱说啊！”

傅冬菊："看，您又把我当成你的部属了！"

傅作义："据我对北平战事的评估，南京的老头子就要请父亲出山了。"

南京　蒋介石官邸　内　夜

蒋介石在室内快速地踱着步子，从他那紧蹙的眉头可知，他的愤怒已经快到了极限。

宋美龄从内室走出："达令！司徒雷登打来电话，说周恩来近几天又给他打电话又写信相威胁，如果蒋主席不停止进攻张家口，他将离开南京去上海。"

蒋介石："我已经明确面告司徒雷登，等我蒋某人攻陷张家口，向国人宣布召开国民大会，他周恩来还会从上海回延安的。到那时，美国人再派出一架飞机就算了事了。"

宋美龄："这我当然清楚！当年美国人提议建军事调停处，促成以美国为中心的三方谈判，目的就是为国军争得排兵布阵的时间。如今，这一任务基本上完成了，所以军调处的使命也就结束了。"

蒋介石："换句话说，美国人就可以笑看国民党在战场上如何消灭共产党了！"

侍卫长走进："报告！参谋总长请见。"

蒋介石没有好气地："请他进来！夫人……"

宋美龄："我要当面问他这个干女婿一句话还不行吗！"

陈诚大步走进："主席！夫人！"

宋美龄冷漠地问："陈参谋总长！请问何时才能攻下张家口，蒋主席还等着召开国民大会呢！"

陈诚嗫嚅地："夫人，我、我……"

宋美龄："不要再说下去了！我也为有你这样一位干女婿脸上无光。"说罢转身走进内室。

蒋介石就要发火的目光盯着陈诚，十分严厉地质问："说实话，李文兵团何时在平北取得胜利，更待何时才能攻下张家口？"

陈诚蓦地抬起头，双眼含着泪花说道："说实话，我真的不知道。"

蒋介石大怒："你这个参谋总长到底知道什么？"

陈诚吓得低下头，一句话也不敢说。

蒋介石气得在室内快速踱着步子，自语地："真是岂有此理啊！我堂堂的国军有二十多万正规部队，为什么就打不垮数万名缺枪少弹的土八路呢！"

陈诚缓缓地抬起头，小声地说："主席，我有一计可攻下张家口。"

蒋介石："讲！"

陈诚："秘密命令，傅作义亲率第十二战区的精锐部队火速东下，张家口这座空城可从速攻下。"

蒋介石："你不觉得丢人吗！中央嫡系部队每战必败，一个小小的地方武装又攻下了张家口……"

陈诚："就要召开国民大会了，如果不早早攻下张家口，我们对外、对内都不好交代啊！"

蒋介石无限悲怆地叹了口气："这一着棋，我不知想过多少遍了！可我拿什么做钓饵他才能上钩呢？"

陈诚："我想过了，郑重地告诉他，只要攻下张家口，察哈尔全省统由他管辖。"

蒋介石怆然自语："又送他一个察哈尔省啊！"

陈诚："这就叫舍不了孩子套不住狼！再说，国运已转，送给他的绥远、察哈尔，您一个命令他就统统地划归中央。"

蒋介石不情愿地："这个命令我——"

陈诚："不用您下，我亲自飞赴归绥，当面向他交代攻打张家口的命令！"

归绥　傅作义官邸客室　内　日

傅作义驻足窗前，望着云淡天高的长空，不无得意地哼唱自编的晋剧唱段《三请诸葛》。

透过玻璃窗可见：

身着军装的鲁英麟面带微笑地穿过庭院大步走来。

傅作义越发地放开嗓门高唱《三请诸葛》。

鲁英麟走进客室，笑着说："傅长官！南京二请您出山的人就要到归绥了。"

傅作义转过身来，问道："是哪位大员？"

鲁英麟："参谋总长陈诚。"

傅作义："带来了什么见面礼？"

鲁英麟："他在电话上没有说。"

傅作义："那你就代表我去机场接他吧！"

鲁英麟："这不合适吧？"

傅作义："合适！你就对他说，我偶感风寒，不能亲自到机场欢迎他的到来，还望请海涵。"

鲁英麟："首长的用意……"

傅作义生气地："还用明说吗！你立即去机场欢迎他，我待在这里装着病和他谈条件。"

通往归绥的土公路　外　日

一辆挂着军牌的轿车，飞驰在尘土飞扬的公路上。化入车内：

鲁英麟陪着陈诚坐在轿车的后排座位上。

鲁英麟："陈参谋总长，我们的傅长官偶遭风寒，全身酸疼，四肢无力，不能亲赴机场欢迎您的到来，他真是非常地不安啊！"

陈诚故作通情达理的样子说道："不必过于拘泥于形式嘛！为了探视他的病情，立即驱车去傅长官下榻的官邸。"

归绥　傅作义官邸客室　内　日

傅作义坐在沙发上，额前盖着一块雪白的湿毛巾。

傅冬菊站在一边关心地问道："爸！陈诚真的是二请爸爸出山拿下张家口吗？"

傅作义："你说呢？"

傅冬菊："我也认为是请你出山收复张家口。我希望爸爸听女儿一句话：蚀本的生意不要做。"

傅作义笑了："不愧是我的女儿。"

傅冬菊笑了："这就叫虎父无犬子嘛！"

这时，庭院中传来说话声。

傅冬菊："爸！陈诚来了。"

傅作义："扶爸站起来。"

傅冬菊搀扶傅作义站起来，有些吃力地迎上去，一见走进的陈诚，急忙行军礼，歉意地说道："陈参谋总长，我真是病得不是时候啊！"

陈诚："有病嘛，就不要起来。"遂伸手扶着傅作义坐在沙发上。

傅作义命令地："鲁军长！帮着我招待好陈参谋总长。"

鲁英麟："是！"指着双人沙发，"请陈参谋总长落座。"

陈诚坐下，有意地问："宜生啊，看样子病得不轻嘛！"

傅作义："也没有多么重，只是偶遇风寒，不要几天就可以操练部队了。"他端起茶杯小饮了一口，问道，"陈参谋总长，你日理万机，怎么还会突然飞来归绥，一定是有什么党国大事吧？"

陈诚："是！蒋主席说，请代我转告宜生，趁着第十一战区的部队和共匪激战，请他从西线出兵奇袭张家口这座空城，可得事半功倍的战果。"

傅作义故作为难状态："蒋主席所言极是！集宁战役结束之后，我以为蒋主席——当然还有陈参谋总长的战略意图是把东线战场交由第十一战区，所以我嘛——"

陈诚急忙打断傅作义的讲话："这是蒋主席用的声东击西计，时下第十一战区把共匪的主力调动到了平北，就等着宜生奇袭张家口了！"

傅作义微微点头："原来恁地，原来恁地……"

陈诚："蒋主席特让我向宜生转告，为了精简军事机构，等你拿下张家口，决定把察哈尔地区也划归你领导的第十二战区管辖。"

傅作义蓦地来了精神，问道："蒋主席希望我何时出兵？"

陈诚："就蒋主席的本意来说，他希望你明天就能出兵。可是，没想到宜生的身体……"

傅作义故作大义凛然状，遂慷慨激越地说道："这点小病算不了什么，请转告蒋主席，我即刻召开战区军事会议，下达攻占张家口的命令！"

十二战区司令部　内　夜

这是一座十分正规的战区司令部：中央摆着长方形会议桌，四周放着整齐划一的茶杯，正面墙上悬挂着张家口作战地图。

十二战区所属高级将领身着军装，有的肩扛少将、有的肩扛中将军阶，全都神态肃穆地坐在各自的座位上。

一声"傅长官到——"

与会的将领肃然起身，一起看着司令部的门口。

身着戎装的傅作义在鲁英麟的陪同下走进司令部，站在战区长官的座位前，伸出双手示意："都请坐吧！"

与会的将领唰的一声，全部落座。

傅作义傲岸不逊地说道："各位同仁！这是一次至少晚开了二十天的军事会议。这些天以来，你们都找我发问：既然张家口战役取东西对进的战法，南京中央为什么置我西线于不顾，只用东线的所谓嫡系部队上阵呢？现在，请诸位说实话，你们都明白了吧？"

"明白了！"

傅作义很有情绪地说："我可以告诉诸位，今天这样的结局我早就料到了。因此，在我大门不出二门不迈的这些日子里，我就干了一件事：攻打张家口的作战方案。下面，请鲁军长向诸位下达我早就思索成熟的这一作战方案！"他说罢十分得意地巡视一遍属下的表情，遂坐下。

鲁英麟走到作战地图旁边，拿起教鞭指着作战地图严肃地说道："傅长官为我军确立的作战方针是，明修栈道，暗度陈仓。换言之，又叫声东击西。说得详细一点，我战区主力部队第三十五军由丰镇向大同方向进军，并令铁甲车队开驶于铁路线上，摆出一个掩护三十五军经大同、天镇、阳高进攻张家口的态势；同时，集中我主力五个师两万余人，以骑兵总指挥孙兰峰亲率骑兵第四师、第十二旅为先遣部队，在主攻部队之前搜索前进，并相机占领张北等县城，然后再向张家口发起突然袭击。"鲁英麟放下教鞭，取出一沓公文，"至于各部详尽的作战任务，全部写在这纸命令上，会后来取，严令执行。"

"是！"

鲁英麟走回自己的座位坐下。

傅作义："为夺取张家口的胜利，必须做到：明修栈道的势要造得越真越好，唯有如此，才可以把共军的兵力吸引到平绥线上来；暗度陈仓的戏要做得悄无声息，等待我部发起攻击，共匪才如梦初醒。不过到那时，他们已经悔之晚矣，张家口已成我囊中之物。"他说罢看了看与会将领的表情，又厉声问道，"你们听明白了吗？"

"听明白了！"

傅作义："还有一条，那就是保密。我们攻击张家口的计划、兵力部署等，谁都不准泄露出去。否则，我是一定要严惩不贷的！散会。"

张家口　聂荣臻指挥部　内　夜

聂荣臻坐在桌前打电话："喂！我是聂荣臻……好，好！你们要记住，留给我们的时间不多了，要尽量把存储在张家口的物资多抢运一些。"他啪的一声挂上电话。

郑维山走进："聂司令，潜伏在敌人心脏的同志发来密报：陈诚和傅作义达成了一笔交易，以张家口和察哈尔省为条件，换得傅作义出兵拿下我们晋察冀军区首府张家口。"

聂荣臻冷静地："知道傅作义何时出兵吗？"

郑维山："不知道。不过，陈诚走后的当天晚上，傅作义就秘密地召开了军事会议。"

聂荣臻："知道这次军事会议的内容吗？"

郑维山："不知道！"

聂荣臻站起身来，边蹙着眉宇踱步边沉思不语。

郑维山："请聂司令放心！张家口北依长城，南傍洋河、桑干河，东邻北平，西连晋绥、大同、晋北，是一个易守难攻之地。傅作义就是打到城下，我这个保卫张家口的司令也能抵挡他几天。"

聂荣臻："你这种情绪不对！"

郑维山："为什么不对？方才，我在巡城的时候见到了晋剧团的演员，他们让我告诉您：打了胜仗，我们给部队义务演出十天！"

聂荣臻沉默不语。

郑维山："其中，他们的台柱子来鹰哭着说，如果你们从张家口撤走了，她就是要饭也要找到聂司令，请求批准她参加军区文工团。"

聂荣臻擦了一把滚动欲出的泪水："先不去说这些了！一、电告内线的同志，想尽一切办法搞到傅作义的作战计划；二、要加快运输物资的速度，做到一声令下，我军政人员能全部撤离张家口。"

郑维山："是！"

归绥　傅作义指挥部　内　日

傅作义坐在桌前，似严肃地等待什么。

傅冬菊背着一个入时的小包走进："爸！我要回天津了，你对我们的《大公报》有什么要说的吗？"

傅作义："现在没有！"

傅冬菊："什么时候有？"

傅作义："三天以后。"

傅冬菊把嘴一撇："好啊！您这个当爸爸的，提前三天给女儿泄露点消息都不行啊！"

傅作义一本正经地："说不行，就不行！"

傅冬菊："那好，我现在就去火车站，乘车回天津！"说罢转身就走。

傅作义："站下！你回不去了。"

傅冬菊："为什么？"

傅作义："从今天开始，平绥线被我部征用，所有运输老百姓的客车全部停运。"

傅冬菊生气地说："你们这些吃粮的丘八也太不讲理了！"

这时，桌上的电话铃声响了。

傅作义拿起电话："喂！我是司令长官，请讲。"

远方化出鲁英麟打电话的画面："我是鲁英麟，第一批登车的弟兄已经到达目的地，随车运抵的坦克、装甲车是否同车返回？"

傅作义："一定要同车返回！记住，火车回到归绥车站以后，还要一同再返回去。"

鲁英麟："是！"

傅作义："最好在火车头上挂出一幅标语：攻下张家口，解救老百姓。"

鲁英麟："是！"挂上电话，远方的画面消失。

傅作义随手挂上电话，自信地点了点头。

傅冬菊生气地："爸爸吹牛！"

傅作义一怔："我吹什么牛？"

傅冬菊："照你的说法，你三天就能攻下张家口，我也就能带着你胜利的捷报回天津了。这可能吗？"

傅作义："这是军事秘密，不准乱说！"

傅冬菊："你三天如果攻不下张家口呢？"

傅作义："我就给你买一张飞机票，保你三天以后回到天津。"

张家口　聂荣臻指挥部大院　外　夜

聂荣臻披着一件大衣，在院内一动不动，静静地眺望夜色的长空。

秋风习习，吹得聂荣臻的头发有些散乱。

远方传来几声狗吠，显得是那样地瘆人。

郑维山大步走进，低声地说："聂司令！据内线同志的报告，傅作义已经开始启动进攻张家口的作战计划了。"

聂荣臻："方才，我也接到报告：傅作义的第三十五军已经沿着平绥线开始运输军队了！但是，根据傅作义的用兵策略，他是绝对不会示军于敌的。"

郑维山："这也是我倍感不解的！运兵的火车头上公开贴出'攻下张家口，解救老百姓'的横幅，这更不像傅作义的用兵策略了！"

聂荣臻："这也是我疑惑不解的地方！如果说这也是傅作义有意施放的烟幕弹，那他又准备用什么部队、从什么地方进攻张家口呢？"

郑维山："我对此也是百思不得其解。"

聂荣臻："为防万一，留守部队除去警戒平绥线方面的来敌，我们还要洞察其他地方有没有悄然而至的敌人。"

郑维山："是！"

聂荣臻："同时，做好迅速撤出张家口的准备。"

郑维山："是！"

茫茫草原　外　夜

秋风萧瑟，吹得业已衰败的草原随风起舞。

傅作义的骑兵身挎马枪、马刀飞奔在草海中。

张北县城　外　晨

军区少数部队驻扎在此，持枪警卫张北县的土城大门，盯着进出城门的各种人等。

穿着蒙、汉民族服装的群众有说有笑地从城门若无其事地走进走出。

突然，传来马蹄的响声，军人、百姓寻声望去。

只见数以千计的骑兵向张北市飞驰而来。

持枪的战士举起手中的长枪，向着飞奔而来的骑兵连开数枪。

各族百姓一个个惊得像是掉了魂似的掉头跑进城里。

我军站岗放哨的卫兵跑进城里，吃力地关上城门。

有顷，傅作义的骑兵跑到城门前，几个下级军官跳下马来，商量办法。

军官甲："据城里送出来的情报说，张北城里没有多少共匪，我的意见是先迅速包围该城。"

军官乙："既然张北城里没有多少共匪，虽说是白天，我们也可以开枪攻城。"

军官甲："我同意！但同时要向傅长官报告。"

军官乙："可以，你就下令吧！"

归绥　傅作义指挥部　内　日

傅作义一动不动地坐在桌前，瞪大双眼死死地盯着桌上的电话机。

突然，电话铃声响了。

傅作义飞快地拿起听筒，大声地："喂！我是长官司令部的最高长官，请讲话！"

远方叠印出鲁英麟打电话的画面："我是鲁英麟，有紧急的军情向您报告。"

傅作义："请讲！"

鲁英麟："我骑兵一部突然进抵南壕堑，共匪误以为是小股部队，遂派出两个连的守军应战，被我骑兵击溃，并且轻易地攻占了张北城。"

傅作义："很好！攻占张北，等于打开了进攻张家口的北门。接下来，命令他们迅速攻击突破通往张家口的狼窝沟隘口，这里距张家口不足四十公里，是南下夺取张家口的必经之路。"

鲁英麟："是！"

傅作义："等到狼窝沟攻陷之后，我平绥线上的所谓主力部队立即向张家口发起攻击！"

鲁英麟："是！"挂上电话，画面随之消失。

张家口　聂荣臻指挥部　内　夜

聂荣臻蹙着眉头在室内快速踱着步子，他突然走到作战地图前，看着地图似在判断敌人进攻到什么地方。

郑维山大步走进，很是焦急地报告："聂司令！敌人的骑兵部队在攻陷张北之后，现又倾巢南下，估计在天亮之前即可到达狼窝沟，我部最多能坚持一天，天黑之前，敌人就能攻占狼窝沟。"

聂荣臻："我们又中了傅作义出其不意的用兵之策了！"

郑维山："对！我们全力设防的平绥线地区无战事，像张北等地无备之处却遭到突袭，这不能不说是我们在对敌判断、部署上的一大失误！"

聂荣臻生气地："现在不是作检查的时候，我们必须赶在敌人的前边，安全地撤出张家口。"

郑维山："是！"

聂荣臻指着作战地图说道："自狼窝沟到张家口有四十公里。只要我们能在明日坚持一天，我们就能于明天夜里安全撤出张家口。"

郑维山："绝无问题！"

聂荣臻："好！这次，我们一定要赶在傅作义的前边安全撤出。"

归绥　傅作义官邸客室　内　日

傅作义坐在桌前打电话，轻声地说："冬菊，我是父亲，你通知《奋斗日报》的社长阎又文了吗？"

听筒中传出傅冬菊的话声："通知了！他明确地告诉我，他会准时赶到您的官邸。"

傅作义："很好，很好。"

傅冬菊："我可以列席旁听吗？"

傅作义："当然可以！"啪的一声挂上电话，旋即站起身来，有些兴奋地在室内踱步。

鲁英麟走进，一看傅作义那静候胜利的情态，稍微迟疑一下，遂低沉地说："傅长官！我有重要军情报告。"

傅作义得意地："不要这样严肃嘛！坐下谈。"

鲁英麟："不，不！我就站着报告吧。"

傅作义一怔，看了看鲁英麟为难的表情，说道："好吧！我们就站着谈。"

鲁英麟："我军在收复张北之后，连水都没喝一口，天黑之后，终于赶到了狼窝沟，没有想到的是——"

傅作义抢先说道："共匪早已在此设伏，使我部无法通过狼窝沟。对吧？"

鲁英麟："对！您是知道的，狼窝沟两边是悬崖峭壁，只有一条简易的公路从中间通过。我先头部队进入狼窝沟以后，突然遭到埋伏在两边山头上的共匪袭击。他们居高临下，子弹就像是雨点似的砸向山间公路，我部的弟兄被打得没有还手之力……"

傅作义气得在室内边快速踱步边骂："我怎么忘了狼窝沟这一特殊地形了呢……"他突然停下脚步，严厉地说道，"记住，我们绝对不能上演大意失荆州的戏剧！"

鲁英麟："是！"

傅作义："立即电告前线：在狼窝沟设伏的共匪绝不是他们的主力，因此，要用炮弹轰击他们占领的山头，压制他们抬不起头来！"

鲁英麟："是！"

傅作义："天黑之前，我部必须通过狼窝沟。"

鲁英麟："是！"

狼窝沟山上　外　傍晚

敌我双方激战在狼窝沟山上、谷底。

我军在公路两边的山上向谷底射击、投手榴弹，有的战士还将一块块山石推向谷底。

特写：山石沿着陡峭的山坡滚下，一带二，二带四……无数块石头砸到谷底。

山谷的敌人四处躲藏，战马吓得沿着公路到处乱跑乱窜。

公路上到处是丢弃的武器、尸体，惨不忍睹。

突然，山下敌人的山炮开火了，一发发炮弹划破夜空，在两边的山头上爆炸，掀起一座又一座硝烟、灰尘……

归绥　傅作义官邸客室　内　初夜

傅作义驻足窗前，远望夜色的长空。

鲁英麟快步走进，激动地："好消息！好消息！"

傅作义转过身来，严厉地："镇静！讲。"

鲁英麟下意识地立正："是！我军完全攻占狼窝沟，他们正在清理战场……"

傅作义："胡闹！立即电告狼窝沟前线：留下一小部弟兄打扫战场，大部队稍作休整，吃过晚饭之后，即刻兵发张家口，务必于明天上午赶到，把共匪全歼于张家口。"

鲁英麟："是！"转身走出客室。

傅作义缓缓踱步，一副成竹在胸的样子，小声哼唱晋剧《大登殿》。

"报告！"

傅作义转过来："请进！"

阎又文在傅冬菊的陪同下走进："报告！卑职阎又文奉命赶到，聆听傅长官的训示。"

傅作义："你总是这样客气，请坐。"

阎又文中规中矩地："谢谢！"遂坐在沙发上。

傅冬菊："爸！明天可就到了三天了，我看您得破费给我买张飞机票了吧？"

傅作义："不！还是你自己买火车票回天津。"

傅冬菊："真的？"

傅作义："你要永远记住爸爸的话：军人无戏言。"

傅冬菊调皮地："对！在我的记忆中，爸爸说过的话多数都兑现了。"

傅作义："阎处长！今天请你来，就为一件事，今晚你必须赶写出一篇重要的新闻稿，其意义不亚于你写的《致毛泽东先生的公开信》。"

阎又文一怔："又是什么重要的新闻啊？"

傅作义一字一顿地说："明天，我军弟兄攻占聂荣臻的首府张家口！"

"真的？"阎又文、傅冬菊几乎是同时发问。

傅作义严肃地说道："方才，我不是说过了吗，军人无戏言。"

阎又文："是！"

傅作义："这篇新闻稿要简明扼要，我军运用声东击西的策略，骗过了共匪和聂荣臻，一举攻占了张家口。"

阎又文："是！"

傅作义："详细攻占张家口的经过，我已经通知作战部门为你准备了一份详细的材料，你可摘其要者编发！"

阎又文："是！"

傅作义："方才，北平行辕主任李德邻打来电话，他带着怀疑的口吻说：果如斯，北平各家报纸要发号外。据我的判断，陈参谋总长——乃至蒋主席也会发号外的，因此，你要把新闻稿发给南京一份。"

阎又文："是！"

傅冬菊："我们天津的《大公报》呢？"

傅作义："请阎社长也给你们一份。不过，你千万不要提前把这条消息捅出去。明天一早，我再打聂荣臻他们一个措手不及！"

张家口　聂荣臻指挥室　内　深夜

聂荣臻坐在桌前接电话："喂！我是聂荣臻，请讲！"

远方叠印出郑维山打电话的画面："我是郑维山！我部已经完成狼窝沟的阻击任务，现已按照计划，业已退出战斗，向着既定的地点撤退。"

聂荣臻："很好！请立即下达全城撤退令，天亮之前，我党政干部必须撤出张家口。"

郑维山："请聂司令放心，保证完成任务！"

聂荣臻："我军退出张家口的时候，务必做到不扰民，不拿群众一针一线，我们带不走的物资，要安全地交给当地的老百姓！"

郑维山："是！"挂上电话，远方的画面消失。

聂荣臻放下电话，转身走到床前，熟练地叠好被子，放在床头。

聂荣臻抬起头，看了看挂在墙上的作战地图。接着，他又很不忍心地取下这幅作战地图，小心地卷好，放进皮革制成的圆筒中。

聂荣臻有些伤感地打量四壁皆空的指挥室。

"报告！"

聂荣臻："是小李吧，请进来吧！"

小李走进："首长！您怎么收拾完了？"

聂荣臻："没有！你看桌上的电话机还没有拆嘛，你把它拆下来，保管好。"

小李："是！"小李十分纯熟地拆电话。

聂荣臻再次看了看这间普通的指挥室，遂迈步走出屋去。

军区大门口　外　深夜

聂荣臻驻足门前，放眼望去：

一队队全身戎装的指战员列队走在夜幕笼罩的大街上，一个个含着不舍的情感向张家口告别。

小李背着行李、拿着作战地图等物件走出大门，无声地站在聂荣臻的身旁。

我军撤退的队伍沿着大街向前走去，渐渐消失在夜幕中。

街道的另一端传来汽车的马达声。

小李："首长！接我们的汽车到了。"

聂荣臻："准备登车撤离。"他说罢走下台阶，站在街道旁边等候汽车。

接着，小李走下台阶站在聂荣臻身边。

顷许，一辆吉普车驶来，稳稳地停在军区大门口前。

开车的司机同志跳下吉普车，十分熟练地打开吉普车的后门。

小李麻利地把行李、作战地图等小心地放进吉普车的后备厢中。

这时，一辆军用卡车停在吉普车的后边，上面坐满了荷枪实弹的卫队。

小李从吉普车中跳下来，低沉地说："首长！请上车。"

恰在这时，高山上传来一声撕裂心肝的男声清唱。

聂荣臻听后一怔，忙用当地的口音问道："听，这是唱的个啥？"

小李听了听："还不是唱二人台的那个调调。"

聂荣臻："小李，一个老百姓为啥大半夜里跑到山头上唱二人台？"

小李："那怎晓得？"

聂荣臻："小李，咱们先不忙着上车，听听老百姓唱的是啥内容。"

小李："听首长的！"

夜空如洗万仞山，塞上名城已入眠。

遥看天边凄凉月，何时照得征人还。

聂荣臻："小李，你听白了吗？"

小李："他唱得文绉绉的，我听不懂。"

聂荣臻："这一定是个知识分子编的，颇有些才气，他唱的意思是不愿意我们走啊！"

小李："请首长去问一问，张家口的老百姓有哪一个愿意我们从张家口撤离？算啦，还是快上车赶路吧！"

恰在这时，一位姑娘迎面跑来，近似哭喊着："我找聂司令！请他批准我参军，我要跟着你们唱戏去！"

聂荣臻愕然一怔："她是谁？"

小李："不知道！"他急忙迎上去，严厉地问道，"你是什么人？"

姑娘："我是晋剧团的演员，叫来鹰！"

小李一惊："什么？你就是晋剧团唱红张家口的名演员来鹰？"

来鹰："是啊，是啊！"

聂荣臻："你为什么放着晋剧不唱，偏偏要参军跟着我们走呢？"

来鹰："我很小的时候就没有爹娘了，被卖到剧团里学唱戏，后来我唱红了，那些军阀、老财就变着法地想欺侮俺。自从聂司令来到张家口，赶走了军阀和老财。后来，俺还听说聂司令手下还有一个抗敌剧社，我想找到聂司令参军去，再到抗敌剧社演戏。"

聂荣臻："好！你参军、加入抗敌剧社的事情我批准了！"

来鹰激动地："你、你是什么人啊？"

小李："他就是你要找的聂司令！"

来鹰愕然大惊，两眼死死地盯着聂荣臻："真的？"

聂荣臻看着将信将疑的来鹰，深情地点了点头："来鹰同志！我就是聂荣臻。"

来鹰近似哭喊着叫了一声"聂司令！"，遂扑到聂荣臻的怀抱里失声地哭了。

定格　叠印字幕：第四集终

第 五 集

通往山区的公路　外　清晨

一辆吉普车头前带路，飞驰在弯曲不平的公路上。化入车内：

聂荣臻坐在后排座位上，蹙着眉宇，微闭双眼，似在思考张家口之战的教训。

依然是通往山区的公路　外　清晨

那辆军用卡车紧紧跟在吉普车的后面，车上的卫兵一个个打不起精神，谁也不和谁交流说话。

来鹰双手紧紧抓住军用卡车前边的挡板，转过头来，看着一个个满脸怒气的卫兵心有些慌，轻声问身边的战士："同志！大家为什么不高兴，是不是因为我的原因？"

战士："不是！大家对你的到来甭提有多么高兴了。"

来鹰："那大家为什么像是生气的样子呢？"

战士："这还用问吗？我们没打好仗，撤出了张家口，你说能高兴吗？"

来鹰："是这么个理！"她想了想，又问道，"怎么才能让大家高兴起来呢？"

战士："不知道！"他想了想，"除非我们立马打一个特大的胜仗。"

来鹰："这又是为什么呢？"

战士："咳！举个例子说，你在台上唱砸了，心里能高兴吗？"

来鹰摇了摇头："我自登台以来，从没有唱砸过，所以我也从没有不高兴过。"她看着难以理解的同志，忙解释道，"你知道吗？我要是有一场戏唱砸了，观众就会给我喝倒彩，叫倒好，再也不买我的票了。"

战士痛苦地："你说得是何等地好啊！用我们首长的话说，情同一理啊！"

来鹰突然神秘地问："同志！我能给大家唱一段，帮着大家提提精神？"

战士一下来了情绪，半信半疑地问："真的？"

来鹰微笑着点了点头："真的！"

这位战士高兴得拍起手来，大声地说道："太好了！太好了！"

车上其他的战士生气地说道："你叫唤什么！"

战士伸出双手大声说："今天我叫唤的可是一件大好事！同志们！我问问你们，想不想近距离地听红遍张家口的名角来鹰同志给大家来一段啊？"

"想！"

战士："下面，我们热烈欢迎新战士来鹰同志给大家唱一段好不好？"

"好！"

战士："热烈鼓掌！"他带头用力鼓掌。

全卡车上顿时响起一片掌声。

来鹰真是激动极了！她大声地说："我是一个没上过一天学堂的戏子，更不懂什么革命道理，但是，我知道自己唱过一出戏，叫《霸王别姬》，张家口的男女老少都喜欢看我演的这出戏，他们也喜欢听我唱的唱腔。今天，我给大家唱一段《霸王别姬》好不好？"

"好！"

来鹰酝酿了一下情绪，把头一甩放声高歌《霸王别姬》：

嬴秦无道把江山破，

　　英雄四路起干戈。

　　自古常言不欺我，

　　成败兴亡一刹那，

　　宽心饮酒宝帐坐。

　　……

在来鹰高歌的唱腔声中叠印：

来鹰引吭高歌的特写；

卡车上的战士听唱的不同特写。

吉普车中　内　清晨

　　聂荣臻坐在后排座位上，身旁的玻璃窗已经摇下来，他依然蹙眉凝思，倾听来鹰唱的《霸王别姬》剧中那慷慨悲歌的唱腔。

　　小李侧首看了看聂荣臻用心倾听的样子，小声问："首长，她唱的是个啥？"

　　聂荣臻："《霸王别姬》。"

　　小李："挺好听的，看样子首长也喜欢她唱的。"

　　聂荣臻："是的！你要记住，我们是共产党领导的中国人民解放军，永远不会演出《霸王别姬》的！"他说罢转身向车窗外一看，只见：

一轮火红的朝阳从东方冉冉升起。

　　小李："蒋介石、傅作义他们呢？"

　　聂荣臻严肃地说道："我可以断言，他们迟早会演出《霸王别姬》的！"

　　小李："真的？"

　　聂荣臻："真的！不过，从今天开始，他们会把自己吹得天花乱坠的。"

张家口大境门　外　日

大境门内外静无一人，连居民家的炊烟都不见了。

傅作义的骑兵排列成队，有些不解地看着这座空城。

归绥　傅作义官邸客室　内　日

傅作义坐在桌前在审看文稿。

阎又文在傅冬菊的陪同下走进客室："傅长官！我草拟的新闻稿您审阅过了吧？"

傅作义指着沙发："先请坐吧！"

阎又文："是！"就近坐在一张沙发上。

傅冬菊坐在傅作义旁边，撒娇地："爸！看来，解放张家口的稿子我是带不走了。"

傅作义沉默不语。

傅冬菊："这次还是军中无戏言吗？"

桌上的电话铃声响了。

傅作义："当然是！"他拿起电话严肃地，"喂！我是司令长官，请讲！"

远方显出鲁英麟打电话的画面："我是鲁英麟！张家口被我们占领了，遗憾的是，我们按时赶到张家口大境门的时候，聂荣臻早已率部离去。"

傅作义一怔："那张家口岂不成了一座空城？"

鲁英麟："是啊！请问傅长官，我们还搞不搞隆重的入城仪式？"

傅作义大声命令："不但要搞！而且还要大搞。"啪的一声挂上电话。

远方鲁英麟打电话的画面消失。

阎又文："傅长官，那我写的稿子呢？"

傅作义："发！立即发！"

傅冬菊："我怎么办呢？"

傅作义："立即电传《大公报》。你暂且留下来，报道我骑兵开进张家口大境门！”

张家口大街　外　日
张家口大街两边的商铺紧闭大门，但大门前却站着欢迎入城式的老百姓。

一队队骑兵耀武扬威地走在大街上。

北平报摊　外　日
北平报摊的卖报人一边散发号外一边大声叫喊："号外！号外！国民党军队收复华北重镇张家口，共匪吓得屁滚尿流，逃得无影无踪！"

北平各界人等排队领取号外。

上海外滩　外　日
报童拿着一摞号外，大声地叫喊着："号外！号外！国民党军队收复华北重镇张家口，共匪逃得无影无踪！"

上海外滩的行人争相领取号外。

南京夫子庙　外　日
报童拿着一摞号外大声叫喊："号外！号外！国民党军队攻取华北重镇张家口，全部痛歼守备的共匪部队！"

游逛夫子庙的男女争相领取号外。

南京　国防部作战厅　内　日
南京国防部、参谋部等有关将领围坐会议桌四周，静候军事会议的召开。

一声"蒋主席到——"

与会的将领肃然站起，整齐划一地看着会议室门口。

身着戎装的蒋介石在陈诚的陪同下走进军事会议室。

蒋介石走到主席就座的座位前，伸手示意落座："大家请坐吧！"

与会的将领唰的一声坐下。

蒋介石取出号外，在面前抖了抖："大家都看了这张号外了吗？"

"看了！"

蒋介石："很好！今天军事会议的内容，就是议一议国军收复张家口的事情。下面，请陈参谋总长扼要地讲一讲他个人的看法。"

与会的将领礼貌地鼓掌。

陈诚："首先，我必须说明，张家口的收复——乃至于大同、集宁战役取得的胜利，都是蒋主席亲自指挥的结果。我作为参谋部长——"

蒋介石："你也出了不少力嘛！"

陈诚："张家口战役在全国这盘大棋上是个关键的棋子！我们吃掉了它，就说明共匪不仅不经打，而且已经是全局崩溃，离失败的末日不远了，三到五个月消灭共匪已经指日可待了！"

与会的将领不失身份地鼓掌。

陈诚："下面，请蒋主席发表重要讲话！"

与会的将领热烈鼓掌。

蒋介石："如何实现三到五个月消灭共匪的任务呢？明天，我将通过电台、报纸向全国各族人民发表公开演说，11月12日我将召开没有共产党参加的国民大会，通过治国的大法——也就是《宪法》！如果共产党坚决反对国民大会，我们就派重兵消灭他们的军队，直到收复延安！"

与会的将领再次长时间地热烈鼓掌。

蒋介石官邸客室　内　夜

蒋介石坐在桌前打电话，客气地："喂！请接布雷先生。"

远方显出陈布雷接电话的画面："喂！我是布雷，主席有何国之要事吩咐啊？"

蒋介石："你是知道的，我早就昭告天下：收复共匪北方首府张家口以后，国民政府立即召开国民大会，行宪、立法。"

陈布雷："是的，是的！我正在加紧修改最后的《宪法》文本，再过几天，就可请主席最后审定。"

蒋介石："你辛苦了！不过，还需要写一篇赞扬我军攻下张家口，立即召开行宪大会的文章。"

陈布雷为难地："我、我……"

蒋介石："我知道你的身体不好，时间又十分急迫，为此我请了一位写手代拟草稿，你嘛……"

陈布雷："我一定代为改好！"

蒋介石："那我就放心了！"挂上电话。

远方陈布雷接电话的画面消失。

蒋介石看了看手表，很不高兴地自语："怎么还没有到？"遂站起身来，在室内缓缓踱步。

"报告！"

蒋介石停下脚步："请进！"

陈诚引肩扛中将军阶的郭汝瑰走进，指着郭汝瑰："校长！他就是我给您介绍过的主管作战的厅长郭汝瑰。"

叠印字幕：原中共地下党员，国防部三厅厅长　郭汝瑰

郭汝瑰行军礼："校长！"

蒋介石："认识，认识！你是黄埔五期的，后来赴日本士官学校，之后又入陆大研读，在此期间还去了英国考察军事，我说得对吧？"

郭汝瑰："对！校长。"

蒋介石："你的兄长郭汝栋是我的老部下，虽说他健康欠佳，我依然授给他上将军阶。"

郭汝瑰："我兄长对校长感恩戴德终身，并要求我为校长终身尽忠！"

蒋介石："很好！今后，你就协助陈参谋总长制订作战计划等工作吧！"

郭汝瑰："是！"

蒋介石："辞修，华北战事应该说首战告捷，打得很苦，我想重奖参战部队。"

陈诚犹豫片刻："为今后与共军作战计，重奖有功人员是正确的。但是，此次参战部队是第十一、第十二两个战区，如何奖有困难。"

蒋介石："说得详细些。"

陈诚："第十一战区长官虽是孙连仲，但他属下的主力部队多是中央嫡系部队，出力不小，但战绩很小；第十二战区从傅作义长官到所有参战人员，都是名副其实的西北地方部队，损失很小，战功昭著。因此，我认为很难起到重奖之下必有勇夫的效果。搞不好，还会把矛盾引向中央。"

蒋介石："辞修聪明，但只知其一，不知其二。"

陈诚一怔："愿听校长赐教。"

蒋介石："奖金是中央给的，但颁奖人却不是你这个参谋长。"

陈诚又是一怔："那……请北平行辕主任李德邻代劳，是这样的吗？"

蒋介石肃然变色："是！李德邻是桂系的代表人物，几十年来和中央有二心。此次颁奖，我判定他会把重奖奖给傅作义的第十二战区。结果嘛，我们中央嫡系部队一定会把满腹的牢骚，都发到他李德邻的身上。"

陈诚："一箭三雕，高明！高明……"他沉吟片时，问道，"中央派谁去参加授奖呢？"

蒋介石指着郭汝瑰："他！"

陈诚愕然一惊："他……"

蒋介石："对！你这位参谋总长嘛，晚两天再赶到北平，代表我去宣读新的命令！"

北平行辕会议室　内　夜

在《黄埔军校校歌》的军乐声中渐渐化出：

主席台前额高悬黄色白底的横幅：解放张家口战役庆功大会隆重

举行。

会议厅摆满了十几桌庆功宴席，每桌周围坐满了第十一战区、第十二战区的将官。

军内外各家报社、电台等男女记者穿来穿去，抢拍各个参战将领的照片。

其中可见阎又文、傅冬菊等特殊的记者。

一位肩扛上校军阶、十分帅气的中年军官走上主席台，站在麦克风前说道："请与会的有功将领停止喧哗，下面庆功大会就要召开了！"

与会的国民党将领渐渐平息下来。

大会司仪郑重地说道："今晚，参加颁奖的主要军界领导有：北平行辕主任李宗仁上将！第十一战区司令长官孙连仲上将！第十二战区司令长官傅作义上将！南京国防部代表郭汝瑰厅长！下面，请上述颁奖主宾上场！"

军乐再起，声声浑厚。

全体与会参加授奖的将领全体起立，随着军乐的节拍自动地鼓掌。

李宗仁、孙连仲、傅作义、郭汝瑰依次走上主席台，冲着台下参战有功的将领不失身份地鼓掌。

颁奖司仪挥动双手，大声说："请安静！诸位颁奖主宾请入座！"

李宗仁、孙连仲、傅作义、郭汝瑰依次落座。

颁奖司仪无比庄重地说："我宣布，解放张家口战役庆功大会正式开始！"

台上台下参加颁奖的将领鼓掌。

颁奖司仪："下面，请北平行辕主任李宗仁上将发表颁奖感言！"

李宗仁威严地站起，迈着军人的步伐走到麦克风前，严肃地说："历经近一个月的大同、集宁、平北、张家口等战役，最终以我们国军完全的胜利结束了！"

与会的将领热烈鼓掌。

李宗仁："南京国防部、北平行辕决定重奖参加战斗的第十一战区、第十二战区的官兵们！"

与会的将领再次爆发热烈的掌声。

李宗仁："我们国民革命军有一个光荣的传统，那就是在颁奖的时候拒绝平均主义，一定要做到论功行赏。为此，我们认真地研究了所有参战部队的战况以及所取得的战功，我们认为……"他有意卖了个关子，扫了一眼盼等有多少奖金的将领的表情，放大声调说，"第十二战区一战攻下集宁、解围大同，二战又十分漂亮地夺取张家口，他们应得头功！因此，他们应获得总奖金的四分之三！第十一战区就获得总奖金的四分之一！让我们为他们获奖鼓掌！"他带头鼓掌。

台上傅作义不失身份地鼓掌。

台上孙连仲怒气冲冲地看着台下的部下。

台下第十二战区获奖的将领拼力鼓掌。

台下第十一战区的将领不仅不鼓掌，有的还站了起来。

李宗仁愕然地看看台上孙连仲、傅作义不同的表情。

李宗仁转身又看看台下泾渭分明的两拨将领，顿时怒形于色，严厉地指责："请回答我，你们是不是国民革命军？"

"是！"

李宗仁："军人服从命令是天职，你们知道不知道？"

"知道！"

李宗仁："那你们为什么不服从长官评定的获奖比例？"

不知台下是谁喊了一句："你们评定得不公！"

接着，台下就像是受了感染，一起喊道："你们评定得不公！你们评定得不公……"

李宗仁气得就要爆发了，可又孤掌难鸣，只是说道："你们反了！你们反了……"

这时，台下不知是谁喊了一句："我们就是反了！一起到南京告你去！"

下面又一起喊道："我们一起到南京告你去！我们一起到南京告

你去……"

李宗仁大吼一声："停！"

台下群起的喊声戛然而止。

李宗仁看着满脸怒气的孙连仲责问："孙连仲长官，你也同意属下的做法吗？"

孙连仲："我不同意他们这样大喊大闹，但我赞成他们说的评定不公。"

李宗仁："好，好！我宣布这次评功授奖作废，由你孙长官重评吧！"他说罢愤而转身走下台去。

傅作义平静地："孙长官，我的意见让大家把心里话说出来，由郭汝瑰代表反映到南京去。你看这样好吗？"

孙连仲："好！下面，就由郭汝瑰代表主持开会吧！"

郭汝瑰站起身来："在座的诸位将军，我只是南京国防部的一名代表，中央也没有授我任何权力，因此，大家讲什么，我都如实向南京报告。谁先讲？"

台下一位将军站起，愤慨地说："只要有战术常识的人都知道，打仗也跟打架一样，要一只手抓住对方的痛处，另一只手才打得带劲，抓不住对方，就打不中要害，这次第十二战区拿下张家口，主要是靠我们第十一战区在怀来抓住了共军，要不然第十二战区也是孤掌难鸣！"

又一位将军站起，气愤地说："我也打个比方，打仗和打篮球的道理是一样的。我的兵团三个军最出力，他们是前锋，十二战区的选手是后卫，由于我们前锋吸引住共军，才能在最后关头，给十二战区偷机投篮的机会。我们打的是硬仗，他们打的是巧仗，两个战区协同作战，才赢下这一局。论功行赏，理应平分秋色！"

"对，对！理应平分秋色！"大家七嘴八舌地说。

郭汝瑰："孙长官，你的意见呢？"

孙连仲："我是第十一战区的司令长官，当着十二战区司令长官傅宜生将军的面能说些什么呢？气话，不代表真理，但它却反映一种情绪，处理不当，对未来战场上的厮杀是没有好处的。再说，世人皆知，共军的主力在东线，我东边要是不济，傅兄那边也不会有什么好戏。因此，我认为要从大局出发处理奖金问题。"

郭汝瑰："傅长官，你的意见呢？"

傅作义："服从，是军人的天职。我更不赞成'自己在东线啃骨头'人家在西边'吃肥肉、捡便宜'之说，这不利于国民革命军的团结。因此，我建议郭厅长把大家的意见如实上报南京，蒋主席说什么我都服从。"

南京　蒋介石官邸　内　夜

蒋介石身着休闲便装与宋美龄随意交谈。

宋美龄："达令！请告诉我，你的军队打了胜仗，为什么还争功恃傲呢？"

蒋介石笑了笑："请想一想，古今中外有哪一个国家的军队能逃此规律吗？就说你最宠信的美国吧，在巴顿将军的眼里，艾森豪威尔又算个什么东西？"

宋美龄："毛泽东的军队也这样吗？"

蒋介石："打天下的时候，一般还可以做到内心不服表面服。但是在坐天下的时候，争功恃傲，扯旗反叛的人和事就数不胜数。最典型的就是汉朝。"

宋美龄："你自黄埔建军，就倡行黄埔精神，可为什么时下的军队依然是面和而心不和呢？"

蒋介石："夫人应该知道，我的军队是由不同派系组成的，因此各怀异志。"他说罢长长地叹了一口气，"咳！悔不该当年我消灭了各个派系而保留了他们的军队啊！"

宋美龄："毛泽东呢，他的军队不也是由许多山头合起来的吗？为什么他们分散在各地却能做到志能同心呢？"

蒋介石怆然地叹了一口气。

"报告!"

蒋介石:"请进来吧!"

陈诚肃然走进:"校长!夫人!"

蒋介石笑了:"方才,我和夫人在谈古论今,尚未说出我的结论。简而言之一句话,治国者,治军者,不仅要熟知属下各怀什么样的异志,更重要的是要拿出化解异志进而达到心归中央的办法。"

陈诚:"校长就是高屋建瓴!"

宋美龄不悦地:"我倒是想看看达令有什么高屋建瓴的对策,能够化解北平这场争功恃傲的乱局,并进而让这些不同派系的军队心归中央。"

蒋介石笑了笑:"辞修,我三天前就告诉你,晚两天去北平,代表我去宣读新的命令。"

陈诚:"是!"

蒋介石:"行前,我学着孔明的办法送你三个锦囊妙计,你照此去办,保证药到病除。"

宋美龄自语地:"三个锦囊妙计,还保证药到病除……"

北平行辕会议室　内　夜

主席台上的布置依然如故,只是李宗仁面如铁色,不屑地等待着什么。

台下还是受奖的将领围坐一张张餐桌四周,一个个与宴者表情肃穆,等待新的颁奖结果出笼。

郭汝瑰走到麦克风前,庄重地讲道:"下面,请陈参谋总长传达蒋主席的指示和颁奖的最终结果。"

台上台下都是象征性地鼓掌,故掌声没有那么热烈。

陈诚大步走到麦克风前,说道:"首先,我转达蒋主席对所有参加张家口战役的指战员亲切的问候!"

全体与宴将领热烈鼓掌。

陈诚："同时，蒋主席还让我向诸位将领传达三句话。第一句话，他说第十一战区、第十二战区都是中央的部队。只有你们亲如手足，才能取得像收复张家口这样的胜利。为此，他认为此次颁奖的数额、比例，也不应该分多分少，而是两个战区一样多！"

与宴者有的热烈鼓掌，有的很不情愿鼓掌。

陈诚："蒋主席说的第二句话是，国军攻占张家口，'这标志着共军已总崩溃'，'可在三个月至五个月内，完全以军事解决问题！'为此，他决定原第十一战区改为保定绥靖公署，公署主任为孙连仲上将，办公地点由北平迁往保定！"

第十一战区的将领激动地热烈鼓掌。

陈诚："原第十二战区改为张垣绥靖公署，公署主任为傅作义上将，办公地点从归绥迁往张家口！"

第十二战区的将领十分兴奋，竟然站起来鼓掌。

陈诚："蒋主席说的第三句话是，明天，我《中央日报》、各家电台同时播发重要稿件，希望孙连仲上将、傅作义上将，组织你们新组建的绥靖公署军政要人认真收听、学习！"

与会的将领发出稀稀疏疏的掌声。

空中回荡着播音员的声音："下面，南京电台播出重点要闻时评：从张家口光复看天下大势！敬请全国工农兵学商各界听众注意收听……"

延安　毛泽东居住的窑洞　内　夜

毛泽东驻足窑洞窗前，一边眺望漆黑的夜空，一边用心收听电台广播：

"我军攻陷张家口以后，延安《解放日报》发表社论，大言不惭地吹嘘：'我们全解放区一切军队，一切人民，一定要彻底粉碎蒋介石的进攻，收复张家口、承德、集宁、菏泽、淮阴以及一切失地……'听！这牛皮吹大了，小心再次自己打自己的脸！我们的蒋主席为早日统一全国提出'现代作战'，那就是'无城市即无政治基础，无交通就无政治动脉'，经过四个月的较量，国军不仅攻占了主要的交通线，而且还占领了共军原占领的一百零五座城市。为此，蒋主席郑重宣布1月12日召开国民大会，制定宪法，选举总统……"

朱德悄然走进，啪的一声关死收音机。

毛泽东一怔："老总，你什么时候到的？"

朱德："我到了一会儿了！"

毛泽东："有什么重要的大事相商吗？"

朱德："没有！方才你的警卫员找到我，说你老是听蒋该死的电台播发的一篇骂我们的文章，有时叫你吃饭也不吃，甚至叫你睡觉都不睡，叫我来劝劝你。"

毛泽东："好啊！他一个人磨不过我，又请来了你这个外援。"

朱德笑着："我这个外援可是站在你一边的，还给你带来了你最喜欢的东西。"

毛泽东："香烟！"

朱德："你怎么知道的？"

毛泽东："我的那位警卫员对我说，从前线来了一位首长，说是给主席带来了几条香烟。老总你说：我打劫一条，先放在我这里，等他快抽没了，或为了什么事不开心发脾气的时候，我就带上这条烟来看他。"

朱德感慨地："咳！看起来，这个警卫员的心还是向着你的。"

毛泽东："那是自然！"他说罢走过去，冷不防从朱德的手中抢过带来的那条烟。

朱德感慨地："傅作义突袭了我们的张家口，你突袭了我这条烟，说说看，我们如何回应蒋某人的狂人疯语啊！"

毛泽东取出一支香烟点燃，边吸边说："10月1日我曾在党内一份内部指示中说道：在7、8、9三个月中，我已歼灭蒋军二十五个旅。如果我们在今后一个时期内，再歼灭蒋军二十五个旅，我这就有可能从防御转入进攻。"

朱德："如果再歼灭蒋军第三个二十五个旅，我们就有可能收复失地，扩大解放区。"

毛泽东："如果蒋某人逆天而为召开伪国大，我将致电中共驻南京代表团，要恩来等返回延安，只留董必武少数同志留在南京，再视情而动。"

朱德："我赞成！据晋察冀军区来电，他们自从撤守张家口以后，内部分歧较大，我看他们有必要召开一次会议，统一思想，共同对敌。"

毛泽东沉思片时："电告聂荣臻、罗瑞卿等同志，可以多花些时间统一思想，再召开共同对敌的会议。"

南京大街　外　日

南京各行各业的市民打着"热烈庆祝国民大会胜利召开"横幅，呼着口号，稀稀拉拉地游行。

大街两边站着看热闹的各界群众有说有笑，就像是看玩意一样。

蒋介石官邸客室　内　日

宋美龄打开门窗，有些兴奋地听着传来的口号声。

身着中式服装的蒋介石笑容满面地走进，笑着问："夫人，你在听什么啊？"

宋美龄："我在听游行队伍喊的口号声。"

蒋介石："夫人还记得西方的一个传说吗？当年拿破仑得胜回国经过凯旋门的时候，看见万人欢呼'拿破仑万岁'的时候，他的脸上没有一丝笑容。"

宋美龄："因为他清楚，未来就是这些山呼万岁的百姓一定会把他送上断头台的。"

蒋介石："历史就是这样无情地应验了拿破仑的预测。"

宋美龄："方才，中共驻南京办事处打来电话，告之明天周恩来举行完记者招待会以后，就乘美国飞机回延安。"

蒋介石："司徒雷登持什么态度？"

宋美龄："他不希望蒋主席干涉周恩来的记者招待会。"

蒋介石笑了笑："我当然不会的！"

梅园新村院中　外　日

院中站满了采访的记者，还有赶来送行的各界朋友。

周恩来紧紧握住黄炎培的手，与董必武等从内室走出，十分感情地说："黄任老，路遥知马力，日久见人心，可以这样说，我们是肝胆相照的真朋友啊！"

黄炎培有些激动地说："对！我们是肝胆相照的真朋友。"他说罢转身冲着采访的记者和送行的朋友，富有感情地说，"我们的真朋友周公就要走了，行前，我们请他给我们这些真朋友交个底好不好？"

"好！"

周恩来动情地："黄任老的话我是明白的，行前能交什么底呢？"他取出一纸文稿，"这是我行前写给朋友的一封信，念其中一些段落，就算是我满足黄任老和有些朋友的要求吧！"

与会者热烈鼓掌。

周恩来低沉地念道："民盟经此一番风波，阵容较稳……'国大'既开，把戏正多，宪法、国府、行政院既可诱人，又可骗人，揭穿之端赖各方，政协阵容已散，今后要看前线，少则半载，多则一年，必可见分晓……弟等十九日归去，东望沪滨，不胜依依，请代向朋友致意，并盼保万千！"他已经是热泪盈眶了。

延安　毛泽东窑洞　内　日

毛泽东："方才，周恩来向中央报告了他在南京工作的情况，我认为是很有成绩的。现在，恩来回到了延安，我建议书记处改组中央城市工作部，由恩来同志任部长。"

刘少奇："李维汉同志可任副部长，处理日常工作。"

毛泽东："可以！古人云，君从故乡来，应知故乡事。恩来，南京、上海的上层对内战有何看法？"

周恩来："并不乐观！他们对长期作战没有任何把握，连白崇禧等都感到前途茫茫；说到国民党海陆空军中的中下层人员，悲观厌战的情绪更甚。"

朱德："反观我们在军事上，歼灭战已经得到了事实的证明。从中原突围到今天，我们共歼灭了他们三十八个旅，主席提出的再用三个月的时间，消灭蒋军第二个二十五个旅的任务有可能超额完成。"

刘少奇："诚如主席前不久所估计的，蒋介石的攻势是一定能够打破的。"

毛泽东："总之，蒋某人是在自走绝路！开'国大'，打延安，两着一做，他的一切欺骗就全都被戳穿！"他走到作战地图前面，用手指着作战地图十分自信地说，"再用半年到一年的时间，消灭国民党这七八十个旅以后，国共双方的军事力量就达到了平衡！"

朱德："主席曾明确指出，两军达到平衡后就容易超过，到那时，我们就可以打出去。"

毛泽东："恩来同志曾长年从事军事斗争，我建议他应回到军事战线，和我、老总一道指挥全国各个战场，以利快一点消灭蒋介石赖以生存的军队。"

"同意！"

延安郊外　日

山坡上的衰草早已变黄，随着深秋的北风起舞。

系着白羊肚子毛巾的放羊老汉放声唱着信天游，甩着响鞭，赶着羊群走在山坡上。

毛泽东、朱德、周恩来骑着战马奔驰在山坡野路。

有顷，毛泽东、朱德、周恩来相继勒着缰绳，跳下马来。

毛泽东笑着拍了拍周恩来的后背，近似玩笑地说："恩来啊！我以为你在白区这十多年，天天出入坐汽车，把骑马的本事忘了呢！"

周恩来："骑马是我们看家的本事，怎么会忘了呢！主席，老总，我在重庆、南京的时候，每每遇到不顺心的事，我就会想起我们三人扬鞭跃马的往事。"

朱德："恩来你知道吗？昨天，老毛对我说，怎么样，咱们三人再一起骑会儿马好吗？我说行啊！就这样，有了今天这次骑马郊游。"

周恩来笑着说："放心，看家的革命本钱是不会忘的。"

毛泽东意味深长地说："恩来，张家口丢了，延安迟早也会丢的。如果说过去你在重庆、南京坐着汽车和蒋某人斗智斗勇。今后，我们三人就要骑着马——甚至要大踏步地爬陕北的高坡、钻那一天也走不出来的深沟，和蒋某人真枪实刀地斗争。依我看啊……"

周恩来："主席对我骑马技术的考试合格了！"

毛泽东："方才，我突然想起一件事，你们还记得吗？十一年前，好像也是这个季节，我们长征刚到陕北，一位拉着骆驼的老道对老总说，你的面相好富贵啊！"

朱德："对，对！我还半开玩笑地问他，有什么贵言对我说吗？他只说了一句'逢六必转'，就拉着骆驼走了。"

周恩来："我还记得主席望着道士的背影自言自语地说了一句，逢七必变该有多好啊！"

毛泽东："方才再一想，当年一句寻常话竟然得到了应验，1936年发生了西安事变，1937年爆发了七七卢沟桥事变。"

朱德："今年可又是1946年，果真应了'逢六必转'这句名言，可我真希望明年——也就是1947年，也来它个'逢七必变'啊！"

毛泽东断然地："那是一定的！1947年，必然是敌我双方军事实力发生根本变化的一年！"

延安　毛泽东的窑洞　内　日

毛泽东坐在桌前，神态严肃地审阅文件，不时拿一支铅笔在文件上勾勾画画。

朱德手持电文走进："主席！又在审阅什么文件？"

毛泽东拿起文件，严肃地说道："是晋察冀中央局在涞源召开会议的报告。"

朱德："找出丢失集宁、大同，还有这次张家口战役的教训了吗？"

毛泽东："我看他们的思想基本上统一到中央的方针上来了，并做出了《关于张垣失守后的形势与任务的决定》。从文字上看，是好的。"

朱德："文章是好做的，可如何把文章中的思想变成战场上的胜利，那还是有一定距离的。"

毛泽东站起身来，轻轻地叹了口气，说道："是啊！他们要像陈粟、刘邓大军那样敢于打大仗、打胜仗，恐怕还要在战场上去学习，去总结。"

朱德："我认为晋察冀军区打不出漂亮的大仗、胜仗，和兵少将也不广有关。"他把手中的电文交给毛泽东，"你看吧，刘邓他们又电催原冀鲁豫的部队——现晋察冀军区第一纵队归建。"

毛泽东："这样一来，晋察冀军区又少了能征善战的三个旅啊！"

朱德："更为重要的是，杨得志、苏振华等能打大仗的战将也要归建刘邓大军了！"

毛泽东蹙眉凝思，久久不语。

朱德："老毛，你说怎么办吧？"

毛泽东断然地："千军易得，一将难求！杨得志等同志留在晋察冀，苏振华同志把部队带回晋冀鲁豫！"

朱德："我赞成！电告聂荣臻、罗瑞卿同志，一要迅速扩军，二要准备打大仗，打胜仗！"

毛泽东："恩来，近期我提议召开书记处会议。"

周恩来："什么内容？"

毛泽东诙谐地一笑："保密！"

定格　叠印字幕：第五集终

第 六 集

延安　书记处会议室　内　日

毛泽东独自一人坐在书记处主席的位置上，一边吸烟一边似在思考什么事情。

有顷，刘少奇、周恩来、朱德、任弼时相继走进会议室。

朱德笑着说："主席，今天的太阳是从西边出来的吧？"

毛泽东笑着说："老总，你这是在批评我昔日开会不太准时，对吧？"

朱德："与会的同志都知道，主席的生活习惯是阴阳颠倒，凡是白天开会，多是嘛……"

毛泽东："也有像今天早到的时候嘛！"

与会者大笑。

毛泽东："今天的书记处会议，是应我毛泽东的请求召开的。就在蒋某人和属下在争功大闹的时候，我突然想到 12 月 1 日就要到了，诸位知道这是什么日子吗？"

"老总的六十大寿！"

毛泽东："这就是我提议召开书记处会议的内容，号召全党、全军为老总庆祝六十大寿！"

与会者愕然。

朱德连忙摆手："老毛！你可不要忘了自己是全党、全军的主席啊！"

毛泽东："我就是想忘也忘不了啊！"

朱德："那你在党的七大上举手同意的不做寿忘了吧？"

毛泽东："没忘！"

朱德："那就坚决地取消为我做六十庆寿！"

毛泽东分外认真地："决不取消！"

朱德："我再说一遍，必须取消！"

毛泽东："我也再说一遍，决不能取消！"

周恩来伸出手示意双方停止争论，说道："你们二位不要争了，先让主席说明为什么一定要为老总庆祝六十大寿，然后再由书记处做出决定好不好？"

朱德："好吧，我服从书记处的决定。"

毛泽东："我为什么提议为老总过六十大寿呢？"

朱德不服气地："就是因为我六十岁了呗！"

与会者笑了。

毛泽东："六十是一个甲子，在我们老祖宗看来，可是一件了不起的大事。请同志们回忆一下，六十年前，中法马江之战刚刚结束不久，接下来就是中日甲午海战、公车上书、辛亥革命、清朝垮台……直到今天，蒋介石又在美国的支持下挑起了全面内战……"

朱德："老毛，要开门见山，不要打迂回战！"

毛泽东："老总，我讲的这些就是开门见山！请同志们想一想，老总六十年来经历的，换句话说，老总六十年的奋斗史，也就是我们国家的苦难史！"

"对！"

朱德："对也不能成为祝寿的理由！"

毛泽东："那我就谈祝寿的理由！第一，老总为了寻找党先后找过孙中山、陈独秀，都被拒之门外。他不服气，只身跑到马克思的故乡德国找党，最后终于找到了恩来，由恩来介绍加入了我们的党！恩来，我说得不错吧？"

周恩来："不错！"

毛泽东："找到党以后，又为党的革命事业奋斗终生！请再看一看蒋介石这些孙中山的不肖子孙呢，把国家、民族置之度外，天天争权夺利，尔虞我诈，把全国搞得乌烟瘴气，民不聊生！今天，他又公然召开伪国大，重兵进攻我们的解放区！从现象上看，他占领了我们一百零五座城市和大片的土地，陈诚竟然在北平记者招待会上公然叫嚣：从军事上消灭中共，三个月到五个月便能解决！一时之间，从国统区到解放区，都弥漫着一片愁云迷雾——共产党还能坚持几时？"

与会者肃然聆听。

毛泽东："为此，我们共产党人必须造成一个声势，不仅让全国人民看到我们共产党人有实力，有准备，而且还让全党、全军都清楚，我们必须具有战无不胜的豪气！"

与会者情不自禁地鼓掌。

任弼时："我懂了，主席就是要借给老总庆祝六十大寿，在全党、全军召开一个打倒蒋介石的誓师大会！"

毛泽东："知我者，弼时也！"

朱德不语。

刘少奇："同意给朱德同志庆祝六十大寿的请举手。"

与会者除朱德外都高高地举起了手。

刘少奇笑着说："老总，书记处通过了，你……"

朱德："我早已把自己交给党了，一切听党的。"

全体与会者笑了。

延安　毛泽东窑洞　内　日

一盆炭火放在窑洞中央，一闪一闪地冒着火光。

毛泽东站在桌前，提笔展纸，笔走龙蛇的特写：

　　朱德同志六十大寿　　人民的光荣

毛泽东写罢掷笔，十分欣赏地看着。

小李引周恩来走进："主席，周副主席到了。"

毛泽东兴奋地说："恩来，先看看我为老总六十大寿的题词！"

周恩来看了看："好！唯老总可受'人民的光荣'这样高的赞誉。"他说罢取出一纸文稿，"这是我为老总六十大寿写的贺词，请主席……"

毛泽东接过文稿放在桌上："等一下，少奇同志也来，我们再一道欣赏你的贺词。"

周恩来："好！"

毛泽东："南京方面有什么消息吗？"

周恩来："董老来电说，马歇尔就要结束他调处工作回国了。"

毛泽东："这就是说，美国完全撕下了所谓和谈的伪装，公开地支持蒋介石打内战，消灭我们。"

周恩来："对！另外，早已脱党的郭汝瑰看清了南京政府的腐败，恳切地希望回到党的怀抱中来。"

毛泽东："我见过他，老总也对我说起他的家世，他现在是南京国防部三厅厅长，主管作战工作。我的意见，一是欢迎，再是请他先用自己的行动接受党的考验。"

周恩来："是！还有，刘斐调任参谋次长，和郭汝瑰一起协助陈诚制订攻打我们的作战计划。我已通知有关同志依然保持单线联系，不得发生横的关系。"

毛泽东："很好！"

小李引刘少奇走进："报告！少奇同志到了。"

毛泽东看见刘少奇手中拿着一张叠好的白纸，笑着说："少奇同志，如果我没猜错的话，你手里拿的是贺老总六十大寿的题词。"

刘少奇："主席猜对了！"他说罢双手展开。特写：

朱总司令万岁

毛泽东："好！我军有了一位万岁总司令，就一定会有一支万岁军队！"

周恩来："那我们就一定能打倒蒋介石！"

在陕北民歌《绣金匾》的歌声中送出高亢的画外音：

"人民庆祝你的六十生活，因为你是中国人民六十年伟大奋斗的化身！你对民族利益和人民利益的无限忠诚，你的不怕艰难危险、不求个人名利的牺牲精神，你的联系群众、信任群众、视民如伤、爱民如子的观点，正在鼓舞着全党全军为独立、和平、民主而奋斗到底……"

在歌声中与画外音中叠化出一组画面：

《解放日报》刊登毛泽东、刘少奇、周恩来等的题词，刊登各中央局的贺电，刊登彭德怀、林伯渠、陆定一、习仲勋等祝寿文章；

延安大街小巷张灯结彩，悬挂五星红旗；

延安军民敲锣打鼓，扭起陕北的大秧歌……

中央大礼堂门前　　外　　日

中央大礼堂门前整齐地站满了延安的军民，中间是一道通向中央大礼堂的由人民组成的走廊。

朱德身穿灰布军装，身披斗篷，乘吉普车缓缓驶来。

两边的军民热情欢呼，尽情歌舞。

吉普车停在中央大礼堂门前，朱德站在大礼堂台阶上看着军民，伸出双手，不停地频频示意。特写：

朱德两行热泪溢出，顺着面颊滚下。

朱德大声地："延安的军民们！你们不必祝贺我，我要祝贺你们，祝贺党，祝贺人民——"

中央大礼堂前再次爆发出热烈的欢呼声。

朱德转身走进中央大礼堂。

中央大礼堂舞台　　内　　日

在《绣金匾》的音乐声中缓缓摇出：

朱德坐在主席台中央，一副慈祥的样子。

毛泽东、刘少奇、周恩来、任弼时、彭德怀等坐在两边。

林伯渠站在麦克风前，大声说道："同志们！朋友们！庆祝朱德总司令六十寿宴现在开始！"

全体起立，热烈鼓掌。

林伯渠："全体向我们最可爱的寿星佬朱总司令三鞠躬！"

朱德也有些诚惶诚恐地站起。

林伯渠："一鞠躬！再鞠躬！三鞠躬！礼毕，坐下。"

林伯渠："下面，请周恩来同志发表祝词！"

周恩来走到朱德面前，二人深情拥抱，然后走到麦克风前说道："总司令！举世人民公认，你是中华民族的救星，劳动群众的先驱，人民军队的创造者和领导者。你是那样平易近人，但又永远坚定不移，这正是你的伟大。全党中，你首先同毛泽东同志合作，创造了中国人民的军队，建立了人民革命的根据地，为中国革命写下了新纪录！你的革命历史，已成为二十世纪中国革命的里程碑！"

全体祝寿的军民热烈鼓掌。

林伯渠："下面，请毛泽东同志发表祝词！"

全体祝寿的军民再次爆发热烈的掌声。

毛泽东走到朱德面前深深地鞠了一躬。

朱德惶恐地站起："老毛！使不得呀！"

毛泽东："使得！使得！你是我们的三军统帅，可你更是我毛泽东的兄长呀！"他说罢紧紧地拥抱了朱德。

全体军民禁不住地用力鼓掌。

毛泽东走到麦克风前，很有感情地说："同志们！你们都知道我们的朱总司令是我们中国人民解放军的三军统帅，但很少有人知道我们的朱总司令还是一位诗人！下面，我代表远在南京的董老念完他写的贺诗以后，请我们的寿星佬当场步其韵和一首，好不好？"

"好！"

毛泽东取出一纸文稿，酝酿了一下情绪，朗朗吟道："革命将军老据鞍，豺狼当道敢偷安。骨头生若铁般硬，胸次真如海洋宽。要做主人不做客，甘为民仆耻为官。乌延黎庶欣公健，此日江南一例欢。"

全体祝寿军民笑颜鼓掌。

毛泽东笑看朱德："寿星佬，和一首吧？"

全体祝寿军民大声地："寿星佬，和一首！"

朱德缓缓站起，看着笑得十分开心的毛泽东难为情地说："老伙计，你怎么要我当众出洋相呢？"

毛泽东："不！要让世人都知道我们的总司令是一位文韬武略的三军统帅。什么都不说了，当场和诗吧！"

朱德沉静片时，大声吟咏："历年征战未离鞍，赢得边区老少安。耕者有田风俗美，人民专政地天宽。实行民主真行宪，只见公仆不见官。陕北齐声歌解放，丰衣足食万家欢！"

毛泽东带头鼓掌。

全体祝寿的军民用力鼓掌。

毛泽东："寿星佬！伯渠同志让我代行司仪的工作，下面，致答词！"毛泽东说罢鼓掌。

全体军民跟着鼓掌。

朱德真诚地："同志们！中国人民很早就干革命，前仆后继！但有些伪装革命而以升官发财为目的的人，在获得革命果实后却又反转来镇压革命，致革命屡次失败，人民屡次上当！但是，我认定，伪装革命的反动派一定失败，中国人民一定胜利！"

全体祝寿的军民长时间鼓掌。

河北一农村街头　外　日

聂荣臻、罗瑞卿、萧克、杨得志、杨成武、耿飚等迎着凛冽的北风边走边谈。

聂荣臻："这次涞源会议开得好，总结了保卫张家口等战役的教训，那就是过分地计较一城一地的得失，丢掉了在运动战中消灭敌人的战术。由于军区领导统一了思想，为下一阶段取得胜利打下了基础。"

罗瑞卿："我认为更为严重的是，我们晋察冀军区距离像陈粟大军、刘邓大军，甚至是新组建的东北部队等一个接一个打胜仗、打大胜仗差得还比较远。"

杨得志："要想能打大胜仗，一是要完善组织结构，二是征兵，扩大我们的战斗力。"

杨成武："聂司令！完善组织结构的工作快结束了吗？"

聂荣臻："快了！军区党委已经决定把杨得志同志调往二纵当司令员。同时，我们还决定将冀中、察哈尔、冀晋军区所属独立旅，分别调拨给第二、第三、第四三个野战纵队。这样，每个纵队就由原来的两个旅变成三个旅。"

罗瑞卿："军区党委做出决定：到明年1月前，在冀中、冀晋、冀察、冀东四区动员新兵四万人，全部补充到野战部队中去。"

这时，远方隐隐传来《绣金匾》的歌声。

聂荣臻高兴地："你们听，为庆祝朱总司令六十大寿的会议还没有开，我们剧社的文艺家们已经开锣了！"

杨成武："这一定是那个新参军的演员叫……"

耿飚："叫来鹰！我看是个好苗子，她这么一唱啊，老百姓——尤其是年轻的小伙子们都来报名参军了！"

河北　农村大庙前的庭院　外　日

随着《绣金匾》的歌声渐次化出：

大会主席台选在大庙门前，上方高悬"为庆祝朱总司令六十大寿报名参军"的横幅。

横幅下坐着十多个人组成的小民乐队，他们迎着凛冽的北风用心地演奏手中的乐器。

已经穿上军装的来鹰站在民乐队的前边，十分动情地唱着《绣金匾》。

大庙院中站满了穿戴有些褴褛的老百姓，他们用心地听着来鹰歌声。

就在民乐队旁边摆着一张八仙桌，有几个女文艺兵在旁边吆喝，有几个帮着报名参军的青年填写表格。

聂荣臻、罗瑞卿、杨得志、杨成武、耿飚等走进大庙的庭院，沿着墙边走到报名参军的桌子后边。

恰在这时，来鹰唱的《绣金匾》结束了，院中爆发出发自内心的叫好声。

这时，一个中年小伙子大声喊道："来鹰的歌唱得好，再来一个要不要？"

"要！"

还是那个小伙子高声喊道："那我们就把巴掌拍得响一些好不好？"

"好！"

接着，大庙的院中响起了掌声。

来鹰刚要示意民乐队奏响下一个歌子的过门，她蓦地转身一看：

聂荣臻、罗瑞卿、萧克、杨得志、杨成武等冲着她笑。

来鹰急忙大声说："乡亲们！我们军区的首长聂司令他们到了，庆祝朱总司令的六十大寿的会议就要开始了！我向你们保证，会议结束之后，我接着给你们唱歌好不好？"

"好！"大庙院中的响声停止了。

耿飚走到台前，大声地说："乡亲们！你们不怕初冬的寒冷，赶来为朱总司令庆祝六十大寿，这说明大家都有一颗热爱我们总司令的热心。下面，请我们的聂司令为庆祝总司令六十大寿发表讲演！鼓掌！"

大庙庭院中响起热烈的掌声。

聂荣臻披着军大衣到台前，大声说："乡亲们！我们的朱总司令和你们一样，是一个农民的儿子！他亲自对我们说，所有农民儿子都是要革命的。那时不成功是摸不到路，后来找到了，加入了中国共产党。从此，我认定，反动派一定失败，中国人民一定胜利，我相信我可以亲眼看到中国革命获得成功！"

罗瑞卿、杨得志等带头鼓掌。

全院的男女老少一起鼓掌。

聂荣臻："方才，我亲眼看到青年们主动报名参军，使我又想起了当年朱总司令在太行山上开辟抗日根据地，他亲自指挥大家唱《太行山上》，造成了母亲送儿打东洋、妻子送郎上战场的潮流。就这样，我们打败了日本军国主义者，就要迎来全国解放！没有想到啊，蒋介石又挑起内战。朱老总说，全国人民团结起来，打垮国民党，建设新中国！"

这时，一个身强力壮的农家姑娘大声说："聂司令！打垮国民党，我们妇女也有份，可你们为什么不要女兵呢？"

聂荣臻："谁说不要？方才唱《绣金匾》的来鹰同志就是我亲自批准她参军的！"他说罢走到桌前，往凳子上一坐，把手一招，"姑娘们，谁想参军就到我这里报名！"

瞬间，十几个农村姑娘列队站在聂荣臻的桌子前，七嘴八舌地说："聂司令！我要参军，先给我报名……"

这时，杨科长快步走到耿飚身旁，递上一纸电文："参谋长！这是北平方面送来的紧急密电。"

耿飚很快看罢，转手交给罗瑞卿。

罗瑞卿看罢严肃地说道："北平发生美军士兵强奸北京大学女学生暴行，必然会激起全市乃至全国爆发大规模的学生运动！"

北平大街　外　日

天低云暗，呼啸的北风发出瘆人的叫声。

北平的学生列队走上街头，打着"北京大学""清华大学""北平师范大学"等名牌大学的横幅，高喊着"坚决抗议美军的暴行！""强烈要求美军滚出中国去！"等爱国口号，浩浩荡荡地向前走去。

大街两边站着同情、支持学生运动的各界市民。

在爱国游行示威运动大军的两边游走着便衣特务。

傅冬菊身着大衣、缠着一条雪白的大围巾随着游行队伍向前走去。

游行队伍中有一位很有气质的青年女教师高声呼唤着爱国口号。

叠印字幕：陈琏　北平地下共产党员

傅冬菊看到了陈琏，追上去，打了陈琏后背一下："陈琏！陈琏！"

陈琏转过身来，惊喜地："冬菊！你从天津赶来的吗？"

傅冬菊："是！出我所料的是，你也走出家门，和爱国的师生们一起冒着寒风上街游行！"

陈琏："真是是可忍，孰不可忍！美国这些畜生在光天化日之下，公开强奸我国禁烟英雄林则徐的重外孙女、第一任船政大臣沈葆桢的孙女，我岂能不参加像今天这样的爱国游行示威！"

傅冬菊："你很早就认识受害人沈崇吧？"

陈琏："认识！因为我们两家是世交。"

这时，一位穿着白大褂的中年人，他骑着一辆英国出产的凤头自行车迎面驶来。

叠印字幕：崔月犁　地下党员　北平学联秘书长

崔月犁十分麻利地跳下自行车，笑着说："冬菊，你还认识陈琏啊？"

傅冬菊笑着说："一个是蒋主席的文胆陈布雷先生的女儿，一个是刚刚晋升为张垣绥靖公署傅作义将军的女公子，能不认识吗？"

陈琏："我们二人一道为沈崇女士伸张正义，抗议美国这些畜生不是很自然的吗？"

崔月犁推着自行车向路边一靠小声说道："请二位到这边来一下！"

傅冬菊、陈琏应声走到崔月犁身边。

崔月犁："中央指示我们，要造成最广泛的阵容，采取理直气壮的攻势，使此爱国学生运动向着孤立美蒋、反对美国殖民地化中国之途展开！"

傅冬菊、陈琏深沉地点了点头。

崔月犁熟练地骑上凤头自行车，迎着凛冽的寒风驶去。

傅冬菊、陈琏分头走去。

便衣特务就像是寻找猎物的疯狗看着发生的一切。

高呼口号的游行队伍浩浩荡荡地向前走去。

北平行辕作战室　内　夜

北平行辕、张垣绥靖公署、保定绥靖公署等高级将领围坐在会议桌四周。

孙连仲坐在左边首席座位，傅作义坐在右边首席座位，二人虽然正襟危坐，但脸上依然显出不耐烦的样子。

李宗仁健步走到自己的座位前，很是客气地说："很抱歉，让诸位久等了！方才，蒋主席派到北平的人找我，说一个小小的沈崇事件，搞得各大中学校无宁日。同时，还说到陈布雷先生的女儿陈琏、傅作义将军的女公子傅冬菊等都上街参加了游行示威。"

傅作义冷峻地："李主任，我的女儿傅冬菊是天津《大公报》的记者，她上街采访学生游行有什么不对的吗？"

李宗仁尴尬地："我、我已经向蒋先生派到北平来的那些人做了说明。"

孙连仲打圆场地："德邻主任，我们正式开会吧？"

李宗仁肃然正色："好！开会。今天会议有两项内容，其一，检查张垣绥靖公署、保定绥靖公署歼灭共军情况。下面，先请张垣公署主任傅作义上将报告。"

傅作义傲岸不逊地："根据蒋先生为我们制订的战略计划，在年前打通平汉线，巩固平绥线的要求，我部第三十五军、暂编第三军及新编骑兵第四师圆满完成战斗任务，同时还攻占了张家口以北、以南广大的地区，占领了大部分的县城。我的汇报到此结束。"

李宗仁："很好！下面，由保定绥靖公署主任孙连仲上将报告！"

孙连仲很有情绪地："诸位将领均知，我绥靖公署防范的地区很广，与共军交战的地点也就很多，近两个月来，我们攻占了不少县城，但在易县、满城的争夺中也有不少的损失，伤亡人数近八千。"

李宗仁急忙打断孙连仲的说话："不要说下去了！打仗嘛，有胜有负，这是常事。"

孙连仲："是！"

李宗仁："蒋先生指示：两个绥靖公署必须同心协力，分期包剿平汉线北段西侧之共军。保定绥靖公署的主力集结于平汉路北段铁路沿线地区，置重点于平、津、保三角地带。下面，由绥靖公署参谋长下达具体的作战计划……"

完县南腰村一地主正屋　内　夜

两张八仙桌拼成的长方形的会议桌置于堂屋中央，桌子中间摆着两盏马灯，把屋内照得还算明亮。

一大盆炭火摆在屋门旁边，更增加了屋中的红火劲。

杨得志、杨成武、陈正湘、胡耀邦、曾思玉等纵队领导围坐在会议桌四周。

聂荣臻、罗瑞卿、萧克、耿飚等从内室走出，表情都很严肃，分别坐在应坐的位置上。

聂荣臻："现在开会！首先，由罗瑞卿副政委传达中央军委、毛主席致我军区党委的指示电。"

罗瑞卿取出电文稿，念道："你们要学习宿北、鲁南打大歼灭战经验，不轻敌，亦不怕敌。每次准备以三昼夜至五昼夜的恶战，歼灭敌两个至三个师，至少每次歼敌一个整师……为完成这一任务，你们下大决心准备两三万人伤亡是必要的……各战略区及中央均在热望你们打大胜仗，改变战局。"他收好电文，"我传达完毕。"

聂荣臻："下面，由耿飚同志传达敌情以及军区党委在贯彻、落实中央军委、毛主席指示电的设想，然后再请诸位发表意见。"

耿飚指着作战地图讲道："易县、满城战役之后，敌人的主力——尤其是敌九十四军、五十三军受挫，主要集结于保定以北的铁路沿线地区，凭垒固守。但是，敌人在保定以南从望都到正定一百公里的铁路线上，只有保安第五总队侯如墉部的六个团和一些县的自卫队担任守备任务，力量相对薄弱。军区领导的意见……"

萧克坚决地："我们下一阶段的战场必须由保定以北转到保定以南！"

罗瑞卿："唯有如此，我们才有可能歼灭和调动敌人，创造新的更大的战机。"

聂荣臻："杨得志同志，你的意见呢？"

杨得志："首先，我同意开辟新的保南战场。我的意见以一个纵队攻歼望都、正定，把固守保定以北的敌人钓到保定以南来，用两个纵队埋伏在中途打援。这样，有可能创造一个打大歼灭战的战机。"

聂荣臻："很好！和军区领导的决定不谋而合！下面，由耿飚同志下达作战任务！"

耿飚："军区决定：以陈正湘为司令的第四纵队附冀晋军区独立第一旅，在冀晋军区第三军分区和冀中军区第九军分区地方武装的配合下，发起保南战役！"

陈正湘站起："是！保证完成战斗任务。"

耿飚："以杨得志为司令的第二纵队、以杨成武为司令的第三纵队原地待机，视战情发展做好打援准备！"

杨得志、杨成武站起："是！"

萧克："陈正湘同志！你们在攻打望都的时候，我送你十个字：相机打定县，孤立石家庄。"

陈正湘："是！"

罗瑞卿："就要过春节了！你们打下望都的时候，我们一定赶到前线喝你们的庆功酒！"

平原大道　外　日

阳光洒在银装素裹的茫茫平原上，泛起万点金光。

陈正湘、胡耀邦、曾思玉扬鞭策马飞驰在冰雪覆盖的大道上，踏起一行行飞扬在空中的雪花，煞是壮观。

陈正湘一勒缰绳，战马停止了奔跑。

胡耀邦、曾思玉的战马随即停下飞驰的马蹄，与陈正湘的战马并行在大雪覆盖的道路上。

陈正湘大声问："耀邦，你是在井冈山时期认识的曾思玉副司令的吗？"

胡耀邦："不！井冈山时期我还没有参加红军呢。"

曾思玉："我虽然参加革命很早，但也没有上过井冈山。"

胡耀邦："思玉，你听清萧克副司令最后的两句话没有？"

曾思玉不假思索地："相机打定县，孤立石家庄。"

陈正湘自语地："相机打定县……"他大声地说，"看样子，军区首长希望我们拿下定县，对吗？"

胡耀邦："对！无论有多少困难，我们四纵一定要抓住这个机会，打出个名堂来！"

曾思玉："要想打出个名堂来，我们回到驻地以后还是要把困难估计得充足一些才行。"

四纵驻防地　内　夜

一张八仙桌，上边摆着一盆炭火，不时地闪着红光。

陈正湘、胡耀邦、曾思玉三个人围坐在八仙桌旁，一人拿着一块红薯边烤边交谈。

陈正湘胸有成竹地说："这次打侯如墉，我看咱们还是有把握的。第一，从望都到正定这条线上都是杂牌军，好打；第二，平津保的敌人有我二、三纵盯着，没有后顾之忧，这边能打；第三，驻守望都之敌处在被动的位置，我们想打哪就打哪！"

胡耀邦补充道："从北平行辕到保定绥靖公署，他们关注的重心是保定以北，对保定以南比较疏忽，且离我们也很近。只要军民密切合作，完全可以出奇制胜。"

曾思玉："当地是老革命根据地，群众觉悟高，当地冀晋地委副书记王昭同志举手一号召，支前的群众绝无问题！"

陈正湘："王昭同志有文化，又是当地土生土长的干部，聂司令早就想把他调到部队中工作。"

曾思玉："用兵，一定要出奇制胜。就要过春节了，敌人做梦也不会想到我们这些在保北的部队，就像天兵一样突然降到保南望都，因此，我胜敌败是铁定了的！"

陈正湘："最为重要的是，攻打望都之前必须拔掉门前的钉子——王京据点。为此，我提议：由我纵十一旅打先锋，并由能打的三十二团拔掉王京这座只有四百余人的小据点。"

"同意！"

旷野大路　外　夜

狂风大作，大雪纷飞，搅得周天一色。

晋察冀军区四纵官兵反穿棉衣，犹如银甲天兵从完县、唐县出动，直扑平汉线。特写：

如刀的风雪无情地扑向官兵，凝结成层层冰霜，染白了眉毛、胡楂，长枪盒子炮也全都化作了白色。

陈正湘、胡耀邦、曾思玉犹如雪人，吃力地走在风雪中。

一匹被雪染白了的战马迎面飞驰而来，在陈正湘等领导身旁纵身下马，大声地："报告司令员！据可靠的情报：王京、望都的守敌有的杀猪宰羊，有的置办酒席，有的在打牌赌博，一片过年景象。"

陈正湘："知道了！立即把这一情报送达负责攻打王京据点的三

十二团团长马卫华，请他与政委张乃更共同指挥，迅速拔掉王京这个小据点，不使一人漏网！"

通信员："是！"两腿用力一夹马腹，大喊一声"驾！"战马飞也似的消失在风雪之中。

陈正湘："耀邦同志！思玉同志！为速战速决，不给敌人喘息的机会，在我军拔掉王京据点的同时，必须完成攻打望都的一切准备，一声号响，按原定计划发起对望都的攻坚战！"

"同意！"

望都城外临时指挥所　晨　内

远方传来激战的枪炮声。

陈正湘、胡耀邦、曾思玉站在指挥所内，一人拿着一架望远镜，向窗外望去：

隐约可见城外雪地上趴满了四纵攻城的官兵，一动不动地等待着攻城的号声响起。

望都城墙上站着持枪的敌军，警惕地向城外瞭望。

曾思玉严肃地："陈司令员，望都是平汉路西侧的一座老城，护城河环绕，城墙坚固，守军为敌一个保安团又一个营计有一千一百余人，还有地主武装百余人。我们还是要把意想不到的困难想得多些为好。"

陈正湘："放心，我们还是有胜算把握的。"

这时，一位十分年轻的新兵背着写有红十字的药包走进指挥部内，他小声且有礼貌地说："首长！我是军区领导派来的医生，为你们三位首长……"

陈正湘生气地："我们三人不会负伤，也不会生病，攻城打响以后，你给我立即冲到前线抢救伤兵员去！"

医生："我再重复一遍，我是军区领导派来为你们三人服务的，你的命令——"

陈正湘震怒地："必须服从！我是这里的司令员，你不服从，我就枪毙你！"

医生吓得"啊"了一声，呆痴地站在原地。

胡耀邦一把拉过年轻的医生，问道："你什么时候入伍参军的啊？"

医生："还不到一个月。"

胡耀邦一怔："原来在什么地方工作？"

医生："我是一位刚刚医科大学毕业的学生，因为反对美国大兵强奸我女同学带头上街游行，被北平的特务逮捕了，后经学联多方营救，我才走出了监狱。然后组织上就把我送到军区，再后来嘛——"

胡耀邦笑着说："就来到我们四纵前线指挥所，差一点被我们陈司令给枪毙了！"

医生："对！对！"

胡耀邦："你还会些什么呢？"

医生："音乐。"

胡耀邦笑了："有意思，你还会玩音乐？"

医生："对！我是大学交响乐队的骨干。"

陈正湘生气地："我告诉你，你这个大学交响乐队的骨干，在我这儿没用！你要是大学射击队的冠军，我就任命你当新战士的教练！"

这时，远方的枪炮声突然停了下来。

曾思玉："陈司令员，该下攻打望都的命令了！"

陈正湘侧耳听了听，大声地："通讯参谋！"

通讯参谋从内室跑出："在！"

陈正湘："立即下达攻城命令！请我们的军号手拼力吹响攻击号！"

通讯参谋："是！"转身跑进内室。

有顷，前方响起了攻城的号声。

接着，趴在雪地上的官兵像白色的猛虎从平地跃起，朝着望都古城发起了最猛烈的攻击。

在军号声、枪炮声、人喊马嘶的混响中送出男声画外音，并叠印出相应的战斗画面：

"王京战斗是望都的前奏，从破障开路、前沿突破，到穿插分割、纵深分割，整个战斗行云流水，一气呵成。但是，在攻打望都的战役中，由于先期爆破不很理想，我四纵十旅三个团多管齐下，一起上阵，依然遭到敌人强大火力的压制。至下午二时，仍无进展……"

望都城外指挥所　内　日

随着攻击的号声的停止，攻城的枪炮声也就要停止了。

陈正湘在指挥所内一边快速踱步一边大骂："他娘的，这是怎么搞的！这是怎么搞的……"

曾思玉从内室走出，低沉地："陈司令！由于古城墙太厚，我准备的炸药威力不够，始终没有把城墙炸开一条口子，我攻城部队也就无法攻进望都城内！"

陈正湘大声地："通讯参谋！"

通讯参谋从内室走出："在！"

陈正湘命令地："立即用电话通知他们，速速改变进攻方式，集中火力，袭击城西北角守军工事，由多点突破改为重点突破！"

通讯参谋："是！"快步走进内室。

陈正湘："思玉！我们的英雄号手为什么不吹攻击号了？"

曾思玉沉痛地："他在前线负重伤，没有力气再吹攻击号了！"

陈正湘愕然一怔，一把拉住刚刚报到的医生："背上你的药箱，跟着我去抢救我们的英雄号手！"

医生："是！"他跟着陈正湘冲出指挥所。

正面战场　外　日

号手倒在战场上，虽说他的头部淌着鲜血，但他依然用右手拿着带血的军号放在嘴边，用尽生命最后的力气吹奏军号，可因为气力不足，军号连响声都吹不出来了。

陈正湘拉着医生冲出指挥所，拼力朝前奔跑，最后终于找到了军号手的位置，他一看军号手负伤的样子，大声地命令："快给他包扎！快给他包扎！"

医生急忙打开药箱，取出纱布和药，十分熟练地为号手包扎头部的伤处。

号手吃力地："陈司令！我不行了，留下这些纱布和药救济其他的同志吧！"

陈正湘发疯地大喊："不！坚强些，一定能把你救活！"

号手吃力地举起带血的军号，说道："陈司令，我……我不能为……解放望都……吹奏……进……军……号了……"他把头一歪，永远地告别了他的军号。

陈正湘双手接过带血的军号，遂忍不住地放声哭了。

医生惊得不知如何是好，他把头垂在了自己的胸前。

这时，城西北角猝然传来轰的一声，接着又响起了攻城的枪炮声。

陈正湘侧耳一听，惊喜地大喊："我们开始攻城了！我们开始攻城了……"

陈正湘看见了手中紧紧握着的带血的军号，下意识地把带血的军号放在嘴边，用尽全力也没有把军号吹响。

陈正湘转身看见了医生，他大声命令："医生！你不是学校交响乐队中的乐手吗？你要给我吹响进攻号！"

医生："是！"他从陈正湘的手中接过这把带血的军号，对着望都古城昂首吹响了进攻号。

接着，攻城的交响曲轰然响起，遂又送出男声画外音，并叠印出相应的战斗画面：

"我攻城的二十八团接到陈正湘的命令后，立即调整了部署，将所有的火炮对准城西北角齐射，至下午 3 时 30 分，城墙终于被炸开一个大缺口，全团战士顶着滚滚硝烟和飞扬的尘土，呐喊着冲入城内。不久，我三十团从西南方向破墙而入，向着敌军猛烈地开火。守军见势不妙，遂从东门突围，沿着铁路分别向南、向北溃逃，又被我三十二团等部队截歼于杨村、二十里铺……"

这时，望都城内传来不绝于耳的庆祝胜利的欢呼声。

定格　叠印字幕：第六集终

第 七 集

望都大街　外　初夜

随着锣鼓声声、鞭炮齐鸣的响声叠化出：

两旁街道的商铺张灯结彩，一派过春节的景象。

庆祝望都解放的各界百姓耍起了龙灯，跑起了旱船。

解放军战士举着枪押着俘虏走在大街上。

陈正湘、胡耀邦走在大街上，高兴地说着什么。

通讯参谋快步跑到近前，行军礼："报告！曾副司令请二位首长赶回指挥所，说是有紧急的大事相商！"

陈正湘一挥右手："好！立即赶回去。"

前线指挥所　内　夜

曾思玉在室内快速踱着步子，从他眉宇间蹙就的眉包可知：他正在思索什么大事。

陈正湘、胡耀邦一步跨进指挥所，几乎是同声问道："曾副司令，有什么紧急的大事相商啊！"

曾思玉："第一件大事，请问胡政委还记得萧克首长最后说的话吗？"

胡耀邦："记得！相机打定县，孤立石家庄。"

曾思玉："请问这相机打定县的'机'是在什么时候？"

胡耀邦："这……请陈司令员决定。"

曾思玉："陈司令员，你说呢？"

陈正湘："我说嘛……这个打定县的机就是现在。曾副司令员，你说呢？"

曾思玉："英雄所见略同！"

胡耀邦："请问二位，我们三个就能决定攻打定县这样的大事吗？"

陈正湘："当然不能！"他说罢长长地叹了一口气，"咳！现在要是军区的领导在就解决了！"

胡耀邦："关键是能把军区领导请到这里来，攻打定县的决策就解决了！"

曾思玉："我有办法！"他转身对着内室大喊一声，"通讯参谋！立即接通军区首长。"

有顷，通讯参谋拿着电话机从内室走出，左手拿着机体，右手拿着耳机："曾副司令！军区首长的电话接通了。"

曾思玉接过耳机："喂！我是曾思玉。"

远方显出萧克打电话的画面："我是萧克！思玉啊，望都解放了吧？"

曾思玉："解放了！告诉军区首长们一个特大的喜讯，守敌的厨房里到处都是过春节吃的香油白面，大鱼大肉啊！想吃吗？"

萧克："想啊！"

胡耀邦抢过话机："我是胡耀邦！首长想吃大鱼大肉十分简单，不过我和陈正湘有一个先决条件！"

萧克："什么条件啊？请讲！"

胡耀邦："首长还记得临别送我们的十字赠言吗？"

萧克："记得！相机打定县，孤立石家庄。"

陈正湘抢过话机："萧副司令！必须带来相机打定县的作战计划啊！"

耿飚抢过话机，大声说："放心！你要告诉同志们，不仅把大鱼大肉做好，还要有衡水老白干，保证管够！"

陈正湘："绝无问题！你们何时动身啊？"

耿飚："现在！"他啪的一声把电话挂了。

远方耿飚等接电话的画面消失。

陈正湘拿着电话："这个耿飚，话还没说完就挂了！"

胡耀邦："这说明我们的胜利果实太有吸引力了！"

曾思玉："下面，我们三人立即分工合作。"

胡耀邦："我去准备酒宴欢迎首长，你们二人要拿出一个攻打定县的初步计划！"

冰雪大道　外　夜

一辆美式吉普车行驶在冰雪大道上，因路难行，走得慢，左右摇晃得厉害。化入吉普车内：

杨科长坐在驾驶员的旁边座位上。

萧克、罗瑞卿、耿飚坐在后排座位上。

耿飚："司机同志！开车一要稳，二还是要稳，否则，四纵庆祝胜利的酒席就吃不上了！"

司机："请首长把心放在肚子里，我是老司机了，保你们几位首长能吃上热热乎乎的酒席！"

萧克："司机同志！你是本地人吗？"

司机："是！说来也巧，我的老家就是望都的。"

罗瑞卿："望都过春节有什么好吃的酒菜吗？"

司机自豪地说："那可是多了！四喜丸子红烧肉，乳鸽小鸡酱驴肉……"

罗瑞卿泼冷水地："不用再报望都的菜名了。"

司机："为什么？"

罗瑞卿："我是四川人，萧副司令、耿参谋长是湖南人，没有辣子就没得味道嘛！"

吉普车突然"咣当"一声，晃了两晃，油门熄火了，吉普车戛然停在冰雪大道上。

耿飚："司机同志！吉普车怎么不走了？"

司机气得用力踩着油门想重新启动，呜呀呜地响了几声，丧气地说道："抛锚了，车走不了了！"

耿飚："赶快修车吧！"

司机："我只会开车，不会修车。"

耿飚有意叹了口气："看来，今晚不仅四纵的酒喝不上了，就说望都的名菜乳鸽小鸡酱驴肉也吃不上了！"

司机："没关系，反正三位首长是南方人，不吃没有辣子的菜。可是我呢，大过年的吃不上家乡菜，真是亏死了！"

萧克："我们也够亏的啊！为了赶到望都吃席，晚饭都没有吃呢！"

罗瑞卿："是啊！听说吃不上没有辣子的望都菜，我这空空如也的肚子也开始闹革命了！"

杨科长指着旁边的一座民宅，说道："首长们先到那屋子里休息，我到附近去搞点东西吃。"他说罢跳下车，向夜色的村子里快步走去。

耿飚跳下吉普车，说道："司机同志，帮着我打下车。"

司机："做什么啊？"

耿飚："修吉普车！"

司机惊诧地："什么？当首长的还会修车？"

耿飚："用你们河北话说，偷年糕吃不掉末末——我是老手了！"他说罢亲自动手修起了吉普车。

罗瑞卿："肖副司令，咱们去做饭吧！"

萧克："好！"遂跟在罗瑞卿的身后向民宅走去。

村边大道 外 夜

村边大道铺着厚厚的一层白雪，村中传出几声狗吠。

杨科长一手提着半袋面粉，一手抱着两棵白菜和一块猪肉走在雪地上，发出咔嚓咔嚓的响声。

村舍堂屋　内　夜

一盏油灯置于桌子中央，渐渐摇出：

一位大爷提着一把陶器茶壶，一边小心地为罗瑞卿、萧克倒水一边说："解放军同志，这是我自制的枣花茶，喝下肚里，保你二位全身出汗。"

萧克亲切地："老哥哥，这枣花茶你是怎么制作的啊？"

老大爷："枣树发芽以后，我蹬着梯子把树上的嫩叶摘下来，晾干，放到通风的地方，不要让它发霉。等到这棵枣树结的大枣红了以后，我再用微火把大枣烘干切成块，和枣叶混在一起就成了。"

罗瑞卿端起陶制的茶碗，小饮了一口，用心地品了品，连声称赞："好喝！好喝。"

萧克也喝了一小口，品了品："这枣花茶的味道很像赣南老表自做的龙眼茶，好喝，好喝。"

一位老大娘拿着一个和面盆从里屋走出，爱责地："你们这二位老八路太不实在了，我们家里有过年的肉和面，给你们做点吃不就行了，还非得派人去弄吃的。"她说罢把和面的盆放在桌子上。

萧克笑着说："老嫂子！如果我们派出去的同志没有搞到吃的，就一定吃你给我们做的饭。"

罗瑞卿笑着说："好！不过嘛……"

老大爷把嘴一噘："就是不准违反了毛主席给你们制定的三大纪律八项注意，对吧？"

"对！对……"萧克、罗瑞卿笑了起来。

这时，杨科长一手提着半袋面粉，一手抱着两棵白菜和一块猪肉走进，往桌子上一放，笑着说："怎么样？够吃的了吧？"

罗瑞卿："杨科长！从哪里搞来的这么多好东西？违反群众纪律没有？"

杨科长："没有！我一打听，附近有我们的驻军，我一看这么好的猪肉就说，你们可不知道哇，罗副政委最擅长做川菜，尤其是回锅肉、麻婆豆腐做的那个好吃啊，我一想就要流口水了！"

老大爷："看你说的，真有那么好吃吗？"

萧克："有！我亲口吃过，名不虚传！"

老大爷："行！我们老两口今夜也跟着享个口福。"

罗瑞卿："你们就等好吧！"他把棉大衣一脱，把袖子一挽，命令地："杨科长！把佐料拿来。"

杨科长一怔："拿什么佐料？"

罗瑞卿："做川菜所必需的辣椒、花椒，外带豆瓣酱。"

杨科长把双手一伸："没有。"

罗瑞卿生气地："没有我怎么做川菜？"

老大爷："那我就帮着你做白菜炖猪肉！"

萧克："杨科长！咱们俩和面烙饼。"

老大爷："老婆子，赶快点火！"

老大娘："好嘞！"

村边　吉普车旁　外　夜

耿飚从吉普车的下面钻出来，伸手指着驾驶室："司机同志！上车去试试看。"

司机将信将疑地："行吗？"

耿飚："保你开到望都不成问题！"

司机摇了摇头，打开车门，纵身跳上吉普车，他一踩油门，发出轰轰的响声；再一拉启动的手闸，吉普车噌的一下向前跑去。

耿飚大声地："停车！停车！"

吉普车应声停下，司机跳下车来，伸出大拇哥："真有两下子，没想到当官的还真会修汽车。"

耿飚："司机同志！有两下子还不行，做人必须学会三下子、四下子才行。"

司机："是这么个理！车修好了，请首长上车赶路吧？"

耿飚："不！接下来，首长请我们吃夜宵。"

司机同志一怔："谁做的？"

耿飚："就是你说的首长啊！"他说罢大步向前走去。

司机同志边走边自语地："有意思，国民党的军官会逛窑子，玩戏子，共产党的首长会修汽车，还会做饭……"

村舍堂屋　内　夜

满屋热气腾腾，但依然可见八仙桌上摆着一大盆白菜炖猪肉，一大摞白面烙饼。

杨科长伸手拿起一张烙饼，上去就是一口，赞不绝口地说："又热，又香，真好吃啊！"

萧克："等一下嘛！耿飚、司机同志还没来呢！"

随着一声"我来也！"耿飚一步闯进堂屋，上去就拿了一张饼，狼吞虎咽地吃了起来。

罗瑞卿："耿飚！修完了车，连手都不洗一下，就抱着大饼啃，生病了怎么办？"

耿飚边吃边说："放心！不会病的。我记得过草地的时候，饿得都快走不动了，突然彭老总的警卫员送来了马肉，我两手都是泥啊，可吃得甭提有多么香了。走出草地以后，我才知道是彭老总把自己心爱的战马杀了，当时我真的放声哭了，哭得是那样地伤心！"

老大娘："你病了吗？"

耿飚："没有！"他看了看大家的表情，大声说，"快着吃吧！说不定啊，四纵的同志还等着我们呢！"

望都城郊大道　外　夜

望都城郊是一片白茫茫的银装世界，只有通向远方的大道有车轧出的路迹和人行的脚印。

陈正湘、胡耀邦、曾思玉站在大路旁边，十分焦急地眺望远方的大道。

胡耀邦："看来，我们准备的那桌丰盛的酒席没用了！"

陈正湘："一桌酒席是小事，我就担心这几位军区领导半道出问题。"

曾思玉："据我的估计，不会出什么大问题，很可能就是车抛了锚，停在路上了！"

胡耀邦："那就更成问题！这寒冬腊月之夜，冻也得把几位领导冻坏了！"

陈正湘："不要瞎猜了！再过半小时，还看不到他们的影子，我就坐上车去接他们。"

陈正湘、胡耀邦、曾思玉三人不停地在雪地上跺着脚、搓着手，但他们的眼睛却死死地盯着大道的远方。

远方突然显出两束银光，划破夜色的大幕。

曾思玉惊疑地："看！保准是他们到了。"

陈正湘盯着那两束银光："没错！是他们到了。"

胡耀邦惊喜地说罢"到了！到了！"，他竟然迎着灯光放步跑去。

曾思玉："耀邦！注意路滑，别摔倒在雪地上。"

胡耀邦边跑边说："没问题，不会摔倒……"话没说完脚步一乱，啪的一声摔在了雪地上。

吉普车似看到了有人摔倒了，不停地按着喇叭。

摔倒在雪地上的胡耀邦飞快地向大道旁边滚动。

吉普车蓦地刹车，车头向着另一边滑去。

陈正湘、曾思玉快步跑到近前，哈腰扶起摔在雪地上的胡耀邦。

吉普车的车门打开了，耿飚第一个跳下车来，大声问："老乡！没有摔坏吧？"

胡耀邦上去就打了耿飚一拳："睁大眼睛看看，我是你湖南的老乡胡耀邦！"

罗瑞卿握住陈正湘的手，惊诧地问道："你们三人怎么全都跑到荒郊野外来挨冻？"

陈正湘委屈地："还不是担心你们几个首长的安全！"

罗瑞卿："不会出什么大问题的！只是车抛锚了，耽误了时间。"

曾思玉："快回指挥部，把准备好的酒席再热一下。"

萧克："不用了，罗副政委做的白菜炖猪肉填饱了我们的肚皮。"

陈正湘愕然："什么，你们在路上吃了罗副政委做的白菜炖猪肉？"

罗瑞卿："先不讨论这个问题！陈正湘，首先带着我们去看伤员，然后再听取你们的汇报。"

一所临时医院　内　夜

十多个伤员躺在临时的病床上，疼得小声呻吟。

一个身穿白大褂、戴着白口罩的大夫一边熟练地为伤员动手术，一边关切地说："不要怕，我给你先做个简单的处理，然后再送往后方医院治疗。"

陈正湘引罗瑞卿、萧克、耿飚等军区领导走进临时医院，他大声地说："同志们！军区的萧副司令、罗副政委、耿参谋长来看望大家了！"

伤员们强忍着疼痛抬起头，小声地说着："谢谢军区首长的关心……"

罗瑞卿感动地说："你们不要谢我们！恰恰是我们应该真诚地谢谢你们！是你们用鲜血——甚至是用生命在为新中国的诞生谱写一首颂歌！你们是英雄，我们要通令所属部队为你们立功，要把立功喜报送到你们的家！同时，我们还要把你们英雄的事迹永载革命的史册！"

伤员们在用力鼓掌。

这时，那位救死扶伤的医生站起来，严厉地："首长们！请你们尽快离开这里，你们多给我一分钟，我就有可能多救活一个同志！"

萧克感动地："李正同志！你说得好啊！我们这就走。"

陈正湘激动地："啊！李正同志，我终于找到你了！首长们！你们介绍来的这位青年，他不仅是最好的医生，而且还是我们的英雄号手！"

罗瑞卿惊愕地："李正同志！你不是一位医生吗？怎么又变成一位英雄的号手了？"

李正生气了："首长们！这件事情一时说不清楚。我再说一遍，我的职责就是多抢救几个伤病员，请你们尽快地离去！"他俯下身子继续抢救伤员。

望都指挥所　内　夜

陈正湘："方才，我四纵的指挥员都谈了对下一个战役的想法，那就是一致认为应乘胜追击，趁着定县城内的守敌筹备大过春节之际，出奇兵，一举拿下正定！"他顺手拿起一份文稿送到萧克面前，"萧副司令！这是我四纵攻打定县的作战计划，请转呈聂司令，希望他以最快的速度——一定要赶在春节前批复。"

曾思玉："我们最好能赶在除夕之夜发起攻城之战！"

萧克看罢作战计划："我完全同意你们攻打定县的设想！罗副政委，你还有什么意见？"

罗瑞卿："你们不要等到军区领导批复后再动手！我的意见，一、让部队休息好，一旦发起定县战役，能打得胜；二、你们几个人——最好还把冀晋军区司令员王平同志、冀晋地委副书记王昭同志请来，多开几个诸葛亮会！"

陈正湘："请首长放心，我们四纵一定做好战前的准备工作！"

军区司令部　内　日

聂荣臻披着军大衣，在室内缓缓踱步，似在思考大事。

耿飚走进，性急地问道："聂司令！四纵关于攻打定县的作战报告批复了吗？”

聂荣臻：“批复了！我看后十分兴奋，同意你们的意见，决定命令第四纵队主力立即分路秘密南下至定县、新乐之间，歼灭敌侯如墉部，攻下定县城，控制平汉线的保定、石家庄路段，以切断敌人运输线，并利于我军今后机动作战。”他说罢从桌上拿起一份作战命令交给耿飚，“请萧克同志、罗瑞卿同志阅后如无不同意见，立发四纵。”

耿飚拿着作战命令：“是！”转身欲走。

聂荣臻：“等等！请你电告他们，就说为慎重起见，我向延安的毛主席做了报告。主席的批复如有不同的意见，均以主席的意见为准。”

耿飚：“是！”

延安　枣园　外　日

呼啸的北风吹个不停，空中飘着大雪。

毛泽东穿着一件单薄的棉衣站在风雪中一动不动。

警卫员小李站在离毛泽东不远的地方，拿着一件棉大衣噘着嘴生气。

有顷，刘少奇、周恩来、朱德、彭德怀等迎着风雪大步走来。

朱德一见毛泽东那任凭风雪吹打的样子，心疼地：“老伙计！你和这风雪较什么劲啊？”

毛泽东淡然一笑：“老总，是风雪和我们较劲啊！”

刘少奇批评地：“小李！你为什么不把手中的棉大衣给主席披上？”

小李噘着嘴，双手捧着棉大衣：“少奇同志！你的面子大，请你给主席披上吧。”

周恩来：“小李，这到底是怎么一回事？”

小李委屈地：“你问主席吧。”

毛泽东：“先不用问我！少奇同志，恩来同志，你们二位都在关外生活过吧？”

“对！”

毛泽东：“关外的冬天很冷吧？”

周恩来："当然很冷了！不过，我小的时候住过的地方和少奇工作过的哈尔滨比起来，那还是没法比的！"

毛泽东："少奇同志，当年我在北大图书馆当助理员的时候，听一位从满洲里来的同学说，"他学着东北人说话的腔调，"我们那疙瘩可冷了，夜里到院子里撒尿都要带着一根小木棍子，一边撒一边打——"

朱德憨厚地："打什么啊？"

毛泽东："打尿出来的尿结成的冰柱啊！"

全体听后大笑不止。

毛泽东严肃地："我在想，东北的同志正在一下江南一保临江，他们身上穿的能抗得过东北的大风雪吗？"

刘少奇："我看是抗不过的！"

毛泽东："那怎么办呢？另外，蒋某人肯定不会让我们住在延安的窑洞里，一旦我们在陕北黄土高坡和蒋某人的属下捉迷藏，像我们这几个人能抗得住吗？"

彭德怀坚定地："抗得住！大不了我们在陕北高坡的冬天再演出一幕爬雪山的戏！"他豪气地说罢用手一指，"走！到主席的窑洞里开会去！"

毛泽东的窑洞　内　日

毛泽东、刘少奇、周恩来、朱德、彭德怀等随意地坐在不同的座位上，有的品茶，有的抽烟。

毛泽东："老彭啊，我华东野战军于昨天又取得了重大的胜利，是这样的吧？"

彭德怀："是这样的！昨天，我华东野战军胜利结束鲁南战役，歼敌五万二千余人，缴获坦克二十四辆，各种炮八十九门，汽车四百七十四辆，活捉一个中将师长。"

"了不起！了不起……"

毛泽东拿起一份文件："日前，我为中央起草了这份文件，《迎接中国革命的新高潮》，不少看过这份文件的同志打电话问我，你这个高潮是指什么？要知道现在的形势还是敌强我弱！言外之意，你毛泽东可不要犯'左'倾冒险主义的错误啊！"

与会者大笑不止。

毛泽东："方才，我借了一把陈粟大军胜利的东风，壮壮胆，下面书归正传，谁先发言？我看还是老总打头炮吧！"

朱德："我完全赞成泽东同志在《迎接中国革命的新高潮》中提出的结论。自去年7月至今年1月前七个月的作战中，我军共歼灭敌正规军五十六个旅，平均每月歼灭八个旅。"

毛泽东插话："被歼灭的大量伪军保安队，被击溃的正规军尚未计算在内。"

朱德："内战爆发前，蒋介石用于进攻解放区的军队为二百一十八个旅，一百七十一万三千人，到今天被我歼灭者已经超过四分之一。"

彭德怀拿起文件说道："诚如泽东同志在文中所说：我军如能于今后数月内，再歼其四十至五十个旅，连前共达一百个旅左右，则军事形势必将发生重大的变化。"

周恩来："从敌占区来说，我赞成泽东同志的这一结论，因美军强奸中国女学生而引起的北平学生运动，它预示着蒋管区人民斗争的新高潮。"

刘少奇："一方面是解放区人民解放军的胜利，一方面是蒋管区人民运动的发展，它必将预示着中国新的反帝反封建的人民大革命将要到来！"

毛泽东："看来，同志们是赞成我为中央起草的这一指示的。另外，我还要强调一下，总的形势，是说革命高潮要来了，但不是说已经来了，还需要我们这些共产党人清醒地认识形势，加倍地努力工作，中国革命的新高潮才能到来！"

"同意！"

毛泽东："再说一件高兴的事，晋察冀军区聂荣臻同志发来电报，他们今天晚上将发起夺取定县为中心的战役。因此，我们预祝他们打下定县，借敌人的酒和肉过个春节。"

与会者忍不住地笑了。

毛泽东拿起一纸文稿，说道："鉴于晋察冀军区在前一阶段有些被动，尤其是在打大仗、打大的歼灭战方面存在较大的问题。为此，我为他们起草了一份作战指示，如大家看后无异议，就即刻发给他们。"

"同意！"

茫茫雪路　外　夜

远方传来过春节的鞭炮声。

我军指战员全身武装快速地行进在大雪封盖的路上。

陈正湘、胡耀邦、曾思玉三个人边走边交谈着。

胡耀邦："你们听！这噼噼啪啪的鞭炮声，就是老百姓一年到头盼的所谓年味啊！"

陈正湘指了指身边强行军的战士："你不觉得吗？我们的这些战士也都盼着这年味呢！"

曾思玉："没有关系，大年初一，我们就攻进县城了，守敌准备的年货足够大家过个年味十足的春节了！"

这时，身后传来一阵由远而近的马蹄声。

曾思玉本能地转过身来，只见：

通讯参谋飞身下马，从皮包中取出一纸电文："报告首长！这是野司发来的紧急情报。"

曾思玉接过电报，打开手电很快看完："陈司令！胡政委！有紧急情况，我们必须改变原有的作战计划！"

陈正湘："我们新设的临时指挥所快到了吧？"

曾思玉："快了！说不定啊，王平同志、王昭同志，还有各旅的旅长、政委都到了呢！"

胡耀邦叹了口气："咳！无产阶级的革命者就是这样没有口福啊！

到了嘴边的年夜饭又吃不上了。"

四纵临时指挥所　内　夜

这是一座典型的农村北房：堂屋是临时指挥所，桌上摆着一张地图，四周坐着陈正湘、胡耀邦、曾思玉、王平、王昭以及旅长、政委们。

陈正湘指着桌上的地图，严肃地说："自从王京、望都失守之后，驻守正定的敌军感到了唇亡齿寒，他们奉命派出三十二师九十三团主力以及保安三总队一团增援定县，以加强这里的防守。与此同时，保定绥靖公署电令敌五十三军和九十四军随时准备南援，争取包我们四纵的饺子。"

在陈正湘讲话中缓缓摇出与会者表情，并叠印出字幕：

王平　冀晋军区司令员

王昭　冀晋区党委副书记

陈正湘："为保证我们全歼定县的守敌，军区调二纵至阳城镇地区，调三纵到尹固村、北城地区，阻击南下增援的敌五十三军和九十四军。我们可以放心大胆地歼灭定县的守敌了。"

胡耀邦："可是敌人已经先我一步，从定县北来了，我们怎么办？"

曾思玉："敌变我也变，我们应当抓住这个战机，先打增援，后攻定县。"

"同意！"陈正湘、胡耀邦等几乎是同时答说。

陈正湘指着地图决然地："为完成先打增援的任务，应集中主力于寨西店、三十里铺及西南方向，沿铁路两侧隐蔽待机，以伏击手段歼灭该敌！"

这时，通讯参谋拿着一份电文从内室走出："报告！野司加急电报，说北进敌人已经进到新乐县城。"

全体愕然。

陈正湘近似自语地："来得好快啊！我断定他们还会继续北进。"他蹙着眉头想了想，拿起一支红铅笔在地图上画了一个 U 形，字的底部就画在赛西站的位置上。

王平高声地说："老兄！你这个'口袋阵'布得好啊！"

唐参谋长："为了假戏真做，我们还可以再派出一支部队，扫一下'袋'上的灰，引敌人进来。"

曾思玉："很好！"

王昭："你们狠狠地打吧，需要什么，我们支援什么！"

胡耀邦："时间紧迫，大家回去抓紧准备，为连战连捷再立新功。"

与会者起立，准备离去。

陈正湘："为确保这场伏击战取得完胜，都要把通讯员带在身边，随时接听军情通报！"

男声画外音，并叠印出相应的画面：

"赛西店位于新乐、定县间的铁路上。我四纵设伏的地域以赛西店为中心，左起三十里铺，右至小油村。22 日夜，我十一旅三十一团一举袭占了赛西店据点，歼守敌二百余人。接着，我军一面派出部分兵力扫除沿途的障碍，一面让地方部队袭扰定县，以诱使进至新乐之敌继续北上，为我主力设伏创造条件……"

临时指挥所　内　日

农家的墙壁上挂着一幅作战地图，标示着各种作战符号。

曾思玉拿着教鞭指着作战地图讲道："昨天，我四纵集中三个旅八个团的兵力，向赛西店、十家疃一带隐蔽集结，迅速在赛西店正面和两翼布下了伏兵……"

这时，桌上的电话铃声响了。

陈正湘拿起电话："喂！我是一号。"

远方显出一位军队干部打电话："一号首长！方才，敌九十五团两个营共约一千余人，从新乐城出发，分两路向北开来。敌人走走停停，进到十里疃时，突然停止了前进。请问一号首长，我们可以收网伏击吗？"

陈正湘震怒地："沉住气，没有我的命令，任何人都不得开枪！"他啪的一声挂上了电话。

远方打电话的干部一怔，遂消失了。

陈正湘："耀邦！把棋子、棋盘拿来。"

胡耀邦一怔："干什么？"

陈正湘："对弈！"

胡耀邦："我可没有这个闲心陪你下棋！"

陈正湘咳了一声，转身向门外走去。

胡耀邦焦急地："等等！"

陈正湘："干什么？"

胡耀邦："前线再来电话怎么办？"

陈正湘："曾思玉处理！"他说罢大步走出指挥所。

胡耀邦生气地："他可真有闲心！"

曾思玉笑了笑："他的心啊，比你我还焦急呢！"

指挥所院中　外　日

陈正湘披着军大衣在雪地上快步走着，旷野中传出他踩得咔嚓咔嚓的雪地声。

突然，指挥所内传出急促的电话铃声。

陈正湘快步走到窗前倾听：

"喂！我是三号，请讲……传达我的命令！没有把大鱼从新乐城里钓出来，谁都不准出击！"啪的一声，曾思玉把电话挂死了。

陈正湘挥起右手击向空中。接着，他又快速地在院中雪地上踱步。

指挥所内　日

曾思玉驻足电话机旁边，可他却看着那熏黑了的窗户纸。

胡耀邦是坐不住的，他有些焦急地踱步不止。

时间在无声地消失着，屋内真是安静极了。

突然，急促的电话铃声又响了。

曾思玉拿起电话："喂！我是三号……"

远方显出一位干部打电话的画面，他很是激动地说："我要向一号首长报告！"

曾思玉生气地："一号首长说了，一切由我代他处理前方的战事！"

不知何时，陈正湘走到近前，一把夺过曾思玉手中的电话，大声说："我是一号！请报告。"

"敌人终于从新乐走出来了！他们兵分三路，直奔寨西店。看到远处迎面开来的敌人，我埋伏村内的战士，佯装是国民党的守军，开始摇旗呐喊，诱敌放心靠近，到现在，敌人完全装进了我们的'口袋'！"

陈正湘大声地："打！"

激烈的枪炮声、冲锋呐喊声共同组成了一曲战争交响乐，并送出男声画外音，同时叠印出相应的战争画面：

"我英雄的指战员接到开打的命令后，埋伏好的正面部队突然开火，两翼的伏兵也随之喷射出密集的火力。大队的敌军乱作一团，在口袋阵中四处乱撞，一时间，打得敌人哭爹喊娘，人仰马翻！随着冲锋号高奏，我伏击部队在阵阵喊杀声中，从四面八方扑向敌人，并迅速将其截成数段，接着又一鼓作气，从东、南、西三面冲入村内，与残敌展开逐院争夺，至下午四时，战斗结束，该敌全部被歼。同时，新乐守城的敌人吓得弃城而逃，很快又当了我守株待兔的指战员的俘虏。与此同时，曾思玉率领一个侦察小分队赶往定县城郊，亲自侦察和制定攻打定县的作战方案……"

鲜艳的红旗在新乐城头高高升起，与挨家挨户大门前挂着的红灯笼相映成趣，显得是那样地红火。

军民在街头边唱着《解放区的天是明朗的天》，边扭起大秧歌，越发增加喜气洋洋的欢乐气氛。

新乐城郊　外　日

陈正湘、胡耀邦边走边小声地交谈着。

胡耀邦："打援的战斗打得很漂亮，下面就看攻打定县的战斗了！"

陈正湘："就其战争的规律而言，我打援的部队打胜了，就等于把守城敌人的心打乱了，因此，解决定县并不是一件很难解决的问题。"

胡耀邦转眼一看，只见：

曾思玉骑着一匹红色的骏马飞驰而来。

胡耀邦："曾思玉同志回来了！"

曾思玉纵身跳下战马，迫不及待地说："定县是一座古城，城郭二十二公里，城墙高十米，城周围壕沟环绕，碉堡林立，火力点密布，守军为保安五纵队二团，县警察队及一些反动武装约三千四百余人。为防范我夜里攻城，天还不黑就在城墙外挂上油灯和火把……"

胡耀邦着急地："我部如何才能攻进城内去呢？"

曾思玉："鉴于该城北临唐河，地形开阔，西为火车站，有重兵防守，东面城墙较高，且守备较严，只有南面城墙较低，便于攻击部队隐蔽配置和实施登城突破。"

陈正湘："你认为选在哪个方位攻城最好？"

曾思玉："我和李湘旅长、马卫华团长在几位勇敢机智的侦察员掩护下，一直摸到护城河外沿的土堤上，经过实地考察，一致认为把突破口选在城东南角和西南角两个地段。"

胡耀邦："为什么要选在这两个地段攻城？"

曾思玉："我们可以利用城角突出部对外的正面攀登云梯，以避免敌人交叉火力杀伤。"

胡耀邦微微点了点头："很好！"

陈正湘："攻城部队选定了吗？"

曾思玉："选定了！我第十一旅第三十二团从定县东南角强攻，配属第三十团的三八野炮五连，旅九二式步兵炮连，平射炮三连，他们正在构筑抵近射击阵地。第十旅第三十团从定县西南角强攻。配属第三十团的炮兵，他们已经完成构筑炮兵阵地的任务。同时，冀中军区独立旅和第九军分区部队担任东北方向的助攻任务。"

陈正湘："很好！你们打算何时发起攻城战斗？"

曾思玉："1 月 28 日拂晓。"

陈正湘："耀邦同志！我们可以批准他们攻打定县的作战方案吧？"

胡耀邦："可以！不过，方才军区首长打来紧急电话，再三强调定县是一座古城，有很多北魏年代的文物，绝对不准破坏一件！"

曾思玉："是！"

定县东南城角　外　夜

黢黑的城郭，白白的雪地，呼啸的寒风，静静的四野。

我攻城部队卧雪迎风，一动不动地望着城东南角。

我攻城部队两边雪地上摆放着两架木制云梯。

曾思玉在通信参谋的陪同下猫着腰走到近前，小声地问："准备好了！"

"准备好了！"

这时，城墙上传来巡城的叫声："土八路，你们别想打开定县城，你们敢登城就别想活着……"

曾思玉小声地："同志们！他们这是为自己壮胆，实际上早成惊弓之鸟了！"

一个战士愤愤地说道："虚张声势！听蝼蛄叫就不种豆子了！"

巡城的叫声渐渐远去。

曾思玉严厉地命令："攻城！"

攻城的枪炮声震撼着大地和夜空，同时传出画外音，并叠印出相应的战斗画面：

"总攻开始了！一门门大炮怒吼了，一发发炮弹飞向城墙，巨大的冲击波卷起的砖石飞上夜空，很快就将城墙东南角炸开一个垛口。这时，攻城的军号吹响了，我第三十二团尖刀八连的勇士们迅速地提着装满手榴弹的筐子跃抵城墙下，在突破口的两侧向城墙上猛烈地投掷手榴弹，炸起一片又一片硝烟，罩住了城墙上的一切。这时，战士们搬着两架云梯冲到城下，又神速地靠在突破口上。突击队的勇士们，胸前挂着冲锋枪，手握手榴弹，一个接着一个登上云梯，爬上城墙，把红旗插在了城墙上……"

临时指挥所　内　晨

前方传来潮涌般的欢呼声、呐喊声。

陈正湘大声命令："立即给我接通曾思玉！……什么，找不到了？派出部队四处去找，必须给我立即找到他！"

胡耀邦焦急地："陈司令，思玉他会不会'光荣'了？"

陈正湘："他绝对不会！"

胡耀邦："他会去什么地方了呢？"

定县古塔　外　晨

一轮火红的朝阳冉冉升起，给定县古塔披上了红装。

古塔四周站满了攻打定县的英雄，一个个仰着脸注视古塔的尖顶。

有顷，曾思玉拿着一面红旗站在了塔顶，他把红旗插上了定县古塔，接着，他又在红旗一角写上"解放定县"四个大字，他转过身来，向塔下的指战员挥手致意。

定格　叠印字幕：第七集终

第八集

深沉的画外音，叠印出相应的历史画面：

"晋察冀军区第四纵队在兄弟部队的配合下，连下望都、定县、新乐三城，歼敌四个多团八千二百余人，控制保南铁路一百余公里，使我冀晋、冀中两个解放区连成一片。对此，毛泽东主席给予了表扬。接着，在姚村一战又出现失误，毛泽东主席给予了批评：'你们最近时期在保（定）易（县）间的争夺战，是在被动情况下进行的，故打不出好仗。今后行动应学习陈粟、刘邓、陈谢三区大踏步进退，完全主动作战的方针……'下一步怎么办，今后的仗如何打，中央军委和毛主席予以了明确的电示。"

毛泽东强大的画外音："要坚定打大歼灭战的决心，不轻敌亦不怕敌。你们部队休整若干天后，请考虑是否可以打第三军。其目的不在占地而在歼灭顽伪有生力量，并吸引保定以北之敌南下，利于第二步歼灭之……你们作战不论在什么地方，只要能歼灭敌人，就是对于他区的配合。"

深沉的画外音，叠印出相应的历史画面：

"3月18日，中央决定放弃延安，开始转战陕北的伟大战争。也就是在党中央撤出延安的第七天——3月25日，彭德怀为司令的西北野战兵团将敌第三十一旅二千九百余人全部歼灭在青化砭地区，俘少将旅长李纪云。这对晋察冀军区所属部队刺激很大，感到震愕。为了认真'检查过去经验，部署新的作战'，中共晋察冀中央局决定于3月29日在安国县舍二村召开扩大会议……"

安国县舍二村司令部　内　初夜

一盏马灯照亮司令部：墙上挂着作战地图，会议桌上整齐地摆着茶具等。

聂荣臻一动不动地躺在木制的安乐椅上闭着双眼，眉宇间蹙就很大的眉包，似进入到深沉的反思之中。

罗瑞卿大步走进，一看会议桌前空无一人，忙大声喊道："聂司令！聂司令……"

聂荣臻睁开双眼："喊什么？我躺在这里想静静地思索一些事情，可你……"

罗瑞卿："又搅得你不得安生，是吧？"

聂荣臻站起身来，深沉地说道："是啊！八个月以来，全军共歼敌七十一万余人，而我区歼敌满打满算地还不到八万人，不足总量的九分之一。所谓五大战区排名，次第为华东、晋冀鲁豫、东北、晋绥陕甘宁、晋察冀，我们排在最后，作为战区司令员……"

罗瑞卿："我是战区副政治委员，心里也不好受啊！"他沉吟片时，"同志们在听了您谈教训时的发言，都说了不起，我们的聂司令都承担了责任，我们只有多打胜仗，多打大胜仗，才能摘掉最后一名的帽子！"

聂荣臻："方才，我仔细想了你讲的胜利不足的原因：一是初战未打好；二是未掌握主动；三是战略上缺乏通盘考虑；四是战役组织工作差；五是政治工作薄弱。条条都讲到了点子上。其中，尤其是你重申了毛主席为我军制定的古田会议精神，党的绝对权威和领导，是我军得以发展并取得胜利的看家宝啊！"

这时，村里传来热火朝天的锣鼓声。

罗瑞卿："聂司令！放松一下，去看看我们剧社的首场演出，大型歌剧《白毛女》。"

聂荣臻没有情绪地："我不想去。"

罗瑞卿："不行！今天演出的主角、乐队的指挥都是你推荐的，你不去捧场说得过去吗？"

聂荣臻笑了："好！捧场去。"

舍二村场院　外　夜

村边有一座晒谷场，一端是简易的舞台，悬挂着三盏汽灯，照得如同白昼。

面对舞台的是看台，前边的坐着马扎、小板凳，后边的坐着长条凳子，有男有女，有大人也有小孩，十分安静地听着新戏文《白毛女》。

舞台侧幕旁边是小型的中西乐器混编的小乐队，医生李正站在乐队前，右手拿着一根用竹子做的指挥棒，摇头晃脑、十分投入地指挥乐队。

随着乐队的演奏，来鹰扮演的喜儿边唱边走到台前。

北风那个吹，

雪花那个飘，

雪花那个飘飘新年来到……

聂荣臻、罗瑞卿踮着脚走到观众最后排，用心地看着来鹰演的喜儿，听着她很有韵味的歌唱。

聂荣臻高兴地："你看，我们平常召集老乡开个会有多困难，现在来鹰这么一唱，老乡们就全都来了！"

罗瑞卿："是啊，这就是我们剧社的特殊战斗力。"

聂荣臻惊奇地问："你看，指挥乐队的不是新来的医生李正吗？"

罗瑞卿："是啊！他不仅能拿手术刀救死扶伤，还能昂首吹响军号，被陈正湘、胡耀邦封为'英雄号手'！"

聂荣臻："他怎么还会指挥呢？"

罗瑞卿："听说，人家是大学交响乐队的骨干，自然又会吹号，又会指挥了！"

聂荣臻就近问一位老农民："老哥哥，喜欢听这新戏吗？"

这位老农民抽了一口旱烟，笑着说："喜欢！这新戏文啊，比老掉牙的'梆子''老调'好听着呢！"

聂荣臻笑着说："政委同志！难怪主席说没有文化的军队是愚蠢的军队！"

罗瑞卿补充道："也是打不了胜仗的军队！"

聂荣臻："哎！耿飚这个戏迷怎么没来，他做什么去了？我有两三天没有见到他了。"

罗瑞卿叹了口气："他呀，在做功课呢！"

耿飚的下榻处　内　夜

耿飚双膝跪在火炕上，看着挂在墙上的那三张白纸，手里拿着一支红蓝铅笔，不停地在这画满军事符号的白纸上修修改改。

聂荣臻走进屋里，看着耿飚的样子忍不住地笑了。

耿飚依然在专心致志地勾勾画画。

聂荣臻用力一拍桌子，同时大喊一声："耿飚！"

耿飚大呼一声："聂司令！这第一炮就应该打在正太路东段正定上！"

聂荣臻一怔，遂又笑着说："英雄所见略同！耿飚，我也正思索初战应当选在什么地方！"

耿飚拍了拍自己的身旁："聂司令！就坐在这里，你我对着我画了三天三夜的图纸进行深入的交谈。"

聂荣臻一惊："什么，你都三天三夜没有合眼了？"

耿飚："我这上下眼皮合得上吗？各纵队、旅、团的干部天天找上门来，质问我：你这个参谋长是怎么当的？什么时候开打？在什么地方打，快拿出个方案来……一句话，我们就是当不了第一，可我们也绝不坐'红椅子'!"

聂荣臻:"是啊!过去考试考倒数第一才坐红椅子。"他很是有些痛苦地,"我是晋察冀军区的司令员,面对中央军委和毛主席的批评,看见跟着自己战斗多年的部属请战似的说,我们要以骄人的战绩,改变晋察冀部队不能打仗,更打不了大仗的形象。我真是撕心裂肺地疼啊!"

耿飚从炕上跳到地下踱步不止。

聂荣臻低沉而有力地说:"耿飚!你我尽快搞出一个出兵正太线的作战方案来,交由旅、纵队两级干部讨论,再交由军区领导审定,最后报请中央军委和毛主席批准。"

陕北枣林沟毛泽东临时下榻处 内 夜

毛泽东坐在火炕上捧读电文,传出聂荣臻的画外音:

"……鉴于上述情况,聂荣臻、萧克、罗瑞卿等决定:以野战军第二、第三、第四纵队的全部及地方武装一部,发起正太战役,歼灭石家庄外围和正太铁路沿线之国民党军,彻底破击正太铁路。战役预定分两期进行:第一期,着重在正太铁路东段作战,集中野战军三个纵队的全部和冀中、冀晋军区的地方武装各一部,歼灭石家庄外围分散守备的国民党军,孤立石家庄……"

这时,小李走进屋来:"主席!该吃早饭了。"

毛泽东生气地:"出去!没看到我正在工作吗?"

小李噘着嘴:"看见了!可是就要上路的老总、少奇同志都在等着你吃壮别饭呢!"

毛泽东不悦地:"什么壮别饭?滥用名词!"

小李:"这可不是我说的,是弼时同志和老总说的,老总还笑着说,我们就要到风……什么地方去了。"

毛泽东:"风萧萧兮易水寒!"

小李:"对,对!"

毛泽东："你赶快去临时的食堂，就说我为晋察冀军区聂荣臻他们的报告写完批示就去。"

小李："好嘞！"快步走出去。

毛泽东继续审阅报告，接着又拿起毛笔在电报上书写批示意见。

枣林沟村头　外　日

一辆吉普车停在村头，几个警卫员持枪警戒。

毛泽东、任弼时、刘少奇、朱德由村里说说笑笑走出来。

毛泽东停在吉普车前，动情地："少奇同志，你和老总就要去白毛女的故乡了，担子不轻呢！"

刘少奇："请主席放心，我们会上依靠党中央的领导，下听取当地广大群众的意见，尽力把工作做好。"

朱德："我知道，主席对晋察冀军区的工作有些意见，希望我和少奇同志做些什么呢？"

毛泽东："晋察冀的核心地盘是平津保，而平津保三座城市又是华北政治、文化中心。同时，晋察冀这块地盘不仅是通往东北的必经之路，而且还是从东边保证中央战斗在陕北的重要支点。为此，我希望你们二位——尤其是老总将晋察冀军事问题解决好。"

刘少奇："请主席放心，老总是全军的总司令，他一定能完成主席交给的这一任务。"

朱德："我会尽力向中央军委、主席交出一份合格的答卷——那就是晋察冀的军队敢于打大胜仗！"

毛泽东紧紧握住朱德的手："对此，我坚信不疑！"他沉吟片时，深情地，"老总，送君千里，终有一别。你和少奇同志就登车出发吧！"

朱德动容地："老伙计！过去，朱毛是不能分家的，一分家就打败仗。如今……"

任弼时："是主席在掌舵，分开也能打胜仗！八年抗战就是很好的例证嘛！"

朱德："逢六必转，逢七必变。今年是 1947 年，国共军事实力必变是肯定了的。可我们何时才能相逢呢？"

毛泽东："我看最多一年！"

刘少奇："托主席的吉言，明年的三月再相见！"

毛泽东："请上车吧！"

刘少奇搀扶着朱德上车，挥手道别："再见！"

毛泽东、任弼时挥着手说道："再见！"

吉普车缓缓启动了，由慢而快驶向远方。

毛泽东、任弼时目送吉普车远去。

安国临时司令部会议室　内　日

晋察冀军区纵队、旅两级军事干部围坐在会议桌四周，从与会者的表情可知，会议的气氛还是非常紧张的。

聂荣臻、萧克、罗瑞卿走进，坐在自己的座位上。

聂荣臻巡视一遍与会者的表情，幽默地说："会议未开，怎么就有三分肃杀气了？"

萧克："这可能是应了罗副政委说的那句名言了，我们就是'要做革命的好战分子'。不过，这好战的革命之气要用在战场上！"

罗瑞卿："对！好战的革命之气要用在战场上。下面，我宣布：中央军委、毛主席批准了我们发起正太战役！"

与会者禁不住地鼓掌，且露出了笑颜。

罗瑞卿："下面，请我们的聂司令再讲一讲我们为什么要打正太战役。欢迎！"

与会者热烈鼓掌。

聂荣臻："国民党北平行辕为确保北平、天津、保定等战略要点，将十个正规军的主要兵力部署在平、津、保三角地区及铁路沿线。我们很难在此地段打大仗，取得大的胜利也很困难。"

萧克插话："这也违背了毛主席要我们先打弱敌、后打强敌的军事原则！"

聂荣臻："相反，石家庄外围及正太路沿线，国民党正规军较少。自平汉路被我们切断后，驻守石家庄的第三军已处于孤立少援的境地，便于我军实施各个击破。"

罗瑞卿插话："更为重要的是，正太路沿线地区是老解放区，群众条件好，我指战员地形熟悉，这是取得战争胜利的重要条件。"

聂荣臻："另外，正太铁路沿线分由保定绥靖公署和太原绥靖公署分别驻守。加之阎锡山和孙连仲分属不同派系，战端一开，他们为了保存实力，互相支援的可能性不大，这就为我们取得胜利减少了困难。"

与会的指挥员兴奋起来，禁不住地小声议论。

聂荣臻严肃地命令："停止开小会！"

与会的指挥员遂又正襟危坐，倾听讲话。

聂荣臻严肃地："正太战役分为两期。下面，由耿飚同志下达第一期的作战任务！"

耿飚走到作战地图前，拿起教鞭一边指点一边下达命令："正太战役第一期，着重在正太铁路东段作战，集中野战军三个纵队的全部和冀中、冀晋军区的地方武装各一部，歼灭石家庄外围分散之敌。具体部署是：以第二纵队（配属野炮八门、战防炮二门）及冀晋军区第三军分区两个小团攻取正定城，并破坏正定车站以南之铁路桥梁，阻止石家庄北援之国民党军，扫清正定以东及西北地区之碉堡，截击辛安、平乐南溃之国民党军。记下了吗？"

杨得志站起："记下了！"遂坐下。

耿飚指着作战地图继续下达命令："以第三纵队（配属野战炮二门）采取东西钳击之战法，歼灭辛安、平乐线之国民党军，并扫清余庄、曹村以北地区之守军。记下了吗？"

杨成武站起："记下了！"遂坐下。

耿飚指着作战地图继续下达命令："以第四纵队主力（配属野炮四门）附冀中军区第十一军分区部队，首先攻歼石家庄东南地区方村、白伏等据点之国民党军，以攻占石家庄之势，钳制敌第三军主力，使其不能北援，而后攻占石家庄以南之栾城、元氏，歼灭守军。记下了吗？"

陈正湘站起："记下了！"遂坐下。

耿飚指着作战地图继续下达命令："以十二旅（配属山炮二门），首先歼灭石家庄西北地区据点之国民党军，而后在第九旅的配合下，积极向石家庄、获鹿迫近，并相机攻占获鹿，破坏其附近铁路，配合主力作战。记下了吗？"

十二旅旅长、九旅旅长站起："记下了！"遂坐下。

耿飚："关于防守满城、保定敌军南援，就不在此军事会议上宣布了。下面，请聂司令做指示！"遂走回原座位。

聂荣臻起身走到作战地图前，十分严肃地说："在滹沱河北岸，攻克正定是整个战役的开篇，也是正太战役一期作战的重中之重！为此，军区党委决定把第二、第三两个纵队放在该方向上，并决定把攻城重任交予杨得志司令员！"

杨得志站起，坚定地："绝不辜负首长的信任，保证完成攻下正定的任务！"遂坐下。

聂荣臻："杨成武司令员，你所率第三纵队要很好地协助杨得志司令员完成攻打正定的战斗任务！"

杨成武站起："请首长放心，保证完成任务！"遂坐下。

聂荣臻："很好！萧克副司令，你还有什么补充吗？"

萧克："在第一期作战任务完成后，若北平、保定北段之国民党军南援，若好打时，则先歼援军，而后再西进。"

聂荣臻："下面，请罗副政委传达毛主席关于发起正太战役的指示！"

罗瑞卿捧读毛泽东的批示："正太战役应尽可能提早举行及缩短作战时间，以便于本月底或下月初抽调一个纵队（杨得志）去晋西北打傅作义（晋西北有四个旅在陕北作战）。"罗瑞卿说罢又沉重地说，"这说明陕北保卫毛主席的兵力不足啊！"

聂荣臻："军区党委考虑到这一点，因此正太战役提前到 4 月 9 日开始。同志们！还有什么要问的吗？"

"没有了！"

聂荣臻："散会！"

村边 外 日

聂荣臻眼望绿油油的麦田，很有感慨地说道："李正同志，来鹰同志，你们都是有专长的青年人，可为什么都主动地跑到我们晋察冀来当兵呢？"

李正："国民党已经变成刮民党，蒋介石业已变成富可敌国的独裁者，我们这些有正义感的大学生，在北平想说句要民主、争自由的话都不行，为了我不被他们抓进监狱，只有到晋察冀军区找聂司令了！"

来鹰："我是一个没家没业的戏子，在国民党当官的眼里只是他们手中的玩物。聂司令到了张家口，我知道只有你们把戏子当人看待。当我听说聂司令要从张家口撤走，我就只身追赶你们，想活着做一把真正的人！"

聂荣臻："你们说得何等地好啊！可是你们想想看，全天下有多少不当牛马想做人的人啊！这也就是我找你们二人谈话的目的。"

李正："说吧！要我做什么？"

来鹰："对！我听聂司令的！"

聂荣臻感慨地："今天，我什么大道理都不说了！希望正太战役打响之后，你们二人跟着剧社的同志走上战场，抢救那些如兄似弟的伤员。"

"行！"

这时，高科长快步走来："聂司令！军区首长请你立即回去，有重要情况需要研究、决定！"

聂荣臻："好！我这就回去。"

军区司令部　内　日

萧克、罗瑞卿、耿飚在司令部坐等聂荣臻的到来。

聂荣臻大步走进司令部，看了看他们的表情，十分镇定地："说吧，又有什么大事发生了？"

萧克："耿飚！你代表我们三人向聂司令报告。"

耿飚取出一纸电文，说道："方才，我有关部门截获了一份军事情报：保定绥署主任孙连仲为破坏我晋察冀军区的进攻和巩固平津保战略要点，集中正规军第十六军第二十二师等部队，合计七个团的兵力，还有河北保安第三、第七总队等在第九十七军军长牟庭芳的统一指挥下，由松林店、高碑店、定兴一线及廊坊向我军区大清河以北地区发起进攻。"

聂荣臻："敌人是否侦知我主力部队现驻扎在高阳、任丘等地休息？"

萧克："应该是知道的。我们三个人的意见是：孙连仲并未想在此和我主力部队决战，只是想巩固他的平津保战略要点。"

罗瑞卿："为此，我们一致认为：不去理它！按照我们的既定方针发起正太战役！"

聂荣臻："我赞成！耿飚同志，请下达作战命令：我第二、第三和第四纵队，分别由高阳、任丘间地区，由肃宁西北、蠡县以东地区出发，迅速到达无极、行唐、新乐和藁城有关地方。切记：行动要严格保密！"

耿飚："是！"

冀中平原　外　日

杨得志亲率第二纵队快步穿行在麦田间的大道上。

河边　外　夜

杨成武站在河边，亲率第三纵队渡河。

铁路沿线　外　夜

陈正湘、胡耀邦、曾思玉率领第四纵队越过铁道线急速向前行军。

正定城东一座村庄　内　晨

这是第二纵队的指挥部，里里外外都响着电话声、拍发电报声，一派战前的紧张气氛。

杨得志全身戎装，十分威严地站在指挥部中央，给人一种大将风范。

有顷，高科长从内室走出："报告司令员！我三纵、四纵准时进入作战地点。"

杨得志："知道了！请立即电告杨成武司令员、陈正湘司令员，据聂司令员命令：要求各级指挥员要靠前指挥，所有攻城一梯队连要有营干指挥，营要有团干指挥。"

高科长："是！"

杨得志："在发起扫清正定外围战的同时，先行炸毁滹沱河铁桥，切断正定守敌与石门市区的联系！"

高科长："是！"

杨得志："通知我打入敌人内部的特情工作者，严密监视正定守敌第五纵队司令侯如墉与石家庄守敌——第三军军长罗历戎的联系！"

高科长："是！"

正定　敌军指挥部　内　日

敌第五纵队司令员侯如墉身着戎装、肩扛少将军阶傲岸不逊地在室内缓缓踱步。

这时，一位肩扛少将军阶的军官走进："侯司令！大战在即，需要我刘某人率部冲锋陷阵吗？"

叠印字幕：守敌第七师副师长　刘海东

侯如墉："当然需要！当然需要。再说，正定守军无人不晓，你刘海东副师长是罗历戎军长的爱将，又是出了名的当代常山赵子龙。"

刘海东："那是自然！罗军长让我来协助你守正定，就是让共匪知道我第三军罗历戎军长是黄埔二期出了名的专打胜仗的将军！"

突然，桌上的电话铃声响了。

侯如墉拿起电话："喂！我是侯如墉司令。"

远方显出罗历戎打电话的画面，十分傲慢地说："我是驻守石门第三军罗历戎军长。"

侯如墉立马缓和口气，说道："罗军长！您是天之骄子，能主动给我打电话，真是不胜感激之至啊！"

罗历戎："大战将至，就不要再说这种客套话了！"

侯如墉："是！是……"

罗历戎："保定绥署孙连仲主任来电话询问，正定的防卫情况如何啊？"

侯如墉立即提高一个声调："请转告保定绥署孙主任，绝无问题！"

罗历戎轻蔑地一笑："石门的老百姓有一句俗语说得好：大话不是吹的，火车不是推的。侯司令！你能不能给我讲得详细一点啊！"

侯如墉："可以！您是知道的，正定县城是您管辖的石家庄市北面的门户，城墙高十二米，上筑有坚固工事，下有护城河，我所指挥的保安第五纵队六千余人，真可谓是固若金汤啊！"

罗历戎："很好！刘海东副师长在吗？"

侯如墉："在！"他把话筒送过去，"刘副师长，罗军长请你接电话。"

刘海东接过电话："罗军长，卑职刘海东，有什么训教吗？"

罗历戎："有！还记得我私下给你下过的密令吗？"

刘海东："记得！"

罗历戎："我再向你重申一次：正定是石家庄的北大门，靠侯某人是不行的！"

刘海东："知道！请罗军长放心，我现在就去城墙上面巡城，亲自指挥守军粉碎共匪攻城的梦想！"他把电话交给侯如墉，"再见！"他大步走出指挥室。

恰在这时，正定郊外响起激战的枪炮声。

罗历戎大惊："这是哪里传来的枪炮声？"

侯如墉胆怕地："可……可能是共军向正定发起了进攻。"

罗历戎："要镇定！"

侯如墉："罗军长，正定是您的驻守地石家庄的北大门，相距只有十五公里，一旦正定失守……"

罗历戎："我清楚！一、你必须守住正定；二、我立即发兵北上，与你的守城部队来个里应外合！"

这时，传来一声惊天的巨响："轰！"

罗历戎愕然大惊："这是什么响声？"

侯如墉辨别一下方位："罗军长！可、可能是炸毁滹沱河铁桥的响声。"

罗历戎就像是泄了气的皮球："完了！完了……"他挂上了电话，远方罗历戎打电话的画面渐渐地消失了。

侯如墉把电话一摔，破口大骂："他娘的！爹死娘嫁人，各人管各人。通信兵！"

一个精明的士兵走出："在！"

侯如墉："有什么战况——特别是不利的战情，要在第一时间向我报告！"

在激战的枪炮声中传出男声画外音，并叠印出相关的战斗画面：

"4月9日一时，晋察冀军区各部按照预定计划，突然向石家庄外围国民党军队发起进攻。在滹沱河北岸，杨得志指挥的第二纵队先后攻克大小白庄、东西杜村、赵庄等据点，歼灭国民党军一部。杨成武指挥的第三纵队首先攻克了拐角铺、吴兴，而后乘胜向辛安火车站守军第二师第十九团主力发起攻击。该敌不支，即向正定方向突围。第三纵队立即转入追击，将其大部歼灭于途中，仅少数逃入正定城。10日，我第二纵队推进至正定以东地区。第三纵队攻占了正定火车站、正定城北关、西关及城南大杨庄，并炸毁了滹沱河铁桥，切断了国民党军向石家庄的退路。随后，第二第三纵队迅速合围了正定城。"

杨得志指挥部　内　日

远方依稀传来零星的枪声。

李志民坐在桌前打电话："喂！你是聂司令吗？"

远方显现出聂荣臻接电话的画面："我就是啊！李志民，你这个二纵队的政委为什么不在前线指挥战斗？"

李志民："我刚刚回到指挥部，杨司令员让我赶回来，快些向你报告战情！"

聂荣臻："好！攻打正定的第一阶段结束了吗？"

李志民："结束了！第二、第三纵队连续激战三十小时，歼敌千余人，正定的外围据点被我全部扫除。10日当天，完成了对县城的合围。"

聂荣臻："杨得志何时回到指挥部？"

李志民转身一看：

杨得志偕副司令兼参谋长韩伟走进指挥部。

李志民："聂司令！杨得志同志回来了，您就问他吧！"

杨得志接过电话："聂司令！我们提前完成合围正定的战斗任务，你有什么指示吗？"

聂司令："让同志们吃饱、休息好，明天再对正定发起总攻！"

杨得志："是！"

聂荣臻："我是了解你的，你杨得志必须带头做到吃饱、休息好！"

杨得志："聂司令！你不是常对我们说嘛，一级指挥员，特别是军事主管，如果没有现场感受，就等于是在瞎指挥，拿着战士的生命当儿戏。因此，我必须带着纵队的领导同志去现场考察！"他说罢啪的一声挂上电话。

远方聂荣臻打电话的画面消失。

杨得志："小李！"

警卫员小李走出："在！"

杨得志："立即去搞足够的蒿草，给我、李政委、韩参谋长各织一件伪装！"

正定郊区　外　下午

杨得志、韩伟等披着蒿草编织的伪装利用沟坎，低姿跃进到正定城东南一个土包上。

小李紧紧跟随杨得志跃上土包。

杨得志："小李！拿望远镜来。"

小李取出望远镜，小心地递到杨得志的手里。

杨得志拿着望远镜细心观察。特写：

县城东面点碉密布，设施坚固，城南工事则相对稀疏，城防也不很完备。

杨得志："小李，你跟着我有两年了吧？"

小李："我记得是小鬼子投降那年调来给你当警卫员的。"

杨得志："我考考你，什么方位是敌城防重点，我们应该把主攻方向选在何处？"

小李用心地观察了地形地物，学着首长的口吻说："我看东面是敌城防重点，我们是不是应该把主攻正定的方向选在南面？"

杨得志严肃地："错！"

小李愕然一怔，看着杨得志那严肃的表情。

杨得志沉吟片时，低沉地说道："你看到没有，城南虽然工事稀疏，城防也不完备，但它南距滹沱河不到一公里，中间还横穿着一条小河，地形狭窄，我攻城主力怎么展开？就算能够勉强展开，也是背向石家庄，受敌重兵威胁，这可是兵家大忌啊！"

小李伸手摸着脑袋表示错了。

韩伟笑着说："小李啊，这次考试没有合格啊！"

小李茫然地："我考什么试了？"

韩伟："杨司令员说，小李跟着我当了快两年的警卫员了，人还蛮精明的，给他提个作战参谋怎么样？"

李志民："方才，让杨司令这么一考啊，不及格！"

小李："我还不愿意当那个作战参谋呢！"

韩伟："你想当什么呢？"

小李："继续给杨司令当警卫员！"

杨得志轻轻地打了小李的脑袋一下："没出息！"

小李把嘴一噘："咱是麻袋片做龙袍——不是那块料嘛！"

杨得志："不说这些了！"他指着城东方向，坚定地，"我们就主打它的东面，其他方向作为助攻。李政委，韩参谋长，你们的意见呢？"

"同意！"

杨得志："下面，我们要实地考察攻城的步骤，进攻的路线，步炮协同以及各旅团勘察等事宜，等我们做出统一的战斗部署就下达进攻的命令！"

"是！"

小李还有些不服气地问："杨司令！受聂司令等首长表扬的那位医生兼英雄号手、乐队指挥让我问你，何时发起攻城战役，他和剧社的演员何时冲向战场？"

杨得志沉思一下，小声地说道："今天——也就是 4 月 11 日下午 6 时 30 分发起攻城战役，到时有三颗红色信号弹腾空升起！"

小李："是！"

正定城郊　外　初夜

初夜的长空清新、明净，给大地带来一丝安静。

突然，三颗红色的信号弹相继腾空升起，照亮了初夜的长空。

李正带着十多名号手对着正定城吹响了进攻的号声。

接着，胜似排山倒海的枪炮声猝然响起，枪弹的火光把初夜的长空织成一张会移动的火网。

同时，送出男声画外音，并叠印出相应的战斗画面：

"随着三颗红色信号弹的升起，我第二纵队在第三纵七旅和军区两个炮兵营的配合下，向正定城发起总攻。首先，我军集中火力摧毁了主要方向上的堡垒和火力点。紧接着，主攻四旅在旅长萧应棠、政委龙道权的指挥下，扑向东门至北门之间地段；五旅在旅长马龙、政委李水清指挥下，扑向东门以南地段。我三纵七旅也从西面发起攻击。作为困兽犹斗的守敌疯了似的拼命反击，至死抵抗。正当敌我双方在东门较劲之时，担任助攻的五旅却在敌城南方向撕开了口子……"

正定大街　外　夜

城内、城外枪炮声震耳欲聋，炮弹在大街上起爆，掀起一片片硝烟尘土。

侯如墉在通信员的保护下穿行在炮弹起爆的大街上。

侯如墉抱着脑袋边跑边大声问："谁给我打来的电话？"

通信员大声地："是守石门的第三军罗历戎军长！"

侯如墉大声地："这个混蛋说没说派出军队救我们？"

通信员大声地："他没说！"

侯如墉："看样子又是拿好话糊弄我们！"

正定城内　侯如墉指挥部　内　日

指挥部外响着瘆人的枪炮声。

指挥部桌上的电话响着紧促的电话铃声。

侯如墉一步闯进指挥部，拿起电话这一瞬间，突然指挥部院中传来惊天动地的响声。

电话中传出罗历戎大声问道："这是什么响声，怎么这样大的动静！"

远方显出罗历戎打电话的画面。

侯如墉拿着电话，一副失魂落魄的样子，什么话也说不出来。

罗历戎大声问："是谁在接我的电话？"

侯如墉哀怨地："侯如墉……"

罗历戎："方才是什么响声？"

侯如墉："是共匪的炮弹在指挥部的院子中爆炸了。"

罗历戎："那、那怎么办呢？"

侯如墉："请你看在同是国军的分上，赶快派出援军，只需要三个小时的急行军啊，你就能救出跟着我守城的这六千余弟兄啊！"

罗历戎："请你听一听，我的防区也有共匪在进攻啊！"

侯如墉："那就再见了。"他说罢无力地挂上电话。

我战地指挥部　外　傍晚

杨得志披着蒿草编的伪装物站在土包上面，表情肃穆地观察敌我双方争夺城墙之战。

警卫员小李学着杨得志的样子站在一边，观察战场。

这时，突然传来"咝——"的响声，小李猛地将杨得志扑倒在地，压在自己的身下。

"轰"的一声，一发炮弹在土包前边不远处爆炸，硝烟、尘土将小李、杨得志埋在下面。

随着一声高似一声的惊呼"杨司令！杨司令……"，瞬间，韩伟参谋长带着战地指挥部的有关人员冲上来。

硝烟散去了，小李身上覆盖着一层厚土。

医生李正一边焦急地叫着"小李……"一边非常麻利地擦去小李身上的尘土。

小李腾地一下跳下来，下意识地质问："你们这是干什么啊！"

李正惊喜地："啊！你还活着？"

这时，杨得志从地上跳起，看见小李的额头上有一片鲜血，关切地："小李！你负伤了。"

小李："没事！杨司令，您呢？"

杨得志："我更没有事！"他转眼看见李正，"李正同志，立即给小李包扎。"

李正打开药箱，取出药物，迅速地为小李包扎。

杨得志："韩参谋长！各纵队攻城的情况怎样？"

韩伟："我步兵团队在军区炮兵团两个营猛烈炮火的支援下，仅半个小时就突破城垣。我第二纵队第五旅第七连首先在城东南角突破。班长刘海等七人抬着十二米多长的大云梯，仅用十分钟就通过了护城河，冒着国民党军密织的火网，将云梯靠上了城墙。刹那之间，突击组即攀梯跃上城头，顺势投出几枚手榴弹，炸死炸伤一片国民党军，就这样，他们打开了登城的突破口！"

杨得志激动地连声说道："好！好……你们要给他们立功，立大功！"

韩伟："是！"

杨得志："第三纵队进展情况如何？"

韩伟："我第三纵队及第四纵队也分别从城东面和城西北角多处突破，并迅速向国民党军纵深攻击。"

杨得志："立即命令我攻城部队，凡拒绝投降的国民党军一律要严惩！"

韩伟："是！"

杨得志："一定要活捉守敌最高指挥官侯如墉、刘海东等少将！"

韩伟："是！"

定格　叠印字幕：第八集终

第 九 集

侯如墉司令部　内　夜

室外传来激战的枪炮声和进行巷战的叫喊声。

侯如墉蹙着眉头在室内快速地踱着步子。

通信员由外跑进指挥室，万分慌张地说："侯司令！大事不好了！听退回城里来的官兵说，共匪真的不怕死啊，他们靠着古代攻城的所谓云梯冲上城墙，几个手榴弹甩出去，就炸死我们的弟兄一大片啊！"

侯如墉："这样说来，共匪已经攻进正定城里来了？"

通信员："对，对！共匪早就攻进城里来了！"

侯如墉："是谁在指挥弟兄们进行巷战？"

通信员："听说是刘海东副师长在指挥他的部下和共匪打巷战！"

侯如墉悲愤不语。

通信员："侯司令！刘海东副师长是顶不住共匪的进攻的，要不了多少时间，他们就会打到指挥部来的。"

侯如墉悲叹不语。

通信员："侯司令！你可是个大官啊，说什么也不能待在这里当共匪的俘虏啊！"

侯如墉叹了口气，无力地说道："那……刘副师长呢？"

通信员有点不耐烦了，生气地说："你看看到了什么时候了？你还关心刘副师长未来的下落！把话说白了吧，现在是爹死娘嫁人的时候，活命是重要的。"

侯如墉叹了口气，无限怆然地说："事到如今了，我想活命都没有办法啊！"

通信员急得抓耳挠腮，遂小声说："侯司令！我有个办法，你看行不行？"

侯如墉沮丧地："说！"

通信员："侯司令！咱们两个把衣服换一下，你穿上我的军装逃跑吧！"

侯如墉："你看看我的身材，你的衣服我能穿吗？再说了，我就是能穿你的衣服，我也不可能穿士兵的衣服啊！"

通信员："那……怎么办呢？"

侯如墉想了许久，取出一沓钞票："你跟了我这些年，还算忠诚老实，带上这些钱回家娶个媳妇，去过日子吧！"

通信员摆着手："不！不……"

侯如墉塞到通信员的手里："拿去吧！你赶快到一户老百姓家，给他要一件上岁数穿的又肥又大的衣服，我穿上才能蒙混过关。"

通信员："好！我这就去办。"说罢转身跑出。

这时，街头巷尾传来激战的枪声和缴枪不杀的喊声。

侯如墉自语地："刘副师长，再见了，这守城的英雄就送给你当了！"

正定县城街道　外　晨曦

我军和国民党军激战在正定县城大街小巷，枪声犹如爆炒黄豆的声音。

正定县城大街小巷弥漫着战争的硝烟，看不清敌我双方参加战斗官兵的样子。

随着东方显出鱼肚白，逐渐看清了正定县城的面貌，也看清了敌我双方进行战斗的形象。

叠化一组特写：

刘海东就像是一个打红了眼的疯子，高举一把手枪，大声叫喊："给我顶住！给我顶住……"

刘海东转眼看见一个逃兵，他举手就是一枪，这个逃跑的国民党的士兵倒在地上，手捂伤口大声喊叫。

我军官兵越战越勇，利用一切地形、地物对敌军射击。

一个战士中枪倒在地上，依然顽强地射杀敌军。

来鹰等演员冲过来，把伤员抬到担架上，哈着腰把伤员抬下火线。

李正带着几个救护人员在街道旁边门洞中抢救伤员。

刘海东的手枪打光了子弹，在警卫员的保护下冲进一座二层小楼。

随着朝阳在东方冉冉升起，激战的枪炮声化作了"缴枪不杀"的震天喊声。

我解放军官兵团团围住了那座小楼，大声喊着："你们没有子弹了，赶快举着双手出来吧！"

有顷，刘海东举着双手低着头走出小楼。

一位解放军战士举着长枪，大声质问："快说！你叫什么名字，在守军里任何职务？"

刘海东低沉地答说："我叫刘海东，是国民党军第七师少将副师长。"

一位解放军指挥员严厉质问："你们的守城司令侯如墉少将现在什么地方？"

刘海东："他留在守城司令部中。"

这位解放军指挥员："派专人把刘海东少将押到我前线指挥部去！"

两个战士："是！"他们举着长枪押着刘海东走去。

这位解放军指挥员命令地："跟着我去守敌司令部抓侯如墉少将去！"

侯如墉司令部　内　日

司令部中空空如也，置放电话机的桌上摆着一身叠得十分整齐的将军穿的呢子军装。

解放军指挥员带着十多位官兵冲进司令部，全体一看愕然，不知如何是好。

解放军指挥员看了看这身将军穿的军服，生气地："咳！侯如墉化装逃跑了。"

我阵地指挥部　外　日

长空中回响的枪炮声瞬间化做欢庆胜利的呐喊声。

杨得志、李志民、韩伟等站在土包上，以胜利者的姿态眺望正定县城。

古城墙上红旗招展，猎猎作响，在春光的照耀下显得是那样地鲜艳。

杨得志感慨地自语："我们胜利了！"

李志民怅然长叹一声："对！我们是胜利了。"

韩伟转眼一看：

两个战士押着身穿少将军装的刘海东一拐一拐地走来。

李正拿着药箱紧紧跟在刘海东的身边。

韩伟高兴地说道："杨司令！你看，我们俘虏了一位国民党的少将军官。"

杨得志："押过来！"他说罢带头和李志民、韩伟快步走下土包。

李正严肃地："杨司令！被俘的国民党军副师长刘海东少将押到。"

杨得志："守城司令侯如墉少将呢？"

战士甲："他是个熊包，在我们攻进他的司令部之前就化装逃跑了！"

战士乙双手奉上侯如墉的军装："这是他们的熊包司令化装后扔下的将军装！"

李志民接过侯如墉的军装，笑着说："空口无凭，实物为证。好！这也算是一件特殊的胜利品。"

韩伟："俗话说得好，他躲过初一，躲不过十五，等我们再抓住这位侯如墉少将，请他穿上这件将军服，再拍上一张相片，也是很有纪念意义的。"

刘海东冷笑一下，下意识地活动了一下伤脚。

杨得志："刘海东！"

刘海东近似本能地立正："在！"

杨得志："你怎么有一只腿行动不利索啊？"

刘海东尴尬地："这、这……"

负责押解的两个战士笑了。

杨得志："你们两个笑什么？"

战士甲："在押解的途中他想逃跑，冷不防地飞起一脚想把我踢倒。没想到我是沧州武术世家的传人，轻轻地往旁边一闪，上去一脚就把他踹倒了。"

战士乙："有意思的是，他躺在地上就爬不起来了，看起来蒋该死封的少将还打不过毛主席的一个战士，他们能守得住正定城吗？"

在场的人都被逗笑了。

杨得志看着不太高兴的李正，问道："李正医生，是你主动地给这位国民党少将师长治疗的，对吗？"

李正："对！可这两位战士骂我立场不对，站到国民党军队一边去了！"

战士甲："就是嘛，他忘了这个少将师长是我们攻打正定最大的坏蛋！"

战士乙："一句话，城里来的人，是不会站在我们一边的。要不是城里来的这个李医生呀，我再给他这个国民党少将来两手，他呀——"

杨得志生气地："停！"

两位解放军战士惊怕地看着杨得志。

杨得志："你们都记住了，毛主席教导我们说，对待敌人，要发扬革命的人道主义。同时，我们还要尊重军人的人格，不准污辱战犯。"

"这……我想不通。"两位战士生气地说。

李志民："想不通要慢慢地想。你们回去以后，要如实地给你们的连长、营长说清楚，在战场上捉住这位国民党的少将副师长的同志……"

"干、干什么？"两位战士胆怕地问。

韩伟："给你们二人立功！"

"真的……"两位战士愕然问道。

杨得志："真的！准确地说，是要给你们二人立大功！"

"敬礼！"两位战士行过军礼，转身押着刘海东高兴地走去了。

杨得志："韩参谋长！今天晚上召开纵队首长会议，要参战的旅、团首长参加，你要挤时间给军区领导写报告。"

军区司令部　内　日

耿飚手捧文稿，激动地念道："经过三昼夜战斗，晋察冀军区部队胜利地完成了正太战役第一期作战任务。攻克正定、栾城两座县城，石家庄周围据点九十余处及五个火车站，控制铁路四十五公里，歼灭国民党军第三军第七师第十九团、敌保安第五纵队等部，共万余人，为正太战役的全胜奠定了基础！"

与会者热烈鼓掌。

耿飚："与此同时，第四纵队及冀中军区第十一军分区等部队的配合下，不仅牵制了敌三军无力北援，而且还攻占了栾城等地区，对全局的胜利起到了很大的作用！"

聂荣臻："要电告四纵队的陈正湘、胡耀邦、曾思玉，一定要给参战部队立功！"

耿飚："是！"

罗瑞卿："通知各参战部队，要一边休整一边总结攻打正定的经验和教训，时刻准备参加正太战役第二期的战斗。"

聂荣臻："方才，军区主要负责同志召开会议，一致同意，我主力仍按预定的计划完成正太战役第二期，另以地方武装用游击战的战术拖住援敌。"

萧克："同时，耿飚同志要努力搞出一份正太战役第二期作战计划，待中央军委、毛主席批准以后，我们能立即投入战斗！"

耿飚："是！"

聂荣臻："正定失守，石家庄——乃至保定绥署一定会检查自己的用兵方略，请告知二局彭局长要及时侦知敌人的有关动向。"

耿飚："是！"

北平行辕司令部　内　夜

李宗仁一动不动地驻足大墙下面，死死地盯着挂在墙上的作战地图。

行辕参谋走进："报告！保定绥署孙连仲主任奉命赶到。"

李宗仁："请他进来！"

行辕参谋："是！"转身退出。

孙连仲全身戎装走进，行军礼："李主任！卑职奉命赶到，敬听训示。"

李宗仁依然驻足大墙下面，很不客气地质问："南京蒋主席打来电话，质询我一个完整的三军，再加一个近万人的保安队，怎么连一个小小的正定县城都守不住。"

孙连仲："我以为现在不是追究正定失守责任的时候。"

李宗仁："请问时下你认为应该做些什么呢？"

孙连仲："由于共匪占领了正定，距离石家庄只有不足三十里了，第三军军长罗历戎等非常恐慌，他除了收缩兵力，凭坚据守石家庄外，剩下的就是向我告急求援。李主任，您是知道的，没有您——甚至没有南京的同意，我能调动哪一个军、哪一个师呢？"

李宗仁："你的想法呢？"

孙连仲："我第九十四军及第九十五旅刚刚攻占冀中的胜芳镇，胜利之气正足，我意于 17 日晨由煎茶铺等地经霸县急转平汉铁路，一是驰援石家庄，再是与驻守石家庄罗历戎的第三军形成南北夹击之势，最好就是在刚刚失守的正定打共匪一个猝不及防！"

李宗仁望着作战地图想了许久，最后一挥右拳："我批准了！不过，一要做到行动迅速，二要保守机密！"

军区司令部　内　日

军区纵队、旅两级军事干部出席会议，大家似乎憋足了一股打大仗的劲，谁也不说一句话。

顷许，聂荣臻、萧克、罗瑞卿、耿飚等相继走进会议室。

与会的军事干部肃然起立。

聂荣臻等军区领导就座。

聂荣臻："请坐下吧！"

与会的军事干部整齐划一地坐下。

聂荣臻："今天的会议本来就一项内容，那就是宣布正太战役第二期的战役构想。没想到，我二局的同志破获了孙连仲急调敌九十四军等部队迅急南下，与罗历戎的第三军合击我部的情报。是趁机打援九十四军呢？还是继续兵出西进，按照我们的计划完成第二期正太战役呢？这时，中央军委和毛主席给我们来了紧急电报。下面，由罗副政委宣读！"

罗瑞卿捧读电文："你们现已取得主动权。如敌南援，你们不去理他，仍然集中全力完成正太战役，使敌完全陷入被动，这是很正确的方针。正太战役完成后，应完全不被敌之动作所迷惑，选择敌之薄弱部分主动地歼击之，选击何部那时再定……"

与会的军事干部情不自禁地边鼓掌边说："按照毛主席说的办，打正太战役……"

萧克笑了："我举双手赞成！聂司令，下面，就由耿飚同志宣布作战计划吧？"

聂荣臻："好！"

耿飚起身走到作战地图前，拿起教鞭严肃地宣布："正太战役第二期具体部署是：以第三纵队主力首先歼灭井陉、娘子关之国民党军，而后向阳泉、平定推进；以第二纵队（欠第六旅）主力首先歼灭阳泉以北白朱和上、下荫营等据点之国民党军……以第四纵队主力及太行军区第一军分区部队首先歼灭元氏之国民党军，而后进到井陉以东地区，为战役预备队……"

聂荣臻："不要记了！事后，由耿飚同志给每个纵队搞一份作战计划。下面，我宣布一个喜讯，中央工委书记少奇同志、副书记我们的朱老总很快就到达平山了，让我们以最大的胜利迎接他们的到来！"

与会者激动地热烈鼓掌。

聂荣臻："为了正太战役取得最完满的胜利，我和萧克副司令等随军行动！"

胡耀邦："由谁欢迎少奇同志、朱老总的到来呢？"

聂荣臻："由军区的其他同志。必要的时候，罗副政委也可以赶回去，代表大家欢迎他们的到来！"

与会者热烈鼓掌。

掌声化做激战的枪炮声，并传出深沉的男声画外音，同时叠印出相应的战争画面：

"正太战役第二期打响之后，我第二纵队绕道洪子店，隐蔽地进至阳泉以北白土坡、北异、马上固之线，经一昼夜激战，扫除大小据点四十余处，由北面逼近了阳泉；23 日夜，我第三纵队向娘子关发起攻击，于 24 日直下娘子关，从东南和东面逼向阳泉。这样，第二、第三纵队造成了两路会攻阳泉之势。我总预备队第四纵队在完成了阻击东面之敌西下之后，经过四天急行军直插芹泉以北地区，与兄弟部队胜利地完成了打援任务。正当正太战役乘胜前进之时，中央工委的刘少奇、朱德等同志于 4 月 26 日来到了阜平城南庄……"

阜平城南庄街道　外　日

街道两边只有少数几个持枪的卫兵立正站立，警视来往的行人。

罗瑞卿等十多位晋察冀中央分局的领导同志有说有笑地站在一座大门前。

顷许，两辆吉普车沿着街道驶来，戛然停在门前。

罗瑞卿走上前去，打开第一辆吉普车的后门，行军礼，亲手扶下朱德："总司令！您的战士罗瑞卿前来迎迓！"

朱德上去打了罗瑞卿一拳："你这个罗长子！你现在是晋察冀军区的副政委了！"

罗瑞卿行军礼，扶下刘少奇："报告！罗瑞卿前来欢迎您的到来！"

刘少奇："你怎么不在正太战役前线指挥作战，跑回来欢迎我和老总？"

罗瑞卿："这是聂司令的主意！他说，正太战役就要结束了，你先回去，为少奇同志、我们的老总安排好住处，等战役一结束，他就赶回来。"他说罢，伸手指着大门，"这就是你们二位的下榻处。"

刘少奇："谢谢！"大步走上台阶。

罗瑞卿伸手搀扶着朱德走上台阶。

其他前来欢迎的军政两界的同志相继走进大门。

朱德下榻处　内　日

这是一间简易的住房兼办公室：靠墙的有一张八仙桌，一边有一张椅子，迎面墙上挂着一张作战地图，挨着窗子是一张木制的小书架，对面是一张木床，上面铺着十分干净的军被，显得是那样地清爽。

罗瑞卿提起一把陶瓷壶，一边向茶杯中倒水一边说："阜平是山区，比较穷，但比起毛主席、周副主席他们转战陕北来要好多了！"

朱德感叹地："罗长子！那自然是不可同日而语了。"他接过茶杯小饮了一口，"味道还不错嘛！主席他们在陕北漫说喝不上这么好的花茶，连小米饭都吃不上啊！"

罗瑞卿一惊："那主席他们吃什么呢？"

朱德："黑豆！"

罗瑞卿又是一惊："那不是马饲料吗？"

朱德："对！前不久，我接到中央的电示，就是这马饲料黑豆，一天也只有半斤啊！"

罗瑞卿："正太战役结束之后，为了鼓励指战员们奋勇杀敌，我要请老总向他们讲一讲毛主席、周副主席他们是在何等艰苦的条件下转战陕北的。"

朱德："你们也不容易！我先向你罗长子透个消息，主席交给我和少奇同志的一项重要任务：将晋察冀军事问题解决好。"

罗瑞卿愕然自语："将晋察冀军事问题解决好……"

朱德："对！罗长子，在荣臻同志回来之前，你给我多找一些军队干部，我要单独地向他们详细了解晋察冀军区存在的问题。"

罗瑞卿："是！"

朱德："罗长子，你要有个思想准备，我很可能要对你、对荣臻等同志提出严厉的批评！"

罗瑞卿："我就是愿意听取您的批评。"

朱德一怔："有意思，说说为什么？"

罗瑞卿："您长我整整二十岁，这些年来，您就像是自己的父母一样爱护我们。您可能不知道，当年我在抗大工作的时候，大家在下面都叫您朱妈妈。"

朱德："这又提醒我，作为总司令，光是个爱兵如子的妈妈还不行噢，这一次嘛，你和荣臻可要有个思想准备。"

山西狮脑山下　外　日

通向狮脑山下的山路，站着两排我二纵队的指战员。

一队打着白旗的日本兵由山上走下来。

聂荣臻、杨得志、李志民、耿飚等走来。

杨得志："聂司令，这是狮脑山最后一役，从某种意义上说，也是我二纵最后一次歼灭日本鬼子的战斗。"

聂荣臻听后有些愕然："什么？这是你部最后一次歼灭日本鬼子的战斗？"

杨得志："对！把守狮脑山的骨干部队是阎老西收留的日本俘虏，组成了独立保安第五大队，他们真有些武士道精神，至死不肯缴枪投降。后来，我们利用日军家属喊话，晓以利害，要求其放下武器投降。最后，他们终于向我第二纵队第二十三团缴枪投降了！"

聂荣臻："或许阳泉就是产生故事的地带，当年——也就是百团大战的时候，我还收容了他们的两个孤儿，并通过关系送还了日本。"

杨得志："他们应该记住聂司令的恩德！可是，这些遗留在山西的日本战俘呢，还在为阎老西卖命。"

聂荣臻："因为我们是共产党、毛主席的军队！"

杨得志："聂司令说得对，因为我们是共产党、毛主席的军队。"

聂荣臻转而向指战员伸出双手，大声宣布："同志们！我们胜利地结束了正太战役！"

狮脑山下响起"我们胜利了"的欢呼声。

通向阜平的山路　外　日

一辆吉普车奔驰在山路上。摇入车内：

耿飚、聂荣臻并排坐在吉普车后排座位上。

耿飚捧着一份材料，念道："我晋察冀军区圆满地完成了正太战役的作战计划：横扫正太线二百公里，创造了前所未有的战果。"

聂荣臻："拣其要者讲！"

耿飚："正定一战，吃掉保定行辕孙连仲一万五千余人；正太线一战，吃掉阎锡山所部两万余人，合计三万五千余人，此外，还折敌少将五人，解放七座县城、三个矿区。至于缴获的枪支弹药不计其数，正在统计之中。"

聂荣臻："很好！河北、山西两省的人民对战役做出了哪些贡献？"

耿飚："我这里有一份王昭同志写给军区领导的报告，让我转交给您。"遂取出一份文稿递给聂荣臻。

聂荣臻展开扼要地看了看："很好！"遂严肃地折叠好放进口袋里。

耿飚沉吟片时，问道："聂司令！发生什么事了？"

聂荣臻："罗副政委说，朱总司令在散步的时候，听到我们一干部说老百姓不好，他很生气，严肃地批评了这个干部，也批评了罗副政委教育不够。"

耿飚叹了口气："这可捅了大娄子了！老总经常对我们说：兵民是胜利之本，准确地说，是鱼水关系。打仗，没有老百姓支持，一个胜仗也打不了！"

阜平封城　朱德的办公室　内　夜

朱德戴着老花镜在明亮的灯光下看着有关文件。

聂荣臻快步走进室内，行过军礼，十分激动地说："总司令！您的老兵聂荣臻前来听批评！"

朱德站起身来，热情地握住聂荣臻的手问道："荣臻，见过少奇同志了吗？"

聂荣臻："见过了！"

朱德："他批评你了吗？"

聂荣臻："没有！他只是对我说，我和老总告别陕北的时候，主席交给我和老总一项重要任务，那就是'将晋察冀军事问题解决好'。总的方针是我和老总决定，具体解决方案由老总和你谈。就这样，我带着'子路闻过则喜'的心情，前来聆听老总的批评。"

朱德："好！那我们就坐下谈。"他坐在自己的位置上。

聂荣臻坐在朱德的对面一把椅子上，端起茶杯呷了一口热茶，看着依然是那样和蔼可亲的朱德。

朱德："在谈晋察冀军事问题之前，我还是先批评一下老对手蒋介石。"

聂荣臻一怔："为什么要先批评他？"

朱德："你我都是职业军人，无时无刻不在琢磨打仗问题。古今中外的军事家都知道，置敌于绝境进而战而胜之的办法只有一种，那就是集中优势兵力打歼灭战。可是蒋介石呢？从白山黑水到长江岸边，战线拉得这样长，又摆下了数不清的大大小小的战场，先不批评他犯了兵家大忌，就说他那点越来越少的兵力够用吗？"

聂荣臻："用当地老百姓的话说，这是小秃子头上的虱子——明摆着的事。"

朱德："怎么办呢？他只有两种办法，一是改变全面进攻为重点进攻，二是他最爱用的手段换将。主席行前对我说，告诉荣臻他们：蒋变我也变，那就是开始逐渐转变为向蒋军展开攻势行动。"

聂荣臻微微地点了点头。

朱德："现在开始说你们！在中央军委和主席的指示下，你们最近打了一些胜仗，只是仗打得碎了些。从严格意义上讲，如何打大歼灭战，你们还没有学会。"

聂荣臻有些沉重地点了点头。

朱德突然变色，严厉地说道："我在和有关军事干部了解情况时，他们不服气。我当时就严厉地批评了他们，并说西北野战军不足两万人，胡宗南有二十多万人，军事实力对比是一比十三，可彭总却在一个多月中打了三战三捷，歼敌三个正旅啊！就在你们打正太战役的时候，华东野战军在陈毅、粟裕的指挥下，又发起孟良崮战役，一举消灭蒋介石五大御林军之一的七十四师，把张灵甫等军事干将全部击毙或俘虏。这对国民党军队的震慑是何等地大啊！"

聂荣臻诚恳地："这都是我的责任。"

朱德站起身来，走到窗前，眺望湛蓝的长空，感情地说："荣臻，你比我更清楚，河北这个地方是何等地好啊！物产丰富，人口众多，民兵和地方武装也很多，如果你们学会了集中兵力，一定能够打大胜仗，关键是贯彻打歼灭战的思想。"

聂荣臻低沉地："是！"

朱德："我看了你们关于正太战役的总结，千万不要骄傲！严格地说，还不是很好。把敌人包围住没有全歼，旅长、师长全跑了，还需要继续好好整顿。"

聂荣臻："是！"

阜平封城郊外　晨

清晨，村里一派清新的景致，雄鸡高唱，狗吠不已，户户炊烟袅袅。

村中的长者叼着一杆旱烟袋，肩上背着柳条编的粪筐，一边遛早一边拾粪。

朱德在聂荣臻的陪同下从村里走出，他们看似散步，实则在继续交谈。

朱德："在我和有关同志的交谈中，好多红军出身的干部，把我们当年练成的红军气味都搞丢了，三大纪律八项注意所剩也不多了，怎么办？生了锈，把锈擦一擦，红军的威风就出来了。"

聂荣臻："老总说得对！当年，我们跟着您和主席在中央苏区反围剿，蒋介石就最怕这些。"

朱德："我还发现你们的组织不很合理，打仗的人不多，吃饭的人很多，你们应该向主席学习，他在陕北转战，还要指挥全国的解放战争，总共不过三百人嘛。"

聂荣臻："老总批评得对！我们尽快把党政机关的警卫员取消，都拿到野战军去。"

朱德："我举双手赞成！这样一来，把人、枪、马匹统统拿到野战军去。同时，还要学会争取、训练俘虏，让他们参加野战军，你的兵员就多了。"

这时，不远的山脚下突然传来戏曲练声的"咿咿呀呀……"的喊声。

朱德寻声望去，只见身穿军装的来鹰在"喊山"。

朱德好奇地问道："荣臻，你的司令部里怎么还养着唱戏的女角啊？"

聂荣臻不无骄傲地："老总，我们晋察冀还养了一个很有水平的剧社呢！北方平津保、南方宁沪杭的名编剧、名导演、名演员可多呢！"

朱德："将来新中国成立了，你最好把咱们家乡的川剧搞到北平来，我保证第一个为你捧场。"

这时，来鹰放声唱起了陕北民歌《绣金匾》。

朱德一惊："她怎么还会唱陕北民歌呢？"

聂荣臻："她会唱的多了！"

朱德："走！我要会会这位女文艺工作者。"

山脚下　外　晨

来鹰动情投入地演唱《绣金匾》，没有看到朱德、聂荣臻向她走来。

来鹰唱完了《绣金匾》。

朱德带头鼓掌，聂荣臻随之也鼓掌欢迎。

来鹰转身一看，朱德正笑得合不上嘴地在鼓掌，她再一看聂荣臻笑着鼓掌的样子，忙说："聂司令！我的嗓子还没有唱开呢，唱得真的不好。"

聂荣臻指着朱德："他是老行家，让他评说。"

来鹰："老首长，我这次唱的不算，等我把嗓子唱开了，再加上我们剧社小乐队的伴奏，到那时再听您的批评。"

朱德："好！就按你说的办。请问，你怎么会唱陕北的民歌《绣金匾》呢？"

来鹰："说来话就长了，那时，我们刚从张家口撤出，聂司令破例收下我这个没家没业的戏子当了兵，刚好又赶上为我们的朱总司令庆祝六十大寿，头一天晚上，从陕北来的老同志教会了我唱《绣金匾》，第二天我就登台表演，唱得那些大闺女、小青年都报名参了军。"

朱德："你这歌声远比炮声要厉害哟！"

聂荣臻："是的！战士们行军累了，只要她开口一唱，这些小伙子就又来了精神。"

朱德伸出大拇指："厉害！厉害呀！小同志，你今天想给谁唱这首《绣金匾》呢？"

来鹰害羞地："老首长，我、我不好意思说。"

朱德："有什么不好意思说的？说！"

来鹰："打完正太战役以后，剧社的同志们都在传，说是朱总司令把我们的聂司令调回去了。我想，像我这样的生兵蛋子是不可能见到我们的总司令的，那怎么办呢？我远远地唱唱《绣金匾》，就算是我献给总司令这个老爷爷一份真诚的心了！"

朱德大声笑了起来："荣臻，没想到啊，我朱德竟然是一个脱离群众的总司令啊！"

来鹰大惊，下意识地说道："什么？您……您就是我来鹰心目中的总司令老爷爷……"

朱德收起笑颜，说道："我就是朱德，谢谢你为我祝寿唱歌，引来那么多年轻人参军。"

来鹰突然失声地哭了。

朱德一惊："来鹰，你怎么哭了？"

来鹰边哭边说："因为我见到总司令爷爷了，而且就像是我想象中的爷爷那样……"

朱德："不要哭，我给你提两条意见行不行？"

来鹰："您、您最好能给我提一百条意见才好呢。"

朱德："这又是为什么呢？"

来鹰："您提得越多，我改得越快，那我就进步了。"

朱德："这个逻辑不对！"

来鹰一怔："什么逻辑……"

朱德："一句话说不清，今后，请你们的聂司令教你吧！"

来鹰："行！总司令爷爷，您快提那两条意见吧。"

朱德："第一条，今后在公开场合不要唱《绣金匾》，要唱《东方红》。"

来鹰："总司令老爷爷，您会唱吗？"

朱德："当然会唱！"

来鹰："那您就给唱三遍吧，我保证就会唱了！"

朱德："真的？"

来鹰："真的！"

朱德："好！今天晚上，我就教你。你果真听三遍就会了，我给你拉二胡伴奏。"

来鹰惊喜地："总司令爷爷，您还会拉二胡？"

聂荣臻："会！来鹰啊，你这个总司令爷爷啊，会的东西可多呢！"

朱德："不要听你们聂司令瞎吹！第二条意见，前几天，我听一个老哥在唱一首歌，叫《没有共产党就没有新中国》，这个歌太好了，你会唱吗？"

来鹰微微地摇了摇头："不会。但我向您保证，三天之内一定学会这首《没有共产党就没有新中国》。"

朱德伸出手，紧紧握住来鹰的手："一言为定，到时我教你唱《东方红》，你教我唱《没有共产党就没有新中国》。"

来鹰："行！"

刘少奇办公室　内　夜

刘少奇坐在办公桌前面处理有关文件。

朱德、聂荣臻相继走进来。

刘少奇笑着站起。指着茶杯，客气地："二位请坐。这是我刚刚为你们二位沏的花茶，我们边喝茶边谈。"

朱德、聂荣臻相继落座，端起茶杯呷了一口香茗。

刘少奇："老总，你们写的报告我都看了，并及时地报告了主席。你们谁先说？"

聂荣臻坦荡地："我先说，晋察冀中央局数次召开会议，统一思想。按照中央工委的意见，先从体制上'开刀'，初步决定军区与野战军分开，在军区领导下重新组成晋察冀野战军。"他说罢看了朱德一眼，说道，"更详细的情况，由总司令汇报吧！"

朱德："为什么做这样的改变呢？我认为部队轻快有力，就能灵活使用。这样改变，有利于实行一元化领导，便于集中主力打运动战，打歼灭战，让野战军只管训练与打仗两件事，使主战部队解除了多重负担，能集中精力完成战区所赋予的战略任务。"

聂荣臻："这样，晋察冀中央局和军区也可集中完成中央赋予的使命。"

刘少奇："这些意见我是同意的，关键是选贤任能，挑选谁出任新的领导。再往深里说，选贤任能的标准是什么？群众基础又怎么样？"

朱德："我和荣臻同志，还有参加调查和被调查的同志都非常明确：那就是必须贯彻军委打歼灭战的思想，具有敢打硬仗、打恶仗的过人的胆识与魄力，具有善打大仗、打硬仗的指挥潜质和才能。"

聂荣臻："为选择新的野战军领导，朱老总和我找所有纵队、旅两级领导征求了意见。最后，大家意见集中到罗瑞卿、杨得志、杨成武三个人的身上。"

朱德："这三个人我都比较熟悉：罗长子从红军时代到抗大时期、再到八路军出任政治部主任，他的政治工作才能是有口皆碑的；杨得志同志从湘南暴动就跟着我，从井冈山到中央苏区时期，他的指挥才能得到了毛主席的表扬。这次由冀鲁豫转战到晋察冀，充分展现了他的指挥才能；说到杨成武同志，他在长征途中创造了很多战史上的奇迹，抗日战争中，一直是聂荣臻的部下，打了很多漂亮仗。"

刘少奇："我也很了解他们三位！职务的分配呢？"

聂荣臻："杨得志任司令，罗瑞卿任第一政治委员，杨成武任第二政治委员。罗瑞卿任书记。"

朱德："建议耿飚任参谋长，潘自力任政治部主任。"

刘少奇："我完全同意！另外，新组建的三个纵队的班子我看了，同意。等主席批复之后，我们召开一个比较大的会议，向全体干部宣布。"

晋察冀军区会议室　内　日

会议厅坐着几十位军队领导干部，表情严肃，互不交谈。

有顷，刘少奇、朱德、聂荣臻、萧克、罗瑞卿等中央工委及晋察冀军区领导走上主席台，按着排位就座。

萧克走到麦克风前，严肃地说："我宣布，晋察冀军区改组大会现在开始！"

与会者热烈鼓掌。

萧克："下面，请晋察冀军区司令兼政委聂荣臻同志宣读经中央军委、毛主席批准的名单！"

与会者再次热烈鼓掌。

聂荣臻走到麦克风前，神态严肃地说道："这个名单的诞生是经由中央工委书记刘少奇同志、朱总司令等领导经过反复调查研究确立的。因此，我们晋察冀的同志要真诚地感谢中央工委的领导！"

与会者热烈鼓掌。

聂荣臻："下面，我宣读经由中央军委、毛主席批准，晋察冀野战军正式成立！杨得志任司令员，罗瑞卿任第一政治委员，杨成武任第二政治委员，耿飚任参谋长，潘自力任政治部主任，野战军组成前委，由罗瑞卿任书记！"

与会者爆发出长时间的掌声。

聂荣臻："晋察冀野战军由三个纵队组成：第二纵队司令陈正湘，政委李志民，韩伟任副司令员兼参谋长，向仲华任政治部主任；第三纵队郑维山任司令员，胡耀邦任政治委员，文年生任副司令员兼参谋长，王道邦任副政委，魏震任政治部主任；第四纵队司令员曾思玉，政委王昭，唐子安任参谋长，李昌任政治部主任！"

与会者再次爆发出热烈的掌声。

萧克走到麦克风前，大声宣布："下面，请我们的朱总司令讲话！"

与会者长时间热烈鼓掌。

朱德大声地说："同志们！我想先请罗瑞卿同志讲一讲一年前，他去延安接受毛主席交给晋察冀的作战任务时对他讲的那些话！"

罗瑞卿站起讲道："当年，毛主席说，告诉荣臻他们，你们的军队是少了点，但是你们只要坚定执行中央的正确领导，时刻和晋察冀老区的人民拧成一个拳头，就能无往而不胜！"他说罢坐下。

朱德："毛主席这番话是近一年前对你们讲的，你们从撤出张家口，到日前完成正太战役，一路走来，走得是何等地坎坷啊！但你们终于取得了局部的胜利！今天，我还要重复主席讲过的这段话，你们只要坚定执行中央的正确领导，时刻和晋察冀老区的人民拧成一个拳头，你们就能学会打大仗、打歼灭战，最后打出一个新中国！"

全体起立，热烈鼓掌。

朱德："下面，我指挥你们唱《中国人民解放军进行曲》！向前，向前，向前！预备——唱！"

与会者放声唱起《中国人民解放军进行曲》。叠印：

朱德指挥的各种特写。

各位将军唱歌的不同特写。

定格　叠印字幕：第九集终

注解：宣读命令一节戏是虚构的，历史的真实是在不同的地方下达的命令。

第 十 集

南京　国防部小作战室　内　日

白崇禧、陈诚分坐在会议桌两边，默默地品着茶。

蒋介石在毛人凤的陪同下走进，怒气冲冲地走到他的座位前，怒视白崇禧、陈诚一眼，抓起面前的茶杯用力掷到地下。特写：

茶杯摔得粉碎，茶水洒了一地。

白崇禧、陈诚本能地站起，低头不语。

蒋介石："一个国防部长，一个参谋总长，你们是怎么指挥的孟良崮这场会战？张灵甫苦撑三昼夜，周围有十一个整编师、军，远的不过百里路，近的只有五至十里路，为什么就突不破共军的防卫阵地，解救出整编七十四师呢？"

白崇禧、陈诚继续缄默不语。

蒋介石震怒地："白崇禧国防部长！你说啊？"

白崇禧："这需要进行严肃的调查，然后再按军法从事！"

蒋介石："一定要按军法从事！"

白崇禧："是！"

蒋介石："陈诚参谋部长！"

陈诚："卑职在！"

蒋介石严厉质问："其他战场上的会战结果呢？"

陈诚："中原战场的共军在刘邓、陈谢的指挥下，攻下我城池三十余座，我军损失近六万将士……"

蒋介石震愕自语："啊！近六万将士……"

陈诚："是！更为严重的是，林彪、罗荣桓即将在东北战场上发起所谓的夏季攻势，他们出动重兵，妄图切断长春至沈阳的联系，并扬言分割、攻歼我在东北的国军。"

蒋介石自语地："华东告急，中原告急，东北又告急……真是战将无能，累死三军，也气坏我这个统帅啊……"

陈诚："还有晋察冀的共军，他们攻克正定，连下正太线的县城、车站……"

蒋介石："晋察冀的共匪不足为虑，自张家口一战，被我国军打得大伤元气，被保定绥署、张垣绥署、太原绥署挤压在太行山里，只能小打小闹。"

白崇禧轻蔑地摇了摇头。

陈诚："时下，您认为战略重心在哪个战场呢？"

蒋介石："东北！只要从北平行辕调出五十三军全部和九十四师出关，就能改变东北战场的态势！"

陈诚："我立即给孙连仲主任打电话！"

蒋介石："不用了！我已经亲自给他打了电话。"

白崇禧："这位孙连仲主任有何意见啊？"

蒋介石："他说，切莫小视晋察冀共匪的实力！当时，我就批评他，你是一朝被蛇咬，十年怕井绳！一个小小的正太战役就把你吓怕了？究其原因，是你和阎锡山各保实力，未能在正太线形成东西对进，结果嘛……咳！"

南京大街　外　日

蒋介石坐在轿车后排座位上，蹙着眉头问："南京、上海的大学生安顿下来了吗？"

毛人凤："校长！不仅没有安顿下来，反而越闹越大了。"

蒋介石生气地："我不是早就告诉你了吗？派出军警，封锁校门！"

毛人凤："我已经提前派去了数百名荷枪实弹的宪兵，把南京中央大学的校门封锁了！"

轿车向右边街道一拐，突然出现了游行示威的学生与军警宪特厮打的场面。

蒋介石震怒地："停车！"

司机一踩油门，轿车戛然停下。

蒋介石严厉地："毛局长！这是怎么回事？"

毛人凤："我、我……"

蒋介石："立即下车，给我查清楚！"

毛人凤："是！"他急忙打开车门，走下车去。

蒋介石："绕道回府！"

司机一踩油门，启动、掉头，飞也似的驶去。

蒋介石官邸　内　日

窗外传来《团结就是力量》的歌声以及示威人群高呼"反对饥饿！反对内战！"的口号声。

宋美龄心烦意乱地边关窗子边自语："太吵了！太闹了！连一点安静的时候都没有。"

蒋介石走进，以冷嘲热讽的口气说："夫人，这都是从美国引来的，也是夫人所赞赏的自由。"

宋美龄叹了口气："咳！我总算相信你当初对我说的一句话了，中国的知识分子一得意，他的尾巴就翘上了天，达令一开枪，他就又把尾巴夹了起来。"

蒋介石："真不容易，二十年了，才相信我说的一句话。"

宋美龄："达令！我还应当相信你说的哪些话呢？"

蒋介石："共产党已经打入我们国民党的肌体和心脏。"

宋美龄："有何证据吗？"

蒋介石："你还记得陈布雷先生的女儿吗？"

宋美龄："记得！非常聪明、乖巧，在去昆明联大念书之前，经常找我这个宋妈妈要美国产的巧克力吃。"

蒋介石："方才，毛人凤告诉我，有人举报她是共产党。"

宋美龄："不可能！我们的孩子怎么可能加入共产党呢？"

蒋介石："夫人！什么都有可能。你知道国民党元老居正吧？"

宋美龄："知道！从孙中山时代就是坚定的国民党员！"

蒋介石："毛人凤告诉我，居正的女儿也是共产党！"

宋美龄大惊失色。

蒋介石："权且借用毛泽东爱说的一句话：今后，夫人要帮着我搞统战工作了。"

宋美龄难以置信地摇着头。

"报告！"

蒋介石："请进来！"

毛人凤走进，有些得意地说："校长！南京的学生游行已经被压制下去了。"

蒋介石："有什么反应吗？"

毛人凤："听说吴有训校长得知学生被打，气得当场就昏厥了过去。"

宋美龄生气地："你们打学生是有点过分了！"

蒋介石生气地："我再手软，我们的政权就被他们夺走了！人凤，其他城市还平静吗？"

毛人凤："不平静！就说北平大专学校的学生七千多人走出校门，高举着'华北学生北平区反饥饿反内战'横幅，向着天安门走去。"

蒋介石："有伤亡吗？"

毛人凤："有！据来自北平的报告，加上天津学生一共有九人重伤、六十二人轻伤、二十三人被捕。"

蒋介石："有共产党或可疑分子吗？"

毛人凤："有！陈布雷先生的女公子陈琏……还有傅作义将军的女儿傅冬菊等，都是游行队伍中的中坚分子！"

宋美龄一惊："什么？连傅作义将军的女公子都是反对我们的中坚分子？"

毛人凤："对！"

蒋介石："没有确凿的证据，不准动这二位女公子。"

毛人凤："是！"

宋美龄："这没有用途！共产党和毛泽东依然会抓住这件事做我们的文章。"

蒋介石冷笑了一下："就是没有这件事，他毛泽东也会做我蒋某人的文章！"

陕北　王家湾毛泽东窑洞　内　晨

毛泽东盘腿坐在火炕上，伏在炕桌上忘我地写着。

毛泽东左手拿的那支香烟渐渐地烧到了手指，他疼得叫了一声，随手掷到炕下的地上。

毛泽东终于写完了文章，点着一支香烟深深地吸了一口，然后向空中吹去。接着，他拿起刚刚写成的文章审阅。

毛泽东的画外音："……中国境内已有了两条战线。蒋介石进犯军和人民解放军的战争，这是第一条战线。而今又出现了第二条战线，这就是伟大的正义的学生运动和蒋介石反动政府之间的尖锐斗争。学生运动的口号是要饭吃，要和平，要自由，亦即反饥饿、反内战、反迫害……"

周恩来走进："主席出去晨练一会儿吧！"

毛泽东："不急，我为新华社写了一篇评论，叫《蒋介石政府已处在全民的包围中》。你看看，尤其是关于城市学生运动的部分。"

周恩来接过这篇文稿很快看完，说道："写得好！其中这几句写得尤其是好！"他有些激动地念道，"学生运动是整个人民运动的一部分。学生运动的高涨，不可避免地要引发整个人民运动的高涨。"

毛泽东："那就交给定一同志和乔木同志吧！"

周恩来："行！我们到山坡上走走。"

王家湾高超坡　外　清晨

朝阳从东山坡下徐徐地升起来，万道霞光洒在王家湾早已变成绿色的高坡。

周恩来："林彪他们就要发起夏季攻势了，应电告他们：不要忘了对手的实力。"

毛泽东："你说的是对的！不过，他们一年来改革了土地，发动了群众，建设了一支强有力的军队。在全国各战区中，就经济论，他们占到了第一；就军力论，他们只能是老二，第一是山东。"

周恩来："就战绩而言，恐怕应该这样排队，华东野战军、冀鲁豫野战军、东北民主联军、西北野战兵团、晋察冀野战军。"他沉思片刻，"中央军委应该适时地提出各区的作战方针，供他们参考。"

毛泽东："我以个人的名义给林彪他们写了一封较长的电报，对东北作战方针及关内战局提出了意见。"他吸了口烟，又说道，"在蒋介石的心目中，是把东北、华北看作一个战场的，这是很有道理的。我看我们应该电告林彪、聂荣臻，中央军委不仅把东北、华北看作一个战场，而且还要明确提出，以东北战场为主，华北战场处于辅助的地位。"

周恩来："我赞成。"

这时，叶子龙拿着一份电报走来："主席！周副主席！蒋介石决定从北平行辕调兵支援东北，妄图挫败我东北民主联军的夏季攻势！"

毛泽东很快看完递给周恩来，无比鄙视地说道："做梦！"

周恩来看完笑着说："我们的这位蒋委员长啊，又当了一次司马懿！十天前，主席就料到他会走这一步棋，给聂荣臻他们发去了电报，让他们迟滞敌军出关。"

毛泽东十分自信地："说不定啊！新成立的晋察冀野战兵团的三位

指挥员正在排兵布阵呢！"

阜平　朱德的办公室　内　晨

朱德戴着一副老花镜，死死地看着墙上那幅作战地图，似乎在思索着什么。

聂荣臻走进，笑着说："老总一清早就站在作战地图前做功课，让我等汗颜啊！"

朱德依然没有转过身来，说道："光汗颜还不行啊！你我如何完成主席交给的作战任务呢。"

聂荣臻："是啊！十多天前，主席就明确地指示我们：要求晋察冀军区下一步的作战，在地区、目标的选择上，应以拖住北平行辕的部队使其不能调东北为原则，以配合东北民主联军的夏季攻势。"

朱德："主席再三强调：你们下一步作战、打何地何部最能拖住敌人，配合东北作战，望拟具体计划电告。"

聂荣臻："还有一个问题，晋察冀军区野战军领导班子公布了，新的纵队指挥员也公布了，可他们还没有到位，如何指挥这场战斗呢？"

朱德："我想好了！临时组建一个指挥班子，由杨得志任司令员，罗瑞卿任政治委员，杨成武任副司令员，全权负责指挥三个纵队。你我嘛，从旁帮他们出主意、敲边鼓。"

聂荣臻："不对！从我开始，全都听老总的指挥。"

朱德："好！那我的指挥部就搬到前线去。"

聂荣臻："不行！不行！"

朱德："那我这个总司令岂不是有职无权的空头司令？"

聂荣臻嗫嚅地："这……"

耿飚一步闯进："这我早就想好了！"

聂荣臻："快说！放在什么地方？"

耿飚："白洋淀边！"

朱德："说说看，为什么要把司令部放在白洋淀边？"

耿飚走到朱德身旁："请总司令给小兵耿飚让位行吗？"

朱德笑着说："行！行。"躲在一边。

耿飚指着作战地图："北平行辕有两个绥署，傅作义的张垣绥署和孙连仲的保定绥署。在我和聂司令看来，蒋某人是不会调张垣绥署的军队的。"

朱德："这是不言而喻的事。"

耿飚："保定绥署孙连仲的主力第五十三军、第九十四军等部在保定周围地区，第九十四军主力则在涞水、易县、固城地区；整编第六十二师属下第一五七旅在天津及杨柳青，第一五一旅在杨村、胜芳镇；被国民党军收编的伪军万余人，则分散在津浦路天津以南静海至沧县共八十六公里的路段上。依照'先打弱的，后打强的'作战原则，我们只能选在这一段地区。聂司令定名为青沧战役。"

朱德："有见解，我也是这样看的。"

耿飚玩笑地："总司令，我可不敢说英雄所见略同啊！"

朱德："可以说！可以说！"

耿飚："接下来，聂司令说，我们视情再转战保北。"

朱德："很好！"

耿飚："用当地老百姓的话说，打这些敌人就像是吃柿子拣软的拿一样，聂司令陪着总司令在白洋淀边钓着鱼就完成指挥任务了。"

朱德："好！好！"

耿飚："聂司令！该您下令了。"

聂荣臻："请通知三个主力纵队，按照我们预先拟订的行军路线、作战方案执行！"

冀中大平原　外　夜

夜色的大平原，隐约可见麦浪滚滚的丰收景象。

杨得志、李志民骑着马率领第二纵队奔驰在劈开麦田的大道上。

杨成武、陈正湘等坐着吉普车分率第三、第四纵队快速行走在掩映在麦田中间的大道上。

冀中平原大陆　外　日

冀中大平原上麦浪滚滚，掀起一波又一波的金色波浪。

一辆吉普车飞驰在坑洼不平的土路上。化入车内：

朱德、聂荣臻坐在后排座位上，耿飚坐在驾驶员旁边的座位上。

耿飚："司机同志开稳点，让我们的总司令坐舒服些。"

司机："是！总司令，不是我有意的，是路面太差了。"

总司令："没关系！快到河间地界了吧？"

司机："到了！这儿就是窦尔敦起事的地方，连他拴马、练武的场地都还在呢！"

朱德："你们这儿有山吗？"

司机："没有山！"

朱德："没有山怎么演义《盗御马》《连环套》呢？"

司机："这、这……"

聂荣臻："这说不上来了吧？怎么样，让你身边的这位湖南将军讲给你听。"

耿飚："张家口周围都是山，唯在它东北方向有一片坝上草原。在清朝年代，造反的窦尔敦带着他们到宣化、张家口一带落草为寇。他为了显示自己的能耐，到皇家的牧场坝上草原偷了一匹马，接着他又为了一个义字上演了所谓的《连环套》。"

司机："没听说过！"

朱德："你知道他被流放到什么地方了吗？"

司机："我更不知道了！"

朱德："他们满族的发祥地是黑龙江边。这说明了一个真理：一个人没有革命的信仰和革命的目的，他再有能耐也是要失败的！"

司机："我们的总司令知道的真多！"

朱德："耿飚！把我和荣臻送到白洋淀同口镇指挥所，你就立即赶往青沧战役的前线，随时把战况通报告诉我们。"

耿飚："是！"

白洋淀同口镇富裕的人家　　外　日

这是一座典型的北方四合院，北屋是那种明三暗五的正房，东西两边的厢房以及南屋都是三室户型。

唐处长引朱德、聂荣臻走进大门，又说又笑地巡视植有花木的庭院。

朱德站在院中，看了一遍优雅的环境，感叹地说："不错！主席、恩来他们可就无福享受了！"

聂荣臻："这是自然的了！冀中是华北的粮仓，陕北是出李自成、张献忠的地方。"

朱德微微地点了点头，遂带头走进正房。

正房堂屋　　内　日

正面墙上，挂着一幅华北地区的作战地图，标出敌、我双方兵力布防的位置。

作战地图下面是一张八仙桌，上面放着一部电话机，同时摆着一套黑陶茶具和一个麦秆编织的茶壶墩子。

朱德走进一看赞不绝口地说："不错！唐处长有水平，这是我最满意的作战室。"

聂荣臻："我和老总的卧室呢？"

唐处长指着东边一间："这是总司令的！"旋即又指着西边的一间，"这是聂司令的！"

朱德："不用看了，错不了！现在开始办公。"

唐处长看了看手表："我和耿飚同志约定了，再过十分钟，他才向二位首长报告前方的情况。"

聂荣臻："现在我们做什么呢？"

唐处长："喝茶!"他打开茶壶墩子，提出一把茶壶，分别倒在两个茶碗里，说道，"不用急，等二位首长喝完这杯茶，耿飚同志就会来电话了。"

朱德端起茶杯，感慨地："荣臻啊! 哪里的茶，包括德国的咖啡，都比不上我们四川茶馆的茶好喝哟。"

聂荣臻："那是自然了!"

这时，桌上的电话铃声响了。

唐处长一把拿起话机："喂! 哪一位?"

远方显出耿飚打电话的画面："我是五号，总司令和聂司令到了吧?"

唐处长："到了! 二位首长连口水都没喝，你的电话就打过来了!"

聂荣臻接过电话："老总，接!"

朱德摇摇头："我是有言在先的，你是战场司令，我只是从旁给你出出主意!"

聂荣臻："耿飚，情况怎么样?"

耿飚："报告首长! 我三大主力纵队已经部署到位。"

聂荣臻："把具体的部署、准确的方位向我报告!"

这时，朱德拿起了教鞭。

耿飚："是! 我第三纵队攻歼唐官屯至青县段国民党军，同时，依托北碱河南北建筑工事，准备阻击可能由天津来援之敌；我第四纵队主力攻歼兴济、姚官屯之敌，并配合第三纵队阻击援敌；我第二纵队全力围攻沧县。另外，还有地方民工，有关兄弟部队协助我主力部队攻城、略地!"

聂荣臻："何时下达攻击命令?"

耿飚："6 月 12 日晚准时发起全面攻击!"

聂荣臻拿着电话："老总! 您……"

朱德："一个字：打!"

聂荣臻："耿飚! 告诉各级指挥员，我们的总司令说了，一个字：打!"

耿飚："打！"他啪的一声挂上了电话，随即他在远方打电话的画面消失。

聂荣臻挂上电话，笑着说："这个耿飚！连口热茶都不让老总喝一口。"

同口镇街道　外　晨

同口镇的早市还是很有特点的：卖烧饼、果子、豆腐脑的；卖驴肉夹火烧的；卖小鱼小虾的……

朱德、聂荣臻在警卫人员的保护下踱步走来，他们一边观看街道两边卖早点的铺子一边议论。

朱德依然有些不安地说："荣臻，耿飚怎么没把昨天夜里的战情通报传过来啊！"

聂荣臻："放心！他是个急性子，绝对不会知情不报的。再说，我不是把唐处长放在电话机旁边了吗？"

朱德："这样说来，你我就放心地吃风味早点了？"

聂荣臻："对！"他指着一家门帘，"这是一家有名的河间驴肉夹火烧！据说，是给皇帝进贡的。"

朱德摇摇头："靠不住！想想看，这是窦尔敦的老家，皇帝还敢吃他们家乡的东西？"

聂荣臻："那怎么这么有名啊？"

朱德："说不定啊，是冯国璋搞的。"

聂荣臻："有道理，他别号叫冯河间嘛！再说，他在北洋三杰龙、虎、狗中只占第三位。"

朱德："对！不吃狗推荐的，我们找一家在白洋淀边堪称是龙的早点。"

这时，在不远的一家门市前面，有一位年过五十的女老板叫卖："买粽子来买粽子！刚出锅的八里香粽子，是用白洋淀新鲜的芦苇叶包的，远在八里地外，保你能闻到一股扑鼻的清香！"

聂荣臻："这算不算同口镇堪称是龙的早点？"

朱德："算！不过嘛，她吹过了，八里之外就能闻到一股扑鼻的香味，你信吗？反正我不信。"

这时，唐处长近似小跑地赶上朱德、聂荣臻，小声笑着说："好消息！好消息……"

朱德一看唐处长喜笑颜开的样子，一边摇手一边笑着说："先别报告好消息，你闻到粽子的香味了吗？"

唐处长特意闻了闻，摇了摇头说："没有！"

朱德走到粽子铺前，笑着说："老妹子，漫说八里地开外了，就站在你铺子前我也闻不到一股清香味呢。"

女老板熟练地剥开一个粽子："老哥哥，你尝一口，如果品不出一股清香味，我就一分钱不收！"

朱德接过剥开的粽子咬了一口，仔细地尝了尝："好吃，好吃！也的确是有一股清香味。但是——"

聂荣臻忙接过话茬："八里外肯定是闻不到清香味的！老板娘，来十个粽子！"

老板娘拿过一根草绳，十分麻利地拴好十个粽子："老哥哥，你说我这个铺子叫什么好呢？"

朱德想了想："叫'清香粽子铺'。"

老板娘："好！明天就改名叫清香粽子铺。"

朱德取出钱："老妹子，多少钱？"

老板娘："不收钱了！"

聂荣臻："为什么？"

老板娘："解放军买粽子，我们统统收一半钱。这位老哥哥帮着俺改了店铺名，另外一半钱也不要了。"

朱德："不行！"

老板娘："行！就这么定了。"

朱德坚定地说："不行！我绝不能带头破坏三大纪律八项注意

的！"他说罢看着聂荣臻，"你看怎么办吧？"

聂荣臻笑着说："我有一个办法，你看行不行？老板娘进屋去拿文房四宝，你给她题个店铺牌子……"

老板娘一边说"好！好！"一边进屋取来笔墨纸砚，往桌上一放，"请老哥哥给老妹子的铺子题个名吧。"

朱德提笔展纸，笔走龙蛇，瞬间草成。特写：

清香粽子铺

粽子铺门前围观的群众响起一阵热烈的掌声。

郊外大道边　外　晨

朱德、聂荣臻蹲在地上一边吃粽子，一边看着铺在地上的作战地图，认真地听唐处长汇报。

唐处长："第三纵队第七旅和第八旅，战至清晨，分别攻占唐官屯和马厂。这样，津浦铁路津沧段即被第三纵队拦腰斩断，取得了打援和堵击逃跑国民党军的有利阵地。"

朱德专心听讲，高兴地说了一句"好！"随手把半个粽子摔在了地上，他赶忙捡起粽子，撕掉表面上的泥土，正要往嘴里放。

聂荣臻一把夺过朱德手中的粽子："这不是长征路上，你不能吃不干净的东西！"随手扔到草丛里去。

朱德"咳"了一声："讲！听完了汇报再吃。"

唐处长指着作战地图继续汇报："第四纵队于12日23时对兴济、姚官屯等地发起攻击，至今晨先后攻克了李窖、炕头、姚官屯、徐官屯、高官屯及兴济火车站。第二纵队和华东军区渤海军区部队，于12日午夜开始对沧县外围国民党据点攻击。至今晨攻占了捷地镇、南关及军桥、火车站等地。一句话，三个纵队都信誓旦旦地说：战至15日，保证胜利完成青沧战役！"

朱德："很好！"

聂荣臻拿起一个粽子："老总，接着！"随手扔过一个包好的粽子。

朱德接过粽子吃了一口："真是清香扑鼻啊！"

聂荣臻、唐处长忍不住地笑了。

朱德无意中向前方一看，只见：

一位衣衫褴褛、蓬头垢面、胳膊上挎着个柳筐的村妇无力地走来。

朱德愕然一怔，遂迎过去。

这位村妇吓得向旁边躲闪。

朱德走近一看，特写：

筐里有一只破碗和一块木牌，木牌上面写着"我是地主！"四个大字。

朱德心中平生波澜，望着这个村妇沉吟良顷，转身欲走，撞上了聂荣臻，他疑惑地问道："她是出来讨饭的吧？为什么要标明自己是地主，这样谁还会施舍呢？"

聂荣臻禁不住地叹了口气："这可能是当地农会搞的，是有些'左'了！等我们回到住处，我再详细向您报告。"

朱德生气地："我们搞土地改革，消灭的是地主阶级、剥削制度，而不是他们的肉体，包括其亲属。"

聂荣臻："是！"

朱德越发地严肃起来："我们搞平分土地，不管地主和富农，该分多少就分多少，让他们变成自食其力的劳动者，这关系到土地改革的成败。"

聂荣臻："是！"

朱德严厉地批评："这事得认真地和少奇同志讲一讲，你们中央局的主要领导要投入更多的精力，马上纠正！"

聂荣臻："是！"

同口镇军区指挥部　内　傍晚

聂荣臻坐在桌前，望着作战地图出神。

朱德在院中焦急地问道："荣臻！耿飚来电话了吗？"

聂荣臻急忙起身，一边迎上去一边答说："没有！"

朱德在唐处长的陪同下走来："唐处长！你进屋守电话去，我和你们的聂司令在院中谈点事情。"

唐处长："是！"大步走进北屋。

朱德坐在一棵枣树下面的椅子上，取下缠在脖子上的白毛巾擦了擦汗，说道："前方的战情没有什么变化吧？"

聂荣臻："没有！你去冀中军区给他们上了两天军事课，对提高中高级指挥干部的指挥水平会有很大帮助的。"

朱德："他们革命的热情是蛮高的，但他们把毛主席为全军制定的建军路线——尤其是政治建军重视不够，今后恐怕要在晋察冀军区掀起一个学习热潮。"

聂荣臻："是！一定要把毛主席的军事思想吃透。"

朱德："青沧战役结束之后，杨得志、罗瑞卿他们有什么想法吗？"

聂荣臻取出一纸文稿："他们想趁热打铁，立即再发起保北战役！"

朱德接过文稿看罢问道："你的意见呢？"

聂荣臻："基本同意，就听老总的意见了。"

朱德沉吟片时，说道："我也基本同意！但要格外提醒他们，从津浦铁路向保北转移的时候，要他们发挥连续作战的作风，趁孙连仲还摸不清我们为什么要打青沧战役的时候，三个主力纵队就人不知鬼不觉地进入了阵地。"

聂荣臻："唯有如此，才能速战速决。"

这时，正屋传出急促的电话铃声。

聂荣臻边扶朱德站起边说："一定是耿飚打来的，走，进屋接电话去。"他们向屋里走去。

唐处长："总司令！聂司令！耿飚同志来电话了。"

聂荣臻扶着朱德走进正屋。

朱德："荣臻！我有点心急，我替你接电话！"他说罢拿起话机，"喂！我是朱德，请讲。"

远方显出耿飚接电话的画面："总司令！我们如期完成了青沧战役，一句话，我们胜利了！"

朱德兴奋地："我知道你们胜利了！简单地说，有哪些胜利的果实啊？"

耿飚："行！我三个主力纵队在兄弟部队的配合下，在老百姓无私的支持下，经过四天四夜的激战歼灭国民党河北省保安大队第六、第八总队全部，第三总队大部，合计一万三千余人。解放沧县、青县、永清三座县城，控制了津浦铁路陈官屯车站以南八十公里……"

朱德："如果说，你们打的正太战役把冀鲁豫军区和晋察冀军区连成一片的话，那么青沧战役又把山东军区和你们连在了一起。"

耿飚："对！对……总司令，您和聂司令批准我们立即发起保北战役了吗？"

朱德："同意了！不过，请你通知罗瑞卿、杨得志、杨成武和你来指挥部一趟，共同搞出一个作战方案，等批准之后再执行！"他啪的一声挂上电话。

耿飚在远方打电话的画面渐渐消失。

《中国人民解放军进行曲》轰然响起，随之枪炮声震耳欲聋，送出高亢激越的画外音，并叠印出相应的画面：

"6月25日夜，各纵队指挥员几乎同时发出进攻的号令，保北战役正式打响！我二纵居中，沿平保铁路负责田村铺以南至徐水段，主攻徐水城，歼敌十六军一〇九师三二五团；三纵在北，即北河店至固城段，主攻固城镇，歼敌一二一师三六二团；四纵在南，负责漕河南北至徐水段，主攻保定以北外围诸据点，监视、阻止保定之敌出援。经四天四夜的激战，我晋察冀部队胜利完成了作战任务。除攻下徐水、固城歼敌两个美械化团外，还歼灭了敌保安两师一部，共歼敌八千余人……"

战场上化做庆祝胜利的欢乐场面。

同口镇军区指挥部　内　日

朱德兴奋地伏案挥毫，书写文电。

聂荣臻审阅保北战役的报告，十分兴奋地说："老将出马，一个顶俩！由老总坐镇，不到一个月打了两个大胜仗，如果再算上正太战役，堪称三战三捷！"

朱德笑着说："可以算三战三捷！为此，我给中央军委、毛主席写了一份报告，我择其要者给你念念。"他拿起写好的文稿，念道，"目前晋察冀野战军打堡垒及攻城的战术、技术都相当地提高，能步炮协同及善于使用炸药，能迅速秘密组成，故能成功，对于打歼灭战大有进步……今后作战已转为主动，仍是攻城打援为宜。"

聂荣臻带头鼓掌："谢谢老总对我们的鼓励，今后还要更加努力。"

朱德："接下来就是雨季，我的意见，花它两个月，把野战军的班子搭好，把纵队、旅一级的班子理顺，经过严格的军事整顿，去迎接更大的战斗！"

聂荣臻："我完全赞成老总的意见！"

朱德来了兴致，大声问道："唐处长！搞点什么花样，轻松地庆祝青沧战役、保北战役的胜利啊？"

唐处长抱着一堆衣服、草帽，还有两支猎枪走出来："聂司令早就想好了，让我给总司令、聂司令准备好了行头！"

朱德一见愕然："这是什么行头？难道真让我和你们的聂司令在白洋淀唱出川剧啊？"

聂司令："这是军事秘密！先换行头，再登台！"

白洋淀渡口　外　日

白洋淀渡口停泊着两只机帆船，小号的停在渡口码头旁边，大号的停在紧靠芦苇的地方，两只机帆船上分坐着两位开船的师傅。

随着汽车的马达声由远而近，一辆吉普车、一辆卡车戛然停在码头前。

唐处长跳下吉普车，扶下化了装的朱德和聂荣臻。特写：

朱德、聂荣臻分别穿着灰白两色的便装，头上戴着一顶硕大的麦秆编的大草帽，两根白色的带子紧紧系在脖子上，每人手里拿着一支猎枪。

卡车上十多位警卫战士跳下车来，一见朱德、聂荣臻的装束都忍不住地笑了。

这时，几乎是贴着芦苇梢飞来一群野鸭，叫得清脆悦耳。

唐处长："同志们！我们请总司令、聂司令当场试枪好不好？"

"好！"

朱德和聂荣臻交换了个眼色，遂举枪对着正在飞的野鸭群开枪，"啪、啪"两枪，有两只野鸭应声落在芦苇荡里。

警卫战士禁不住地鼓掌。

这时，大船上的驾驶员纵身跳在淀中，一手拿着一只野鸭走到码头前。

唐处长接过野鸭举在空中，笑着说："总司令，聂司令，猜猜看，哪只是你们自己打下来的？"

聂荣臻笑着说："猜不出来！"

朱德看了看两只鸭子，笑着说："同志们！这两只野鸭子都是我朱某人打下来的？"

战士们一听忍俊不禁地笑了起来。

聂荣臻认真地："同志们！咱们请老总说说看，为什么这两只野鸭子都是他打下来的？说得不在理，就说明这两只野鸭子都是我打中的。对不对？"

"对!"

朱德："我看了两只野鸭子的中枪点，和我当时想打的地方是一样的。"

唐处长认真地："总司令！把您想打的中枪点说说看？"

朱德胸有成竹地："一只打在翅膀上，一只打在肚子上。"

唐处长："老总说得对不对？"

提着鸭子的驾驶员看了看："总司令说得对！"

全体警卫战士冲着朱德热烈鼓掌。

聂荣臻："同志们！你们都上了老总的当了。"

唐处长："为什么？"

聂荣臻："方才，我们的总司令已经验收过鸭子了，因此他说的是正确的。"

全体警卫战士恍然大悟，长长地吐了口气。

朱德："你们的聂司令耍赖，不认输！接下来进白洋淀，看谁钓的鱼多。"

白洋淀中　外　日

白洋淀水道：满目皆是绿色的芦苇，中间有一条不足二十米的河道，弯弯曲曲地通向远方。其中在不远的河湾中是一片接着一片的荷花，开的是那样地纯洁和秀美。

小机帆船沿着河道缓缓地向前行驶，各种水鸟发出不同的鸣叫，显得是那样地悦耳清心。

朱德、聂荣臻坐在船尾，手持钓竿静心垂钓。

聂荣臻心不在焉地问："老总，这儿就是当年雁翎队打鬼子的地方。"

朱德："知道！这儿也就是孙犁同志写的荷花淀。"他侧目一看，聂荣臻的鱼漂下沉，"荣臻！鱼上钩了。"

聂荣臻轻轻地一甩，钓上一条不到一斤的鲫鱼，他一边摘钩一边说："老总，我这叫无为而治哟！"

朱德："我这是姜太公钓鱼……"他突然发现鱼钩沉了下去，用力一甩，钓上一条不到二斤的大鲤钱，他一边摘钩一边说，"这叫候候有席，好像我这条鱼比你的大，对吗？"

聂荣臻："这在白洋淀中算是小鱼！"他沉吟片时，"老总，我们怎么才能钓到一条大鱼呢？"

朱德："这要有两个条件：一是蒋某人如何出牌，二是看我们的毛主席如何安排第二年的作战计划。"

聂荣臻："据来自敌人内部的消息说，蒋介石近期要有大的动作。"

朱德："我们就有可能钓他一条大鱼。"

聂荣臻："为什么？"

朱德："毛主席多次说过：蒋介石去什么地方，什么地方就一定能打胜仗！"

聂荣臻一看鱼漂候地沉下水去，忙用力一拉，一条大鱼在水中挣扎，最后钓上一条金光闪闪的大鲤鱼。

朱德："看来，聂司令就要在自己的地盘上钓它一条大鱼了！"

聂荣臻："愿借老总的吉言！"

定格　叠印字幕：第十集终

第十一集

野战军临时会议室　　内　　日

这是一所学校的教室，野战军兵团各级指挥员分别坐在课桌前，等候会议的召开。

朱德、聂荣臻、罗瑞卿在杨得志、杨成武、耿飚、潘自力等同志的陪同下走进课室。

与会的各级指挥员起立，热烈鼓掌。

朱德、聂荣臻等走上讲台，挥手示意大家落座。

与会的各级指挥员停止鼓掌，相继落座。

聂荣臻："同志们！今天的会议就一项内容，那就是请我们的总司令给大家上军事课！"

与会者再次热烈鼓掌。

朱德站起身来："同志们！为了给大家省点时间，我搞了一个数字材料，请耿飚参谋长先给大家念一念。"

耿飚取出材料，念道："毛主席在关于全军一年作战总结和两年计划的电文指出：第一年我军共歼灭敌正规军九十七个旅，七十八万人，歼伪军、保安部队等杂牌部队三十四万人，共歼敌一百二十万人。敌正规军补充六十万，逃亡二十万，目前尚有兵员一百五十万人。我军共有一一二旅，九十万人。此外，还有地方部队六十万人，军事机关四十万人，合计有一百九十万人。如果我军第二年作战能再消灭敌正规军一百个旅，到那时，我军就可以全面反攻了！"

聂荣臻："一句话，距离全国解放就不远了！"

与会的指挥员分外兴奋地鼓掌。

聂荣臻："下面，请总司令正式上课！"

与会指挥员笑着鼓掌。

朱德："方才，耿飚同志念的数字说明：过去这一年，我们在中央军委、毛主席的领导下，取得了伟大的胜利！我们全军在第二年如何完成消灭敌一百个旅的任务呢？毛主席说，我军第二年基本的作战任务是：举行全国性的反攻，即以主力打到外线去，将战争引向国民党区域，在外线大量歼敌，彻底破坏国民党将战争继续引向解放区……"

这时，室外传来教练吹奏军号的响声。

朱德："耿飚！你从哪儿请来的这么高明的老师啊！他的水平都快赶上当年我在柏林听交响乐的小号手了！"

耿飚："老总，这位高明的教小号的老师，就是北平一所大学交响乐队的小号手。聂司令对他说，李正同志！为了部队冲锋陷阵、多打胜仗，请多教一些号手吧！就这样，他挑选了一个班的战士，天天教他们吹奏军号。"

朱德："真是一位难得的人才！下面，我继续给同志们讲以主力打到外线去，把战争引向国民党区域……"

村边场院　外　日

十多名号手站列一排，每人拿着一把军号，全神贯注地看着手拿军号的李正。

李正拿着军号讲道："同志们！军号是懂人的感情的，军队发起冲锋了，你就要想着我们的战士与敌人拼刺刀的英雄气概，要高高昂起头颅，吹奏你手中的军号，引领我们的战士战胜敌人，而绝不被敌人所战胜！听明白了吗？"

"听明白了！"

李正严肃地："听我的命令，预备吹奏冲锋号谱。开始！"

十几把军号把冲锋号谱吹得惊天动地。

这时，来鹰坐在不远的一棵大柳树下，拿着一页歌谱在小声地练习歌唱。

有顷，她唱不下去了，抬头一看：

李正依然在教号手吹奏军号。

来鹰犹豫片时，她起身走到李正身边，生气地："李老师！你还管不管我这个学生？"

李正生气地："来鹰同志！训练号手是耿参谋长教给我的任务，完不成，你负责啊？"

来鹰："你也不要忘了，让你教会我识谱是聂司令的命令，他还说，马上就要开土地大会了，让我去给阜平的老百姓唱《妇女自由歌》，你教不会我……"

李正不开心地说："好啦，好啦，你先回到树下去，我过一会就教你好不好？"

这时，十多个军号手忍不住地笑了，有的还做各种鬼脸给来鹰看。

来鹰火了："好哇！你们都敢一块取笑我，看我在聂司令面前怎么告你们的状。"说罢转身大步走去。

李正："同志们！她是首长的红人，又是我们剧社的台柱子，你们惹得起吗？"

十多个军号手不知该如何是好。

李正严肃地说道："来！你们再跟着我吹一遍冲锋号谱，预备——开始！"

场院的上空又响起了冲锋号谱的军号声。

临时会议室　内　日

朱德："最后一个问题：寻找和捕捉战机。这是一个既是军事理论问题，又可以说不是军事理论问题。实际上也没有哪一个军事家是

209

靠学会寻找和捕捉战机打仗的。话又说回来，毛主席再三提醒指挥员：到国民党区域作战争取胜利的关键，第一是在善于捕捉战机。怎么办呢？我想交给新成立的兵团司令杨得志同志，在组织学习这一理论的同时，真正能捕捉到震惊平津保的战机。你们说好不好？"

"好！"

朱德："今天，我说句迷信的话，我们晋察冀应该打一个大的翻身仗了。不久前，我和你们的聂司令在白洋淀钓鱼的时候，开始我们二人各钓了一条小鱼，接着你们的聂司令钓上了一条大鲤鱼，我当时就想，青沧战役、保北战役是两条小鱼，接下来，聂司令就会指挥你们钓一条比三战三捷还大的大鱼了！"

与会指挥员情不自禁地鼓掌。

朱德："看来，你们是赞成我这句迷信话的。"

"赞成！"

朱德："要想钓到大鱼，必须要关注两件大事：第一件，要学习、吃透中央军委、毛主席的战略决策和指示；第二件，要严肃关注蒋介石的行动和言行，毛主席多次讲过：蒋介石去哪里，哪里就能打胜仗。"

与会者忍不住地笑了。

朱德："你们不要笑！谁给你们制造战机，是蒋介石。你们的任务是，他制造了战机，你们能不能迅速地捕捉到，并不失时机地组织大的——甚至是带有相当风险的战役。这样，你们就能在不久的明天钓到大鱼了！"

与会指挥员心服地点头。

朱德："我的讲话结束了，下面请你们的聂司令做总结。"

全体与会的指挥员热烈鼓掌。

聂荣臻："同志们！我们十分地感谢老总给我们做了一场生动的军事报告。你们说能捕捉到钓大鱼的战机吗？"

"能！"

聂荣臻："好！明天，我和你们的罗瑞卿政委回去参加土地会议，因此，寻找、捕捉这条大鱼的战机就交给杨得志、杨成武、耿飚、潘自力你们了！"

杨得志站起，宣誓似的说："请首长放心，我们四个人保证完成这一钓大鱼的战斗任务！"

村边场院　外　日

来鹰背靠着树干，拿着一张简谱皱着眉头在唱："米拉扫米来刀来……"她怎么也唱不出个调来。

这时，李正走到跟前，生气地："你怎么搞的？平时，你演戏、唱歌都不跑调，可一唱起简谱来，就找不着调了，而且唱起来还这么难听！"

来鹰一听也来了火气，几乎是含着泪水说："我从五岁就跟着师傅学戏，从来都是言传口授，谁也没让我先唱这刀来米……"

李正："你懂不懂？言传口授是戏班子的教法，那是你们这些唱戏的戏子没有文化造成的！你如果学会了简谱，将来我再教你五线谱——"

来鹰伸手示意："打住！打住！"

李正看着来鹰就要哭了的样子，不解地："为什么？"

来鹰："我就是一个戏子，没文化，这一辈子也学不会你这简谱了，你还有什么五线谱……下一辈子也学不会！"

这时，杨得志、杨成武、耿飚、潘自力送朱德、聂荣臻、罗瑞卿走到跟前。

来鹰一见聂荣臻，喊了一声"聂司令！"，遂抓着聂荣臻的双手失声地哭了。

聂荣臻愕然地："来鹰，发生什么事了？"

来鹰指着李正："他不一句一句地教我唱《妇女自由歌》，非得让我先跟着他学刀来米……"

朱德："李正的做法是对的，你跟他学会了简谱，拿到新歌自己就会唱了!"

来鹰一边擦泪一边说:"人家是大学生,有文化,我是戏子,一辈子也学不会。"

罗瑞卿:"算了!你们二人收拾一下,明天跟着我和总司令、聂司令回军区,安顿下来,再让李正教你好不好?"

李正一怔:"罗政委!我不跟着你们回军区。"

罗瑞卿:"为什么?"

李正:"我已经和跟我学吹号的战士讲好了,冲锋的时候,我带着他们吹冲锋号;接着,我再带着他们当救护队员,把大批的伤员运下火线。"

聂荣臻:"可我还打算请你回军区给首长检查身体呢!"

李正:"可我的使命在战场!"他转而看着杨得志,"杨司令!战场上需要我,是吗?"

杨得志犹豫地:"这、这……"

李正行军礼:"就这么定了,再见!"转身就跑了。

李正的行为把大家都逗笑了。

聂荣臻生气地:"他也太不像话了!"

来鹰擦了把眼泪:"聂司令,您不要生气,他是挺好的老师,就是有点瞧不起俺没有文化。"

聂荣臻笑了:"别哭了!回到军区你就到剧社报到,那里有比他更专业的老师。"

陕北朱官寨　外　傍晚

这是一个典型的陕北较为富裕的村庄,在晚霞余晖的掩映下显得是那样地安逸。

转战陕北的"九支队"全体指挥员人困马乏地走来。

毛泽东的双腿就像是浇灌了铅水一样沉重,几乎就是靠拄着那根木棍艰难地迈着步子。

警卫员小高牵着一匹马紧跟在毛泽东的身后，含着泪哀求说：“主席，您就骑一会儿马吧！”

毛泽东生气地：“小高！你知道不知道战马是我们的无言战友啊？”

小高：“知道！”

毛泽东叹了口气：“知道就好！这些天来，我们分吃了这无言战友的口粮——黑豆，还要骑着它走路，还有没有一点人性啊？如果这匹战马会说话，它一定会骂我毛泽东，你和蒋介石有什么不一样啊？”

小高把嘴一噘：“反正我说不过你。”

毛泽东：“错了！因为我说的是真理。”他抬头一看，朱官寨就在眼前，忙问，“小高这是什么地方？”

小高：“听同志们说，这就是我们的目的地朱官寨。”

毛泽东长吁了一口气：“啊！终于到了。”他身子一晃，险些栽倒，急忙用双手拄着那根木棍平衡身体。

小高赶上一步，用双手扶住了毛泽东：“主席，再坚持一下，就到您住的地方了。”

毛泽东无力地：“不走了，我一步也不走了，就在这里歇，就在这里歇。”

小高急忙从马背上取下一件破棉衣，铺在路旁的一块大石头上，然后再扶着毛泽东坐下。

这时，汪东兴大步踉跄地走来。

小高迎上去，小声地：“汪副参谋长，主席说一步也不走了，就在这里歇，你看……”

汪东兴：“这事好办，交给我吧！”他走到毛泽东的面前，笑着说，“主席，就在这里住下吧！”

毛泽东：“好！我就住在这里。”

汪东兴指着前边路旁的窑洞，小声地：“小高，跟着我安排主席的住处去。”

一座破烂的农村大院　外　夜

小高跟着汪东兴走进大院，点着马灯一照：

院中破破烂烂，窑洞门前有一块青石板。

小高随着汪东兴走进窑洞一看：

窑洞的主人逃跑之前把东西搞得乱七八糟，只有炕上还铺着一张破炕席。

小高发牢骚地："这院子，这窑洞怎么让主席住？"

汪东兴："你不是不知道，在这种情况下，你拧着主席来会有好果子吃吗？"

小高："你说怎么办吧？"

汪东兴："立即派人，抓紧收拾。"

还是这座破烂的大院　外　初夜

院中青石板上放着马灯，凭借灯光可见：

小高带着十多个战士在打扫院里和窑洞里的卫生，出出进进，忙得乱成了一团。

毛泽东拄着那根木棍吃力地走进大院，他一看乱糟糟的样子，非常生气地大喊："小高！小高……"

小高急忙从窑洞里跑出："主席！有什么事吗？"

毛泽东训斥地："你们是什么部队，是国民党军吗？你们这是干什么啊！"

小高："给主席收拾住处啊！"

毛泽东："这院子是你的吗？这窑洞是你的吗？"

小高："不是！"

毛泽东："你给房东、给老乡说过吗？"

小高："没有！"

毛泽东："你懂不懂，老乡没有在，拿人家的东西叫什么？这就是偷。老乡没有同意就拿上用，这就叫抢。老乡不在家，怎么能开人家的门，搬人家的东西用？这样的房子我不能住。"

小高委屈地："主席……"

毛泽东："小高，你怎么连我们的老规矩也不知道了？都忘记了！是不是？"

小高："因为打仗，老乡们也弄不清我们是什么人，都跑光了。找了好一阵子，一个也没有找到，我再去找！"

毛泽东一捂肚子："等一等。"

小高一怔："主席，您怎么了？"

毛泽东："我要出恭！"

小高愕然："什么，主席要出恭？"

毛泽东："就是上茅厕！"

小高："这、这……"

毛泽东着急地："这还什么？吃黑豆吃的，我已经五天没有大便了！"

小高："这需要找老乡问一问吗？"

毛泽东："不需要！这叫肥水不流外人田。"

小高急忙扶着毛泽东向茅房走去。

小高生气地站在外边，似在想着办法。

有顷，周恩来走进院来，说道："主席！安顿好了吗？"

毛泽东在茅厕里答说："我在出恭呢！"

周恩来："有希望吗？"

毛泽东："看样子，再用天大的力量也没有希望。"

周恩来："大家都一样嘛！"

毛泽东："恩来啊，我从中悟出一个道理来。"

周恩来："什么道理？"

毛泽东："过去说，病从口入，现在看来不完全对！我通过转战陕北懂了一个道理，人有上下两口，光进不出也是要生病的。"

周恩来笑了："主席说得在理！"

毛泽东："由此，我想到了蒋某人，他在全国战场上，有的是光进不出，有的是光出不进，我看他就这样折腾不了多少时间，就一定会饿死或憋死的。结果嘛，他就会变成茅厕里的一块又臭又硬的石头！"

周恩来大笑。

小高等战士忍不住地笑了。

陕北　朱官寨村边小河边　外　晨

清晨，一轮朝阳冉冉升起，向大地洒下万道金光。

毛泽东、周恩来驻足小河边，望着村中升起的袅袅炊烟，讨论着事关国之命运的大事。

毛泽东感慨地："恩来，或者是越累越睡不着，昨天夜里真的失眠了。"

周恩来笑了："我认为主席失眠是真的，但不是累的。"

毛泽东："那是什么原因呢？"

周恩来："国之大事。"

毛泽东："你说的也或许是真的。古今中外，一切军队的统帅失败了，怎么办呢？四个字：调兵换将。古代的楚霸王、明代的崇祯，第二次世界大战的希特勒、东条英机，就是最为典型者。一旦他们无兵可调、无将可换的时候，就离灭亡不远了。"

周恩来："主席恐怕想说的是，蒋介石为了取得胜利，他主动地撤换了许多前线指挥官。例如，郑州绥靖公署主任刘峙，徐州绥靖公署主任薛岳等。"

毛泽东："这些将领你我都认识，多数还在战场上交过手，不是一点军事才干也没有啊！蒋某人为了委过于下级，公开提出'重要战役都由我来亲自指挥……集中全部的精力，来研究我们的一般将领失败的原因'。"

周恩来："这就又导致日前免去熊式辉的东北行辕主任之职和杜聿明的东北保安司令部长官之职，派陈诚兼任国民政府主席东北行辕主任，派孙立人代理顾祝同的陆军总司令兼陆军训练司令。"

毛泽东："这不仅会造成将帅不和，还会加剧国民党军队的派系之争。结果嘛……"

周恩来："加速蒋介石军事集团的彻底灭亡！"

这时，叶子龙拿着一份电文快步走来："主席！南京内线发来的密电！"

毛泽东接过电文迅速阅罢，一边递给周恩来一边笑着说："我正要说蒋介石调兵之事，他先于我决定近期带着夫人宋美龄去北平。我看啊，为了应付林彪在东北发起的秋季攻势，他又去北平帮着陈诚向李宗仁借兵。"

周恩来看罢电文说道："主席的判断是准确的。我想要说的是，到明年的现在，他蒋某人还能否去北平借兵呢？"

毛泽东："我看啊，难了！"

周恩来："立即电告晋察冀的聂荣臻，一定要注意蒋介石去北平后的军事动向。"

毛泽东："同时，还要让朱老总再次转告杨得志等，蒋介石到哪里，你们就在哪里打胜仗！"

南京　国防部小作战厅　内　夜

刘斐指着作战地图讲道："共匪在辽西走廊完成了秋季攻势的第一阶段，仅在二战杨家杖子的战斗中，国军就损失了第四十九军军部和第七十九、第一〇五两个师部和五个团，合计一万五千余人。"

蒋介石暴怒地指责："新上任的行辕主任陈诚呢？他是怎么指挥的？"

白崇禧："他呀，不仅没有想到国军会在辽西吃败仗，而且更没有想到林彪会率共匪主力出击中长路。"

蒋介石焦急地问道："中长路的战况如何？"

刘斐指着作战地图讲道："战况更糟！日前，共匪主力突然向四平以南、铁岭以北我第五十三军防区发起攻击。位于威远堡之第一一六师仓促应战，损失惨重；驻守貂皮屯的第一三〇师和第三九〇团在突围西撤中全军覆没，损失万人。"

白崇禧："更为严重的是，现在共匪主力又指向开原和铁岭一线，接下来的战斗也是很不乐观的。"

蒋介石近似自语地："这到底是为什么呢？"

白崇禧："我看是陈参谋总长刚愎自用的结果！"

蒋介石："你们看，国军将如何打败东北共匪的所谓秋季攻势呢？"

刘斐："只有从华北调重兵出关！"

白崇禧："不过嘛，唯蒋主席亲临北平才行。"

这时，毛人凤走进，行过军礼："报告校长！北平正在酝酿更大的学运高潮。还有……"他取出一张电文，"校长，您自己看吧！"

蒋介石看罢电文沉吟片时，问道："健生，刘斐，你们知道程思远到了北平吗？"

"不知道。"白崇禧、刘斐答说。

蒋介石官邸　内　夜

宋美龄坐在沙发前，细心地阅看英文报纸。

蒋介石蹙着个眉头走进："夫人，美国有什么消息可以令我高兴的吗？"

宋美龄："没有！"她指着英文报纸，"其中，这条消息你更是不堪忍受！"

蒋介石："说说看！"

宋美龄："魏德迈在东北考察后得出的结论是'非常危急，勉强支撑，虚弱不堪，补充线既长，又无掩护'。他认为共匪随时可以占领全东北。"

蒋介石："他向美国国会提出解决方案了吗？"

宋美龄："提了！两年前的老调重弹，他仍然坚信世界五强托管东北最好！"

蒋介石震怒地："胡扯！美国人玩的托管把戏，就是不用枪炮赤裸裸的侵略！"

宋美龄生气地："达令！你怎么可以这样诅咒我们最好的盟国呢？"

蒋介石："我不是诅咒，只是说了句实话。夫人，请你想想夏威夷王国的结果吧，我们的东北三省也会很快就变成美国在亚洲的一个州了！"

"报告！"

蒋介石："请进来！"

毛人凤走进，行军礼："校长！夫人！据可靠消息，司徒雷登通过关系告诉李宗仁，美国把希望寄托在他的身上，支持他参加明年春天的竞选！"

蒋介石怒不可遏地："夫人！看看吧，这就是你相信的美国！好吧，让事实说话，看看谁是强者。"

毛人凤："种种迹象表明，陈布雷先生的女公子陈琏是共产党，北平这次即将爆发的学运和她有着直接的关系。"

蒋介石："夫人，看来非得你亲自出马了！"

宋美龄不悦地："好吧，我愿从旁协助。"

北平中南海　内　日

这是北平行辕主任李宗仁办公的地方，一切装饰显得是那样地平常，只有悬挂在大墙上边的作战地图，还能看出他依然是一位将军。

李宗仁身着西装，心事沉重地在室内缓缓踱步。

顷许，身着西服革履的程思远走进，客气地："李主任，我应约赶到北平，听从您的调遣。"

叠印字幕：桂系智囊程思远

李宗仁客气地："思远！从桂林赶到北平，真可谓是鞍马劳顿。请坐，快请坐！"他边说边为程思远倒茶。

程思远坐下，说道："不必客气，有何示谕，请直言。"

李宗仁："你是知道的，魏德迈在调查后公开宣称，向国民党高级军政人员宣读了一篇访华声明，对南京政府充满着极端蔑视和侮辱，称蒋介石政府'麻木不仁''贪污无能'，又谓'中国的复兴有待于富有感召力的领袖'。这就等于公开宣称：蒋介石是中国复兴的绊脚石。"

程思远："这是众所皆知的事情。"

李宗仁："日前，司徒雷登向美国国会答复说：一切迹象表明，象征国民党统治的蒋介石，其资望已日趋式微，甚至被视为过去的人物……李宗仁的资望日高，说他对国民政府没有好感的谣传，不足置信。这段文字十分清楚，司徒雷登这时已经向华府当局举荐我李宗仁取代蒋介石了。"

程思远："司徒大使通过友人也向我表达过类似的话语。请直言相告，你是不是想竞选总统？"

李宗仁："是的！我做此决定，是出于自己政治前途着想，坐困北平也终非了局，因东北一旦失守，华北便首当其冲，共军必自四面向北平合围。我属下的将领多半系'天子门生'，真是既不能令，又不受命。万一我为共军合围于孤城之内，我将何以自处？"

程思远："你还有哪些想法？"

李宗仁："政治上的积极建树就不必谈了，就是作消极打算，不能兼济天下便独善其身。由此摆脱毫无建树的政治生涯，离开故都，解甲归田！"

程思远一拍茶几："我支持你竞选总统！接下来，你希望我帮你做哪些事情？"

李宗仁："你先去北京饭店休息，等我拜见了蒋先生以后，你我再详细研究。"

后圆恩寺　蒋介石行营官邸　内　日

蒋介石身着戎装驻足作战地图下面，蹙着眉头审视着。

李宗仁身着戎装走进，客气地："蒋主席！我到了。"

蒋介石转过身来，笑着说："德邻到了，快请坐。"

蒋介石、李宗仁分主宾落座，边品茗边交谈。

李宗仁呷了一口香茗，说道："蒋主席此次莅临北平，是为华北的战局而来吧？"

蒋介石："也不完全是！德邻，你对华北战局有何看法？"

李宗仁："自从东北林彪发起秋季攻势以后，你先后调我第九十二军第二十一师、第十三军第五十师、第九十四军第四十三师出头增援。这样一来，华北共匪势必趁我应援东北、暂取守势之际，将再度发动保北战役。"

蒋介石："时下，北平行辕所辖保定、张垣两个绥署，有近五十万国军，为什么还剿灭不了华北的共匪呢？"

李宗仁："问题就出在这两个绥署上！保定、张垣两个绥靖公署无横的指挥关系，平时各自为政，战时谁也不听谁的指挥。结果嘛，这南北两只手不仅不能形成合力，而且还要遭到共匪的各个攻击。"

蒋介石："你这个行辕主任为什么不统筹指挥呢？"

李宗仁笑了："我怎么能指挥得了他们呢？"

蒋介石："就是因为历史上的原因吗？"

李宗仁："这是不言而喻的事。"

蒋介石："我在南京听说，司徒雷登大使鼓动你参加来年举行的总统竞选，可有此事？"

李宗仁："有！不过嘛，我只想参加竞选副总统。"

蒋介石："为什么不竞选总统呢？"

李宗仁："因为总统非你莫属。当然喽，就是参选副总统，也要得到你的认同。"

蒋介石笑了："我认同，我认同！哈哈……"

李宗仁下榻处　内　日

李宗仁精疲力竭地走进室内，把将军服脱下挂在衣架上，遂长长地叹了口气。

这时，桌上的电话铃声响了。

李宗仁拿起话机："喂！我是李德邻，你是哪一位？"

"我是张垣绥靖主任傅宜生。"

远方显现出傅作义打电话的画面。

李宗仁："你住下了吗？"

傅作义："住下了！蒋先生已经到北平了吧？"

李宗仁："到了！他下榻于行营官邸后圆恩寺。明天下午，在我的行辕会议室开会。"

傅作义："好！我准时到会。"轻轻地挂上电话。

远方打电话的傅作义的画面渐渐消失。

李宗仁挂上电话，有情绪地："一旦再在平津保一带打仗，我看北平的军事大权就要旁落了。"

北平　傅作义的行营官邸　内　夜

傅作义、鲁英麟相对而坐，边品茗边交谈。

傅作义："鲁军长，你我自保定军校读书的时候就是同班同学，既是无话不说的真朋友，又是我在军事上最信得过的战友。猜猜看，蒋先生此次北平之行是为了什么呢？"

鲁英麟："我看他是想亲上前线，在平津保一带给自己打出点脸面来。"

傅作义摇了摇头："我看不是。"

鲁英麟："那会是什么呢？"

傅作义："我看是向孙连仲借兵。"

鲁英麟："借兵……"

傅作义："对！"

鲁英麟："那岂不又是故伎重演。不过，他这次来北平，我总是感到有点祥云普照的味道。"

傅作义一怔："何为祥云普照？"

鲁英麟："蒋先生可以变相地完成他的三顾茅庐，你也可以被请到北平执掌华北的兵权。"

傅作义笑着摇摇头："不要乱说！不要乱说……"

傅冬菊从内室冲出，认真地说："我《大公报》的同仁也说，大同一战，傅将军入主归绥，集宁再战，傅将军入主张家口；孙连仲只要再次失利，傅将军就会入主北平了。"

傅作义："不要瞎说！"

傅冬菊："我的同仁们一点也没有瞎说。"

傅作义："有什么根据？"

傅冬菊故作神秘状地说："我的同仁们在私下传说，共产党的领袖毛泽东多次讲过：蒋介石到哪里，你们就在哪里打胜仗！"

傅作义紧张地："不准瞎说！不准瞎说……"

后圆恩寺蒋介石行营官邸　内　日

蒋介石驻足穿衣镜前，看着镜内自己的形象。

宋美龄站在蒋介石的身后，十分细心地为其换穿戎装。

蒋介石看着自己戎装在身的形象，满意地笑了笑，说了一句"谢谢夫人"，遂又俯首亲吻了一下宋美龄的额头。

宋美龄："达令，该去参加军事会议了吧？"

蒋介石看了看手表："还有十几分钟，你我坐下谈谈。"遂坐在了沙发上。

宋美龄："谈什么？是不是还不允许我以私人的身份去看望陈琏？"

蒋介石："对！北平的地下党很多，万一你在陈琏家遇上一个，你的安全……"

宋美龄："绝无问题！"

蒋介石："俗话说得好，不怕一万，就怕万一。"

宋美龄有些生气地："我就不明白了，你为什么这样地害怕学生？"

蒋介石较真地："你不懂！"

宋美龄："那你就告诉我啊！"

蒋介石："是北平的'五四学生运动'，催生了中国共产党；是北平的'一二·九学生运动'，导致了西安事变……"

宋美龄："可你不要忘了，是共产党向我做出安全的担保，我才亲赴西安，在你的老部下周恩来的反复折冲下，你才得以安全地返回南京。"

蒋介石感慨万千地叹了口气。

宋美龄："就说毛泽东先生吧，两年前他只身来重庆赴你摆的所谓鸿门宴，可他并不害怕你的军统、中统，天天像个独行侠似的会见各界人士。时下，你我来到国民党统治下的北平，怎么就怕这怕那起来了呢！"

蒋介石有些震怒地："你！你……"

"报告！"

蒋介石命令地："进来！"

毛人凤走进官邸，行过军礼："校长！时间到了，您应该赴会去了。"

蒋介石转身欲走，蓦地又转过身来："毛局长！为了夫人的安全，你就留在这里。"

毛人凤着急地："不行啊！据绝对可靠的情报，为了欢迎校长莅临北平，各大专院校正在策划上街游行呢！"

蒋介石沉吟片时："好！你送我到中南海以后，就立马赶回。一句话，夫人是不能离开圆恩寺的！"

毛人凤："是！"

北平行辕会议室　内　日

李宗仁站在会议桌的一端，表情严肃地说道："方才，保定绥署孙连仲主任，张垣绥署傅作义主任，当面陈述了各自需要中央解决的问题，尤其是在给养方面所存在的困难。下面，请蒋主席训示！"

蒋介石缓缓站起身来，巡视了一遍与会将领的表情，很有威严地讲道："我此次北来，是想听听诸位有哪些消灭共匪的计划，没有想到啊，你们却向我讲了一大堆困难，这是本末倒置！换句话说，你们只顾到遭遇的困难而忘记了我们歼灭共匪的根本任务。"

与会的将领正襟危坐，肃然静听。

蒋介石："从现在起，我们的会议应该着重于剿匪的经验与教训，换句话说，你们要指出匪军的长处，敢于检讨自己的缺点，研究出如何制胜匪军的方法。你们都清楚了吗？"

"清楚了！"

蒋介石："说到如何解决给养问题，我的意见：一是对本地的粮食和物资要能切实控制；二是对于附近二三百里匪区以内的粮食，亦要派军队去搜集，这就叫取粮于敌，你们懂了吗？"

"懂了！"

蒋介石："驻守石家庄的第三军军长罗历戎来了吧？"

身着戎装的罗历戎站起："报告校长！学生罗历戎在！"

蒋介石极其严厉地指责："你罗历戎身为军长，率领国军主力几万人马，又驻守占尽天时地利的石家庄，连饭也弄不得吃，一切依靠政府解决，多么无耻！多么无能！"

罗历戎："是！"

蒋介石沉默片时，遂又缓和了一下口气："我曾是你的校长，又是国军最高统帅，当然知道你罗军长一直跟着学长胡宗南和共匪打仗的，不久前才调来华北，真是孤军远戍，试问中央有什么办法来接济你们呢？"

罗历戎操着标准军人长官的口气，斩钉截铁地说："报告校长！我们第三军绝不给校长增加麻烦，自己解决困难，并完成校长交给的剿匪任务！"

蒋介石伸出右手示意："很好，很好！坐下吧。"

罗历戎："谢校长！"遂坐下。

蒋介石："诸位！我一直在想一个问题：远在陕北的毛泽东这座

泥菩萨——已经到了自身难保的境地，他不可能解决华北共匪的一颗子弹，一粒粮食，他聂荣臻靠什么活下来的呢？我们不应该认真检讨吗？"

与会的将领呈现出不同表情。

蒋介石严厉地："保定绥署孙连仲主任在吧？"

孙连仲站起："在！"

蒋介石："你知道自己为何一败青沧、二败保北吗？"

孙连仲："末将无能，愿再次请辞本兼各职。"

蒋介石："不准！你知道共军的总司令到了晋察冀了吗？"

孙连仲："听说了！"

蒋介石："仅仅听说行吗？你应该记得，当年你们西北军在江西剿匪，为什么会连败数次呢？盖因为有一个毛泽东和朱德。时下，朱德确凿无疑地来到你孙主任的地盘上！"

孙连仲："是！"

蒋介石："把话说白了吧，不仅是孙主任，还有张垣绥署傅作义主任，你们都要清醒地知道：你们的对手变了，已经变成朱德领导聂荣臻指挥华北的共匪了！"

"是！"孙连仲、傅作义答说。

蒋介石："好！下面，我们就具体地研究部署平津保三角地带的剿共计划。"

定格　叠印字幕：第十一集终

第 十 二 集

北平　陈琏的寓所　内　日

这是一间古香古色的住所，墙上挂着一幅江南山水画轴，中间有一张红木书桌，一边有一张红木椅子。

陈琏："北平各中学的教员过着衣不遮体、食难果腹的日子，哪还有心思教孩子们读书啊！思想进步的，偷偷地跑到太行山去了；拖家带口的，只好夹着书包回到家，戴上一顶破毡帽，拉上一辆破三轮车去换饭吃了。"

傅冬菊一手拿着一支笔，一手拿着笔记本，边记边问："你知道大学教授的生活情况吗？"

陈琏："我是西南联大毕业的，认识很多北大、清华的知名教授，他们更是缺衣少食，难有温饱，再加上北平宪兵队的一些人经常到校园捉这个老师、逮那个学生，弄得很多教授就要步朱自清教授的后尘了……"

突然院中传来一声："蒋夫人到！"

陈琏一怔："她怎么来了？你……"

傅冬菊把手中的笔、本一晃："我是记者，再说我父亲正在北平开军事会议，他们还不敢。"

陈琏、傅冬菊迎出屋去，只见：

宋美龄身着素色的旗袍，提着几盒美国巧克力走来，笑着说："陈琏！没想到吧？看！"晃了晃手中的巧克力。

陈琏："这是我小时候最爱吃的美国巧克力。"

宋美龄："对！"她指着傅冬菊，"请问这位小姐……"

傅冬菊抢先地答说："我是《大公报》的记者傅冬菊，是傅作义将军的女公子。"

宋美龄笑着说："我们是一家人嘛，一块进屋谈。"

傅冬菊："不了，改日我再采访陈琏女士。"她说罢很有身份地走去。

陈琏搀扶着宋美龄走进屋里，请其上座："夫人日理万机，没想到还能亲自来看我，令我……"

宋美龄爱责地："不要学这些官场上的话！还像你小时候那样，叫我宋妈妈。"随即把巧克力放在桌上。

陈琏诚惶诚恐地："这怎么行呢？！"

宋美龄："行！我今天没有事，一是来看看你，再是转告你父亲的关心，他和你母亲老是说，陈琏老大不小的了，什么时候才结婚呢？当然，我这个宋妈妈也关心啊！"

陈琏："谢夫人！我已经结婚一个多月了。"

宋美龄一怔："那好，我回到南京后一定补送一份厚礼！"

陈琏："不敢当！不敢当……"

陈琏大门口　外　日

身着便装的毛人凤在门外焦急地等待着。

顷许，陈琏挽着宋美龄走出门来，一眼看见了毛人凤，轻蔑地："这不是毛局长吗？"

毛人凤漠然一笑："是！陈小姐。"

陈琏："你可要确保夫人的安全啊！"

毛人凤："那是自然，那是自然！"

宋美龄："毛局长，你可要叮嘱好北平的部下，要关心陈琏的安全哟！"

毛人凤："谢夫人！您不说我也会关心她的。"他伸手一指路旁的轿车，"夫人，上车吧！"

陈琏搀扶着宋美龄步入轿车："夫人，再见。"

宋美龄："再见！你回到南京后，我一定是要补上一份结婚厚礼的。"

陈琏："谢夫人。"

毛人凤看了一眼陈琏，遂上车驶去。

北平　后圆恩寺行营官邸　内　夜

蒋介石驻足大墙下面，审视挂在墙上的作战地图。

"报告！"

蒋介石："请进来！"

罗历戎走进，行军礼："学生罗历戎前来接受训示。"

蒋介石笑着说："我哪有那么多训示啊！请你来，就是要当面听听你的看法。"他指着作战地图，"为了谈得更深入一些，你我师生就对着作战地图谈吧。"

罗历戎："谢校长！"遂走到蒋介石的身旁。

蒋介石："说老实话，孙连仲手握重兵，为什么还会一败青沧、二败保北呢？"

罗历戎："一、昏庸无能，不懂大兵团作战；二、我们都是校长的学生，只知听从校长的命令。至于他孙连仲嘛，是难以驾驭直属校长的主力国军的。"

蒋介石微微地点了点头，遂又严肃地说："时下，华北如何才能走出失败的困局呢？"

罗历戎："据学生的分析，共军会借着华北国军出关的机会，一定要在保定以北徐水一带发起对国军的攻击，并借以吸引驻守天津、北平的国军出援，然后他们再在运动中歼灭自北、东出援的国军。"

蒋介石："这不就是毛泽东最爱使用的围魏救赵的老套路吗？说说

看，你们如何才能反制共匪这种围城打援的老战法呢？"

罗历戎指着作战地图说道："新的战端打响，校长必须严令保定绥署主任孙连仲调第九十四军、第九十五师等部挥师南下；同时，还要电令驻防保定的国军乃至我驻守石家庄的第三军挥师北上，以强大的实力对共匪形成南北夹击之势，将华北共匪的主力一举歼灭在徐水一带。"

蒋介石沉思有顷，说道："很好，很好！不过，石家庄战略地位十分重要，需要固守，你可从第三军抽调一个师到保定，加强机动就可以了。"

罗历戎："唯校长之命是从！"

蒋介石："你看北调的部队由谁带队呢？"

罗历戎："学生愿亲自带队北上。"

蒋介石："很好！不过，我还是要提醒你，你的真正对手已经由书生聂荣臻转为军事老手朱德了！"

罗历戎："我知道，但我不怕他！"

蒋介石："好！10月10日国庆节就要到了，我等着你们歼灭朱德新成立的杨得志兵团！"

晋察冀野战军司令部　内　日

杨得志："同志们！这是我们晋察冀野战军成立后第一次出征前的动员大会。"

全体与会者热烈鼓掌。

杨得志："在部队休整总结经验教训的同时，我们几个野司的负责同志的工作重心，就是在寻找和捕捉打大歼灭战的战机。现在，这个战机给我们送来了！9月初，我东北野战军发起秋季攻势，蒋介石不得不又从盘踞在我区的敌军中抽调三个师出关增援。这样，不但在本战区兵力上发生了有利于我的变化。为此，我们决定抓住这个战机，向敌人发起攻击，打他一个歼灭战！知己知彼，百战不殆。先由耿飚参谋长介绍敌人的布防。"

在杨得志的讲话中摇出参加会议的纵队和旅的指挥员。

耿飚走到作战地图前面，拿起教鞭边指边讲："他们遵照蒋介石的指示，对敌军作了相对的集中：敌十六军驻守大清河以北之雄县、霸县、新城；敌二十二师守卫平津间交通线；敌九十四军一师一旅配置于涿县、涞水、定兴一带；敌第五师在北河店、固城、徐水一带；敌新编第二军的两个师守保定；敌主力罗历戎的第三军镇守石家庄。除敌第三军外，均在保定以北铁路线的东西两侧，敌之企图仍然是确保平津保这个三角地带的战略要地。我讲完了！"

杨得志指着作战地图讲道："同志们，你们看，如果把这个三角地带比作一头牛，那么，北边的北平就是牛头，东西两侧的天津、保定就是牛腿了。我们决心既不砍它的牛头，也不剁它的牛腿，而是在保定以北实行中间突破，吃掉这头牛最肥的部分。"

杨成武起身指着作战地图："战役第一阶段的决心是围点打援。即围攻既是北平的南大门、又是平汉路的咽喉之地的徐水。这里的关键是围攻徐水的部队动作要猛，以最快的速度占领徐水，否则敌人是不会出动的。"

杨得志："下面，请耿飚参谋长下达作战命令！"

耿飚："围攻徐水的任务交由陈正湘为司令、李志民为政委的第二纵队。并将冀中独立第七旅配属第二纵队指挥。"

"保证完成任务！"陈正湘、李志民站起答说。

耿飚："打援的重任分南北两个方向，因此，交由郑维山为司令、胡耀邦为政委的第三纵队，以及曾思玉为司令、王昭为政委的第四纵队。"

"是！"郑维山、胡耀邦、曾思玉、王昭同时答说。

耿飚："为监视驻守石家庄罗历戎的第三军，徐德超同志为旅长的冀中独第八旅活动在石家庄周围。"

徐德超站起："是！"

杨得志："请注意！我们也考虑到敌人的援兵，从几个方向向我扑来的可能，果真如此，敌人的兵力就会超过我们。怎么办？我们准备予以相当的杀伤后，诱敌西进，迫敌分散，然后在运动中各个歼灭他们！"

"是！"

杨得志："杨政委，讲几句吧！"

杨成武："今天清晨，罗瑞卿政委打来电话，他说今天将参加《全国土地法大纲（草案）》表决大会，他预祝我们新成立的野战军旗开得胜！"

与会者十分激动地鼓掌。

西柏坡中央工委会场　内　日

在《没有共产党就没有新中国》的歌声中缓缓摇出：

主席台上方挂着一条红色的横幅，上书"庆祝全国土地会议胜利闭幕"。

在主席台上就座的有朱德、董必武、彭真、康生、聂荣臻、薄一波、罗瑞卿等人。

刘少奇走到麦克风前，伸手示意与会者停止歌唱。

与会者停止歌唱，会场渐渐安静下来。

刘少奇激动地大声讲道："同志们！我们在党中央、毛泽东同志的指导下，全国土地会议已经开了几个月了。经过反复磋商、论证和修改，我们终于搞出了这个《全国土地法大纲（草案）》。"他举起手中的《全国土地法大纲（草案）》文本，遂又大声地说，"今天的会议就一项内容，通过这部《全国土地法大纲（草案）》。赞成的请举手！"

台上台下的与会者高高举起右手。

刘少奇巡视一遍台上台下与会者举手的情况，大声说："全票通过！"

全场响起暴风雨般的掌声。

刘少奇大声地讲道："由于我们通过的这部《全国土地法大纲》，旗帜鲜明地规定：废除封建性及半封建性的土地制度的基本纲领，有着极其重大而深远的历史意义，也必然在中国历史发展中产生巨大的影响！"

与会者长时间热烈鼓掌。

朱德起身走到罗瑞卿身边："罗长子！他们的作战计划我看过了，可行！"

罗瑞卿："谢谢老总！"

朱德："谢什么！他们出发了吗？"

罗瑞卿："出发了！"

朱德："告诉同志们，他们打仗，就是为了保卫家乡父老乡亲们刚刚分得的土地！"

罗瑞卿："是！"

华北平原　外　夜

华北平原中秋的夜晚有几分的凄凉，传来凉意的秋风。

荷枪实弹的晋察冀野战军近似小跑地快速行军。

三匹战马飞驰而来，渐渐看清他们是杨得志、杨成武和耿飚。他们三人相继勒紧缰绳，战马随之转为行走。

耿飚："二位领导，出发前朱老总打来电话，预祝我们能钓到一条震惊上下的大鱼！"

杨成武："我已经向聂司令打了保票，初战必胜。让朱老总——甚至是毛主席都说：晋察冀新成立的野战军是敢打恶仗、敢打胜仗的英雄部队。"

杨得志骑在马上沉默不语。

耿飚："杨司令，你怎么不表态啊？"

杨得志长叹了一口气："我也想表态啊！可我一想到打哪一路敌人的援军能取得胜利，我心里就没有底牌啊！"

杨成武："是啊！我们围城就一个点：徐水！可我们打援呢是三个点：一是由北平南下的敌军，二是由天津东来的敌军，三是由石家庄北来的罗历戎的第三军。他们若是分别前来救援呢，我们可以相继歼其两股敌军，一定是大胜，算是一条大鱼。若是同时前来救援，我们只好……"

耿飚："不会的，不会的！"

杨成武："你的根据呢？"

耿飚幽默地一笑："马克思的在天之灵会保佑我们的！"

杨得志、杨成武忍俊不禁地笑了。

野司阵前指挥部　内　夜

这是一座三间正房，堂屋是指挥部，东西两间住房是负责通信联络的，发出嘀嗒嘀嗒的响声。

杨得志严肃极了，只是在室内缓缓地踱着步子。

杨成武驻足墙下，一动不动地盯着作战地图。

耿飚大步走出西房："报告！攻城、打援的部队全部进入阵地，就等二位领导下达攻击的命令！"

杨得志："命令二纵的陈正湘、李志民，要不惜一切代价，攻克徐水。"

耿飚："是！"

杨成武："唯有如此，敌之北来、东下的援军才会快速出动，我负责打援的三纵、四纵才有大显身手的战场！"

耿飚："是！"

杨得志："耿飚同志！你要亲自指挥属下，再困也不准睡觉，要把敌人——尤其是保定行署主任孙连仲的一举一动的情报，要及时地向野司报告，不得有误！"

耿飚："是！"

杨得志："立即下达攻击的命令！"

耿飚："是！"

徐水城里城外　夜

万炮齐鸣，弹如雨下，顷刻之间在战火的照耀下，徐水化作了一座火城。

保定行署作战室　内　夜

远方隐隐传来敌我双方激战的枪炮声。

孙连仲在指挥室内很是有些激动地走来走去。

通信参谋从内室走出："报告孙主任！石家庄第三军军长罗历戎的电话接通了。"

孙连仲拿起电话："喂！你是罗军长吗？"

远方显出身着睡衣、无精打采的罗历戎接下电话："是！天都快亮了，有什么天大的事啊给我打电话。"他说罢遂打了一个哈欠。

孙连仲："罗军长！你大显身手的时候到了！"

罗历戎："发生了什么大事啊？"

孙连仲："日前，蒋先生在北平预判的军情大势应验了，聂荣臻的部队于两个小时前对徐水发起了攻击。"

罗历戎就像是打了吗啡，腾的一下来了精神："孙主任！此话当真？"

孙连仲："当真！方才，我已经电令徐水以北的国军第九十四军两个师及独立第九十五师各一部共六个步兵团，在战车第三团的配合下，沿着铁路东西两侧由高碑店、定兴经固城齐头并进南下；第十六军两个师的四个团由新城、霸县出发，经容城驰援徐水；另外，我驻守保定的国军悉数北调，对徐水形成南北夹击之势！"

罗历戎："好啊！我第三军一定起兵北上，参加徐水会战。一句话，坚决要把朱德、聂荣臻他们新成立的野战军在徐水包他们的饺子；同时，还要把杨得志、罗瑞卿、杨成武、耿飚等这些老对手变成囊中物、阶下囚！"

孙连仲："很好，很好！罗军长，你的第三军全部北调参战吗？"

罗历戎："不！校长在北平当面给我下达了命令：调一个师和军部

北上。"

孙连仲:"好!那就听蒋先生的。"他挂上电话,十分生气地自语,"在你们的脑子里就只有蒋校长!"

远方罗历戎打电话的画面消失。

华北平原 外 晨

中秋的华北平原依然是一望无际,但大地上只有尚有生机的棉花、红薯、白菜等。

敌第三军戎装统一,武器优良,迈着整齐的步伐向着北方前进。

距离敌军不远的地方有几辆军用卡车,上边坐着年龄不同、表情各异的眷属。

最后一辆军用卡车上飘扬着一面旗帜,上书"吴桥少年杂技团",十几个十多岁的男女孩子站在卡车上,十分好奇地动着、笑着。

卡车的后边驶来一辆吉普车,化入车内:

全身戎装、肩扛中将军阶的罗历戎和肩扛中将军阶的杨光钰副军长坐在后排座位上,二人十分傲气地交谈着。

杨光钰:"罗军长!此次北上清剿共匪,为什么还要带上眷属和杂技团呢?"

罗历戎傲气地:"杨副军长!此次率部北上,你还想回破烂不堪的石家庄吗?"

杨光钰:"难道我们的第三军要换防到保定吗?"

罗历戎:"我们的校长对我并未讲明。不过,他对保定绥署主任孙连仲的指挥才能很是不满,明确指示我:遇有战事率部北上。你应该懂得校长的良苦用心了吧?"

杨光钰琢磨片时,仍疑惑不解地说:"难道校长想通过战场上的胜负换将?"

罗历戎笑着点了点头。

杨光钰:"我懂了!军长借此一战,把我们第三军搬到保定,而罗军长嘛……"

罗历戎伸手制止杨光钰说下去，显得很有谋略的样子说道："关键是徐水一战，必须要孙连仲输得很惨，而我们的第三军要赢得非常漂亮！"

杨光钰茫然地："这怎么可能呢？"

罗历戎严厉地："当然可能！"

杨光钰："军长，说说看。"

罗历戎："孙连仲想借着自己手下所谓兵多将广，和共匪新成立的杨得志野战军在徐水决战。我仔细地算过了，国军绝无大胜的可能。如果交战双方都打得精疲力尽的时候，我第三军这个美械化的师突然出现在战场上……"

杨光钰："胜负的天平就自然地倒向我们了！"

罗历戎："到那时，我们的眷属，还有这少年杂技团就跟着我们留在保定了。"

杨光钰思索良顷："罗军长，这恐怕需要有两个条件。"

罗历戎："对！我替你说了吧，一、阜平山区的朱德、聂荣臻等不知第三军的动向；二、我们北上途中不要遭到共匪主力部队的拦截。"

杨光钰："对！仔细想来，第二条理由事实上也不存在，因为他们的三个纵队都投入到徐水会战中去了。"

罗历戎："事实上第一个条件也不存在。据我们打入阜平的线人报告说，他们今天召开土地会议，晚上还有演出，据说他们的名角都要登场呢！"

杨光钰："这就要看北平和天津方向的援军了！"

徐水城郊野司指挥部　内　晨
炮声隆隆、枪林弹雨化做激战的疆场。

杨得志、杨成武站在窗口前，每人拿着一架望远镜向徐水方向看去。特写：

徐水清晨的上空弥漫着一团又一团硝烟、战火，可见双方战况空前。

耿飚从内室走出，有些焦急地："报告！双方打得难分难解。"

杨得志立即转过身来："说得详细些！"

耿飚："我二纵第四、第五两个旅经过彻夜激战，拂晓时分别攻占了徐水的南关、北关，第五旅的三个突击连曾一度突入了徐水城内。由于第二梯队动作稍慢，三个突击连没能坚持住，又退出城外。"

杨成武："第二纵队受到多大的影响？"

耿飚："基本没受影响，他们仍然坚持围城，继续攻击，以实现打援的预定方案。"

杨得志："很好！"

这时，通信参谋手持一份电报从内室走出："耿参谋长！敌军救援部队的情况。"

耿飚接过电报看罢，严肃地说："二位首长，援敌终于被我们调出来了！"

杨得志接电看罢，随手交给杨成武，自语地："他们从北面调集了五个师十个步兵团和一个战车团，沿铁路东西两侧的容城、固城齐头并进，直扑徐水。"

杨成武："我第三、第四两个纵队奋力阻击，将敌困集于徐水、固城、容城之间的地区。为此，我们必须按照预定的作战方案实施围点打援。"

杨得志："我赞成！"他快步走到作战地图前，指着地图说道，"徐水、固城、容城是一个小三角地带，敌我双方这样众多的兵力集结于此，运动起来相当困难。我的意见：立即实行诱敌西进，迫敌分散，在运动中予以各个歼灭的作战方案！"

"同意！"

杨得志："耿飚同志，你立即给二纵下达命令，要他们仍在徐水一带，围城任务不变，夺城任务不减，以迷惑敌人，掩护全军西进的任务！"

耿飚："是！"

杨得志："潘自力同志！"

潘自力："在！"从内室走出。

杨得志："为了便于观察敌人的动态和接受上级的指示，你带着电台和机关的同志早走一步。"

潘自力："是！"他转身走进内室。

杨得志："耿飚同志！给聂荣臻、罗瑞卿等军区领导通报我们的行动消息后，和成武同志一起出发。"

耿飚："是！"

阜平史家寨小学教室　内　夜

一盏明亮如昼的汽灯，渐次摇出：

晋察冀主要党政军干部坐在课桌前，倾听聂荣臻讲话。

聂荣臻："在少奇同志的主持下，全国土地会议通过的《全国土地法大纲（草案）》，经党中央、毛主席修改批准后，于10月10日正式公布实行。这是我们党又一个土地制度改革的纲领性文件，有着重大而又深远的历史意义！今天，我一边向大家传达并讲解这部土地法大纲的内容，一边检查我们晋察冀在土改中所存在的一些'左'的问题……"

这时，二局局长彭富九手持一份密电走进："聂司令员，我局刚刚收到一份极其重要的战情通报。"

聂荣臻停止讲话："彭局长，送过来吧！"

彭富九走到聂荣臻身边，将这份机要战情通报交到聂荣臻的手里，转身退下。

聂荣臻当场拆阅这份战情通报，看后笑着说："同志们！用朱总司令的话说，这是一条大鱼，既是我们吸引过来的，也是敌人亲自送到我们的鱼钩边的。罗瑞卿同志！"

罗瑞卿站起："是！"

聂荣臻："你是晋察冀野战军的第一政委，阅后立即以我的名义转发给杨得志、杨成武、耿飚同志。"

罗瑞卿阅罢："我立即以聂司令的名义转发给他们！"他说罢大步走出课室。

聂荣臻："王平同志！"

王平站起："在！"

聂荣臻："立即骑上快马，赶到阻击罗历戎北进的冀中独立第八旅徐德超同志那里，由你统一指挥，务必迟滞罗历戎第三军北上。"

王平："我一定催马加鞭，提前完成任务！"他说罢大步走出课室。

聂荣臻深感责任重大，表情严峻地说："同志们！军情紧急，你们继续开会，我必须与林铁同志，还有孙毅同志，商议后勤保障的大事！"他说罢快步走出课室。

与会者惊愕地看着聂荣臻离去。

路西平原大路　外　傍晚

三匹战马沿着大路飞驰而来。依次是杨得志、杨成武、耿飚。

有顷，杨得志等三人的战马渐渐停止飞奔，平缓地行进在冀西平原的大道上。

杨得志："杨政委，你看敌人会被我们从平汉路东牵到路西来吗？"

杨成武："我想会的！"

杨得志："根据呢？"

杨成武："此次敌人摆出了与我决战的态势，他们不会轻易罢兵的。"

耿飚："我赞成杨政委的意见！因此，我们应在诱敌西进中，歼敌于运动中。"

这时，突然从身后传来一阵急促的马蹄声。

杨得志等三人相继转身一看：

一位通讯员加鞭催马，飞驰而来。

杨得志本能地说道："有情况，赶快下马！"他第一个跳下马来。

接着，杨成武、耿飚相继跳下马来。

通讯员滚鞍下马，从挎包中取出两封电报："报告！聂司令发来的急电！"

杨得志接过电报，一边看一边小声念道："石门敌七师并六十六团由罗历戎率领于昨（16日）晚渡河北进，当晚停止于正定东北之蒲城一带，今（17日）续向北进，上午在拐角铺一带休息。估计18日可抵定县，19日可抵方顺桥。保定之敌刘化南部准备向南接应罗历戎……"他把这份电报交给杨成武。

杨得志拆阅第二份电报，小声念道："我命令野战军主力急速南下，勿失良机。我已令冀晋、冀中用一切努力滞阻该敌。"他抬起头，严肃地命令，"耿参谋长！立即把作战地图铺在地上。"

耿飚："是！"他从皮包中取出一份作战地图铺在路边，用石头压住四角。

杨成武指着作战地图以肯定的语气说道："我们应当机立断，停止西进，以野战军的主力南下歼灭罗历戎！"

耿飚："这样一来，我野战军主力就要采用遭遇战的形式把敌人消灭在北进中。"

杨得志："打北犯之敌就这样定了！接下来，我们必须选择歼敌的战场，它应在保定和石家庄之间。"

耿飚凝思片刻："我个人的意见，应选择在清风店！"他说罢用力指向清风店。

杨成武："我方才粗略地算了一下，罗历戎的第三军已渡过滹沱河，离清风店九十里；而我们的部队还在徐水地区，距离清风店二百四十里。换句话说，我们必须在同一时间里，走敌人近三倍的行程，方能打这场遭遇战。"

杨得志："如果敌人以每天走九十里的速度北进，我野战军就必须在一天一夜里走完这二百四十里。"

耿飚："困难是相当大的！我野战军正全力向西挺进，突然又转个九十度大弯向南前进。再说行军中要吃饭，要休息，都需要时间！"他沉吟片时，"但是，我们是党的军队，有人民的支持，再大的困难也能完成！"

杨得志看了看凝思不语的杨成武："你的意见呢？"

杨成武断然地说："行！当年，我曾率红军一个团用一天一夜的时间，飞兵二百四十里，夺取泸定桥；我相信今天，也能走二百四十里，歼敌于清风店！"

杨得志："耿飚同志！中下级指挥员也有信心吧？"

耿飚："有！"

杨得志："只要我们三人有信心，我全体指战员就更加有信心。好！下面研究具体的作战部署！谁先说？"

杨成武："我！"他指着地图说道，"由于罗历戎率部北来的目的是南北夹击我军，因此，我们在南进歼灭北犯之敌的同时，还必须派出一部分兵力在徐水以北阻敌南下，配合野战军主力在保定以南的军事行动。"

杨得志："完全正确！我提议在保定以北的地区留下二纵队五旅，三纵队七旅、八旅和独七旅，共四个旅，由二纵队司令员陈正湘、政委李志民和三纵队司令员郑维山、政委胡耀邦指挥。你们二位有何意见？"

"赞成！"

杨得志："现在，立即电令四纵队全部，二纵队四旅和六旅，三纵队九旅，共六个旅，沿着通往保定的铁路两侧，用一天时间，完成二百四十里的行军，赶到清风店地区。"

杨成武："为此，在强行军的过程中，必须加强政治鼓动工作。这件事情，等潘自力同志赶到以后，由他来组织秀才们完成！"

耿飚问道："聂司令给谁下达了负责迟滞罗历戎第三军的任务？"

杨得志："暂不知晓！"

华北平原大路　外　日

一匹白色战马飞驰在大路上，随着战马的距离越来越近，完全看清是王平骑在马背上，不停地挥舞马鞭，大声呼叫着："驾！驾——"

战马四蹄生风，向前奔跑着。

随着生风四蹄的变化，战马渐渐跑不动了。

王平拼力挥动马鞭，大声叫喊着"驾！驾……"

突然，战马拼力向前冲去，它趴在地上再也爬不起来了。

王平从地上爬起，看了看战马合上眼，停止了呼吸。

恰在这时，迎面飞来一匹红色的战马。

王平站在大路中央，挥动着手中的马鞭。

通信员喊了一声："吁——"红色战马停了下来。通信员行军礼："王政委！有什么事情吗？"

王平："我有十万火急的事情，把战马累死了，请你把马借我一用！"

通信员："可以！"随手递上缰绳。

王平接过缰绳，翻身上马，喊了一声"驾！"红色战马像是箭离了弦向前驰去。

在《中国人民解放军进行曲》中叠化出一组画面：

晋察冀野战军扛着机枪、背着长枪披星戴月地强行军；

晋察冀野战军指战员有的一边行军一边啃着凉馒头，有的一边举着军壶嘴对嘴地喝水。

一位背着一把军号的战士站在高坡上，打着竹板大声地数着快板：

打竹板，响连天，

说说我们革命军队的铁脚板：

当年红军长征日行二百四十里，

战胜泸定铁索寒；

今天的英雄再把奇迹创，

奔袭二百四十抢占清风店；

活捉元凶罗历戎，

要让北犯之敌上西天……

特写：

潘自力背靠着一匹战马专心致志地写着什么。

李正背着军号一边打竹板一边大声说快板。

杨得志、杨成武、耿飚骑马飞奔到潘自力的身后边，笑看潘自力在写快板。

李正说完这段快板书，大声喊了一句："同志们！时间就是胜利，不要怕跑破你们的铁脚板！"

杨得志带头鼓掌。

接着，杨成武、耿飚也用力鼓掌。

潘自力转身一看，忍不住地笑了。

杨得志："老潘，当年在井冈山的时候，朱老总形容毛主席写东西是下笔有神，倚马可待。今天见了潘主任写东西的样子，才真的懂了什么叫倚马可待了！"

潘自力难为情地："杨司令过奖了！我潘某人怎么能和毛主席比呢！"

这时，李正背着军号、拿着竹板冲下山坡来，行军礼："报告！四位首长，我有一个请求。"

杨得志："讲！"

李正："这次您下令发起歼灭罗历戎的战斗，由我亲自训练的那一班军号手集体吹奏冲锋号！"

杨得志捶了李正一下："我批准了！不过，你还要带着他们冲上火线，救护我们负伤的指战员！"

李正："是！"

杨得志等四位领导翻身上马，喊了一声"驾！"四匹战马向前飞去。

正定县平原　外　日

远方传来激战的枪炮声。

国民党第三军的将士无精打采且又惶恐不安地向北行军，已经没有了所谓的队形。

随着"嘀嘀"的喇叭声，沿着北去的大路驶来一辆美式吉普车。化入车内：

罗历戎、杨光钰并排坐在后排座位上，他们困得已经没有了军人的坐姿。

吉普车走进了群众挖的沟壕，随着"咣当"一声，吉普车晃来晃去停不下来。

罗历戎、杨光钰的前额撞到前边的座椅后背上。

罗历戎："你这车是怎么开的？"

司机胆怕地："罗军长，不……不是我有意的，是那些跟着共党的刁民把路挖了一条沟……"

杨光钰："你不会绕路开吗？"

司机："壕沟太长，绕不过去啊！"

这时，远方隐隐传来飞机的马达声。

司机害怕地："二位……军长，飞机来了，我们要不要下车防空啊？"

罗历戎大发脾气地："防什么空？共匪他们有飞机吗？"

司机："没……没有。"

杨光钰侧首向车外一看：

第三军指战员困极了，一溜歪斜地向前走着。

杨光钰诧异地问："军座！我们的三军从来没有这样的行军队形啊！"

罗历戎生气地："将士们白天行军，夜晚休息，可是天刚刚一黑，共匪的游击队就冲着我们的驻地不是开枪就是打炮，已经有好几天没睡好了。"

这时，飞机的马达声越来越近。

罗历戎自言自语地："这位孙连仲绥署大人派飞机来干什么呢？"他沉吟片时，命令地，"停车！下去看看。"

司机应声停车，坐在旁边的侍卫跳下车，遂又打开后车门，相继扶着罗历戎、杨光钰走下车。

平原大地　外　日

北进的国军官兵好奇地望着飞得很低的飞机。

空中的飞机像天女散花似的投下几个布袋。

北进的国军官兵撒腿就冲着空投的布袋跑去，抢着布袋急忙打开，把掏出的纸片撒到地上。

一个识字的下级军官看了看纸片上的内容，犹豫片刻，提着布袋朝吉普车走来。

侍卫大步迎上去，大声问："飞机空投的是什么东西？"

下级军官结巴地："报……报告，是保定绥署……投给长……官的信。"

侍卫指着站在吉普车旁边的罗历戎、杨光钰："那就是我们第三军的军座，给他们送去吧！"

下级军官胆小地："不！不……我见了军座……腿肚子……就朝……朝前了。"

侍卫一把夺过布袋，走回吉普车取出一张纸看了看："报告军座！这是保定绥署主任孙连仲投给你们的信。"

罗历戎："念！"

侍卫念道："我们发现大批共匪密集南下，距你部很近，请第三军罗军长做紧急作战准备。"

罗历戎凝思有顷，疑惑不定地问："杨副军座，你说这条消息有多大可信性呢？"

杨光钰蹙着眉宇摇了摇头："说他是真的吧，共匪从徐水到清风店有近二百五十里路程，他们就是插上双翅一天一夜也飞不到啊！说他是假的吧，可他发现的大批共匪密集南下的部队不可能是假的吧？"

罗历戎断然地："是真的共匪部队，但不是共匪大批的主力部队。"

杨光钰："那这些部队是从哪里来的呢？"

罗历戎："一定还是共匪的地方部队，他们搞一个旅，这阵仗就相当地不小了！"

杨光钰："有道理！不过，我们还是按照'预则立，不预则废'的古训办为好。"

罗历戎很有情绪地："侍卫！传我的命令，前进部队不要被这些游击队干扰，要奋力前进！"

侍卫："是！"

罗历戎："提前赶到清风店者奖，俘虏共匪者重奖！"

侍卫："是！"

罗历戎一挥手："上车！"

定格　叠印字幕：第十二集终

第 十 三 集

南下的大路　外　日

晋察冀野战军浩浩荡荡地长途奔袭。

李正依然背着他那把军号站在大路旁边，熟练地打着竹板说快板词：

> 蒋介石，靠老美，
> 我们胜利靠双腿！
> 同志们，快快行，
> 能走才算是英雄。
> 坚决消灭第三军，
> 活捉军长罗历戎！

大路两边站满了姑娘、媳妇和老大娘，有的提着装满食物的篮子，热情地往战士手中塞鸡蛋、馒头、红枣、红薯、烙饼、包子……

孩子们一手提着壶，一手拿着碗，追着行军的战士说："解放军叔叔！喝一碗吧，是热的。"

每隔几十米，放着一口又高又粗还冒着热气的缸，两个老大爷一人手里拿着一把大铁勺，高声喊着："这是刚刚煮好的小米粥，光吃干的不行，来一搪瓷缸子热粥吧！"

不远处还站着两位老大娘，一人手里拿着一双新鞋，他低头看着行军战士的脚，她们突然发现一个战士的鞋破了，用绳子固定在脚上。两个老大娘手疾眼快，一下把这位战士从队伍中拉出来，边换鞋边说："这怎么行呢！你们为咱老百姓打蒋该死、打刮民党，一定要穿上大娘新做的这双鞋，脚不起泡，还能跑得快！"

战士穿上新鞋，向着这两个大娘深深鞠了一个九十度的躬，激动地说道："大娘！谢谢你们了，我们一定要消灭国民党第三军，活捉军长罗历戎！"

南下大路边不远处的树林中　外　晨

杨得志、杨成武、耿飚在树下啃着大饼充饥。

这时，四纵司令曾思玉、政委王昭骑马赶到，二人滚鞍下马："报告！请首长给我们四纵下达作战命令。"

杨得志："先不下什么作战命令！"他指着大路两边支前的情形，"曾思玉，王昭，这里的人民太好了！"

王昭："报告杨司令员！冀中的党政机关一夜之间组成了一支九万八千多名民工和民兵，一万多副担架，三千四百多辆大车，九千六百多头牲口的支前队。林铁同志说了，冀中两千多万人民全力支持解放军打胜仗！"

杨成武："杨司令，多好的冀中人民啊！"

杨得志感情地："是啊！将来革命胜利了，我们这些人谁忘了他们，或不为他们办事，谁就是革命的叛徒！"

耿飚："曾思玉同志！南下的部队都准时到达指定位置了吗？"

曾思玉："都已提前到达指定位置。"

耿飚："据可靠情报，罗历戎率领大队人马于昨晚到达定县，今天上午从定县出发，渡过唐河，于下午到达预设的战场清风店。"

杨得志坚定地："野司要求你们以逸待劳，迎头打他个措手不及！"

曾思玉："是！"

杨成武："一定要坚决做到猛打、猛冲、猛追的三猛精神！你还必须清楚，陈正湘、李志民他们还在徐水为阻击敌人的援军而流血牺牲呢！"

曾思玉："请首长放心，战场上见！"他说罢与王昭飞身上马，喊了一声"驾！"遂向前跑去。

北上的大路　外　下午
北上的国军精神涣散地向前走着。

一辆美式吉普车不停地按着喇叭艰难地向前爬行。

罗历戎、杨光钰并坐在后排座位上，不太投机地交谈着。

杨光钰："军座！清风店就要到了，怎么反倒没有共匪阻击的枪炮声了？"

罗历戎："我不是早就说过吗，沿途骚扰我们的共匪不是主力，是地方游击队。"

杨光钰："是啊！我们的老上司李文司令还在徐水和共匪打仗呢！如果共匪南下了，李文司令岂不也跟过来了嘛！"

这时，一辆美式摩托车迎面驶来，戛然停在吉普车旁边。

罗历戎命令地："停车！"

吉普车应声停下，罗历戎摇下车窗："有什么情况？"

通信参谋骑在摩托车上答说："上峰让我向你通报：共匪主力已经到达清风店！"转身驾车驶去。

罗历戎大惊，将信将疑地自语："什么，共匪主力已经到达清风店……"

杨光钰惊恐地："军座，这一定是真的了吧？"

罗历戎疑惑地："若是共匪主力已经到达清风店，怎么会没有一点动静呢？"

突然，枪炮声从天而降，震耳欲聋。

杨光钰愕然一惊："说曹操，曹操就到了……"

罗历戎猝然震怒："要冷静！就是双方交上了手，我等美式装备，还打不过他们这些土枪土炮的土八路吗？”

杨光钰故作镇定地："军座所言极是！可是，我军突遭共匪的攻击，必须先把军情稳定下来。"

罗历戎："是。侍卫！"

侍卫："在！"

罗历戎："请记下我的命令：按照计划，立即把全军收缩在清风店及其附近的高家佐、北支合、大瓦房、小瓦房、于各营、胡房、南合营等二十多个村庄内，先进行积极的防御战。等到我们摸清了共匪的实力，我再下令突围！"

侍卫："是！"

罗历戎："立即给保定绥署孙连仲发报：我北上部队在清风店遭遇共匪强势攻击，希长官派救援部队——最好要用汽车送到清风店，以缓解我军的压力。"

侍卫："是！"

野司指挥部　内　夜

室外传来双方交战的枪炮声。

杨得志沉着地："我们现在最为重要的任务是两条：一是勿使敌人逃走；二是把龟缩在清风店的敌军分割包围，为凌晨发起总攻做好一切准备！"

耿飚："是！"

杨得志："耿飚同志，就按我们议定的作战计划下达命令吧！"

耿飚："是！"他拿起话机，以命令的口气说道，"请立即接通四纵曾思玉司令员的电话！"

有顷，话机中传出声音："耿参谋长！四纵曾司令的电话已经接通。"

耿飚拿起话机，远方显出曾思玉接电话的画面。

耿飚："为使我部转入对敌实施迂回包围的同时，一定要严防敌人逃跑。为此，你立即命令四纵十二旅主力两个团绕到敌人的南面，控制唐河渡口，一直尾随敌军的独八旅和三个民兵团在唐河南岸布防，严防罗历戎率部沿原路逃回石家庄！"

曾思玉："是！"

耿飚："我野战军其余五个旅和十二旅的一个团以及冀晋军区的独立团等，一定要分别迫近敌军所在的村庄，将罗历戎部团团围住！"

曾思玉："是！"

杨得志接过耿飚的话机，大声说："曾思玉，你要记住：凌晨发起攻击，先打三颗红色信号弹，然后再请李正同志带着他那一班号手弟子，吹起冲锋号！"

曾思玉："是！"挂上电话，他的形象渐渐推满屏幕。

杨得志打电话的画面隐去。

曾思玉拿起话机："各部注意！野战军司令部决定：集中野炮八门、山炮二门、迫击炮二十门，一定要抵近射击，支援我步兵突击！"

话筒中传出："是！"

曾思玉："请给我接通第十一旅李湘旅长的电话！"

远方显出李湘接电话的画面："我是李湘，请曾司令员下达作战指示！"

曾思玉："你们必须立即集中优势兵力，组织炮火，首先歼灭突出的南合营之敌第七师第十九团。因此，你旅除第三十一团及野司炮兵团归第十旅指挥外，其主力要迅速完成对南合营之敌的攻击准备工作。"

李湘："是！"

曾思玉挂上电话。

远方李湘打电话的画面消失。

曾思玉："请给我接通第十旅邱蔚旅长！"

远方显出邱蔚接电话的画面："我是邱蔚，请曾司令员下达作战任务！"

曾思玉："我们决心以你旅主力并配属步兵第三十一团、野司炮兵团、第六旅从西南角协同你们作战，首先歼灭南合营之敌第七师第十九团。你们要组织精干的突击连，多箭头地向南合营并肩突击，充分发挥炮火的威力，务求一举突破敌人村落防御，打开胜利的缺口！"

邱蔚："是！"

野司指挥部　内　夜

杨得志全神贯注地看着手表，他大声命令："向敌人发动总攻击，开始！"

号手阵地　外　夜

三名战士高举信号枪，对准夜空连发三颗信号弹。

特写：三颗红色的信号弹划破夜色的长空。

李正与十二名号手举起军号放在嘴边。

李正大声命令："拼力吹响冲锋号！"

军号声声，回响夜空。

军号声引来惊天动地的枪炮声，清风店战役发起了最为猛烈的总攻。

野司指挥部大门前　外　日

军号声引来《中国人民解放军进行曲》那特有的强有力的军乐声。同时，天地之间回响着激战的枪炮声。

杨得志、杨成武站在门前，眺望附近村落激战的炮火和拔地而起的战火、硝烟。

警卫员端着两碗面条走到门口，噘着嘴："二位首长！趁热把这碗热面汤喝了吧？"

杨得志严厉地："不吃！"

杨成武生气地："你看看那些拼死杀敌的指战员吃饭了吗？他们想没想过吃碗热汤面？"

杨得志命令地："端下去！"

警卫员噘着嘴端着两碗面条走进屋去。

有顷，耿飚走到屋门口："司令员，政委，我看就在这儿向你们二位报告战情吧？"

"好！"杨得志、杨成武答说。

耿飚："方才接到曾思玉司令员的报告：我第六旅和第十旅主力进至北合、于各营以北地区，第十一旅主力进至大、小瓦房及东同房以东地区，第十二旅进到寺市邑地区，并控制了唐河渡口。"

杨得志坚定地挥拳："打得好！"

杨成武："其他部队的情况呢？"

耿飚严肃地："与此同时，第九旅进至清风店附近，第十二旅之三十五团进至西南和东南、南同房地区，冀中独八旅及三个民兵团进至唐河北岸的南合庄、东市邑一线担任阻击任务。"

杨得志："打得好！"

耿飚诙谐地一笑，俏皮地说道："司令、政委，至此，我将敌军合围在北合营、高家庄、东西南合地区，敌之第三军已经成了瓮中之鳖了！"

杨得志："告诉曾思玉，一定要活捉瓮中的鳖头罗历戎！"

这时，空中传来飞机的马达声。

杨得志、杨成武、耿飚闻声向远天的空中一看：

特写：六架轰炸机结队飞来，几乎是擦着地皮投弹。

地上炸起一团又一团烈焰尘埃。

杨得志大声命令："立即电令曾思玉，要让指战员利用地形、地物防空！"

耿飚："是！"

四纵指挥部外　日

曾思玉、王昭站在大门口，怒视敌机在空中反复俯冲、扫射，张狂得不得了。

顷许，敌六架轰炸机翘首高抬，十分骄傲地钻入云层，向着北方飞去了。

曾思玉向着空中猛击一拳："咳！这六个家伙一轰一炸，不知有多少好战士献出了宝贵的生命。"

王昭："我刚刚调入军队工作，难道我们就没有办法打这些狗娘养的吗？"

曾思玉："有！我记得在红军时期，有好几个根据地都用枪打下了敌人的飞机。"

王昭："那我们为何不用手中的枪打敌人的飞机呢？"

曾思玉："方才，我一边察看敌人飞机轰炸，一边暗自计算，敌机在轰炸的时候离地皮最多有二百米……"

王昭："叫我说啊，有时连一百米都不到。"

曾思玉："我想把一个连的两挺重机枪、四挺轻机枪集中起来，敌机只要再来俯冲、扫射，我们的重机枪、轻机枪一齐对着敌机开火。"

王昭："好！用我们老家的土话说，黍出两石小米，没有逮不到一只没眼睛的麻雀！"

这时，唐参谋长走出，无比悲痛地："司令！政委！据边疆主任报告，十旅邱蔚旅长在敌机扫射中大腿负伤，钟天法参谋长不幸牺牲！"

曾思玉、王昭那怒火渐渐化做泪水，遂把英雄的头颅缓缓地垂到了胸前。

曾思玉蓦地抬起头，悲痛欲绝地自语："钟天法老战友永别了！但你的血不会白流，你会激励我们这些后死者踏着你的血迹前进！"

王昭："曾司令员，由谁暂时掌控十旅啊？"

曾思玉："由边疆主任掌控部队。唐参谋长，告诉他们，战场上的胜利就是对烈士最好的纪念！"

唐参谋长："是！"

王昭悲愤地："唐参谋长，请你通知所有参战的部队，全部做好用轻重机枪打飞机的准备！"

唐参谋长："是！"

曾思玉低沉地："请电告李正同志，请他带着吹冲锋号的弟子们，到战场前线去抢救挂花的伤员！"

唐参谋长："是！"

火线　外　日

战场到处都是深浅不同、宽窄不一的战壕，我指战员躲在战壕里向着敌人射击。

李正背着一把军号蹲在一棵大树下面，在号手弟子的帮助下救死扶伤。

这时，远天传来隆隆的飞机马达声。

唐参谋长看着身边六位轻重机枪手，命令地："注意！敌人的飞机出笼了，听我的命令，准备打飞机。"

"是！"

敌人的轰炸机越来越近，只见这十架飞机开始做俯冲状。

唐参谋长："准备！"

说时迟，那时快，六挺轻重机枪对准了空中。

唐参谋长："射击！"

六挺轻重机枪一齐对准十架敌机射击。

经过几个回合的较量，突然发现一架轰炸机冒火起烟，向着前方坠落。

六个轻重机枪手激动地蹦了起来，高声叫喊着："我们打中了敌人的飞机！我们打中了敌人的飞机……"

野司指挥部　内　日

杨得志、杨成武、耿飚在指挥部焦急地听着战场上激战的枪炮声。

突然，桌上的电话急促地响了起来。

耿飚就近拿起电话："喂！你是哪一位？"

远方显出曾思玉打电话的画面："我是曾思玉！请你转告杨司令和杨政委，我部的轻重机枪手把敌人的飞机打下来了，并且俘虏五名机组人员。"

杨得志对准听筒兴奋地大声说："好啊！立即传达野司的命令：给参加打下飞机的同志立功！"

曾思玉："是！"

杨成武："曾思玉同志！我们立即向军区首长报告，给打下飞机的主要枪手要立大功！"

曾思玉："是！"

阜平　军区司令部　内　夜

聂荣臻："老总！清风店一仗，看来应了你的预言：晋察冀野战军就要钓上一条大鱼了！"

朱德："我们这个四川小同乡罗历戎，也算是一条很有些分量的大鱼了！"

罗瑞卿乐呵呵地跑进来："报告！此役还捎带着打了一只鸡（机），二位领导，你们看怎么做着吃啊？"

朱德一怔："罗长子，少给我卖关子，你们野战军又捉了一只什么鸡啊？"

罗瑞卿喜形于色地说："飞机！曾思玉的四纵打下了一架敌人的轰炸机，活捉了五个机组成员。"

朱德："这可是一只又肥又大的鸡啊！荣臻，今晚要让罗长子请客吃鸡！"

聂荣臻："我举双手同意！"

罗瑞卿把嘴一噘："二位领导，前方的司令员和政委提出：要军区领导给打下飞机的重机枪手立特等功，给参加射击的所有同志都立大功。"

朱德："我这个总司令批准了！你这个第一政委立即电告杨得志、

杨成武、耿飚三人，要借此在军队中掀起立功高潮，加速晋察冀战场取得更大的胜利！"

罗瑞卿："是！"

聂荣臻："你立即给曾思玉打电话，告诉他们，要乘胜前进，尽快结束清风店战役。要知道，同是你们野战军的二纵陈正湘、李志民在为你们打援打得好苦啊！"

罗瑞卿："我清楚！"

清风店四纵指挥部　内　晨

曾思玉、王昭的眼睛都变成红色了，他们死死地盯着桌上的电话机。

有顷，作战参谋从内室走出："二位首长，有重要的胜利喜讯向你们报告！"

曾思玉："讲！"

参谋："第二十九团连战皆捷的第七连和第二十八团第二营突击连已经攻入南合营村内，在兄弟部队的协同下，歼敌第十九团两个营，俘敌一千余人。"

这时，桌上的电话急促地响了。

曾思玉示意停止报告，拿起听筒："喂！我是曾思玉，你是哪一位？"

"我是罗瑞卿！"远方显出罗瑞卿打电话的画面，"老曾啊！朱老总，聂司令，批准了你们申报的打下飞机的立功人员，让我转告你们，祝你们取得更大的胜利！"

曾思玉："谢谢首长的表扬！"

罗瑞卿："你们这场战斗进展得怎么样？什么时候可以结束战斗？"

曾思玉："各部队正在村落里与敌展开激战，估计12时可以结束战斗！"

罗瑞卿："那好，你们要狠狠地打，就像是你们的口号说的那样：消灭第三军！活捉罗历戎！"

曾思玉："请罗政委放心，我们一定要活捉罗历戎！"

罗瑞卿："好！我和朱老总、聂司令等着你们胜利的捷报！"他挂上了电话，远方打电话的画面消失。

野司指挥部　内　日

耿飚拿着话筒大声说："我下达野司发起总攻的命令：坚决、干净、全部地消灭第三军！活捉敌军长罗历戎！"

前沿阵地　外　日

李正右手拿着军号，与十二个军号弟子吹响了向敌军发起最后攻击的军号声。

清风店战场上全面开花，响起了惊天动地的枪炮声。

罗历戎指挥室　内　日

罗历戎在室内失魂落魄地快速走动着。突然，他拿起话筒，大声地："请给我接保定绥署孙连仲主任的电话！"

远方显出孙连仲接电话的画面："喂！我是保定绥署孙主任！你是哪一位？"

罗历戎："我是你的属下罗历戎！孙主任，您听听这共军的枪炮声，就要打到我的指挥部了！"

孙连仲："罗军长，你需要帮什么忙吗？"

罗历戎："还用再说一遍吗？你的援兵到了什么地方？"

孙连仲："我的援军已经出发了，可是共军的游击队、老百姓把道路都破坏了，汽车的行动被阻，估计，明天这个时候可以到达清风店。"

罗历戎惊得"啊"了一声，话筒失手悬在空中，不停地在桌旁晃来晃去。

罗历戎双手抱头，一边踱步一边自语："怎么办？我、我该怎么办……"

一位肩扛上校军阶的中年军官抱着一身士兵服装走进，几乎是命令地："军座！快，快脱下你这身将军服。"

罗历戎："你、你这是干什么？"

上校军官附在罗历戎的耳边，小声地："奉师长之命，让你化装后跑到师部，由你来指挥逃回石家庄！"

罗历戎："我们能跑过唐河去吗？"

上校军官小声且神秘地说："不瞒军长说，我打着军座的旗号，临时组织了近千人的队伍，等您到了之后，您就指挥大家向唐河南岸突围！"

罗历戎一怔："你从哪里搞来这样多的兵啊！"

上校军官生气地说："一部分是打散了的军队，更多的是你北上保定的时候带来的眷属，还有你心爱的少年杂技团等人。你化装后混在群众中，只要逃过唐河，我们就可以回到石家庄了！"

罗历戎顿时来了精神，忙说："好，好！你赶快帮我换衣服。"他吃力地脱下笔挺的将军服，又在上校军官的帮助下换上了破旧的士兵军装。

这时，杨光钰从内室走出，严厉地质问："军座，你这是干什么啊？"

罗历戎胆怯地："我、我……"

上校军官忙接过话茬："我奉师长的命令，让我请军座化装赶到师部，亲临前线指挥突围！"

罗历戎："对，对！杨光钰副座，这里就交给你和参谋长全权负责了！"他说罢跟着上校军官快速走出指挥室。

杨光钰看着身穿士兵军装的罗历戎，用力朝地上吐了一口唾沫。

四纵指挥部　内　日

曾思玉、王昭守在电话机旁边，听通讯参谋报告。

通信参谋拿着话机，大声报告："我部已经占领了敌人的炮兵阵地，全部大炮都成了我们的战利品！"

曾思玉："很好！详细清理炮兵阵地，要把各种大炮造册封存。"

通信参谋："是！"又有报捷电话打进，"报告！我军攻入敌第三军指挥部，缴获了敌人的电台、地图和一些重要文件……"

曾思玉："有重要的机密文件吗？"

通信参谋："有一份石家庄城防绝密部署图，已经派第十旅第三十四团王海廷政委亲送纵队司令部。"

曾思玉习惯地一挥拳头，分外激动地说："太好了！这比歼敌一个团还重要啊！"

王昭："完全正确！这是攻打石家庄的秘密地形图啊！"

通讯参谋："报告首长！我部已经俘虏第三军副军长杨光钰中将、军副参谋长吴铁铮少将、第七师师长李用章少将……"

曾思玉："不要再说了！第三军军长罗历戎抓到了吗？"

通信参谋："他们说还没有。"

曾思玉大怒："怎么搞的？命令他们：活着见人，死了见尸！"

通信参谋："是！我十二旅报告，敌人一千余人向南突围，遭我旅第三十团阻击，歼敌一部，近三百名残敌又向西南唐河北岸逃窜！"

曾思玉："罗历戎想混在残兵败将中逃跑，你就是上天入地我也要把你抓到！"

王昭："老曾！立即通知固守唐河北岸的独八旅、十二旅三十四团，一个敌人也不准跑掉！"

曾思玉："是！"他沉吟片时，问道，"王昭同志，你是晋察冀的老同志。知道谁认识罗历戎吗？"

王昭想了想："独八旅旅长徐德操同志认识他，因为他们二人在军调处石家庄小组一起工作过。"

曾思玉："立即电告徐德操同志赶到现场。"

唐河北岸　外　日

我军在唐河北岸严密地包围了上百名敌人，一齐高声喊道："缴枪不杀！交出罗历戎者立功！"

有顷，我军主动让开一条通路。

敌军举着双手，低着头，列队走出包围圈。

罗历戎穿着士兵的军装举着双手，低着头，随着被俘的敌军向前走着。

一座偌大的院落　内　日

大院中散坐着两百多名俘虏，全都低着头，谁也不跟谁交谈，似在等待解放军发落。

罗历戎同样坐在地上，两手抱膝，用帽檐压低的脑袋垂在胸前，偶尔会微微地抬起头，用他那两只凶狠的双眼扫一遍周围的情况。

一个下级指挥员边看边喊道："谁是罗历戎？主动站出来承认，算是立功表现；谁敢当场指认罗历戎，立即获得自由，想回家的我们发路费！"

这时，在罗历戎不远处有一个俘虏兵，捡起一颗小石子，向着罗历戎投去。

这个下级军官和俘虏兵交换了一个眼色，遂走到罗历戎跟前，严厉地问道："你是罗历戎吧？"

罗历戎抬头一看，忙说："我不是罗历戎。"

我下级军官："那你叫什么名字？"

罗历戎结巴地："我、我……"

这时，徐德操恰好走到罗历戎身边，亲切地："哎，你不是罗军长吗？"

罗历戎闻声一惊，看着徐德操不知说什么才好。

徐德操："怎么，罗军长不认识我了？"

罗历戎非常尴尬地："啊，你是徐代表，是老熟人。想不到啊，我们在这里又遇上了。"

徐德操："说句迷信话，或许是缘分吧！"

罗历戎："对,对!是缘分。"

徐德操："既然是缘分,罗军长就跟着我走吧。"

罗历戎："好!好……"站起身来,跟着徐德操离开了这俘虏营。

野司指挥部　内　夜

杨得志、杨成武在焦急地等待着。

耿飚笑着从内室走出,大声喊道:"好消息!好消息!罗历戎被徐德操给认出来了!"

杨得志激动地说:"耿参谋长!立即向军区发报,清风店战役胜利地结束了!"

清风店大街　外　日

激战的枪炮声化做欢呼胜利的呐喊声。

清风店大街小巷到处都是战后的遗迹:被炮火炸坏的民房依然冒着熊熊的黑烟,遍地都是敌我双方丢弃的枪支弹药,还有不同型号的大炮。

朱德、聂荣臻、罗瑞卿在杨得志、杨成武、耿飚、潘自力的陪同下走过清风店的街道,不停地向押解俘虏的指战员挥手致意。

庆功大会会场　外　日

在雄壮的《中国人民解放军进行曲》的军乐声中渐次摇出如下一组画面:

一条红色的横幅悬挂在主席台前额,上书:清风店战役祝捷大会;

朱德、聂荣臻就座主席台中央,杨得志、罗瑞卿、杨成武、耿飚、潘自力等分坐两旁;

台下坐满了祝捷庆功大会的指战员;

四周围满了看热闹的不同年龄的男女老少。

潘自力走到麦克风前边,巡视了台下指战员的表情,遂大声说道:

"同志们！战友们！现在我宣布，清风店战役祝捷大会开始——"

台上、台下爆发出热烈的掌声以及"打倒蒋介石，解放全中国"的口号声。

潘自力大声宣布："首先，请晋察冀野战军杨得志司令，宣读清风店战役所取得的辉煌战果！"

台下再次爆发出热烈的掌声。

杨得志起身走到麦克风前，取出一张文稿，大声念道："我英雄的晋察冀野战军在清风店战役中，取得了俘虏罗历戎军长、杨光钰副军长等以下一万一千多人，毙伤近六千二百人，共计一万七千多人的伟大胜利！同时，还缴获各种炮七十二门，轻重机枪四百八十九挺，长短枪四千五百余支以及许多弹药物资！另外，我四纵指战员还用轻重机枪打下敌机一架！"

台下爆发出经久不息的掌声。

杨得志："下面，请我们晋察冀军区老领导聂荣臻司令兼政委讲话！"他说罢带头鼓掌。

台下更是掌声雷动。

聂荣臻起身走到麦克风前激动地说道："同志们！清风店战役，是我晋察冀野战军转入战略进攻后取得的第一次大胜利，是晋察冀军区在军事上的翻身仗，对扭转华北战局起到了关键性的作用！但是，我们不要忘了这些胜利的取得，是和地方党政军民有力支持分不开的！这再一次证明了毛主席说的话是真理：兵民是胜利之本！"

台下的指战员大声呼喊："向英雄的人民学习！向英雄的人民致敬！"

聂荣臻更加激动地："下面请我们最为敬重的朱总司令发表讲话！"

台下爆发出经久不息的掌声。

朱德走到麦克风前边，频频向着台下的指战员招手，示意安静，然后他大声说道："你们聂司令讲得何等地好啊！清风店战役的胜利，再一次证明了毛主席说的话是真理，兵民是胜利之本！同时，清风店战役的胜利，也再次说明像我们的军歌唱的那样'我们的队伍向太阳'，也就是说我们的军队无条件地听党的指挥，战场上就一定能打胜仗！"

台下掌声雷动。

朱德："方才，我暗自低吟了几句颂扬清风店战役大捷的诗。下面，让我念给你们听好不好？"

"好！"

朱德酝酿了一下情绪，铿锵有力地吟咏："南合村中晓月斜，频呼救命望京华。为援保定三军灭，错渡滹沱九月槎。卸甲咸云归故里，离营从此不闻笳。请看塞上深秋月，朗照边区胜利花。"

台上台下响起了长时间的掌声。

清风店大街　外　日

掌声化做唢呐吹奏《得胜令》的鼓乐声。

随即化出军民联合舞狮子、耍龙灯、扭秧歌，再加上大街两边围观的百姓，真是热闹极了。

朱德、聂荣臻、罗瑞卿在杨得志、杨成武、耿飚、潘自力等同志的陪同下边看边议论。

朱德："荣臻同志，你是知道的，主席最近身体不好，你应当给主席送个药方去才好啊！"

罗瑞卿一怔，忙问道："聂司令！你有什么给主席治病的药方啊？"

聂荣臻笑了："主席无论有什么不高兴的事，只要听说前方打了胜仗，他立马就好了！"

罗瑞卿："好！杨得志同志，你立即整理一份清风店战役大捷的报告，由军区和中央工委发给中央军委和主席！"

杨得志："行！不过，我们还想立即发起石家庄战役，再给主席一个更大的惊喜！"

朱德："可以！但是，攻打石家庄的报告缓两天再写，等中央工委研究以后再向中央军委和主席报告。"

陕北　神泉堡　周恩来窑洞　内　日

周恩来坐在桌前披阅有关电文。

叶子龙手持电报走进，高兴地说："周副主席！晋察冀野战军在清风店歼灭敌第三军主力，活捉军长罗历戎！"

周恩来接过电文阅罢，高兴地说："你立即给主席送去，让主席也高兴高兴。"

叶子龙："周副主席，这个罗历戎一定也是您的弟子了？"

周恩来微微地叹了口气："是啊！公平地说，他还是能打些仗的，可惜啊，他跟的统帅错了，结果让他当了自己的老师聂荣臻的俘虏了！"

叶子龙叹了口气："可惜了！可惜了……"

周恩来："有什么好可惜的！快给主席送清风店大捷的电报去。"

叶子龙行军礼："是！"转身走出窑洞。

陕北葭县大道　外　日

毛泽东骑着一匹小青马走在大道上。

汪东兴骑着一匹大青马跟在毛泽东的身后，与小高等警卫员交谈。

汪东兴："小高同志，近来主席身体不大好，想到葭县城里散散心，这警卫工作可马虎不得哟！"

小高："没问题！"他拍了拍腰间那鼓鼓的硬家伙，"再说我们全都带着呢！"

毛泽东转过身来："你们就是这样不相信群众！"

这时，远远的高坡上传来原生态的陕北风味的歌声。

毛泽东骑在马上循声望去，只见：

一位头缠羊肚子毛巾的老汉赶着一群羊走在高坡上，放声唱起陕北风味原生态的民歌《东方红》：

日出东方红满天，

　　来了救星毛泽东；

　　山上松柏根连根，

　　党中央和咱心连心……

　　毛泽东："小高，我怎么没听过这首民歌呢？"

　　小高："我听俺们家的老乡说，这是当地老百姓用陕北民歌的调调套上的新词，叫《东方红》。"

　　毛泽东："这首民歌不错，也挺好听的，就是有一句唱词很不好。"

　　小高："是哪一句啊？"

　　毛泽东："第二句'来了救星毛泽东'，我建议改成'来了救星解放军'。"

　　汪东兴："你为什么要这样改呢？"

　　毛泽东："第一，我毛泽东不是救星；第二，改成'来了救星解放军'押韵。"

　　汪东兴："主席，我看啊是改不了啦！"

　　毛泽东不悦地："为什么就改不了呢？"

　　汪东兴："我听鲁艺大音乐家们说，民歌是老百姓自己编的歌，又是自发地在老百姓中流传，所以下命令是没有一点用的！"

　　毛泽东："小高，你说该怎么办呢？"

　　小高一本正经地说："主席，您不是让我相信群众吗？这次您呀也相信一次群众。如果老百姓反对，这首《东方红》就传不下去了。"

　　毛泽东无奈地摇了摇头。

　　这时，叶子龙骑着一匹快马飞奔而来，他收缰勒马，取出一份电报："主席！这是周副主席让我转给您的。"

　　毛泽东接过电报阅毕，兴奋地说："好啊！晋察冀野战军打了一个漂亮的胜仗，应当致电祝贺！"

叶子龙："您说我记，待我回到神泉堡就发！"他说罢从挎包中取出笔和纸。

毛泽东沉吟片时，口述电文："你们领导野战军在保定以南歼灭敌第三军主力，俘虏军长罗历戎，创晋察冀歼灭战新纪录，极为欣慰，特向你们及全军指战员致庆贺之忱。中央军委。"

叶子龙录毕装入挎包，打马飞去。

汪东兴："主席！蒋介石获得这一消息后，他会是什么样的感觉呢？"

毛泽东："我想，他正在为罗历戎发脾气，唱挽歌！"

定格　叠印字幕：第十三集终

第 十 四 集

南京　蒋介石官邸　内　夜

蒋介石在室内焦躁不安地踱着步子。

宋美龄从内室走出："达令！我和美国驻华大使司徒雷登刚刚通完电话。"

蒋介石停下脚步，很不友好地问道："这个司徒老儿对民盟是个什么态度？"

宋美龄比较冷静地说："他明确地说，我个人认为这桩公案，已经不是民盟与国民政府之间的事情，而是变成国共两党的纷争了。"

蒋介石鄙夷地一笑："狡猾的美国人！这是世人皆知的事情，我想知道美国确切的态度。"

宋美龄："司徒大使明确地说：作为美国政府在华的代表，我只能这样对夫人说，美国不介入国共两党的争论！"

蒋介石轻轻地拍了拍手："好，好！这就等于说，你蒋某人就放心大胆地干吧！"

宋美龄认真地："司徒大使可不是这样说的啊！"

这时，蒋经国走进，双手捧着一份公文："父亲！这是内政部起草的关于取缔民盟的声明，请您审阅。"

蒋介石关切地说："经国，父亲不看了，把主要内容给我讲一下就可以了。"

蒋经国："该声明宣布：民盟勾结共匪参加叛乱，应视为非法团体，今后各地治安机关对于该盟及其分子一切活动自应依据《妨害国家总动员惩罚条例》以及《后方共产党处置办法》严加取缔！"

宋美龄："达令，这需要和司徒大使洽商吧？"

蒋介石生气地："夫人，我再说一次，中国是我蒋某人的中国，不是他代表美国的中国！如果按照他美国人的意愿，李宗仁，甚至满脑子美国思想的胡适早就取我而代之了！"

宋庆龄十分生气地起身向里屋走去。

蒋介石自语地："中国之天下是我蒋某人用枪打出来的，知识分子，还有美国人想用嘴皮子夺权，白日做梦！"

蒋经国极度聪明地："父亲！这最后几句话，您是说给我听的吧？"

蒋介石："好聪明的经儿！"他平息了一下情绪，"历经军事上的接连失利，思想战线上反我之声不息，怎么办？我想起了一句俗语：打仗要靠亲兄弟，上阵还需父子兵。因此，我决定从现在起，你要从幕后走向台前。"

蒋经国："我怕有负父望！"

蒋介石："你有李世民之才，但没有取父而代之的野心，这是我最大的欣慰。"他沉思片时，"经儿，你对全国战场上的胜负是怎么看的？"

蒋经国沉吟片时，遂当仁不让地说道："未来，决定中国命运的是逐鹿中原的两大共军，一是陈毅、粟裕的野战军，再是刘伯承、邓小平的中原兵团；时下，是林彪在东北的大军大出风头，但就是关外全部丢失，只要华北平津保还在，他就无法率部入关，更无法参加逐鹿中原的大战！"

蒋介石拍着手说道："经儿所言极是！经儿所言极是……"他突然叹了口气，有些惨然地说，"可惜啊，我的好学生罗历戎被共军俘虏了，使我失去平津保重要的屏障。"

蒋经国："但更重要的是，千万不要再失平津保的南大门石家庄。"

蒋介石："一语中的！好，你我父子认真地研究就要爆发的石家庄战役！"

阜平　朱德下榻处　内　日

朱德、聂荣臻、罗瑞卿相对品茗，严肃地交谈。

朱德："清风店战役后，你们就提出乘胜夺取石家庄的建议。当天，我就和少奇同志批复同意。同时，明确指示：待中央军委和毛主席批准以后再全力进行石家庄战役。"

聂荣臻："是的！"

朱德取出一份电文，高兴地说："现在，中央军委批准了石家庄战役的报告！荣臻同志，这份电文是毛主席亲自草拟的。"他把这份电文交给聂荣臻。

罗瑞卿迫不及待地说："聂司令！就不要传阅了，你就先念一遍吧。"

聂荣臻："好！"他双手捧着电文，一边看一边小声地念道，"清风店大歼灭战胜利，对于你区战斗作风之进一步转变有巨大意义。目前如北面敌南下，则歼灭其一部；北面敌停顿，则我军应于当地休息十天左右，整顿队势，消除疲劳，侦察石门，完成打石门之一切准备。然后，不但集中主力九个旅，而且要集中几个地方旅，以攻石门打援兵之姿态实行打石门，将重点放在打援上。"他念罢十分激动地说道，"好哇！主席和我们想到一起了。"

朱德："敌军驻石家庄的兵力部署，以及敌在石家庄的防御工事搞清了吗？"

聂荣臻："晋察冀野战军已经派出侦察人员潜入石门，正在和当地的地下组织一起做详细而又具体的调查，并要他们绘制成图。"

朱德："作为三军统帅第一条，那就是知己知彼，方能百战不殆。因此，必须尽快而又准确地搞清楚敌人。"

聂荣臻："是！"

罗瑞卿："老总，聂司令，日前，杨得志打电话报告：说四纵司令曾思玉收到一份特殊的战利品，是石家庄城防绝密部署图。"

聂荣臻激动地说:"真是踏破铁鞋无觅处,得来全不费工夫,我立即要他们送到野司指挥部!"

朱德:"但愿这是一份真的石家庄城防绝密部署图!可你们也必须想到万一要是假的呢?"

罗瑞卿:"这样,等我们的侦察人员从石家庄带来的情报两相对照,就知道是真是假了。"

这时,通讯员走进:"聂司令!被俘敌第三军军长罗历戎说是您的学生,要求见您。"

聂荣臻:"老总,你看……"

朱德:"现在就去!说不定他这个钓饵还能钓一条比清风店还大的鱼呢!"

聂荣臻:"是!"起身欲走。

朱德:"等一下,你这个学生罗历戎是四川人吧?"

聂荣臻:"是!当年他在黄埔读书的时候,就是因为有老乡这层关系,他经常在课余的时间来找我。"

朱德:"如果他想见我这个老乡,你就把他送来。"

聂荣臻:"是!"

晋察冀军区办公室　内　夜

一张简易的八仙桌,上面摆着一盘赵州出产的雪花梨,一盘太行山出产的大红枣。

聂荣臻、罗瑞卿、杨得志、杨成武、耿飚、潘自力等散坐在椅子上嗑着瓜子,喜笑颜开地聊着天。

聂荣臻:"方才,我讲了攻打石家庄的一些设想。下面,请你们野战军第一政委罗瑞卿同志讲些他的想法!"

罗瑞卿:"清风店一战,部队打得很苦,我看不会有多长时间的休整了。'夫者,勇气也。'中央军委、毛主席已经批准了解放石家庄的战役计划,我们就要乘胜而上,一鼓作气拿下石家庄!"

两名解放军战士押着罗历戎、杨光钰、吴铁铮等走进来："聂司令！战俘罗历戎等人全部押到！"

聂荣臻站起身来，看着低头不语的罗历戎，冲着两个解放军战士说道："很好！下去吧。"

两个解放军战士转身走出。

聂荣臻走到罗历戎跟前，紧紧地抓住罗历戎的手，真诚地说道："请坐！快请坐！"

罗历戎抬起头来，看着聂荣臻那亲切的样子，各种滋味扑上心头，低沉地说道："不！学生罗历戎是戴罪之身，不敢落座。"

聂荣臻严肃地批评道："此言差矣！早年在黄埔，我们是师生关系；抗战时期，我们师生是打日寇的战友；清风店战役之前，你我是敌人；现在……"

罗历戎忙说："我是先生的战俘！"

聂荣臻："对！但是，你现在放下了武器，我们还是师生加老乡嘛！"

罗历戎哽咽地："学生十分惭愧！我……"

聂荣臻："不要这样！今天在座的还有一位你在黄埔先后的同学加老乡呢！"

罗历戎惊愕地："谁？"

罗瑞卿站起身来："我！罗瑞卿。我曾就读于武汉军校，按学校的辈分排，我是你的师弟。另外，我还是四川南充人嘛，你我又是名副其实的大老乡！"

罗历戎："我这个所谓的师兄真是愧疚得很哪！"他转身看着聂荣臻，无限伤情地说，"今天，我请求见先生只有一个目的，愿意再重新听取先生的一次教诲，然后嘛，我就、我就……"

聂荣臻："不要说下去了！我再告诉你一个消息，我们解放军的总司令，也是你的大老乡，他还想和你这个小老乡见个面，谈一谈呢！"

罗历戎一惊："真的？"

聂荣臻笑了："我这个先生什么时候骗过你？"

罗历戎难为情地低下了头。

聂荣臻强行把罗历戎按在椅子上："你不坐下，杨光钰同学、吴铁铮同学怎敢落座呢！"

杨光钰、吴铁铮相继落座。

罗瑞卿把雪花梨、红枣拿到他们的面前："不要客气，随便吃。"

聂荣臻："杨光钰同学，如果我没记错的话，你是黄埔一期的。"

杨光钰站起："报告先生，我是黄埔一期的，和你们的左权将军是同班同学。"

聂荣臻："可惜，左权同志牺牲在抗日战场上了。"

杨光钰："他是光荣的，他是光荣的！"

聂荣臻："吴铁铮同学，我记得你在黄埔时还参加了共产党，是吧？"

吴铁铮："是！可后来脱离了共产党，转眼就二十多年没见到先生了。"

聂荣臻："你看现在蒋介石的军队，和当年大革命时代的北伐军有什么不同啊？"

吴铁铮叹了一口气："现在部队装备比过去优良了，不少军官进过军校，出国留学的也不少，可就是没有了当年那种革命精神。让我说句老实话吧，真和当年吴佩孚的军队差不多了。"

聂荣臻："我们打开天窗说亮话，战斗打响之前，你罗历戎还想把我这个先生当俘虏呢，是吧？"

罗历戎微微地点了点头："是！"

聂荣臻："结果呢，你当了先生的俘虏！这是为什么呢？你们跟着蒋校长打内战，是逆乎天理和民心的，岂能不败？打个比方说吧，如果蒋校长是商纣王的话，那你们就是助纣为虐的帮手。有再多的军队，有再多的强将，也无法改变商纣王覆灭的下场。"

罗历戎等沉默不语。

聂荣臻："我要是问，你们会相信蒋家王朝不被我们推翻吗？这有点难为你们。但是，我要问你们一个现实问题，你们的部下会守住石家庄吗？"

罗历戎："我认为先生要付出很大的代价！"

罗瑞卿："我想你们三个人，是可以减少双方一些流血、牺牲的。"

罗历戎等三人不语。

聂荣臻："主动权操在你们的手里。就我这个先生而言，是真诚地希望你们回到人民这边来的。"

朱德临时指挥部　内　日

朱德站在作战地图前，时而看看手中的情报，时而又在作战地图上画着军事符号。

聂荣臻陪着罗历戎走进，亲切地说："老总，我当年在黄埔的学生罗历戎到了！"

朱德转过身来，热情地："欢迎！欢迎……"他指着对面的椅子说道，"请坐下谈吧！"

罗历戎愕然地："不，不！"他盯着慈祥的朱德，嗫嚅地说道，"您……您就是蒋校长当年出十万大洋……"

朱德笑着指着头部说道："买我项上人头的朱德！"

罗历戎感慨地说道："如果我不是亲眼所见，怎么也不会相信您就是解放军的总司令。"

朱德笑着说："这是因为我朱德没有你们蒋校长有威，是吧？"

罗历戎："是！"

朱德挥洒自如地讲道："威，不是挂在脸上的，而是放在心里的。只有爱兵如子，兵才会视你为可亲的统帅；如果天天在部属面前威风八面，谁还向你这个统帅进言呢？没有了军事民主，剩下的就是军事独裁。跟着这样的军事统帅打仗，岂能不败？"

罗历戎感动地："总司令说得好啊！"

朱德："说得好不如做得好！"他抖了抖手中的材料，"我看了你提供的这些石家庄布防的情况，与我们掌握的材料大体一致。这说明，你的思想开始朝着人民的方向转化。"

罗历戎："我愿意立功赎罪，重新做人。"

朱德："对此，我们是欢迎的！今天，我见你这个小老乡，就想讲一件事：革命不分先后。"

罗历戎自语地："革命不分先后？"

朱德："对！当年，我在咱们四川，曾经是一个不大不小的军阀，后来，我感到这条路不能救中国，就主动地找国民党的创始人孙中山、共产党的创始人陈独秀等人询问革命的道理，他们都因为我曾经是军阀，拒我于革命大门之外。后来，我跑到了德国，见到了后来成了你们黄埔军校的政治部主任的周恩来，他不仅给我指出了一条正确的革命之路，而且还介绍我加入了中国共产党。"

聂荣臻："现在呢，他就成了我们中国人民解放军的总司令。"

朱德："一句话，你只要心里真的想着祖国和人民，就一定会为祖国和人民做好事的。"

罗历戎行军礼："谢总司令的教导！"转身走出去。

朱德："荣臻，我们出去边走边谈，好吗？"

聂荣臻："好！"

村边小树林　外　日

朱德、聂荣臻十分消闲地走在树林中，他们却谈着十分严肃的问题。

朱德："荣臻，杨得志他们开始制定攻打石家庄的作战方案了吗？"

聂荣臻："正在制定！"

朱德："好！明天我就赶到晋察冀野战军司令部，亲自帮着他们进行战前的动员和攻坚的准备。"

聂荣臻："不行！毛主席来电，再三要我们注意您的安全，不让您到前线去。"

朱德取出一份电报，说道："不行！主席又给我发来了电报，让我关注石家庄战役，一定要从中总结出攻打大城市的经验来呢！"

聂荣臻："那您可要静坐帷幄里，智取千里外哟！"

朱德："不行！唯有亲自调查研究，我才能向中央军委和毛主席交出一份较好的答卷。"

聂荣臻："行！罗长子再三要求回前线，我看就由他陪着你去。"

这时，曾思玉提着一个国民党军官专用的手提箱走进："总司令！聂司令！这是我们缴获的石家庄城防部署图，请领导看看有多少参考价值。"

聂荣臻接过手提箱笑着说："曾思玉同志，你是带着任务来找总司令的吧？"

曾思玉："对！"他冲着朱德行一个标准的军礼，"总司令，我代表四纵全体指战员向您请战：攻打石家庄的战斗任务就交给我们四纵吧！"

朱德笑着看了看聂荣臻："怎么样，希望他们发扬攻打清风店的战斗作风，我看就交给他们吧！"

聂荣臻："听总司令的！"

冀中平原　外　日

一辆吉普车飞驰在平原上。化入车内：

朱德、罗瑞卿坐在后排座位上，与坐在前排副驾驶座位上的杨成武交谈着。

杨成武坐在前排副驾驶座上，转过头来说道："自打清风店战役结束之后，驻守石家庄的敌军如丧家之犬，天天在忧虑我们何时攻打石家庄。"

罗瑞卿断然地说："这是必然的事情嘛！清风店离石家庄不过百多里路，有什么消息第二天——甚至当天就传到了。再说，清风店打败了，他们又会很自然地想到石家庄还能守几时？"

朱德："我看啊，让石家庄的守敌知道得越多越好！成武，我们部队的情况呢？"

杨成武："从上到下，他们天天在写请战书，争当攻打石家庄的先锋！"

朱德："一定要爱护好这种求战、必胜的信心！"他说罢侧首向远方一看：

一队身着国民党军装的部队行进在与之并行的大道上。

朱德指着车窗外有些疑惑地问："成武！这里怎么还有这样多的国民党军队呢？"

杨成武笑着说："那是在清风店战役中被俘的国民党兵，经过教育，他们自愿回到石家庄，策动敌军在关键时刻向我军投降。"

朱德："很好！"

罗瑞卿："有多少人？"

杨成武："有九百来人。"

朱德："很好啊！权且不说会取得多少成果，就说这些人回到石家庄以后，也一定会起到扰乱敌人军心的作用。"

安国县南关晋察冀野战军司令部　内　日

杨得志、耿飚、潘自力等晋察冀野战军领导站在门口热烈鼓掌欢迎。

朱德在罗瑞卿、杨成武的陪同下一边微笑着鼓掌一边走进司令部。

朱德坐在主位上，罗瑞卿、杨得志坐在两边，其他的领导依次坐在会议桌的两边。

杨得志："下面，让我们以热烈的掌声欢迎我们的朱总司令讲话！"

与会的指挥员热烈鼓掌。

朱德伸出双手示意安静，遂深沉地说："同志们！中央军委和毛主席对即将进行的石家庄战役非常重视，要我亲临一线，帮着你们再分析一下敌我双方的态势，定下最后的决心。怎么样？就这样开始吧！"

"好！"

杨得志："先由耿飚参谋长向总司令报告：固守石家庄敌军的设防情况。"

耿飚走到作战地图前一面讲解一面用手指点："石家庄与休门庄合称石门市，是平汉、正太、石德三条铁路的交叉点，它是华北的交通枢纽，也是战略要地。它像一个楔子，横亘于晋察冀同晋冀鲁豫两大解放区之间。自日本占领石门以来，逐步形成周长六十华里的外市沟、三十华里的内市沟和市内坚固的建筑群三道防线，有碉堡六千多个。它虽然没有城墙，但深沟层层，碉堡林立，电网铁丝网交织，地雷密布，被称为'地下城墙'。"

朱德边听边微微点头："难怪国民党军队得意地宣称：石门是城下有城，凭工事可防守三年。"

耿飚："是！"

朱德："敌军具体的兵力布防情况呢？"

耿飚指着作战地图继续讲道："敌第三军主力北上之后，留守石家庄的总兵力为两万五千人，由第三十二师师长刘英统一指挥。第三军直属坦克二个连、山炮一个连、汽车一个连、野炮一个营和第三十二师配置的第二、第三道防线。石门外围第一道防线，由周围十县的地主和流氓分子等组成的武装坚守。河北保安第五、第九、第十团分别防守元氏、获鹿及大郭村飞机场。"

朱德凝思顷许："看起来，石家庄战役能否取得胜利，关键在于攻坚战术和技术的运用。"他看了看与会指挥员的表情，说道，"同志们！强行攻坚有坚固设防的大城市，在我军历史上还是第一次，你们必须学会炮兵、步兵、工兵的协同作战。"

杨得志："报告总司令！我们正在研究诸兵种协同攻击石家庄的战术。"

朱德："但时时都要想到，你们这些矛必须要准确无误地破解石家庄城防这个盾。"

杨得志:"是!"

朱德:"同时,你们还要学会把军事进攻同政治瓦解相结合。罗长子,你是第一政委,要与第二政委杨成武一道做好这项带有战略性的政治工作。"

罗瑞卿:"请老总放心,我们一定完成这项带有战略性的政治工作。"

朱德:"很好!斯大林同志说过这样的话:大炮是战争的前奏曲。为此,我想看看你们的炮兵部队。"

晋察冀野战军炮兵驻地　外　日

各种不同型号的大炮摆放在村外树林中。

炮兵指战员有的在擦拭炮身,有的检查炮箱中各种炮弹,一派战前备战的忙碌景象。

朱德在杨得志、耿飚的陪同下大步走来。

杨得志:"高主任!"

高主任:"到!"快步跑到近前,行军礼。

耿飚:"总司令!高主任是……"

朱德:"我们认识!小高啊,你父亲还好吧?"

高主任行过军礼:"总司令!自从他秘密潜回到东北工作以后,我们父子就失去了联系。"

朱德:"不会的!谢天谢地,他幸亏回到了东北,不然的话,我们党的这个老同志高崇民就危险了。"

高主任:"是啊!如果他还留在关内,很可能就是第二个杜斌丞。"

朱德:"小高啊,拿出你这个由蒋介石培养的炮兵技术,接受我们的检阅!"

高主任:"是!"他行过军礼,转身跑到操场中央,大呼一声,"集合!"

全体炮兵指战员闻声从树林中跑出，在距离高主任约有十多米远的地方站成一列横队。

高主任："立正！"

全体炮兵指战员随着口令做出整齐划一的立正姿势。

高主任操着标准的口令："下面，全体炮兵指战员接受我们总司令的检阅！"

全体炮兵指战员昂首、挺胸，一个个十分精神地目视前方，等待检阅。

高主任跑到朱德等领导面前，行过军礼："报告！炮兵指战员准备完毕，接受总司令和诸位首长的检阅！"

朱德在杨得志、耿飚的陪同下迈着军人步伐走到队前，行标准的军礼，非常严肃地说道："同志们！从你们的队列可以知道，你们是一支有训练素质的炮兵部队。今天，我告诉你们，蒋介石的炮兵在检阅的时候也有素质，可他为什么老打败仗呢？因为他们是走形式，玩花架子。你们是人民的炮兵，要时刻记住军歌唱的那样：我们的队伍向太阳，脚踏着祖国的大地，背负着民族的希望！记住了吗？"

"记住了！"

朱德："检阅结束，解散！"

炮兵指战员向树林中跑去。

朱德走到一位约有三十多岁且仍然穿着国民党军装的炮兵前面，笑着问道："你当了多少年的炮兵了？"

这位老炮兵习惯地说道："报告长官，卢沟桥事变那年当兵的，到今年整整十年了！"

朱德："何时参加解放军的？"

老炮兵想了想："到今天整十天！"

朱德一怔："才十天？"

站在旁边的炮兵指挥代为答说："对！清风店战役刚刚打响的第二天，他就随着他们的炮团被俘了，这样算来，正好十天。"

朱德："你愿意调转炮口打国民党的军队吗？"

老炮兵大声说："报告长官！我被俘的当天就调转炮口，对准我知道的他们的炮兵阵地开炮，很快就把他们的大炮全都打哑了！"

朱德："好！好！"

老炮兵："请长官放心，我在打石门的时候一定打得更准，更好！"

朱德与在场的同志都忍不住地笑了。

朱德一边参观一边说："东北的部队炮多，有十几个炮团，千把门大炮；山东有一个炮兵纵队，太行等地也有炮。你们晋察冀也有一个炮兵旅了，但是还不够！"

耿飚："是的！我们这次打石家庄就深感炮兵太少，构不成更大的杀伤力！"

朱德："你们的聂司令给我说了，我已经下令从华东野战军调一个榴弹炮营来，加强你们前线的攻势。"

杨得志："这就太好了！"

朱德："你们在实战中还要搞好步炮协同，尤其是要和工兵的爆破很好地配合，这样才能极大地发挥炮兵的威力。"

耿飚："今晚，我们将在司令部召开炮兵、工兵和步兵干部大会，研究协同作战问题，希望总司令参加会议，给予指导。"

朱德："行！"他转身指着那个老炮兵，"到时，你可一定要参加会议啊！"

老炮兵一怔："我……够格吗？"

朱德："够！"

临时作战室　内　日

耿飚："方才，我们在总司令的主持下，召开了一个战前炮兵、工兵干部会议，研究了如何打好阵地攻坚战。你们对如何打低堡、暗堡，如何实施迫近作业和坑道爆破，如何运用炮兵火力炸平防御沟，以及在巷战中炮兵、工兵如何配合等问题，谈了各自的意见，对攻打石庄会起到很大的作用的。"

在耿飚的讲话中摇出：

朱德坐在主席座位上用心听讲，不时在小本上记着。

罗瑞卿、杨得志、杨成武、潘自力等在主席台上正襟危坐，偶尔在笔记本上记下什么。

几十个炮兵、工兵指挥员用心地听讲。

老炮兵坐在座位上眯着双眼似在思索什么。

耿飚："下面，请老总给我们讲话！"

与会者热烈欢迎。

老炮兵小声地自语："老总是多大的官呢？"

恰在这时，朱德走到老炮兵的身旁，笑着说："现在嘛，我是你的学生。"

老炮兵一怔："什么，您是我的学生？"

朱德："对！请你这个老师告诉我，打石家庄的时候，如何才能最大限度地发挥炮兵的威力？"

老炮兵不假思索地："第一，集中全部火力，把飞机场炸坏，免得保定派援兵来。"

朱德："对！第二呢？"

老炮兵："第二，集中火力把守备石家庄的山炮打哑，免得让它发起威来再炸我们。"

朱德："完全正确！你知道山炮连的位置吗？"

老炮兵："知道！"

朱德："好！在攻打石家庄的时候，我请你给我们的炮兵旅长当参谋好不好？"

老炮兵一怔，笑着说："您这个老总就这么一说就行了？"

朱德："行了！"

老炮兵摇着头说："我才不信呢！"

朱德："为什么？"

老炮兵："我在国民党那边当了十年的炮兵，才混了一个排长，您这个老总空口一说，我这个排长就能提升参谋？"他说罢下意识地摇着头。

朱德："能！"

老炮兵认真地："是吹牛吧？"

朱德笑了："不是吹牛！"

老炮兵认真地看了看朱德："你这个老总是多么大的一个官呢？"

罗瑞卿急忙接过话茬来说："他这个老总啊，就是中国人民解放军的总司令！"

老炮兵吓得腾地一下站起来，张了张嘴哆嗦地说："他……他就像是我们蒋委员长那么大的官吗？"

耿飚："对！"

老炮兵说了一句"我的个娘啊！"，遂吓得趴在地上给朱德不停地磕起头来。

朱德吃惊地："你这是怎么了？"

老炮兵磕头如捣蒜似的说："我有眼不识泰山，请总司令饶命啊！"

朱德笑了，十分严肃地说："快起来！我不是你们的委员长，解放军官兵是平等的。"

旁边的与会同志把老炮兵扶起来，他依然是有点魂不附体的样子。

朱德："同志们！你们看到了吧？这就是他蒋某人失败的所在。老炮兵为什么十年才提了一个排长呢？不用说，他没有钱贿赂上司，也不会奉迎拍马。我说的对不对啊？"

老炮兵："对！一点也不错。"

朱德："同志们！我们是党的军队，是人民的军队，永远不要沾染国民党军队的坏习气。否则，我们就会像他们一样变成人民的敌人，迟早也会被人民所打倒！"

与会者情不自禁地鼓掌。

老炮兵感动地："你们有这么好的总司令，一定能把石家庄拿下来。"

朱德："好！那我们就先托你的吉言，全力以赴地打胜石家庄战役！"

晋察冀野战军指挥部　内　日

杨得志："下面，由耿飚参谋长向总司令报告攻打石家庄的作战方案！"

耿飚起身走到作战地图前，指着地图讲道："根据中央军委、毛主席的指示，决定集中第三、第四纵队及冀中军区独立第七、第八旅，冀晋军区独立第一、第二旅以及军区炮兵旅共五万六千人，攻打石家庄；以第二纵队及独立第九旅、第三、第九军分区的部队展开于定县南北地区，选择有利地形，构筑多道防御阵地，抗击从保定方向来援的国民党军队。"

朱德："下面，请讲一讲攻打石门的具体部署。"

耿飚指着作战地图讲道："第三纵队从西南、第四纵队从东北担任主攻，冀中军区部队从东南、冀晋军区部队从西北担任助攻。"

朱德："炮兵如何与之相配合？"

耿飚指着作战地图讲道："军区炮兵旅与华东军区调来的一个榴弹炮营，组成四个炮兵群。第一炮兵群，含山炮、野炮、迫击炮共二十四门，支援第三纵队作战；第二炮兵群，含山炮、野炮、战防炮、重迫击炮、榴弹炮共十七门，支援第四纵队作战；第三炮兵群，含野炮、迫击炮十五门，配属第七旅作战；第四炮兵群，含山炮、野炮十二门，为炮兵指挥部的机动火力。"

朱德："很好！"他从挎包中取出两本油印的书，说道，"我送你们两本书，一本是毛主席的《中国革命战争的战略问题》，一本是刘伯承同志翻译的《诸兵种合同战术》，要求你们在战争中学习指挥战争。"

杨得志双手接过这两本书："我们一定认真学习！"

村外树林中　外　晨

朱德独自一人在树林中打太极拳，他的一招一式是那样轻松、自如。

杨得志、杨成武、耿飚快步走来，他们大声喊道："总司令！该回去吃早饭了！"

朱德不为所动，依然打他的太极拳。

杨得志快步走到跟前，近似玩笑地说："老总！您是真聋啊还是假聋？"

朱德："我要是真龙（聋）啊，早就上天了！"

杨成武故意耍孩子脾气："总司令！您再不回去吃啊，早饭就变成凉的了！"

朱德："同志哥哎，我是来指导你们打石家庄战役的，可不是让你们来照顾我的。懂吗？"

杨得志："懂！可您是全军的总司令啊。"

朱德："那你们就得服从我这个总司令的命令。"

杨得志："是！"

朱德："从今天起，给我配两个警卫员。"

杨得志、杨成武、耿飚谁也不说话。

朱德看了看杨得志等三人的表情，以命令的口气说："来！都坐下，听我上军事课。"他说罢带头蹲在地上。

杨得志等三人很不情愿地蹲在地上。

朱德："马上就要打石家庄了，对这样坚固设防的城市，不讲究战术行吗？伯承同志翻译的那本《诸兵种合同战术》中，关于进攻就讲了八条，你们要结合自己的经验，看看书中讲的有没有道理。石家庄战役打的是攻坚战，我要求你们指挥员勇敢加技术。"

耿飚自语地："勇敢加技术……"

这时，不远处传来飞机的马达声。

杨得志："总司令！快防空。"

朱德："你们呢？"

杨成武："我们不怕！"

耿飚："对！我们不怕。"

朱德："我就怕了？再说敌人的飞机就专来找我朱德的？"他冷静地伸手指了指上方，"你们看到没有，这里是树林，也是最好的防空之地。"

杨得志："可我们就怕万一啊！"

朱德："不会有的！今天，我给你们几个交个底，不打胜石家庄战役，我朱德是不会离开野战军指挥部的。"

"不行！不行……"

朱德："行！就这么定了。"

杨得志："不行！"他取出一封电报，"这是少奇同志转来毛主席的电报，他明确指示，朱总到杨得志、杨成武处帮助整训一个时期很好，但是，杨部打石门或他处作战时，请劝朱总回工委，不要亲临最前线。"他收好电报，又说，"同志们！石家庄战役就要打响了，我们请总司令去后方河间县城好不好？"

"好！"

朱德："野战军司令向总司令下了逐客令，没得办法，我只好找孙毅孙胡子去了。不过，你们必须要随时随地向我报告战役进展情况。"

"行！"

朱德站起，望着远去的飞机，说道："我们的军队常年钻山沟，多数指战员没有进过大城市。因此，我不仅为你们攻打石家庄提着心，而且还为你们占领石家庄吊着胆。"

杨成武："报告总司令，我们的罗政委正在草拟约法九章，明确规定了入城的纪律和具体的城市工作。"

朱德："很好！要告诉我们的指战员，当年刘邦占咸阳约法三章拥有汉室，西楚霸王烧阿房宫终取灭亡！"

杨成武："是！"

朱德："我祝你们打胜石家庄战役，到时我一定来给你们庆功！"

冀中平原　外　夜

在轻声演奏的《中国人民解放军进行曲》中，化出如下一组画面：

杨得志、罗瑞卿、杨成武、耿飚、潘自力分乘战马，率领晋察冀野战军向石家庄奔袭；

郑维山、胡耀邦等骑着战马，率领晋察冀野战军第三纵队向石家庄奔袭；

曾思玉、王昭等骑着战马，率领晋察冀野战军第四纵队向石家庄奔袭；

高主任和老炮兵赶着炮车，向着石家庄奔袭。

定格　叠印字幕：第十四集终

第 十 五 集

石家庄郊区野司指挥部　外　夜

静静的深秋之夜，显得有点可怕。

杨得志、罗瑞卿、杨成武、潘自力站在指挥部大门外，眺望漆黑偶有点点光亮的石家庄夜景。

耿飚从指挥部走出："报告！我攻城部队全部到位，就等着杨司令下达攻击令了！"

杨得志："通令参战部队，准时发起攻击！"

攻击部队前沿　外　夜

两名信号枪手举起手枪，对准夜空"啪！啪！"两声枪响。

特写：红色信号弹划破夜空，五光十色，煞是好看。

李正把冲锋号放在嘴边，用左手向下一挥，十几把军号一起高奏，声震夜空。

老炮手用力一拉，炮弹"轰"的一声飞向敌人的阵地。

炮声、冲锋号声，化作《中国人民解放军进行曲》的军乐声，同时送出男声画外音，并叠化出相关的战斗画面：

男声画外音："11月6日，我晋察冀野战军发起石家庄战役，至8日，全部肃清外围据点。其中，大郭村飞机场和北郊制高点云盘山争夺最为激烈。与此同时，我攻击部队开始土工作业，改造地形，交通壕沟延伸至距市沟百米之内，坑道挖至外市沟的外沿，为突破第一道防线奠定了基础！"

女声画外音："11 月 10 日 16 时，我晋察冀野战军对守敌第二道防线发起攻击。我第三纵队、第四纵队、冀晋军区部队、冀中军区部队很快从四面八方突破敌第二道防线，至 11 日 13 时，攻城部队全部进入市街，与守敌展开白刃格斗。"

男声画外音："11 月 12 日晨，我晋察冀野战军对大石桥地区至火车站、正太大饭店等核心阵地展开攻击。守敌第三十二师师长刘英指挥残部固守待援，负隅顽抗。我第四纵队预备队第十一旅投入战斗，经反复争夺，终于攻占这两个核心据点。"

女声画外音："是日八时，我第三纵队从西面和南面，我第四纵队从东面和东北面，冀晋军区部队从西北向守敌指挥中心大石桥地区发起猛烈攻击。激战至十一时，敌军停止抵抗，师长刘英被俘，历时六昼夜的石门攻坚战胜利结束！"

欢腾的鼓乐声、鞭炮声取代了《中国人民解放军进行曲》的军乐声。同时，叠化：

石家庄各界人民走上街头欢庆解放；

杨得志、罗瑞卿、杨成武、耿飚、潘自力等分乘吉普车进入石家庄市内，向街道两边的群众挥手致意！

我晋察冀野战军列队进入石家庄……

陕北　神泉堡村外　晨

毛泽东身穿大衣，顶着瑟瑟的北风踱步山坡上。

周恩来拿着一份电报快步走来："主席！你怎么一个人跑到这里来了，当心被寒风吹病了。"

毛泽东："我哪有这么娇气！"他转身看着周恩来那真诚的样子，"恩来，猜猜看，我方才在想什么事情？"

周恩来："我真的猜不出来。"

毛泽东："我想到了孙悟空，由此我又想到了玉皇大帝、释迦牟尼……"

周恩来笑了："目的呢？"

毛泽东："我不由得责问，我们这些大闹天宫的孙猴子，何时才能功德圆满呢？"

周恩来："快了！林彪他们历经五十天的秋季攻势，战果还是相当喜人的。"他把电报交给毛泽东。

毛泽东展读电报，小声念道："此役歼灭国民党正规军三个师部、两个师、九个团计四万七千余人，非正规军一个师部、二个师、三个营计两万二千余人，共计约六万九千余人……"他抬起头，连声赞曰，"了不起啊！了不起……"

周恩来玩笑地："主席，这是不是离功德圆满又向前进了一步呢？"

毛泽东高兴地："又进了一步，又进了一步。"

这时，叶子龙摇着手中的电文，十分兴奋地跑来："主席！周副主席！好消息，好消息啊！……"

毛泽东："是什么好消息啊？"

叶子龙："晋察冀野战军于 11 月 12 日取得了石家庄战役的胜利！"

周恩来："快念吧！"

叶子龙大声念道："此役共毙伤国民党军三千一百五十六人，俘师长刘英以下两万一千一百三十二人，共计两万四千二百八十八人，缴获各种炮一百三十三门，轻重机枪七百四十五挺。长短枪一万三千一百二十三支，还有……"

毛泽东笑着说："算了，算了！不要再念下去了。"他的身体一晃，险些栽倒在地。

周恩来急忙扶住毛泽东："主席，你怎么了？"

毛泽东镇定片刻，笑着说："一个胜利接着一个胜利，高兴得我有点头晕了。"

周恩来："不对！我看啊，这大半年以来，你实在是太累太累了啊。"

毛泽东："你还不是一样？再说，我们累得头昏脑涨，总比蒋某人气得睡不着觉好吧？"

周恩来："好！好！"

南京　国防部小作战厅　内　夜

蒋介石愤怒地大声说道："东北战场，损兵折将；华北战场，折将损兵；胶东战场，失地丢城；华中战场，丢城失地……一句话，造成我国民革命军前所未有的耻辱！"

在蒋介石的讲话中摇出：白崇禧、刘斐、顾祝同等高级将领的不同表情。

蒋介石："请诸位想一想，从装备到实力都很差的共匪为什么能打胜仗呢？其中一个因素就是，他们得到了匪区老百姓的全力支持，用毛泽东的话说，打的是人民战争！而我们呢？只是单纯的军事戡乱，没有发挥政治的、经济的、思想的和军事的总体威力。因此，我们欲要取得剿匪的全胜，就必须打一场总体战！明白了吗？"

"明白了！"

蒋介石："为章，你是参谋次长，谈谈你的意见吧！"

刘斐："如果要打一场整体战，就必须像您那样知己知彼，尤其是要知道共匪的长处。"

蒋介石："你认为共匪有哪些长处呢？"

刘斐："我赞同您于 11 月 4 日讲的，共匪有四个长处，即宣传、组织、主动和保密。同时，我还赞成您说的，我们要赶上他，压倒他，也要从精神方面努力。"

蒋介石："说得完全正确！当年，我在江西剿共的时候就提过'三分军事，七分政治'的口号。健生，你是国防部长，有何高见？"

白崇禧："从古今中外的战史上看，健全指挥系统是取胜的前提。举例说，北平行辕所属部队远远超过聂荣臻的共匪，我们为何一败清风店，再失石家庄呢！依我看啊，根源就出在令出多门。"

蒋介石："所言极是，我一定要解决！"

这时，毛人凤走进："报告！共匪进入石家庄之后，他们到处抢掠商铺的东西，侵犯资本家的利益，吓得这些人纷纷逃往北平和天津。"

蒋介石冷笑一下："我早就说过，朱毛就是一些'拉杆子'的土匪。就像李自成、张献忠那样，一旦打进北平城，也就是他们彻底完蛋的开始！"

陕北阎家峁　毛泽东窑洞　内　夜

毛泽东重拍桌子，异常生气地："岂有此理！这不是解放石家庄，这是在败坏我们人民解放军的名誉！"

周恩来叹了口气："主席，这个教训是深刻的，好在是初犯，影响也仅仅限于石家庄。"

毛泽东："那也要遵照中国人民解放军的大法《三大纪律八项注意》处理！"他怅然地叹了口气，十分沉重地说道，"恩来，随着解放战争的节节胜利，如何接管城市、发展经济又提到议事日程上来了。"

周恩来："我看这项工作就交给中央工委吧！"

毛泽东："不行！"他又长长地叹了口气，"我们的基本队伍是农民，可我们的这些农民出身的干部，听说在具体的土改工作中又犯了不少'左'的错误。"

周恩来："我也听到了一些。"

毛泽东："我看啊，有关接管城市工作的章程就交给陈云和洛甫吧！陈云同志生在上海，对经济工作又熟悉。再加上洛甫同志出过国留过洋，见识过不少的外国大城市。他们二人联手，是可以搞出一个接管城市的章程来。"

周恩来："我赞成！主席，关于我军在石家庄犯的错误如何处理呢？"

毛泽东猝然间又要发火。

周恩来急忙说："息怒，息怒！"

毛泽东憋了好长时间，遂又叹了口气："第一，不准过分地批评我们的战士，他们是在拿自己年轻的生命给人民打天下的；第二，要批评就批评我毛泽东，是我没有提前让他们学习有关城市的政策嘛！"

周恩来："我周恩来也要做自我批评！"

毛泽东再次发火："但是！聂荣臻要带头做自我批评，杨得志、罗瑞卿、耿飚三个人也要做深刻的自我批评！如果未来在解放保定、天津、北平再发生这样的问题，我一定撤他们的职！"

周恩来："我举双手赞成！"他缓和了一下口气说道，"主席，我听说聂荣臻同志喜欢文艺，晋察冀有一个很不错的剧社，请他们给石家庄的老百姓演戏，加强军队和老百姓之间的感情嘛！"

毛泽东笑了："好，好……"

石家庄野司临时指挥部　内　日

杨得志、杨成武、耿飚、潘自力等坐在椅子上，谁也不说一句话。

室外传来汽车刹车的响声。

杨得志腾地一下站起来："聂司令来了！"说罢第一个冲出指挥部。

接着，杨成武、耿飚、潘自力快步走出指挥部。

罗瑞卿从吉普车上走下来，笑着说："同志们好呀！"

杨得志："有什么好的？打了一个胜仗，解放了一座城市，还让毛主席、周副主席代我们检讨错误。"

杨成武："罗政委，聂司令怎么没来？"

罗瑞卿："等一下他陪着总司令来为你们庆功！"

杨得志、杨成武、耿飚、潘自力等忍俊不禁地"啊"了一声，不知该说些什么才好。

罗瑞卿："你们这是怎么了？老总说，我是有言在先的，一定要好好地为同志们庆功！为此，他亲自到白洋淀码头买了活蹦乱跳的大鲤鱼，还有孙毅孙胡子为你们买了一箱衡水老白干。耿参谋长！"

耿飚："在！"

罗瑞卿："找两个干事，把吉普车上的鱼、老白干全都搬到厨房去。"

耿飚皱着眉头："罗政委，我们几个都没有胃口哟。"

罗瑞卿："那好，等一下啊，总司令和聂司令说，他们要亲自下厨房，为大家做一次地道的四川菜，你们不吃啊？反正我吃。"

"我们也吃！"

野司临时食堂　内　日

杨得志、罗瑞卿、杨成武、耿飚、潘自力很不自然地坐在各自的座位上，看着就要上齐的川菜、衡水老白干，似没有一点胃口。

有顷，朱德围着做饭的白围裙，端着一个不算小的搪瓷盆，边喊边走出厨房："水煮鱼上桌了！"他把这盆水煮鱼放在了餐桌的中央。

罗瑞卿有点馋涎欲滴，忍不住地拿起筷子就要下箸夹着吃水煮鱼。

朱德用手一挡，说道："等一下，还有一道有名的川菜没上桌呢！"

话音刚落，聂荣臻同样围着做饭的白围裙，端着同样的搪瓷盆，边喊边走出厨房："水煮牛肉上桌了！"他把这盆水煮牛肉并排放在那盆水煮鱼旁边。

朱德、聂荣臻解下白围裙坐在预留的座位上。

朱德："同志们！再好的饭菜都不要抢着吃。下面，由聂荣臻司令宣读中央军委、毛主席发来的贺电！"

杨得志等禁不住地鼓掌。

聂荣臻站起身来，双手捧读贺电："仅经一周作战，解放石门，歼灭守敌，这是很大的胜利，也是夺取大城市之创例，特嘉奖全军。"

杨得志等激动地站起身来，用力鼓掌。

聂荣臻笑着说："暂停鼓掌！下面，请我们的总司令即兴赋诗，一表祝贺！"

杨得志等再次热烈鼓掌。

朱德站起身来："我不是七步成诗的曹子建，但是我有一颗热爱我们军队的爱心，你们打胜仗，我高兴得睡不着觉，你们还没击溃敌人，我急得在院子里转个不停。清风店打胜了，石家庄拿下来了，我就是哼几句打油诗也高兴！"

杨得志等强忍着泪水鼓掌。

朱德酝酿了一下情绪，吟道："石门封锁太行山，勇士掀开指顾间。尽灭全师收重镇，不教胡马返秦关。攻坚战术开新面，久困人民动笑颜。我党英雄真辈出，从兹不虑鬓毛斑！"最后，他伸展双手指向空中。

聂荣臻带头热烈鼓掌。

朱德端起酒杯："同志们！都把酒杯举起来，为那些在清风店战役、为在解放石家庄战役中牺牲的战友干一杯！"他说罢将酒杯中的白酒泼在地上。

聂荣臻等与宴者站起身来端起酒杯，将酒杯中的白酒泼在地上。

朱德："都坐下吧！我想先说几句话。"

聂荣臻等与宴者相继落座。

朱德："第一，打了胜仗，就要庆贺胜利；第二，打仗过程中有错误，我们就检讨、改正。毛主席经常说：改了就是好同志嘛！"

聂荣臻等与宴者笑了。

朱德："罗长子，拿了人家的东西还了没有？"

罗瑞卿："还了！我带头还向人家道了歉。"

朱德："石家庄的市民有何反应？"

杨得志："一个教书先生说：俗话说得好，秀才碰上兵，有理说不通。现在，中国人民解放军把他反过来了，有理没理都能讲得通！"

朱德："这就很好嘛！今天晚上，我们的剧社不是在戏院演出吗？我借着看演出也听听老百姓是怎么说的。"

聂荣臻："不行！不行……杨得志，快下命令！"

杨得志："石家庄刚解放，潜伏的特务不少，您是不能去看演出的。"

朱德："看来，我这个总司令也只有听从你这个野战军司令员的了！"

全体与宴者笑了。

朱德："来！吃庆祝胜利饭，喝庆祝胜利酒。"

石家庄戏院　内　夜

这是一座不大的戏院，坐满了各界观众。

有顷，罗瑞卿、杨得志、杨成武、耿飚、潘自力等走进戏院，在前边的座位上落座。

一位身穿列宁装、扎着两条小辫子的报幕员走到台前，大声说道："晋察冀军区抗敌剧社慰问石家庄人民演出，现在正式开始！"

台下观众爆发出热烈掌声。

报幕员："第一个节目，女声独唱，由我社知名的女歌唱家来鹰同志演唱《妇女自由歌》！"

台下再次爆发出热烈的掌声。

来鹰化装成一位农村妇女走到台前，冲着侧幕前的民乐队微微地点了点头。

李正举起右手，轻轻地向下一点，民乐队奏响了《妇女自由歌》的前奏。

来鹰酝酿了一下情绪，放声唱起了《妇女自由歌》：

> 旧社会，好比是，
> 黑格洞洞的苦井万丈深。
> 井底下压着咱们老百姓，
> 妇女在最底层……

在来鹰的歌唱中摇出各界人士的不同表情。

杨得志侧首看了看用心听唱的罗瑞卿，用右手轻轻地碰了一下罗瑞卿的胳膊。

罗瑞卿小声地："听歌，有什么事回去再说。"

杨得志："不行！请小声告诉我，上边还有什么精神吗？"

罗瑞卿："你呀，满脑子里装的都是打仗，想休息一下都不行啊！"

杨得志："我从小就不喜欢唱呀跳的，就想知道下一场仗何时打，打谁。"

罗瑞卿："咳！拿你可真没办法。告诉你吧，中央军委和毛主席做出了决定：今后军队攻下城市，立即交由地方同志负责接管。"

杨得志："这个办法好，免得我个司令还得管接管城市的事情。"

罗瑞卿："那也得做检查！过几天，我们在晋县开会，总结攻打石家庄的经验和教训。"

杨得志："行！军事上还有什么大的动作吗？"

罗瑞卿："有！我晋察冀军区要扩充三个纵队，编制嘛，也会发生一些变动。"

杨得志："行！"

罗瑞卿："老总说，蒋介石又要去北平了！用主席的话说：蒋介石到哪里，我们就在哪里打胜仗。"

杨得志过分地兴奋了，说话的声音有点大："对！对！"

罗瑞卿打了杨得志一拳，小声批评："控制点情绪，不要影响别人听唱。"

杨得志做了鬼脸："是，是。"

南京　蒋介石官邸　内　夜

宋美龄坐在沙发上，听着英语外电广播。

蒋介石气呼呼地走进，问道："夫人！你阿哥子文来电话了吗？"

宋美龄："没有！"她起身走到蒋介石身边，亲手帮他脱下戎装，挂在衣架上。

蒋介石生气地："你再给他打电话，让他赶快向美国佬要钱！"

宋美龄不悦地："你说话的口气能不能客气点啊？"

蒋介石："不行！"他缓和了一下口气，"夫人，你必须清楚，打仗打什么？一是打钱，再是打钢铁。我都快撑不下去了，他美国必须掏钱帮助我！"

宋美龄："凭什么？如果美国不给你钱呢？"

蒋介石动了火气："他必须给！"

宋美龄愕然地："为什么？"

蒋介石理直气壮地："因为他们清楚，一旦中国变成毛泽东的天下，这就等于中国和苏联结盟，一致对付他美国。"

宋美龄："如果美国在中国换马，比方让李宗仁、让胡适上台呢？"

蒋介石："他们都是扶不起来的天子！尤其是胡适，连秀才造反，三年不成的道理都不懂，还想在中国玩政治，真是可笑得很啊！一句话，让自以为天下第一的美国人，在中国当他的玩木偶的高手吧！"

宋美龄生气地："我真没想到，你是这样地瞧不起像胡适先生这样的洋派知识分子！"

蒋介石："夫人，你仔细想想看，像胡适这样的人，他不是靠美国过日子，要么就是投靠我而生存。请问，他们何时有过他们自我吹嘘的独立人格？"

宋美龄生气地："真是秀才遇到兵，有理说不清……"

蒋介石："那就等以后再说！时下嘛，你就让阿哥子文理直气壮地向美国要钱，他们再不情愿也一定会给的。"

宋美龄难以理解地叹了口气："达令，我听了你的话，真是有点不可理喻的感觉。"

蒋介石："这说明夫人于政治还没入门呢！"

这时，蒋经国走进："父亲，我已经把父亲赴北平的事宜安排妥当，就看父亲何时——"

蒋介石："停！记住，父亲——不！世界上所有领袖行动的时间都是高度的机密。"

蒋经国："我懂！一切准备就绪，就等父亲传令。"

蒋介石："傅作义将军一定要与会。"

蒋经国："我已经请北平行辕李宗仁主任通知他了。"

蒋介石："不！这次你要亲自打电话通知他莅会。"

蒋经国迟疑片时："是！"

张家口　张垣行署办公室　内　日

傅作义独自一人坐在椅子上，望着墙上的作战地图陷入沉思。

鲁英麟身着戎装走进，看着傅作义的样子微微地摇了摇头，分外庄重地说："傅主任！我遵命前来报到，聆听傅主任的训示。"

傅作义转过身来，格外亲切地说："老同学，你今天这是怎么了？"

鲁英麟："我还想问你呢！"

傅作义："问我什么呢？"

鲁英麟："我听说大公子蒋经国给你打电话，我就猜到蒋主席是到了三顾茅庐之第三顾的时候了。因此，我想当面向学长兼首长表达敬贺之情，没想到……"

傅作义："我不仅没有一点高兴的意思，反而坐在这里给这张作战地图相面。"

鲁英麟："是啊！就要升官了，反而发起了愁。"

傅作义叹了口气："咳！你这就叫不当家不知柴米贵啊！当年，刘备三顾茅庐，是诚心把兵权交给孔明，而我们的蒋主席呢，他是为势所逼，实出无奈之举啊！"

鲁英麟："有道理，有道理……"

傅作义再次怅然地叹了口气，有点悲凉地说："这让我不得不想起十七年前，张学良登上华北王之后的下场，今天，我傅某人未来又将是个什么下场呢？"

鲁英麟："你的这番议论使我想起了一句古语：人无远虑，必有近忧啊！想到此，我更加感到自愧不如！"

傅作义："虽说形势比人强，但人也是可驾驭形势的啊，这就是我请你来的目的。"

鲁英麟："你就下命令吧，我这师弟一如既往，你指到哪里，我就打到哪里。"

傅作义走到作战地图前，拿起教鞭指着作战地图讲道："北平——或曰平津保三角地带的战略核心是北平以北的承德，这里是东北林彪和华北聂荣臻两大军事集团的接合部，蒋先生是绝对不会让他们联结起来。为此，他把嫡系部队李文兵团放在这里。"

鲁英麟："结果，天津以南并无真正能打仗的部队，好在聂荣臻所部也力所难及。关键是失掉南大门石家庄的保定该如何设防呢？"

傅作义："这里既是你我学军之地，也是通往我们的发祥之地——大西北的门户。保住了这一地区，我们进可攻，退可守，一旦丢掉了……后果堪虞啊！"

鲁英麟："那我就亲率第三十五军驻防此地。"

傅作义："你我所见略同。不过，在蒋先生未正式下达命令之前，一定不要轻举妄动！"

鲁英麟："是！"转身离去。

傅作义官邸客室　内　夜

傅冬菊穿着入时的毛衣，头上戴着一个漂亮的发卡，一边收拾茶具一边非常高兴地唱着西北的爬山调：

> 青山绿水一道道沟，
> 好活的日子在后头……

阎又文身着冬便装走进客室，一看傅冬菊高兴的样子，笑着问道："冬菊，是什么好活的日子在后头啊？"

傅冬菊："我想啊，中国受苦受难的老百姓好活的日子在后头吧！"

阎又文："我还以为你们傅家好活的日子在后头呢！"

傅冬菊："你不是不知道，我们傅家还需要什么好过的日子呢？"

阎又文一笑："那你为什么从天津跑回绥来呢？"

　　傅冬菊："跑新闻！《大公报》的老总们对我说，你父亲就要高升了，回去问问你的父亲有什么内幕。让《大公报》在全国来个头条啊！"

　　阎又文摇了摇头："我看啊，你父亲什么条都不会告诉你的。"

　　这时，傅作义大步走进，一眼看见了傅冬菊："女儿，我就知道你又回来了！"

　　傅冬菊故作孩子状："爸！为什么？"

　　傅作义："这还用问吗？不过……"

　　傅冬菊把嘴一噘，学着傅作义说话的口气："你先和你娘聊天去，我和你阎叔叔谈公事。"

　　傅作义："乖女儿，那就找你娘去吧！"

　　傅冬菊往椅子上一坐："今天，我偏不乖了，我就坐在这里听你和阎叔叔的谈话。"

　　傅作义生气地："你怎么这样不听话？"

　　阎又文忙当和事佬："傅长官，冬菊不是孩子了，又是办报的，她要听是在情理中事。"

　　傅作义："我真是拿你没办法！不过，我要把丑话先说到前边。"

　　傅冬菊："爸爸有什么丑话就说吧！"

　　傅作义："今天我和你阎叔叔谈的是机密大事，不准透露给《大公报》。"

　　傅冬菊："爸，是你和我亲啊，还是《大公报》和我亲啊？我怎么可能把不利于爸爸的事捅给《大公报》呢！"

　　傅作义无奈地："好吧！"他看了看正在品茗的阎又文说道，"你必须尽快写出两篇有分量的新闻稿，一篇是我接受任命后对蒋先生的感恩，一篇是我上任后的执政方略。记住：文章不要长，语气要谦虚，不准提清风店失败和石家庄失守这两件事。"

　　阎又文："记住了！"

　　傅作义："不准让任何人知道你在写这两篇文稿。"

傅冬菊："为什么？我们《大公报》的同仁都知道父亲就要取孙连仲而代之了！"

傅作义："你不懂！又文，随时做好准备，跟着我去北平，对外的口径是，什么都不知道。懂了吧？"

阎又文："我懂，我懂。"

蓝天白云　长空　日

一架专机平稳地飞翔在长空。化入机舱：

蒋介石、蒋经国相对而坐，喝着白水进行交谈。

蒋介石："经儿，此次北平之行，各界人等都要让你见识一下。"

蒋经国："是！"

蒋介石："北方的武人尚武少文，比方说，奉系的张作霖、西北军的冯玉祥，就说是直系的吴佩孚，也都成了父亲的手下败将。但有两个人是个例外，一个是不出娘子关的阎锡山，一个是有着扩张欲望的傅作义。"

蒋经国："既然傅作义有着扩张欲望，他为什么从不主动地向外扩张呢？"

蒋介石："这就是他的厉害之处。"

蒋经国："他知道父亲此次北平之行的目的吗？"

蒋介石："当然知道！"

蒋经国："可毛人凤派到张家口的人报告说，傅作义从不相信外边传的消息。"

蒋介石："这就是他的城府所在。"他呷了一口白水，"这也就是他难以驾驭之处。"

蒋经国："李宗仁如何看待华北的战事？"

蒋介石淡然一笑："他从来没把华北放在心上。"

蒋经国："难道他还想和父亲争天下？"

蒋介石："他已经和父亲争了大半辈子的天下了。"

蒋经国微微地点了点头。

北平行辕办公室　内　日

李宗仁严肃地说道："今天，蒋主席亲自莅临北平行辕，帮助我们总结清风店、石家庄失守的教训。俗话说得好，失败是成功之母，因此，希望诸位同仁不要有顾虑，把心里的话通通讲出来。"

在李宗仁的讲话中镜头缓缓摇出：

蒋介石身着戎装，无比威武地端坐在主席座位上，不时地巡视与会者的表情。

蒋经国坐在紧挨着蒋介石的座位上，与会者有三分诧异地注视蒋经国。

傅作义、孙连仲等高级将领正襟危坐，做出等待蒋介石训话的表情。

李文等蒋记嫡系将领傲岸不逊地盯着孙连仲等败将。

李宗仁："哪位先说？"

与会的将领沉默不语。

蒋介石再也忍耐不住了，他严厉地训斥："诸位这是怎么了？清风店、石家庄丢了，数万人马被共军打垮了，连一点教训都没有吗？难道就是我蒋某人一人的责任吗？"

李宗仁笑着打圆场地说道："蒋主席息怒！第一，是我李宗仁的责任，因为这是发生在北平行辕管辖区内的败绩；第二嘛——"

孙连仲倏然站起，说道："主要是我一个人的责任！"

蒋介石依然是严厉地，说道："那就讲一讲你一个人的责任嘛！"

孙连仲板着个脸，操着敢于担责的口吻说道："我是一个职业军人，但指挥才能有限，尤其是与共匪作战的经验不足。正因如此，在部属面前难以确立威信。战端一开，有我指挥失当之处，也有部属各行其是之过。结果嘛，就导致了清风店、石家庄两战败北、损兵折将的结局。"

蒋介石："你说该怎么办呢？"

孙连仲："我愿请辞本兼各职，以谢国人！"

蒋介石："你对华北剿匪还有什么意见吗？"

孙连仲："我记得在蒋主席委任我为保定绥靖公署主任不久，我曾通过陈诚参谋总长向您表示，想要加强华北的军事力量，应当将察哈尔、绥远的部队调至华北。为达此目的，应将傅作义将军调任华北剿匪总司令！"

蒋介石："对！我记得似有此事。"

孙连仲："今天，我依然坚持此见。在免去我的保定绥靖公署主任的同时，希望蒋主席任命傅作义将军出任华北剿匪总司令。"

蒋介石笑着说："很好，很好！"他看着傅作义说，"宜生，你的意见呢？"

傅作义："我听后真的有点诚惶诚恐！希望蒋主席慎重再三为好。"

蒋介石："德邻，你是北平行辕主任，谈谈你的意见。"

李宗仁："我个人认为，傅作义将军是一位卓越的军事家，同时也是一位杰出的行政人才。"

蒋介石笑着说："评价很高嘛！再说得详细些。"

李宗仁："早在直奉战争初期，傅作义将军就以固守涿州而名震华北；之后，又以百灵庙战役揭开抗日战争的序幕；就说内战爆发之后吧，唯傅将军一克张家口，再败晋绥的共匪。这在华北的高级将领中堪称佼佼者！"

蒋介石赞同地点了点头："诸位有不同的意见吗？"

"没有！"

蒋介石："宜生，你看大家对你是众星捧月啊，你还有什么意见吗？"

傅作义："我勉为其难，唯蒋主席之命是从！"

蒋介石站起，严肃地说道："好！我宣布北平行辕改组的命令！"

李宗仁、傅作义、孙连仲等与会将领全体站起。

蒋介石严厉地宣读："保定、张垣两绥署即行撤销，另成立华北剿匪总司令部，调傅作义、孙连仲兼任北平行辕副主任，并特任傅作义为华北剿匪总司令，晋、冀、察、热、绥五省军队归华北剿匪总司令管制、指挥！"

"是！"

后圆恩寺行营官邸　内　日

蒋介石："经儿，北平行辕的会听后有何感想啊？"

蒋经国："我始终不明白，这位北平行辕李主任为何这样夸傅作义呢？"

蒋介石冷笑："这是新军阀残留下来的思想在作怪。"

蒋经国："请父亲明示。"

蒋介石："李宗仁是桂系的首领，他不愿意有我的人马在北平掌握兵权，所以他就力荐傅作义。"

蒋经国："可这个傅作义更是可笑，他心里明明想当这个剿匪总司令，可他嘴上还要谦让一番。"

蒋介石："记住，这就是傅作义难斗之处。"

这时，侍卫官走进："报告！北平行辕李主任很快就到。"

蒋介石："经儿，跟着父亲去见识一下这位想问鼎九五之尊的人。"

后圆恩寺行营客室　内　日

蒋介石驻足窗前，默默地眺望初冬的长空。

蒋经国在客室内踽踽踱步，似不把李宗仁放在眼里。

李宗仁走进，客气地："蒋主席！我到了。"

蒋介石转过身来，热情地："很好！请坐下谈吧。"他就近坐在沙发上。

蒋经国挨着蒋介石落座。

李宗仁不卑不亢地坐在蒋介石对面的沙发上，拿起茶几上的茶杯呷了一口香茗。

蒋介石："今天，我分别与北大、清华，还有北师大的校长进行了座谈，听取了他们对明年竞选总统的意见。"

李宗仁："他们是怎么看的？"

蒋介石："他们嘛，当然是支持了。"他说罢看了看李宗仁的表情，"这些人和你我不同，是念外国洋人的书长大的。因此，他们在校里校外讲的、宣传的都是西方的自由、民主、平等，当然，他们还外加一个博爱这种东西。俗话说得好，吃谁家饭长大的就会听谁家的话，因此，他们对美国竞选总统更是情有独钟。"

李宗仁微微地点了点头。

蒋介石："他们几乎无一例外地都说，只要按民意选出了总统，中国就可以繁荣、富强，甚至有人还天真地说，只要民选的总统登高一呼，举国就会众人跟随，自然共匪就可以不战而胜了。"

李宗仁叹了口气："这是不可能的！"

蒋介石："你说得对！这是典型的坐而论道，空谈天下。我想，不仅毛泽东不会听这些洋秀才清谈误国，就是我蒋某人也不会上这些假洋鬼子的当！"

李宗仁笑了："叫我说啊，他们还是留在学校教书的好。"

蒋介石："可他们就是要走上社会，用他们的所谓理念教化国民！"

李宗仁："不然，就显不出他们是学问家！"他沉吟片时，"明年，你还举行总统选举吗？"

蒋介石断然地："当然要举行总统竞选！"他笑着看了李宗仁一眼，"不然，岂不辜负了德邻的一番用心。"

李宗仁一怔："您的意思是……"

蒋介石："简单！前不久，我就对你说过，你把程思远先生调到了北平，请他在宁、沪代为布置。同时，你还请程思远给吴忠信、司徒雷登捎了两封信，对吧？"

李宗仁："这还瞒得了你！"

蒋介石："今天，我也正式表明我的态度，支持你竞选副总统！"

李宗仁："谢谢！"

蒋介石："同时，我还要告诉你，今天，我也向这三位大学校长讲了，我也支持胡适先生竞选总统！"

李宗仁鄙夷地一笑："绝无可能！"

蒋介石站起身来，边踱步边近似嘲弄地说："中国人不是爱看热闹嘛，让胡适这位洋博士也来参加热闹一下，有什么不可呢？"

李宗仁幡然醒悟，遂笑着说："对，对……"

蒋介石故作疲倦状："今天，你我就谈到这里吧，让经国代我送客。"

李宗仁："谢谢！"他站起身来走出客室。

蒋经国紧紧跟着李宗仁走出客室。

蒋介石坐在沙发上微闭双眼，想休息片时。

有顷，蒋经国走回客室："父亲！没想到这个李宗仁也想来凑热闹。"

蒋介石："因为他有美国人——尤其是驻华大使司徒老儿给他当后台。"他站起身来，说道，"时下，放下做副总统梦的李宗仁暂不去管，最为重要的是看看就要上任的傅作义如何出牌。"

定格　叠印字幕：第十五集终

第 十 六 集

南京　蒋介石官邸客室　内　夜

　　蒋介石坐在沙发上，无比愤怒地眯着眼在收听广播：

　　"同志们！中国人民革命战争，现在已经达到了一个转折点。这是一个历史的转折点。这是蒋介石的二十年反革命统治由发展到消灭的转折点。这是一百多年以来帝国主义在中国的统治由发展到消灭的转折点。这是一个伟大的事变。这个事变所以带着伟大性，是因为这个事变发生在一个拥有四亿七千五百万人口的国家内，这个事变一经发生，它就将必然地走向全国的胜利！"

　　在蒋介石收听广播中，蒋经国走进，"啪"的一声关闭了收音机。

　　蒋介石睁开眼睛，生气地："你为什么关死收音机？"

　　蒋经国："父亲，毛人凤通过内线不仅搞到了毛泽东的这篇讲话《目前形势和我们的任务》，而且还搞到了共产党召开的 12 月会议的其他内容，尤其是还提出……"

　　蒋介石不悦地："说嘛，不就是公开宣布'打倒蒋介石，建立新中国'的目标嘛！"

　　蒋经国："父亲都烂熟于心了，您何必还听呢！"

　　蒋介石震怒地："我要清醒清醒，你懂吗？"

　　蒋经国："懂！可东北战场上的情况……"

　　蒋介石："讲！"

蒋经国："毛泽东已经批准东北民主联军改称东北人民解放军。"

蒋介石："还是林彪当司令吧？"

蒋经国："是！"

蒋介石："换汤不换药！他发起的所谓冬季攻势进展如何啊？"

蒋经国："他们相继在铁岭西南截击新编第六军第二十二师一个团，在法库以南再歼暂编第五十九师一个团，日前又全歼第四十九军第七十九师，少将副师长李福太当了共军的俘虏……"

蒋介石猝然站起："停！停……"他快速踱步，渐渐缓和了一下情绪，"林彪他近期还想干什么？"

蒋经国："据来自东北的情报，林彪已经调集四个纵队开赴辽西公主屯，准备全歼我新五军。"

蒋介石蓦地火起："陈诚无能！如果他再把我的新五军被林彪吃掉了，我一定拿他是问！"

宋美龄从内室走出："达令！你不必拿辞修是问了，他自从接替你的得意门生杜聿明的职务之后，在天寒地冻的关外指挥打仗，累得胃已经出血了！"

蒋介石愕然一怔，近似自语地："真的？"

宋美龄："真的！方才，我的干女儿打来电话，让我求您把她的丈夫从沈阳调回南京看病。"

蒋介石长叹了一声："新年到了，我怎么一个好消息都没有啊？"

宋美龄："有！"

蒋介石一惊："什么？"

宋美龄："美国国会通过给国民政府一千八百万美元的'临时援助'。"

蒋介石："好！好！夫人，继续跟美国人要钱，他一定会给的。"

宋美龄无奈地摇了摇头。

蒋介石顿时来了精神："经儿！立即把布雷先生改定的元旦献词交由电台播发！"

陕北杨家沟窑洞　内　日

杨家沟四处响着鞭炮声，一派辞旧迎新的景象。

毛泽东在窑洞门口缓缓地踱着步子在收听蒋介石的所谓新年献词。

窑洞门口摆着一架收音机，传出男播音员的声音："女士们！先生们！全国各界听众们！非同寻常的 1947 年过去了，我们又迎来了更加不平凡的 1948 年！今天我们将为你们播发蒋主席的元旦献词，《继续八年抗战精神，肃清匪患安定民生》。蒋主席庄严承诺，将在 1948 年这一年内消灭共军主力，全国各地的散匪也可望能在一二年内肃清……"

周恩来走到窑洞门前，笑着说："主席，你听了蒋某人的元旦献词有何感想？"

毛泽东关闭收音机，蔑视地说："蒋某人说在一年内消灭共军主力，恐怕连他自己都不相信吧！"

周恩来："是的！用当年上海的一句俗话说，吹牛是不上税的！"

叶子龙快步走到近前："主席！周副主席！日前，傅作义在张家口就任华北剿匪总司令，现在已经迁到北平，并发表了就职演说！"

毛泽东："摘其要者说一说就行了！"

叶子龙："他要用蒋介石提出的所谓整体战，打垮解放军的人民战争！"

毛泽东："吹牛！我们的人民战争是兵民胜利之本，他怎么可能用整体战取胜呢！"

叶子龙："为此，他着手调整军事部署：针对我们'集中兵力，打歼灭战、运动战'的特点，决定采取'以主力对主力，以集中对集中'的方略，把他手下的正规军编为平汉、津浦、平绥三个兵团，实施'机动防御'。"

毛泽东凝思自语："是有点新鲜的。"

周恩来："他还有什么动作？"

叶子龙："他冒着天寒地冻的大雪天，带着有关人员亲自考察了天津、唐山、高碑店、涿州、保定等地的防务。"

毛泽东："对此，蒋某人有什么想法？"

叶子龙："就像主席说的那样，蒋某人的战略重点是在关外。因此，他针对我东北人民解放军就要围歼新五军，一是要换帅，据内线报告，他内定由卫立煌取陈诚而代；二，他要求傅作义速派两个军出关救援。"

毛泽东："恩来，立即电告杨得志、罗瑞卿，让他们加大攻击傅作义所部的力度，拖住他的主力部队，让他无力派兵出关救援。这也就等于帮助了东北人民解放军，加快消灭辽西公主屯的新五军。"

北平　华北剿匪总司令部　内　夜

傅作义身着便装，驻足墙下，用心地看着作战地图。

身着中将军阶的李世杰走进，焦急地："报告！总司令，大事不好了！"

叠印字幕：华北剿匪总司令部参谋长　李世杰

傅作义镇定地："不要着急，出什么事了？"

李世杰："平汉、津浦、平绥三条铁路，一夜之间全都被老冤家八路军给扒了！"

傅作义大惊："破坏到什么程度？"

李世杰："全都不能通火车了！"

傅作义："也就是说，我们无法利用铁路运输军队了？"

李世杰："是的！"

傅作义震怒地："真他娘的不是东西！八路，八路，就是会'扒路'！"

身着中将军阶的鲁英麟走进，看到傅作义生气的样子。忙行军礼："总司令！我奉命赶到。"

傅作义立即转变情绪："来，来！让李参谋长给你讲讲华北战场的形势，然后我再给你下达具体的作战任务。"

鲁英麟："是！"遂走到作战地图前。

李世杰拿起教鞭，指着作战地图讲道："据可靠的情报，我们在涞水方向发现了共匪的第三纵队，为此，傅总司令把原孙连仲的十六军、九十四军向涞水以西疾进，并且在薛家庄会合了。据报，虽说国军距离共匪第三纵队只有十多公里，但不知附近有没其他共匪的部队，所以总司令未敢轻易地对共匪第三纵队下令围歼。"

鲁英麟："总司令！听说共匪最近进行了扩编，真实情况是怎样的呢？"

李世杰："据说杨得志率领的野战军增加了一个纵队，其他尚无准确的消息。"

鲁英麟："看来，我们的情报工作还没有跟上啊！"

李世杰不高兴地说道："鲁军长！我们刚刚组建华北剿匪总司令部，我们原有的张垣绥署情报部门无法完成现在的情报任务。"

傅作义："李参谋长说得有道理。英麟啊，我经常和你说，古今中外的兵家都很重视初战必胜。为此，我准备命令你亲率被家乡父老称为'绥远虎'的第三十五军，还有暂三军、骑兵师等一并南下，用四个军对付他们的四个纵队，我们才能做到胜券在握。"

鲁英麟："请总司令放心，由您亲自训练、指挥多年的第三十五军出马，与我对峙有时的共匪那是输定了！"

傅作义："你一定要记住：小心用兵。尤其是我们的看家利器——第三十五军是出不得一点问题的，否则我们在华北平、津、保三角地带是很没有脸面的。"

鲁英麟把头一昂，盛气凌人地说："总司令！我只会为你掌控的三十五军增光，更不会在华北地盘上给您丢人。"

李世杰："鲁军长，我再向你报告一个意外的消息，实出我们所料的是，昨天一夜，共匪把沿线的铁道全扒了，你和弟兄们……"

鲁英麟："没有关系，我军有汽车、有战马，还有被绥远老乡吹之为那双日行千里急夜行八百的双脚，来他个两天一夜的急行军，我们三十五军就一定会把共匪包围起来，并就地歼灭。"

傅作义："不可轻敌！一定要贯彻我制定的以主力对主力、以集中对集中的作战方略。"

鲁英麟："是！"

傅作义："何时开拔，听从我的命令！"

鲁英麟："是！"行军礼，转身走出总司令部。

晋县周家庄　内　日

这是一家地主大院，正房中有火炉，上边烤着几块红薯。

杨得志、罗瑞卿、杨成武、耿飚、潘自力围着火炉讨论组织实施新的战役。

罗瑞卿："撤出张家口的时候，我就说过一定要报傅作义夺城之仇！一年零两个多月过去了，仇还未报，这个老冤家又找上门来了，大家说，这新仇旧恨怎么报吧！"

杨得志："我们突然破路，是把敌人调动起来了！据情报证实，傅作义派出来的是十六和九十四两个军，可他们跑到涞水县的薛家庄干什么？"

耿飚："可能盯上我第三纵队了！"

杨成武："傅作义两个军，对我一个纵队，二比一，不能打。就算是把南面的二、四纵队调上去，三比二，还是不能打。最令人不解的是，敌两个军在薛家庄待了一天一夜了，他们为什么还没有行动呢？"

杨得志："是啊！敌人要老是这样抱团，我们还真不好下手哩！"

罗瑞卿："换句话说，这新仇旧恨还是很不好报的。怎么办？我们再静观其变一夜。"

晋县周家庄大院　外　夜

夜空，飘着鹅毛大雪，房顶、地上全是白色。

通信参谋手持一封电报大步走到屋门前："报告！"

屋里传来下炕的声音，随之灯也亮了。

"咣当"一声，耿飚打开了屋门。

通信参谋："聂司令员发来急报！"递上电报，转身离去。

耿飚手持电报走进里屋一看：

杨得志、罗瑞卿、杨成武十分精神地坐在炕沿上，六只大眼盯着他耿飚。

耿飚摇了摇手中的电报："聂司令员发来的急电！"

罗瑞卿："不要传阅了，你把它念一遍就行了！"

耿飚捧读电文："敌既已调出，就要抓住战机，敌两军不肯分散，就应设法将其分开，抓住一个来打。聂。"

杨得志等四人陷入沉思，有的大口抽烟，有的在地上踱步，谁也不说一句话，似都在思索怎么办。

耿飚为了打破这困局，故作幽默地说道："诸位，这么缄默也不是个办法吧，怎么样，我先来个抛砖引玉，说出来供大家评论。"

罗瑞卿严肃地："你就快着说吧！"

耿飚："我们是不是可以先围攻保定，诱敌前去支援。若援敌只去一路，我们正好下手，如两路同去，我们就寻机抓他一路来打！"

杨成武腾地一下从炕上跳到地下："我看可以！保定是平汉线上的重要枢纽，也是敌平、津、保三角地带防御的一个犄角，傅不会坐视不管的。"

杨得志微微地点了点头："我看这个主意不错。我们就把六纵拿上去，再给他加强一个旅，一定要猛攻保定。罗政委，你的意见呢？"

罗瑞卿："我赞成！要电告六纵司令文年生、政委向仲华，要把佯攻当作真攻来打，要打得保定守敌新编第二军军长李士林坐立不安！"

保定　新编第二军作战室　内　晨

李士林的卧室清雅、恬静，凭借晨曦的微亮可见：

李士林躺在床上，正抱着小妾睡回笼觉，发出震耳欲聋的鼾声。

突然，保定的晨空响起了隆隆的炮声和噼噼啪啪的枪声。

李士林惊得腾地一下坐起来，自语地："这是哪里传来的枪炮声？"

小姜胆怕地："会不会是共军攻城了？"

李士林听了听，纵身跳到地上，快速踱着步子自语："共军攻打保定之前，怎么没有一点迹象呢？"

小姜失魂落魄地："李、李军长……我可怎么办啊！"

这时，桌上的电话铃声响了。

李士林拿起电话："喂！我是李军长。"

电话中传出对方的声音："报告军长！共匪已经开始攻打保定府了，我们该怎么办呢？"

李士林故作镇定地："都不要慌张！按照我们的建制全面出击，全力保卫保定！"他啪的一声挂上了电话，继续在室内快速踱步，自语地，"怎么办呢……"

小姜："赶快向北平傅总司令呼救吧！"

李士林："对！对……"遂拿起电话。

北平　华北剿匪总司令部作战室　内　日

傅作义注目作战地图久久不语。

李世杰走进："总司令！保定李士林军长又打来电话，说共军攻势很猛，希望总司令派兵南下增援。"

傅作义严厉地："告诉他，让他率部撑住！"

李世杰："是！"转身欲走。

傅作义："等一下！"他转过身来，看着李世杰，"告诉我，共军是真打保定，还是佯攻保定？是围点打援，还是攻城阻援？如果是佯动，必然意在打援，目标应当是我十六、九十四两个军；如果是真攻，则应有阻援的征兆，可目前又没有，你说这是为什么呢？"

李世杰："这很难说，因为前有清风店战役，就是违背军事规律的行动。万一此次共军强攻保定是认真的，我看保定李士林的新二军是扛不住的，十有八九会沦陷共军之手。其结果嘛，当然是总司令不愿看到的。"

傅作义沉思良久，又问道："围攻保定的共军，到底有多少人枪？"

李世杰："据不确切的情报，只有一个纵队三个旅。"

傅作义："那和李士林的新二军旗鼓相当嘛！"

这时，鲁英麟全身戎装走进："总司令！我三十五军何时开拔南下？"

傅作义："先不用急嘛！"

鲁英麟："为什么？"

傅作义："我初步断定：杨得志攻保定是假，调动薛家庄的十六和九十四军是真。因此，我们暂不要理他！"

李世杰："可是，守卫保定的李士林的新二军有点力不从心了！"

傅作义："就是万一他们和共军交火，等他们打得两败俱伤的时候，鲁军长再率我三十五军杀上去，方显出我'绥远虎'的威力！"

鲁英麟："总司令的这招棋是一箭双雕，妙！"行军礼，转身走出作战室。

保定　新编第二军作战室　内　日

城外的枪炮声一浪高过一浪，附近的民房有的中弹起火，冒起一串又一串浓烟。

李士林就像是一只困兽在室内犹斗，又活像是一个失常的军人在室内嘶鸣。

室内走出一个通信参谋："报告军座！……"

李士林变态地："不要再报告了，告诉他们：给我顶住，给我顶住！怯战者杀！杀！"

通信参谋："是！"转身走进内室。

李士林突然停止了踱步和嘶鸣，沉吟片刻，又蓦地拿起话机："喂！喂……给我接通北平剿匪总司令部。"

顷许，远方显出李世杰接电话的画面："我是参谋长！"

李士林大声地："李参谋长！请把电话交给总司令。"

李世杰拿着电话："总司令，李士林军长找您。"

傅作义接过电话："李军长吗！围困保定的共军到底有多少人枪？"

李士林："足足有两个纵队，另外还有当地的民兵、游击队等。"

傅作义："准确吗？"

李士林："准确！绝对准确！你听听共军攻城的阵势，我的总司令啊，保定四周都是共军，外围防线全被突破，真的是兵临城下了！"

傅作义："你要打起精神，率领新二军给我顶住！"

李士林："总司令！我真的顶不住了，您不能见死不救啊！再说，您刚刚就任华北剿匪总司令，第一仗就损失了我新编第二军，丢掉了华北重镇保定，您、您何以面对国人，又何以向南京蒋主席交差啊！"

傅作义震怒地："岂有此理！"他啪的一声挂上了电话。

远方傅作义打电话的画面消失。

李士林继续哀鸣地大声呼叫："总司令！总司令……"电话中传出长长的忙音，他无力地挂上电话，自言自语地，"我是多么可怜的一位党国军长啊！呜呜……"他忍不住地哽咽了。

北平　华北剿匪总司令部指挥室　内　日

傅作义依然是震怒不已，快速地踱着步子。

远方传来李士林的画外音："总司令！您不能见死不救啊！再说，您刚刚就任华北剿匪总司令，第一仗就损失了我新编第二军，丢掉了华北重镇保定。您、您何以面对国人，又何以向南京蒋主席交差啊！"

傅作义慢慢地停下脚步，遂又陷入深沉的凝思。

李世杰小声地："总司令，李士林的话是难听了些，可他是出于无奈啊！再说，总司令是很重视初战必胜的，万一有点闪失，尤其是保定再继石家庄落入共军之手……"

傅作义低沉地："不要再说下去了！"

李世杰："是！"

傅作义："立即命令第三十五军、暂三军，还有骑兵一个师南下救援保定。"

李世杰："是！"

傅作义："这两个军是我们看家的本钱，由于他们是机械化或半机械化的部队，不可能齐头并进，但也不要放单飞，一定要和总司令部随时保持联系。"

李世杰："是！"

傅作义："同时，要立即电令十六和九十四两个军，分左右两路，从薛家庄向保定进发。要求他们两个军齐头并进，相隔不得超过五公里，绝对不让共匪有分而灭之的机会。"

李世杰："是！"

傅作义："我考虑再三，告诉鲁英麟，三十五军南下增援只准带两个师，要留下一个师拱卫北平。"

李世杰："是！"

傅作义："这四个军的行动要高度机密，千万不要让共匪获取有关的情报。"

李世杰："是！"

华北平原　外　夜

白茫茫一片大雪，映照着漆黑的原野。

敌第三十五军将士身着冬装，背着枪支弹药，咔嚓咔嚓地踩着雪，迅速地南下。

一辆美国吉普车按着喇叭，嘀嘀声不断。化入车内：

鲁英麟、田参谋长并排坐在后排座位上，严肃地交谈着。

鲁英麟："总司令是初登华北剿匪大位，我们又是首次率部南下解围，因此，此举只能胜而不能败！"

田参谋长："请军座放心，我们胜是定了的！"

鲁英麟："我们当然是胜定了的！就凭我们有'绥远虎'之称的第

三十五军，吓也把共匪吓趴下了。我是说我们有没有失算的地方呢？"

田参谋长："当然有！不过……"他突然不说了。

鲁英麟："你是不是担心李铭鼎师长过分跋扈，不服从命令，从而铸成大错而失败呢？"

田参谋长："你我都清楚，他指挥的 32 师是我们'绥远虎'的'虎头军'，连总司令都高看他们一步。"

鲁英麟："枪声就是命令，我就不信他李铭鼎敢不服从我的调遣！"

田参谋长："那我就放心了！军座，离我们的目的地还远，你我先迷糊一下吧！"

·鲁英麟："好！"他说罢往后车背上一靠就眯上了眼。

晋县周家庄　内　日

晋察冀野战军作战室静寂无声，只有高科长在报告。

高科长："据内线的同志报告，傅作义把看家的'绥远虎'第三十五军、暂三军等南调保定，想以四个军和我四个纵队对决，在一举歼灭我部主力的同时以解保定之围。"

杨得志："傅作义的四个军已经到达什么方位了？"

高科长指着作战地图说道："从最新的情报看，被调动的敌四个军分别进至满城、保定一带，成东西两大坨的布局，相隔不到四十公里，进可以攻，退可以守，如果碰上我军即可将其围而歼之。"

杨得志："我进攻保定的六纵等部队撤围了吗？"

高科长："今晨已经撤围！估计，敌人的机械化部队第三十五军于今晚到达保定。"

杨得志："下去吧！"

高科长："是！"转身走出作战室。

杨得志、罗瑞卿、杨成武、耿飚沉默不语，似各自在想破敌之策。

杨得志："形势发生了根本的变化，这仗怎么打？诸位都说说想法吧！"

耿飚长叹一声："接下来的仗可就难打了。原先只是敌十六、第九十四两个军,现在可好,傅作义又从北平派来了两个军,更为严重的是,他们是以集中对集中,以主力对主力的打法,换句话说,他是要把这四个军捆在一起,与我对决。这就等于告诉我们,他傅某人绝不肯把四个军分开。"

杨成武："不肯分? 那也不能让他们这么抱团。"

罗瑞卿："对! 俗话说得好,办法总比困难多嘛,成武,把你的想法说出来,提请大家讨论嘛!"

杨成武指着作战地图："你们看这样行不行? 我们的三纵不是离涞水很近吗,让他们去攻涞水,说不定把保定的一部分敌人调开。"

杨得志听后微微地点了点头,遂走到作战地图前看了看,用手指着涞水说道："成武说得对,就去打涞水!如果傅作义下令救援涞水,很可能就是有'绥远虎'之称的第三十五军,因为它是机械化部队,来得比较快。"

耿飚："另外,从保定到高碑店,再到涞水都有公路,利于他们快速机动。这个军傅作义信得过,也敢把它'放单飞'。"

罗瑞卿："但愿如此! 果如斯,这就应了不是冤家不聚首这句话,我们就和他在战场上一较高下!"

杨成武："第三十五军是出了名的'绥远虎',战斗力比较强,我们生擒不了这只'绥远虎',斩它个虎头,或削它个虎腿也好嘛!"

杨得志："好! 就这么定了。耿飚同志,请电令第三纵队郑维山司令、胡耀邦政委立即发起涞水战役!"

华北平原 外 夜

华北平原一片雪白,虽是长夜,依然可见大地银装。

晋察冀野战军第三纵队官兵小跑似的疾行在雪原上。

郑维山、胡耀邦以及数名随行人员骑马飞奔。

远远望去隐约可见夜幕中涞水县城的阴影。

郑维山、胡耀邦等勒马涞水县城郊外，相继跳下战马。

郑维山无限感慨地说道："涞水城啊涞水城，打鬼子的年间你可立了大功啊！"

胡耀邦："郑司令！旧地重游有何感想？"

郑维山喟叹不已地说："城还是那座城，以巨石砌成的城基没有变，环绕城外的所谓护城河也在……"

胡耀邦："难道就没有变化吗？"

郑维山："当然有了！一是城关的堑壕、交通沟、障碍物更多了；再是过去打的是日本鬼子，如今是傅作义的'绥远虎'！"

胡耀邦："好了！等全国解放了，我再陪着你故地重游，凭吊怀古。"

郑维山："好！书归正传。历经这一夜的亲自侦察，我意以七旅担任主攻，从城西南发起攻击；以八旅担任助攻，以一个团在城东北配合，全旅主力准备在拒马河西岸担任阻援；以九旅为二梯队，在涞水东南待机。"

胡耀邦："好！同时，还要集中全纵队的炮兵给予支援，一定要打得有声有色！"

郑维山："就这样定了！11 日 19 时发起攻击。"

保定　新编第二军军部大门外　傍晚

新编第二军军长李士林率一干人等在门口迎迓。

有顷，沿街驶来两辆美国吉普车，戛然停在军部大门口。

第一辆吉普车的门打开了，鲁英麟身着戎装，肩扛中将军阶，傲岸不逊地走下来。

李士林急忙迎过来，伸出双手紧紧握住鲁英麟的手，低三下四地献媚说："鲁军长！我代表新二军全体将士欢迎你的到来！"

鲁英麟把头一昂："李军长，我军沿途未见共匪一兵一卒啊？到达保定城郊，也没有听见一枪一炮的攻城声啊？"

李士林："对此，我也百思不得其解啊！后来听属下报告，共匪听说'绥远虎'第三十五军来保定增援，他们吓得自动撤围，跑得无影无踪了！"

鲁英麟高傲地哼了一声："手下败将！一年多以前，他们就偷偷摸摸地从张家口逃跑了！"

李士林躬身一指军部大门："鲁军长，请！"

鲁英麟："慢！"他指着业已走到近前的李铭鼎介绍说，"这是我军第三十二师师长李铭鼎少将，该师被我们总司令封为'绥远虎'的'虎头师'，并亲自题字绣旗表彰其战功！"

李士林上前紧紧握住李铭鼎的手，客套地说："久闻大名，如雷贯耳，今日得见，三生有幸啊！"

李铭鼎冷漠地："谢谢！"遂把手抽回。

鲁英麟指着田参谋长介绍："这是我的参谋长田将军！"

李士林屈身向前握住田参谋长的手："田参谋长，一路鞍马劳顿，辛苦了，我备有薄酒为你们接风。请！"

田参谋长："请！"他跟在鲁英麟的身后走进了军部大门。

新编第二军宴会厅　内　初夜

这是一座空间不大却很有格调的小宴会厅，一张圆圆的餐桌，上边已经摆满了保定食府的特色菜肴，四瓶衡水老白干酒置于圆桌的四个方位。

李士林与鲁英麟并肩走进小宴会厅，他指着主位，客气地："鲁军长，请上座！"

鲁英麟客气地："李军长！我反客为主，不好吧？"

李士林："应该，应该！"

鲁英麟笑了笑："那我就不客气了！"遂坐在首席。

李士林："其他诸位，就依照桌签就座吧！"他说罢就坐在了鲁英麟的旁边。

其他的将领按照桌签陆续就座。

李士林站起身来，端起酒杯，说道："鲁军长！李师长！田参谋长！以及诸位同仁！这是一次不同寻常的欢迎酒宴，鲁军长所率第三十五军解了我新二军之围，也救了古城保定几十万百姓的性命，为此，我代表新二军及保定几十万百姓感谢鲁军长，还有冒雪南下的全体三十五军将士们！请端起你们面前的酒杯……"

这时，小宴会厅临窗的桌子上面的电话铃声响个不停。

鲁英麟严厉地："停！战争期间，军情第一，请李军长先接电话。"

李士林："是！"他走到桌旁，拿起电话："喂！你是哪一位啊？"

远方显出傅作义打电话的画面："我是华北剿总傅作义总司令！"

李士林吓得"啊"了一声，急忙说道："鲁、鲁军长，傅总司令给你打电话来了。"

鲁英麟起身走到桌旁，接过电话说道："总司令，我是鲁英麟，您有何训示？"

傅作义很不高兴地问道："第三十五军沿途受到共匪阻击了吗？"

鲁英麟："报告总司令！沿途未见共匪一兵一卒，一直开到保定，也未见围攻保定的共匪。"

傅作义："你知道吗？共匪借你们四个军南下解围，他们出其不意地开到涞水。一个小时以前，他们已经开始攻打涞水城了！"

鲁英麟："总司令，您有何指示？"

傅作义："立即沿原路回师，救援涞水城！"

鲁英麟："是！"他挂上电话。

远方傅作义打电话的画面消失。

鲁英麟命令地："李铭鼎师长！田参谋长！"

"在！"李铭鼎、田参谋长起立。

鲁英麟："驱车赶回军营，立即发兵驰援涞水！"他说罢带头走出小宴会厅。

李铭鼎、田参谋长相继跟随鲁英麟走出小宴会厅。

李士林看看一桌上好的酒菜，无可奈何地摇了摇头。

华北平原　外　夜

敌第三十五军将士沿着大雪覆盖的道路向北迅跑。

一辆美国吉普车不停地按着喇叭碾雪前行。化入车内：

鲁英麟、田参谋长并排坐在后排座位上，二人靠着车背摇摇晃晃地睡着了。

突然，前方传来了枪炮声。

鲁英麟惊醒了，本能地问道："到什么地方了？"

司机："快到拒马河了！"

鲁英麟："这枪声是谁打的？"

田参谋长："军座！外边雾太大，看不清楚。"

鲁英麟近似自言自语地说："可能是我们的前卫部队与共匪交上手了！"

这时，前方交战的枪声渐渐地停止了。

鲁英麟疑惑地自语："怎么拒马河上的枪声停止了呢？"

田参谋长："可能是我们的军队冲过了拒马河，共匪吓得逃跑了。"

突然，指挥车上电话铃声响了。

田参谋长拿起电话："喂！你是哪一位？"

远方显出李铭鼎打电话的画面："田参谋长！我要和军座通话。"

田参谋长："军座！李铭鼎师长的电话。"

鲁英麟接过电话："喂！李师长吗，战情如何？"

李鼎铭："共匪真不经打，小小接触了一下，他们就丢下桥头堡逃跑了。"

鲁英麟："你们现在何处？"

李铭鼎："我师已经进入庄町村，我已下令借锅造饭，全体将士吃饱饭之后，向共匪三纵发起进攻！"

鲁英麟："你的勇敢杀敌的精神可嘉。但是，你一个师在拒马河西，我总是有点担心。要知道共匪最善于夜战，你还是率部回到东岸为好。"

李铭鼎："请问军座，东面还有哪些地方供我师活动？再说，这边的工事已经做好，共匪也奈何不了我。况且，现在拒马河已经结冰，桥上、河上都可以过。必要时，我可以很快向军座靠拢的。"

鲁英麟很不高兴地："那就听你的吧！"

三纵指挥部　内　夜

指挥部外传来激战的枪声，密集的弹光把夜空染红。

郑维山、胡耀邦在指挥室内缓缓踱步，一言不发。

张参谋拿着一份电报从内室走出："报告！野司批准了二位首长撤围打援的作战计划。"

郑维山接过电报迅即看罢，遂又交给胡耀邦。

胡耀邦看罢，果断地说："那就按着我们商定的作战计划执行吧！"

郑维山："好！"遂命令地，"张参谋！"

张参谋："在！"

郑维山："我说你记，然后你再用电话通知有关的作战部队。"

张参谋："是！"

郑维山："我九旅、七旅二十一团另两个营、八旅二十三团另一个营，约六个团，向住在庄町的敌三十二师发起猛攻！"

张参谋："是！"

郑维山："同时，把全纵队的大炮、小炮、迫击炮全部调到阵地前，我步兵发起进攻之前，一律向庄町村打二十分钟的炮。"

张参谋："是！"

农村存放白菜的地窖　内　夜

李铭鼎坐在地窖内通口处，与贴身的赵卫士一边吃饭一边闲聊。

赵卫士："师座！共匪怎么突然停止攻击了呢？"

李铭鼎："按军事常规说，战争停歇，是为了更大规模的进攻。不过，共匪三纵恐怕把炮弹都打光了吧！"

赵卫士："师座说得在理！"

恰在这时，外面传来密集的炮声。

赵卫士惊愕地："师座！这是共匪打来的炮声吧？"

李铭鼎故作镇定地："应该是共匪打来的炮！"

赵卫士："我们怎么办？"

李铭鼎："镇定！立即用电话通知部队，共匪的炮声一俟停止，立即冲出掩护物，狠狠打击进攻的共匪！"

赵卫士："是！"遂快步跑进内室。

李铭鼎在地窖内快速踱着步子，生气地自语："他娘的！我竟然被这些顶着高粱花子的穷八路给包围了！"

恰在这时，轰的一声，一发炮弹在地窖的上边爆炸了。

地窖的上方"哗啦哗啦"落下很多尘土。

李铭鼎边掸身上的尘土边骂："他娘的！再掉下一大块砖头，老子就呜呼哀哉了！"

赵卫士走出内室："报告！我已经通知完毕，各团长都信心百倍地说，'请师座放心，我们一定让共匪有来无回！'"

李铭鼎："好！好！"

赵卫士："师座，您要不要和军座通话求援啊？"

李铭鼎暴怒地："我要和北平的总司令通电话！"

赵卫士有些胆怕地："师座，我……我们无法和总司令通话，只有军座的指挥车上有直通北平的电话。"

李铭鼎："那就给我接通鲁军长的电话！"

赵卫士："是！"快步跑进内室。

李铭鼎继续在地窖中快速踱步。

突然，一大颗炮弹落在地窖上方，轰的一声爆炸了，一大块土坷垃落在身边，他惊吓地驻足原地，看着身旁那块很大的土坷垃遂倒吸了一口凉气。

赵卫士一手拿着电话基座，一手拿着听筒走出："报告！军座的电话接通了！"

李铭鼎一把夺过听筒："喂！你是鲁军长吗？"

远方显出鲁英麟接电话的画面："我就是啊！李师长，有什么事情吗？"

李铭鼎震怒地："鲁军长！你再不派出援军，天一亮我们就再见了！"

鲁英麟："李师长，你是知道的，我的身边只有两个营的警卫队啊！"

李铭鼎："那你为什么不向总司令求援呢？"

鲁英麟："我刚刚和总司令通过电话……"

李铭鼎："总司令是怎么答复的？"

鲁英麟："总司令让我转告你：努力坚持到天亮以后，他派出的骑兵师就能赶到。另外，他还派出数架轰炸机也会到达涞水，从空中支持你部突围！"

李铭鼎："我有救了！我有救了！……"

定格　叠印字幕：第十六集终

第 十 七 集

晋县周家庄野战军作战室　内　夜

杨得志、罗瑞卿、杨成武、耿飚等围在作战地图前兴奋地讨论着战情进展。

耿飚指着作战地图，兴奋地说："从目前看，战况喜人。涞水的守敌不敢轻举妄动；被围困在庄町村的敌'虎头师'很快就被砍下虎头，天亮之后，我三纵发起一个冲锋，就解决问题了！"

杨得志低沉地问："这只'绥远虎'军的军长鲁英麟现在什么地方？"

耿飚："据前线的情报说，鲁英麟的军指挥部在拒马河的东河岸，具体的方位没有说。"

罗瑞卿生气地说道："电告郑维山，立即派侦察员去侦察！告诉他们，如果我们仅仅吃掉'虎头师'的师长李铭鼎，而放走'绥远虎'军的军长鲁英麟，毛主席、朱老总都要发脾气的。"

杨成武："他们也无法向我们野司交代！"

这时，高科长手持电文走进："报告！聂司令转发来自北平的情报，傅作义已经命令骑兵四师疾驰涞水庄町，估计天亮之后就可到达。另，敌轰炸机已经在机场待命，天亮之后即可飞抵庄町的上空。"

杨得志："高科长！立即把这一重要的情报发致三纵，天亮之前，他们必须拿出破敌之策。"

高科长："是！"

杨成武："敌人的骑兵来去匆匆，飘忽不定，要电告郑维山，让他命令徐信团长率部打垮敌人骑兵的进攻！"

高科长："是！"

耿飚："同时，还要电告郑维山，敌机飞临庄町上空的时候，如飞得很低，可集中纵队的大炮、重机枪对空射击；如飞得很高，就做好准备防空。"

高科长："是！"

罗瑞卿一挥右手，斩钉截铁地说："我再重复一次，无论有多大困难，一不能放走鲁英麟这只'绥远虎'军的军长，二要斩下'虎头师'的虎头，活捉师长李铭鼎！"

三纵指挥部　内　夜

指挥部外传来敌我双方激战的枪炮声。

郑维山驻足作战地图前，岿然不动地盯着作战地图。

胡耀邦在室内快速踱步，思忖战情的发展。

张参谋走进："报告！我八旅二十二团二连在庄町村西北角实施了突破，打退敌人数次进攻，现在仅剩数人，依然坚守住阵地！"

郑维山："要给二连记大功！"

张参谋："是！我七旅、九旅二十五团也分别占领了庄町村西、村南的一些阵地。"

郑维山："很好！通知各参战部队，天亮之后，准备向庄町村发起进攻！"

张参谋："是！"转身走进内室。

郑维山："胡政委，据报，有'绥远虎'之称谓的第三十五军是三个师，傅作义仅仅派出其中的两个师南下解围，一个是李铭鼎为师长的'虎头师'，被我纵死死地困在了庄町村。另一个师现在何处呢？'绥远虎'军的军长鲁英麟又在何处呢？"

胡耀邦："野司向三纵下达了死命令：一定俘虏'绥远虎'军的军长鲁英麟！"

郑维山沉重地叹了口气。

张参谋手持电报走进："报告！野司发来加急电报。"

郑维山接过电报阅罢递给胡耀邦。

胡耀邦阅罢，说道："维山同志！你立即布置打骑兵的战斗，我和参谋长通知各参战部队做好打飞机的准备。"他说罢大步走出指挥部。

郑维山拿起电话，严厉地："立即给我接通徐信团长！"

远方显现接电话的画面："喂！我是徐信，郑司令，有何指示。"

郑维山："方才，收到野司加急电报，傅作义为解他最爱的'虎头师'之围，他已经派一个骑兵师南下，天亮前后即可到达庄町前线。野司亲自点将，由你率一团人打垮这个骑兵师。"

徐信："报告郑司令！我已经获知这一情报了！"

郑维山一怔："你是如何得到这一情报的？"

徐信："是一纵的一个小战士，他得知敌人的骑兵越过松林店十多里后，就加鞭催马赶到我的团防地，如实地向我报告了敌骑兵南下救援的情况。"

郑维山："你徐信是出了名的点子多的团长，说说看，你们团准备如何打垮敌人的骑兵师？"

徐信："我已经和二十三团团长张英辉通了电话，把两个团的重机枪和迫击炮都拉上去，摆到正面，等敌人的骑兵靠近我前沿阵地就一齐开火。同时，还准备了几个连，必要的时候，我们也准备打出去。"

郑维山："两个团对付一个骑兵师是弱了点，你为什么不让旅长给你增派一些重武器呢？"

徐信："郑司令！旅长的电话接不通。"

郑维山："我立即给你要旅长！"

徐信："来不及了！我已经计算过了，敌人距离我前沿阵地不足五华里了。最重要的是，绝不能让敌人知道我们已经设伏迎击。"

郑维山："祝你们两个团完胜一个敌骑兵师！"

庄町村郊沟壕　外　晨

这是一条深沟大壕，被大雪覆盖着。

深沟大壕中有一排解放军指战员，他们紧紧贴在沟梆子上，重机枪架在壕沟沿上，枪口对着北方雪地平原。

徐信站在沟梆子高坡，双手拿着一架望远镜向远方看去。

特写：隐隐可见一片挥舞马刀的骑兵铺天盖地地扑来。

徐信身旁有一位机灵的战士，他高举着一支手枪，有点紧张地盯着雪原大地。

徐信拿着望远镜看去：远方的骑兵越来越近，一片挥舞马刀的骑兵已经看得十分清楚。

徐信小声命令："注意，距离已达一千米。"

小战士小声地命令："距离已达一千米！"

紧贴沟梆子的指战员迅速传递："距离已达一千米！"

徐信拿着望远镜向远方看去，小声命令："距离已达六百米！"

小战士小声命令："距离已达六百米！"

紧贴沟梆子的指战员迅速传递："距离已达六百米！"

徐信拿着望远镜向远方看去，小声命令："距离已达三百米，准备射击！"

小战士小声命令："距离已达三百米，准备射击！"他晃了晃高举起的手枪。

紧贴沟梆子的指战员迅速传递："距离已达三百米，准备射击！"全体指战员做好射击的准备。

徐信大声命令："打！"

小战士用力紧扣扳机，"啪"的一声，在晨空中回响。

枪声引来了像爆炒豆子似的重机枪响，以及深沟大壕后边的迫击炮的响声。

特写：

敌人的骑兵毫无准备，第一排骑兵随着马失前蹄，向前方摔出数米远。

敌人骑兵第二排、第三排……皆随着马失前蹄向前摔去，人马混杂，乱成一片。

突然，冲锋号声响了。

两个连的战士一边开枪，一边跳出战壕，一边高声喊着"冲啊！"飞快地冲到雪地上人马混杂、乱成一片的战场上，向着拒绝投降的敌骑兵开枪射杀。

历经不长时间的厮杀，尚未冲到前边来的敌骑兵调转马头，沿着原路逃回。

小战士行军礼："报告徐团长！敌人的骑兵沿着原路逃跑了。看来，敌人的骑兵是六条腿，我们这两条腿的战士是追不上他们了！"

徐信大笑："六条腿跑得快，下令打扫战场！"

我指战员冲出沟壕，在雪原大地上抓敌人的战马。

东方朝阳冉冉升起，金光洒在了欢乐的战场上。

庄町村菜窖中　内　日

室外传来激战的枪炮声。

李铭鼎在室内快速踱步，用那嘶哑的声音不停地喊着："赵卫士！赵卫士……"

赵卫士从菜窖上方走下来，有些失魂落魄地问道："师座！您、您有何吩咐？"

李铭鼎："这枪声、炮声，是从哪儿打来的？"

赵卫士："是、是共匪三纵攻庄町村打来的！"

李铭鼎惊得"啊"了一声，沉吟片时："傅总司令不是讲了吗？他已经派出骑兵南下解围了？"

赵卫士："方才，我听到村北边突然响起密集的枪炮声，我还以为帮我们解围的骑兵到了，没想到响了不大一会儿，双方交战的枪炮声就停了！"

李铭鼎愕然片时，近似自语地："不会是我们的骑兵打败了共匪吧？"

赵卫士："不像！"

李铭鼎似乎精神支柱一下子就折了，他晃了晃上身就靠在菜窖的土墙上。有顷，他无力地命令："赵卫士，给鲁军长打电话。"

赵卫士："是！"他熟练地接通了鲁英麟的电话，"师长，军座的电话接通了。"

李铭鼎晃晃悠悠地走到赵卫士身边接过话机，十分气愤地质问："军座！您不答应我'绥远虎'军的虎尾巴一〇一师前来解围吗？它现在什么地方？"

远方显出鲁英麟接电话的画面："昨天，我已经向他们下达了死命令，要他一〇一师全力赶到庄町村解围，没想到，他们又被共匪的第二纵队截在只有十多公里的南北高洛、吴村一带了！"

李铭鼎："看来没有希望了吧？"

鲁英麟："他们仍在全力突围。"

李铭鼎："南下的骑兵呢？"

鲁英麟："被半路设伏的共匪迎头打了一个埋伏，他们丢下不少人马又向北逃去了。"

李铭鼎："我懂了！中午之前，我李铭鼎再见不到军座派来的救兵，那就请您代我向总司令说：再见了！"

鲁英麟："不！不……不要如此消极悲观！我相信你一定会率部突围成功的！"

这时，空中传来飞机的马达声。

鲁英麟惊喜地："李铭鼎师长，你听，总司令派来的轰炸机已经到了，你快率部突围吧！"他挂上电话。

远方鲁英麟打电话的画面消失。

李铭鼎拿着电话，倾听菜窖外的飞机马达声。他突然把话机用力一摔，命令地："赵卫士！搀扶着我到菜窖的上边去，再看一看总司令派来的飞机。"

三纵指挥部　外　日

庄町村传来激战的枪炮声。

郑维山、胡耀邦站在指挥部前边的雪地上，仰望在庄町上空盘旋的敌轰炸机。

郑维山："飞机飞得太高了！看来，我们准备好的火炮、重机枪是没有用了！"

胡耀邦："那就太遗憾了！这样一来，我们预计打下一架飞机的设想落空了！"

这时，敌机向庄町村投下一串串炸弹，遂升起一束束浓烈的黑烟。

郑维山："这炸弹真是瞎投，炸死的不是敌人就是老百姓。回指挥部！"

胡耀邦："做什么？"

郑维山："向各部下达作战命令，敌机飞走之后，立即向敌人发起最猛烈的冲击！"

胡耀邦："好！不放走一个'虎头师'的士兵，还要活捉'虎头师'师长李铭鼎！"

庄町村敌指挥部大院　外　日

庄町村四周响着激战的枪炮声，村中不时落下敌机投下的炸弹声。

李铭鼎拿着手枪，有些呆滞地看着村中冒起的一团团硝烟烈火。

很快，敌人的飞机离去了，只剩下枪声。

突然，各种炮声齐鸣，炮弹散落在庄町村各地，掀起一团又一团战火与硝烟。

赵卫士哀求地："师座！共匪又打炮了，我们赶快回菜窖去吧！"

李铭鼎一动不动，只是小声低鸣："总司令！再见了……"

突然，炮弹飞临近处发出嗖嗖的响声。

赵卫士大喊一声："师座！防炮……"

李铭鼎用力推开赵卫士，他依然一动不动。

"轰！"一发炮弹在李铭鼎身边爆炸，瞬间飞起一片雪土与硝烟，把李铭鼎深深掩埋其中。

有顷，随着雪土硝烟的散去，只见：

李铭鼎一动不动地躺在雪泥地上，他的额头淌着鲜血。

赵卫士爬到李铭鼎的身边，用手一摸李铭鼎的口和鼻，大喊了一声"师座！"遂扑到李铭鼎身上哭了。

突然，村中激战的枪炮声停止了，随之又传来"我们胜利了"的呐喊声。

赵卫士站起身来，从身旁的尸体上扒下一件士兵的棉大衣，盖在李铭鼎的遗体上，他然后向大门走去。

又过了一会儿，冲进十多个解放军战士，高声喊着："缴枪不杀！李铭鼎快出来！"

几个战士冲进菜窖搜查，不一会儿走上来，七嘴八舌地说道："没有！李铭鼎这老小子藏到什么地方了呢？"

这时，一个战士走到李铭鼎遗体前，掀去棉大衣，露出了将军呢外装，还有那颗闪亮发光的少将星，惊喜地大喊："李铭鼎这老小子被我们的炮弹炸死了！"

随即院中响起了"李铭鼎这老小子被我们的炮弹炸死了"的叫喊声。

拒马河东岸　外　日

庄町村方向已经停止了战斗，只有零星的枪声。

一辆指挥车停在东岸雪地上。化入车内：

鲁英麟坐在指挥车上，几乎大喊："田参谋长！'虎头师'师长李铭鼎联系上了吗？"

田参谋长沮丧地："恐怕永远联系不上了！"

鲁英麟："为什么？"

田参谋长："方才，李师长身边的人已经打电话报告：李铭鼎师长已经说过'总司令，再见了……'再者，庄町村已经停止了战斗，这说明'虎头师'……"

鲁英麟猝然呆滞了，一句话也不说了。

田参谋长看着鲁英麟那冰冷而又呆滞的表情，惊得不知如何是好。

突然，指挥车上的电话铃声响了。

田参谋长拿起电话："喂！你是谁……好！我这就转给军座。"他把话机送到鲁英麟面前，"军座！我第三十五军一〇一师师长的电话。"

鲁英麟接过电话："什么事？有话快说！"

师长："军座！我们被共匪包围一天一夜了。"

鲁英麟："是什么部队？"

师长："是杨得志的部队。"

鲁英麟："这不是废话嘛！共匪的部队是什么番号的。"

师长："目前还没有搞清楚！军座，我们是突围呢还是就地与共匪决战？"

鲁英麟："连共匪的番号都没有搞清楚，还决什么战？立即突围！"

师长："朝哪个方向突围？还是三十二师吗？"

鲁英麟："三十二师已经全军覆灭了！'虎头师'的师长李铭鼎也为党国捐躯了！你立即率师向北突围。"

师长："去北边什么地方？"

鲁英麟："北平！"啪的一声挂死了电话。

田参谋长："要不要向北平剿总汇报啊？"

鲁英麟："不急！等一〇一师突围出来再说吧。"

这时，突围而至的骑四师十多匹战马飞奔而至。

田参谋长摇下指挥车玻璃向车外边摇手边大喊："你们听着，立即保护军座向高碑店方向撤退！"

"好！"

田参谋长："开车！"

指挥车迅速启动，沿路向前方跑去。

骑兵分作两边，护卫着指挥车向前奔去。

突然，发现埋伏在前方公路两边的一纵解放军指战员向他们射击。

鲁英麟一惊："是什么部队？"

田参谋长："肯定是共匪预设的部队。"

鲁英麟："怎么办？"

田参谋长："弃车换马，向高碑店逃走。"

司机戛然停下指挥车，打开车门。

鲁英麟、田参谋长为躲避解放军射击，相继滚下指挥车，各夺过一匹战马，纵身跃上马背，两腿用力一夹马腹，遂伏在马背上向着东北方向狂奔。

高碑店火车站　外　夜

一位身穿铁路职工冬装、戴着站长袖标的老站长在站台上，他一边习惯性地查看有关的设施，一边哼唱着河北保定一带的"老调"唱段。

不时，鲁英麟、田参谋长骑马赶到站台，滚鞍下马，看了看老站长的样子。

老站长停止哼唱，抬头看了看鲁英麟、田参谋长的样子，遂客气地说道："一看你们就是国军的将领，请进站房里边暖和一下身子吧！"

鲁英麟："谢谢！"

高碑店站长室　内　夜

这是一间比较大的房间，有一台烧煤的铁炉，上边烧着一壶开水。

老站长边倒水边说："一看你们就是国军的高官，可惜车道被共军扒了，所有的车都停了。"

鲁英麟："附近有共军吗？"

老站长："近来没看见。"

鲁英麟："你靠什么消磨时间呢？"

老站长指着挂在墙上的一支竹箫："夜深人静的时候，我就一个人吹着箫思念家里的亲人。"

鲁英麟："我也会吹箫！将来天下太平了，我来找你，看谁吹得好一些。"

老站长："那当然是国军的将军您了！"

鲁英麟指着桌上的电话："这部电话没有坏吧？"

老站长："没坏！往南可以打保定，往北可以通北平。"

鲁英麟拿起电话，要通北平剿总作战室："喂！我是鲁英麟……"

远方显出傅作义接电话的画面，表情肃穆，语气冰冷地说："我是傅作义，有话就讲吧！"

鲁英麟愕然一怔，顿时结巴起来："总司令，我、我向您报告前方的情况。"

傅作义："你还有前方吗？如实地讲吧！"

鲁英麟："由于我指挥无能，又违背了您提出的'以集中对集中，以实力对实力'的作战方针，致使您亲自培训的有'绥远虎'之称谓的三十五军遭到共军重创……"

傅作义腾地一下站起，十分严厉地："实情如何？"

鲁英麟："'虎头师'三十二师全军覆没，师长李铭鼎等将军以身殉国；我一〇一师陷入共军围困之中，骑兵四师……"

傅作义震怒地："够了！"

鲁英麟吓得一哆嗦："总司令……"

傅作义震怒不语。

鲁英麟拿着电话沉吟不语。最后，他低沉地说："总司令，我对不起您，再见了。"他颤抖着挂上了电话。

远方傅作义打电话的画面消失。

田参谋长走到近前："军座，总司令讲些什么？"

鲁英麟不语。

田参谋长："军座，请老站长给我们搞点吃的吧？"

鲁英麟微微地摇了摇头。

田参谋长："要不，借老站长的床先休息一会儿？"

鲁英麟悲怆地："不！"他指着挂在墙上的那支箫，"请把它给我拿来。"

田参谋长："要它做什么？"

鲁英麟："我要吹奏一曲。"

田参谋长轻轻地叹了口气，走到大墙下面，摘下那支古朴的竹箫，双手交给鲁英麟。

鲁英麟双手接过箫看了看，遂放在嘴唇上，吹响了《苏武牧羊》的乐声。

随着呜咽的箫声远方叠印一组画面：

鲁英麟高傲地接受傅作义交代南下救援；

鲁英麟乘车南下飞驰在大雪覆盖的华北平原上；

鲁英麟在保定傲气十足地赴宴；

鲁英麟坐在指挥车上和"虎头师"师长李铭鼎通话；

鲁英麟骑马落荒而逃……

远方叠印的画面渐渐消失。

鲁英麟一边吹奏《苏武牧羊》一边控制欲出的泪水。

田参谋长再也忍不住了，他被这呜咽的箫声感动得欲哭无泪，只有仰天长叹。

老站长从箫声中听出了门道，遂摇头喟叹不已。

鲁英麟一曲《苏武牧羊》结束了，他双手把箫亲自挂在墙上，他低沉地说："老站长，谢谢你有这样一支箫。"

老站长："不要说谢，平时，我拿着它解个闷，可您却动了真情。"

鲁英麟："看来，你算是我的半个知音。"

老站长："我可算不上。"

鲁英麟伸手摸了摸挎在腰间的佩枪，淡定地说："田参谋长，我想一个人到站台上清醒一下，你和弟兄们就在这暖和的屋里休息吧！"他说罢推开车站大门走出去。

田参谋长一招手，带着几个随从跟了出去。

车站前月台　外　夜

月台上非常清冷，再加上呼呼的北风，更平添了几分肃杀之气。

车站上一辆客车都没有，只有对面车道上停着一辆运兵用的闷罐车。

鲁英麟站在月台上巡视一遍地貌，然后他独自一人面向北方，动情地自语："三十五军啊，你是绥远军人的骄傲，可你这只威震八方的'绥远虎'啊，竟然栽到我鲁英麟的手里了，我对不起您啊总司令……"

田参谋长和几个随从站在车站门口。听着这哀鸣的自语。

鲁英麟慢慢地拔出腰间的佩枪，继续自语："总司令，善自珍重，再见了！"他纵身跳下站台，飞跃铁道，双手一按闷罐车门，跳进了闷罐车。

田参谋长等惊呼："军座！"随即冲下站台。

这时，闷罐车中传来一声枪响，这枪声长长地回响在高碑店车站的长空中。

南京　蒋介石官邸客室　内　夜

蒋介石着中装，在办公桌上审看文件。

毛人凤走进："校长，有紧急情报向您报告。"

蒋介石站起身来，缓缓地踱步："讲吧！"

毛人凤："自从沈钧儒、章伯钧等在香港通电恢复民盟总部之后，不仅毛泽东、共产党声援支持，而且在上海的张澜、黄炎培等元老也大有蠢蠢欲动之势。"

蒋介石："不要如此大惊小怪！张澜、黄炎培和时在香港的沈钧儒、章伯钧本来就是一家，上海、香港的行动都是密谋好了的；说到毛泽东、共产党支持他们那是自然的。当年，就是周恩来在重庆策动他们成立的民盟嘛。"

毛人凤："是！"

蒋介石："这样看，就叫抓到本质了！"

毛人凤："是！另外，李宗仁在北平正式宣布竞选副总统，除去美国人高调宣布支持外，北平各大专学校的师生也声援、支持。更为严重的是，他们借此还攻击校长。"

蒋介石："这是意料中之事。那位小姐的事呢？"

毛人凤："她就是不承认自己是共产党。可我掌握的材料，足以证明陈琏她……"

这时，宋美龄从内室走出，严厉地："毛人凤！当着你校长的面给我讲清楚，她到底是不是共产党，又被你们搞到什么地方去了！"

毛人凤胆怕地："夫人！我尽快查出陈琏的真实身份和她现在什么地方。"

宋美龄震怒地说："准确地说，是被你们保密局关在什么地方！你能不知道吗？另外，陈琏的妈妈因为找不到女儿陈琏，她和布雷先生吵翻了天，一气之下出走上海，并给陈布雷先生说：你不给我把女儿找回来，我再也不回南京来看你！你知道？这件事已经在夫人圈里传来传去了！"

蒋介石："夫人……"

宋美龄非常生气地说道："等我把话说完好不好？你也应该知道吧，在北平的时候，我还带着礼品去看刚刚结婚不久的陈琏，没想到等我回到南京，就传出陈琏被保密局逮捕的消息。你们想过没有，我何以面对国人，又何以面对陈琏和她的父母啊？"

蒋介石加快了踱步的速度，他突然停下脚步，严厉地说："毛人凤！春节前必须把陈琏送回家。"

毛人凤："是！"

蒋介石生气地："下去吧！"

毛人凤："是！"转身走出官邸客室。

蒋介石转身一看宋美龄依然在生气的样子，遂叹了口气说道："夫人，不要再生气了，看看我过的日子，你就该知道什么叫不当家不知柴米贵了！"

这时，蒋经国走进官邸客室："父亲！有重要军机大事向您报告。"

蒋介石叹了口气："夫人，你看……"

宋美龄："我不听你们父子交谈军机大事！"她说罢转身走进内室。

蒋介石有意大声叹了口气："经国，讲吧！"

蒋经国："刚刚接到新上任的华北剿匪总司令傅作义的报告：他出师不利，第三十五军南下救援，在保定遭到共军重创，军长鲁英麟开枪自杀，以谢国人，师长李铭鼎等将佐以身殉国。"他取出一纸电文，"这是傅作义司令为重整三十五军提出的新任军长等名单，请您审批。"

蒋介石："不看了！三十五军是傅作义的心肝宝贝，我提的人选他会同意吗？记住：他如此而为，只是走走形式，也让我面子上过得去。"

蒋经国："父亲，我懂了。另外，日前，林彪发起所谓冬季攻势，公主屯一战，国军损失新编第五军军部及两个师共两万余人，其中军长陈林达以下一万三千一百五十人被共军俘虏，还有国军最先进的武器装备……"

蒋介石悲愤地："不要再说下去了！"

蒋经国："是！"

蒋介石："通知刘斐和范汉杰，让他们陪我飞赴沈阳，处理新五军事件。"

蒋经国："是！"

沈阳　东北行辕指挥部　内　日

陈诚蹙着眉头讲道："公主屯一役，新五军受损，陈林达军长等被俘，其责任应由第九兵团司令廖耀湘负责。我再三电令他们右路军火速接援，可由他指挥的新编第三军和新编第六军迟迟未见行动！"

在陈诚的讲话中摇出：

蒋介石坐在主席位置上，铁青着脸在倾听。

刘斐、范汉杰等高级将领正襟危坐。

廖耀湘腾地一下站起："不对！我右路大军奉命开到，只是受到共匪顽强的阻击难以救援。"他抬起头，有意煽动地，"我讲的是不是事实？"

陈诚："是！"

廖耀湘："我认为新五军失利的根本原因，一是陈参谋总长错误地判断林彪所部伤亡重大，失去战斗力；二是分三路大军沿辽河做扇形推进，给林彪造成取胜的战机。"

陈诚："不对！"

廖耀湘："对！"

"对！"部分将领附和道。

蒋介石拍案而起："停！"

陈诚、廖耀湘等高级将领全体站起，惊恐地看着蒋介石。

蒋介石愤怒地："你们自己说说，这还像是一个军事检讨会吗？胜利了，争功；失败了，扯皮！这才是新五军被共军打败的真正原因！你们说是不是？"

"是！"

这时，陈诚脸色变得十分苍白，额头上渗出大颗的汗珠。

蒋介石关切地："辞修，你这是怎么了？"

陈诚："我、我因东北战场失利而汗颜。"

蒋介石："不要这样嘛！"

陈诚把头一昂，像宣誓似的说："请总裁放心，我决心与沈阳共存亡，沈阳失守，我定会自杀殉职！"他突然身子一挺，倒在了地上。

蒋介石惊呼："辞修！辞修……"

与会者急忙赶过来，将昏迷的陈诚扶起。

东北行辕总统下榻处　内　夜

蒋介石独自一人在室内快速踱步，似十分生气的样子。

刘斐、范汉杰走进，异口同声地叫了一句"主席！"

蒋介石忙说："请坐下谈。"说罢自己先坐在沙发上。

刘斐、范汉杰相继落座。

刘斐："主席，您还在为东北战局生气啊？"

蒋介石："我岂能不生气！"

刘斐："陈参谋总长还能继续供职于东北吗？"

蒋介石微微地摇了摇头："很难了！除却身体因素之外，他于去年岁末一败彰武，今年岁初再败公主屯，不到四个星期，损兵折将三四万人枪！"

范汉杰："校长！我听说您准备选卫立煌将军继任陈参谋总长之职，是这样的吗？"

蒋介石："是的！"

刘斐："从资历和声望上讲，卫将军是当之无愧的。当年，陈总长因身体原因无法指挥远征军的时候，蒋主席也是点的卫将军的将。"

蒋介石："是的，是的！"

刘斐："论人事关系而言，他也适合接替此职。"

蒋介石："是啊！像杜聿明、郑洞国、廖耀湘，还有你范汉杰，多数是卫立煌的部属，因此他能驾驭你们。"

刘斐："更重要的是，美国军政两界都高度评价卫将军指挥远征军打了胜仗。再加上他在考察欧美期间，与美国军界酬酢频繁，并获得好评。从某种意义上说，接替陈总长者，非卫将军莫属。"

蒋介石转眼看了一眼不以为然的范汉杰，问道："汉杰，你的意见呢？"

范汉杰："校长是知道的，当年，他在太行山的时候，和共匪朱德、彭德怀过从甚密。据当年投诚过来的八路军驻洛阳办事处主任袁晓轩交待：卫将军曾公开说过，他是贫农出身，加入共产党没问题。"

蒋介石不悦地："你重提这些事是什么意思？"

范汉杰："让他率远征军打日本，放心；让他到东北打共匪……"

蒋介石："我也放心！"

范汉杰："是！"

蒋介石："让你当卫立煌的副手呢？"

范汉杰："一切听校长的！"

蒋介石："近期，傅作义将在北平重整三十五军，他需要像我这样费神吗？"

刘斐："根本不会！"

蒋介石听后长长地叹了口气。

北平　华北剿匪总指挥部　内　夜

正面墙上悬挂着鲁英麟、李铭鼎两人的遗像，两边墙上摆着数个花圈。

傅作义、李世杰等身着戎装，臂缠黑纱，胸戴白花走进临时灵堂，依次向鲁英麟、李铭鼎遗像鞠躬致哀，然后走进灵堂的内室，依次落座。

李世杰站起身来，低沉地说："下面，由总司令宣读三十五军继任军长！"

傅作义取出一纸命令，严肃地说道："三十五军军长鲁英麟殉难之后，我立即提名，报蒋主席批准。日前，蒋主席恩准我的提名，他就是三十五军的一位师长郭景云继任军长之职，晋中将军阶。"

与会将领鼓掌。

肩扛少将军阶的郭景云站起，行军礼致谢。

李世杰："下面，请傅总司令讲话！"

与会将领鼓掌。

傅作义悲怆地讲道："我的老战友鲁英麟等战死疆场，死得其所，你们不愧是大西北的英雄儿女，也为我绥远的父老乡亲的脸上增了光，也为威震长城内外的'绥远虎'——英雄的三十五军添了彩！"

与会将领鼓掌。

傅作义："我发誓：一定要消灭杨得志野战军第三纵队，此仇不报，有愧我三十五军一名军人之称号！弟兄们，胜利是在顿挫不诿，再三再四反复冲杀中得来，没有牺牲就不会有胜利！"

与会将领鼓掌。

李世杰："下面，由傅总司令下达作战命令！"

傅作义："一、新任郭景云军长立即征召新兵，历经培训，把三十五军建设得更加强大！"

郭景云站起："是！"

傅作义："二、李参谋长立即命令我三十五军一〇一师、骑四师转进至定兴、高碑店一带，继续牵制共军主力；同时，着令十六军、九十四军和暂三军，迅速北上，准备会同上述两个师，合计四个军，与共军主力决战！"

李世杰站起："是！"

傅作义："全体将士都要记住：我们对付共军的作战方针是：以实力对实力，以集中对集中。只要你们坚持住了这一作战方针，漫说是聂荣臻、杨得志无奈我们铸成的铁壁铜墙，就是毛泽东、朱德也不敢触碰！"

晋县周家庄野战军指挥部　内　夜

指挥部中央那座铁炉子烧得正旺，火炉口上罩着一个铁丝编的架子，上面烤着焦黄的玉米饼子。

杨得志、罗瑞卿、杨成武、耿飚围着炉边吃烤好的又焦又嫩的玉米饼子并进行严肃的谈论。

杨成武：“当时，我们担心吃了大亏的傅作义会进行报复，遂决定放弃围攻涞水，我军主力向西南撤离战场，在满城、易县地区，隐蔽待机。但是，傅作义并没有按照我们的设想而调兵遣将、进行尾追。”

耿飚：“这是因为傅作义并没有因为三十五军被我军重创而发怒，相反，他又把‘以集中对集中，以实力对实力’当成金科玉律，把四个主力军平摆在平、津、保——尤其是保北地区，既不分兵布防，也不主动出击，就等着我军进攻，为他重创我军制造机会。”

杨得志：“用当地老百姓的话说，做梦娶媳妇——他傅作义净想那好事！但是，话又说回来，他这一招，迫使我军不便再在平、保北段作战，或再围攻保定，诱敌南援，寻机歼敌。那我们该怎么办呢？我个人认为，恐怕需要做战略调整，寻找新的歼敌之路。”

罗瑞卿有些沉重地说：“我赞成得志的意见！我们习惯使用的作战套路，敌人也必然会渐渐地适应。怎么办？我们可否大胆地设想一下，出其不意地跳出平、津、保三角地区，向着敌人不关注的或薄弱的地区进军。”

耿飚：“好！这样一来，傅作义摆在平、保北段的四个军就等于废物。比方说，我们打张家口或承德，傅作义就必然派兵救援，到那时，说不定我们就有了新的歼敌机会。”

杨得志：“很好！我们先拟出一个新的作战方案，然后再报请中央军委、毛主席批准！”

定格　叠印字幕：第十七集终

第十八集

陕北杨家沟村外　　日

遍地是雪的村边场院，在一个十多岁的大孩子的指挥下，十多个孩子双手捧着雪在打扮已经快堆成的大雪人。

这时，毛泽东、周恩来信步走来，饶有兴趣地看着孩子们堆雪人。

大孩子边堆雪人边说："有谁知道我们堆的这雪人蒋介石有多大岁数了吗？"

"不知道！"

大孩子："我听说有六七十岁数了，就像是我们杨家沟头号大财主那么大了。你们说蒋介石的头应该是个什么样子的呢？"

"像头号大财主那样梳着长长的辫子！"

大孩子："蒋介石应该留胡子吗？"

"应该！"

大孩子："好！那就再给蒋介石添上一根长长的辫子，灰白的山羊胡子，手里再拿着一根旱烟袋。"

站在一旁的毛泽东、周恩来忍不住地笑了。

大孩子质问："你们笑什么？"

毛泽东："小朋友！我告诉你们，蒋介石的头上是不长毛的，他的嘴巴上也没有胡子。"

周恩来："我再告诉你们，蒋介石是不抽烟的。"

大孩子仔细打量了一下毛泽东和周恩来，疑惑地问道："你们是怎么知道的？"

毛泽东、周恩来听后愕然一怔，二人相视一笑，不知该如何回答。

大孩子："堆起来啊！这两个老解放军也没有见过蒋介石，你们说对吧？"

"对！"

大孩子："大家动手啊！咱们赶快在蒋介石的面前堆毛主席、朱总司令的雪人啊！"

毛泽东："请等一下，你们为什么要在蒋介石的雪人前堆毛主席、朱总司令的雪人呢？"

大孩子："让毛主席、朱总司令开蒋介石的公审大会！"

周恩来："就像你们杨家沟斗地主那样吧？"

"对！"

毛泽东："公审大会开完以后怎么办呢？"

大孩子："枪毙蒋介石！"

"对！枪毙蒋介石。"

毛泽东："你们拿什么枪毙蒋介石呢？"

"我们有过年放的鞭炮！"大孩子和小的孩子们拿出了用红纸卷的鞭炮。

毛泽东和周恩来见后再次笑了起来。

毛泽东的窑洞　内　日

叶子龙在毛泽东的办公桌上收拾文件和电文。

毛泽东、周恩来相继走进屋来。

叶子龙："主席！周副主席！这有两份很重要的电报。"说罢拿起电文交到毛主席的手里，转身走出窑洞。

毛泽东看罢第一份电文，笑着说："恩来，诚如你的判断那样，卫立煌果真就任东北剿匪总司令之职了。"他随手把电文转给周恩来。

周恩来看罢电文说："主席是知道的，中国近代安徽出了三个叫合肥的名人，一个是清末中兴大臣李鸿章李合肥，一个是北洋政府很有些谋略的段祺瑞段合肥，还有一个布衣将军卫立煌卫合肥。历史必将做出这样的结论：只有卫合肥是有功于历史和人民的。"

毛泽东："我赞成你的评价！他和我们还有联系吗？"

周恩来："有！他自法国回国之前，曾通过其他国家兄弟党的渠道，给我们发来了一封密电，表示愿为国家的独立、民族的复兴贡献自己的力量。"

毛泽东："很好！你把卫立煌的情况电告东北局，陈云同志是知情的。"

周恩来："是！"

毛泽东指着手中的电报："这是杨得志、罗瑞卿他们发来的电报，是请示下一阶段战役如何打的。我看过了，你看后咱们二人好好地议一议，然后再给他们回电。"他把电文交给周恩来。

周恩来坐在桌子对面认真地审阅电文。

毛泽东起身在炉子上拿起一把铜壶，分别给自己和周恩来各倒了一杯茶水。

周恩来看罢电文，有些沉重地说："他们提的这些想法，我认为是对的。但总起来说，他们的眼界太窄了一些。"

毛泽东："一言中的！我赞成他们从平、津、保三角地区撤离。举个例子说，陈毅、粟裕他们依然把战场摆在宁、沪、杭一带，他们就不会把仗打得这样漂亮。再如刘、邓他们如果不下太行，到中原逐鹿天下，也不会把蒋家王朝搞得天翻地覆。"

周恩来："我以为他们——尤其是聂荣臻、杨成武等同志在晋察冀待的时间太久了，或许是太热爱这片土地、这里的人民了，不愿意像林彪、罗荣桓他们那样，抛开自己创建的根据地，到东北去另打天下。"

毛泽东："你说得切中要害！从战略上讲，蒋介石为确保东北这个工业基地，他是不惜牺牲华北傅作义的地盘的。诚如中央估计的那样，决战东北的时刻就要到了，他们还在现在的地方牵制傅作义出关、策应我东北的林罗大军吗？显然是做不到的。"

周恩来："那就由主席给他们草拟一份指示电文吧！"

毛泽东："先让他们继续搞三整、三查，把新式整军运动搞好，然后我们再下达作战命令。"他呷了口茶水，"恩来，春节就要到了，蒋某人能新桃换旧符吗？"

周恩来笑着摇了摇头："绝无可能！举例说吧，他日前抓陈布雷的女儿容易，时下又要放可就有点难了！"

南京　蒋介石官邸客室　内　日

室外传来稀疏的鞭炮声，可见春节之冷清。

蒋介石坐在沙发上，一脸愤世嫉俗的表情。

宋美龄从内室走出："达令！春节到了，你怎么不带着孙儿、孙女们去放鞭炮啊？"

蒋介石冷漠地："我呀，正遵照夫人的嘱托，帮着人家过团圆年呢！"

宋美龄一怔："什么？你遵照我的嘱托，还帮着人家过团圆年呢？"

这时，毛人凤走进："校长，夫人，陈琏带到。"

宋美龄一怔："陈琏在什么地方？"

毛人凤："报告夫人，她在……在外边。"

宋美龄愤怒地："你为什么不把她一同带来？"

毛人凤："我、我……"

蒋介石："快把她带到这里来。"

毛人凤："是！"转身走出客室。

宋美龄："达令！你这是在演什么戏？"

蒋介石："把陈琏亲自交给陈布雷先生，让他们父女好好地过个春节。"

宋美龄："她新婚燕尔的先生呢？"

蒋介石："据毛局长说，还没有结案。"

宋美龄："这就等于说……"

毛人凤引陈琏走进："校长！夫人，陈琏带到。"

蒋介石不悦地："你可以退下了！"

毛人凤："是！"转身离去。

宋美龄走到陈琏身边，关切地："陈琏，你受苦了！"

陈琏愤然不语。

宋美龄："听我说，他们对你做的事，我一点也不知道！前几天，我听说了，就让他们下令放人。"

陈琏依然不语。

蒋介石："陈琏！跟着夫人去内室吧，有什么委屈，还有什么政治状要告，全都对她说。"

宋美龄主动地抓住陈琏的手，向着内室走去。

蒋介石微微地叹了口气，遂又呷了一口橘子汁。

有顷，蒋经国引陈布雷走进："父亲！陈叔叔来给您拜年了。"

蒋介石急忙站起，趋身向前，紧紧握住陈布雷的手："你怎么又有点瘦了？"

陈布雷叹了口气，怆然地说道："年龄不饶人啊，我感觉大不如以前了！近来，再加上……"

蒋介石："孤身一人在家，远在上海的嫂夫人又不回来过春节，就更增加了几分孤独感，对吧？"

陈布雷长长地叹了口气。

蒋介石："今天，我亲自下令，把陈琏叫回南京，让她陪着你过春节。"

陈布雷连忙摇手："不！不……她是共产党，不能把父女私情置于国家法律之上。"

蒋介石严肃地："我可以实情相告：北平的确有人说她是共产党，我不信，亲自调阅了她的材料，没有真凭实据，她只是跟着那些激进的所谓教师、学生上街游行、滋事。我的意见，她是我们自己的孩子，就交给你带回去，由你亲自教育吧！"

陈布雷痛苦无比地摇了摇头。

蒋介石："夫人，把陈琏请出来吧！"

宋美龄挽着陈琏由内室走出，温情地说："陈先生，我把陈琏交给你了，等她把陈夫人从上海请回来，我设家宴为你们一家祝福！"

陈布雷："谢谢夫人！"

陈布雷公馆客厅　内　日

陈布雷的客厅实在是简朴得很，一张红木的书桌，四周是古色古香的书橱，正中央挂着一幅名家的山水画，中央有藤编制的一大二小的藤椅和茶几，一看即知客厅的主人是位无所求的正人君子。

室外依然是响着稀疏的鞭炮声。

陈琏搀扶着父亲陈布雷走进客厅，请他坐在双人藤椅上。

陈琏打开暖壶，发现没有滴水，悲怆地摇了摇头，遂提起一把铜壶，拧开自来水开关，灌满一壶水，放在炉子上。然后又把茶具洗干净，问道："爸！喝什么茶？"

陈布雷低沉地："龙井！"

陈琏打开茶叶筒，用竹勺取少许茶叶置于茶杯中，然后就黯然地坐在陈布雷对面的藤椅上。

陈布雷终于开口了："陈琏，你真的是共产党吗？"

陈琏："爸！您看我像吗？"

陈布雷有点生气了："共产党哪有像和不像的！"

陈琏："请问，国民党元老居正的女儿会是共产党吗？"

陈布雷："我看她不像！"

陈琏："根据呢？"

陈布雷："我不知道！"

陈琏："可毛人凤这个魔王，他就认定居正的女儿是共产党，把她也抓了起来。"

陈布雷："咳！怎么会是这个样子，像我们这些国民党中坚的女儿，怎么会变成共产党呢？"

陈琏："这有什么好奇怪的呢？蒋经国不也加入了苏联的共产党了吗？就说爸爸您吧，当年为什么要和爷爷分手，支持孙中山先生的革命呢？"

陈布雷："可你爸爸和你爷爷不一样，不仅蒋公对我有知遇之恩，而且我打心里是爱国民党的啊！"

陈琏："难道您要求我像您一样吗？视蒋公为恩人，对国民党也要从一而终吗？"

陈布雷喟叹不已，只有痛苦地摇头。

陈琏："爸！您再想想看，北平各大学中有不少校长、教授，有的是您的好友，甚至是儿时的朋友，可他们为什么也要走上街头，高呼反蒋的口号呢？"

陈布雷："我和他们不一样！"他沉吟良久，无限悲凉地说道，"陈琏，你是我的女儿，在我的面前不能反对我的恩人蒋公，更不能跟着共产党打倒国民党！"

陈琏望着自己的父亲真的都想哭了，她唯有缄默不语。

陈布雷："你变了，真的变了，我们父女不吵架好吗？万一你做不到，明天你就去上海找你母亲。"

炉子上的水开了，她小心地为陈布雷倒满一杯水。

陈布雷："陈琏，你忘了吗？泡龙井茶是不能用开水的。"

陈琏淡然地："我在监狱中被他们关糊涂了。"

陈布雷家餐厅　内　晨

一张吃西餐的长桌，上边铺着一块白色的桌布，餐桌的两端各摆着一套银制的餐具。

陈琏精心摆好切片面包、一面煎的鸡蛋，还有一杯牛奶和果酱。

陈琏走出餐厅，把陈布雷搀扶进餐厅坐下，温情地说道："爸！这面包也不新鲜了，你爱吃的花生酱没有了，我去上海之前，给您多买一些。"

陈布雷感情地说："这就很好了，爸爸应该谢谢你。"

陈琏："谢我干什么？您不会忘了吧，我是您的女儿啊！"

陈布雷："我当然记得！你知道吗？当我看到这标准的西餐之后，我突然想起了你小的时候，每当你妈妈摆好早餐之后，你就抢着跳到我的双腿上，无论你妈妈怎么说，你都会说：爸爸好，不说我，还把我最爱吃的巧克力塞到我的口袋里，我就要坐在爸爸的腿上。"

陈琏热泪滚动欲出，慢慢地低下了头。

陈布雷："吃吧！我们父女很久没有坐在一起吃早餐了。"

陈琏："这是因为爸爸既不喜欢天伦之乐，也不需要养儿防老。"

陈布雷："不对，我都需要！说句老实话，我真的有点想你妈妈了。"

陈琏："我这次去上海看母亲，一定把她请回南京的家，哪怕团聚一天也好嘛！"

陈布雷："不！最好能多住些日子。"

陈琏悲怆地摇了摇头。

上海　陈布雷在上海的家　内　日

小楼凉台上摆着几盆水仙，雪白的鲜花是那样地圣洁。

陈布雷的妻子王允默夫人站在凉台上，从她那瘦小的身体可知，老了！她双手扶着凉台上的围栏，有些急切地向楼下张望。

楼下的街道上，有两个便衣在对面缓缓地走动着。

王允默气愤地小声自语："可恶的狗！"

有顷，一辆黄包车飞快地跑来，戛然停在楼下，陈琏步下黄包车，习惯地向周围看了看，只见那两个便衣盯着她。接着，她抬头向楼上一看：

王允默喊了一声："莲儿！莲儿……"她哽咽了。

陈琏："妈！不要这样，我这就上楼来了。"她说罢快步走进大门。

小楼的大门　内　日

王允默打开楼门，听着快速上楼的脚步声。

陈琏近似小跑地走到门前，叫了一声"妈！"遂投到王允默的怀抱里哭了。

王允默轻轻地抚摸着陈琏的头发，小声地说："莲儿，外边有狗，先进屋吧！"她把抓住陈琏的双手松开，回身关死了屋门，就像陈琏小时候那样，领着陈琏走到木制的双人椅子上，母女俩紧紧地依偎在了一起。

王允默："莲儿，你终于放出来了，你再不回家，妈的双眼就可能哭瞎了。"

陈琏："妈！不要这样，我在爸爸他们的监狱里，唯一想念的人就是妈！"

王允默："可是你爸那个没血没肉的老东西呢，除了他的蒋公和国民党，他连你都不要了！"

陈琏："妈！爸没有忘了我。"

王允默："怎么没有？当我知道你被他们抓进去以后，我就求他出面把你保出来。你知道他说什么吗？"

陈琏："不知道。"

王允默："他说，我陈布雷是国民党的人，是蒋公的人，陈琏反对国民党，不跟着蒋公走，她就是最大的不忠和不孝。我一听就火了，二话没说，我就坐上火车，搬到上海这个家来住了。"

陈琏："我能理解爸爸。"

王允默一惊："什么？你还能理解他……"

陈琏："因为他心里永远是爱我的。"

王允默："不！不……我永远忘不了他那天对我说的话，只要你反对国民党，不跟着蒋公走，你就是最大的不忠不孝啊！"她呜呜地哭了。

陈琏："妈！我说的是爸的心里永远是爱我的。"

王允默难以理解地："做人怎么能这样，嘴上说的一套，心里想的是又一套，你爸当年可不是这样啊！"

陈琏："那时，他是表里如一的书生，而今，他已经变成名闻遐迩的大政治家了！"

王允默悲痛欲绝地说："莲儿，你可不要当这种名闻遐迩的大政治家啊！"

陈琏："妈！我在西南联大读书的时候，一位和爸爸十分要好的教授对我说：你爸爸是中国最典型的士，士的长处，你父亲有；士的短处，你父亲也有啊！想到此，我就能原谅爸爸这个士了！"

王允默："难道为了当士，就连自己的女儿都不要了吗？我不原谅他！"

陈琏："妈！还是原谅他吧。你知道吗？他亲口对我说：陈琏，我真的有点想你妈妈了。"

王允默："真的？"

陈琏微微地点了点头。

王允默："告诉妈妈，为什么刚刚走马上任的傅作义将军也打不过解放军呢？"

陈琏："这要让爸爸和他的蒋公来回答。"

王允默叹了口气："你爸爸是认识毛润之的，他怎么没有看出……"

陈琏："不要再说下去了。不要忘了，您女儿的身份。"

王允默又怆然地叹了口气。

杨家沟 毛泽东的院落 外 晨

毛泽东独自一人在院中晨练，从表情看，他仍在思索什么事情。

周恩来兴奋地走来，有意驻足观看毛泽东晨练。

毛泽东停止晨练，一看周恩来那兴奋的样子，笑着说："看你高兴的样子，一定是东北营口的守敌宣布起义了。"

周恩来："对！守敌在内缺粮草，外无救兵的情势下，王家善率暂编第五十八师八千余人起义。拒绝起义的第三交警总队等敌三千余人悉数被歼。"

毛泽东："自卫立煌上任以来，一丢辽阳，守敌一万多人被歼；再失鞍山，又被歼一万三千余人；三是营口起义，我们不战而胜，他又损失了一万多人。"

周恩来："如果林彪他们再拿下四平和吉林，卫立煌就只好坐困长春、沈阳、锦州这几座空城了。"

周恩来："主席真是说曹操，曹操到。"他取出一份电报，"这是刚刚收到的，林彪决定乘解冻之际迅速渡过辽河，以东北军主力围歼四平之敌，并准备打援。"

毛泽东接过电报阅罢，坚定地说道："给他回电，完全同意他的部署。"他沉吟片刻，又说道，"恩来，这是第四次打四平了吧？"

周恩来："对！"

毛泽东："说句迷信话吧，四平四平，看来也只有这第四次攻打才可平矣！"他说罢有几分得意地笑了。

周恩来："据杨得志、罗瑞卿他们来电称，他们对你起草的电示讨论得很热烈。我始终担心，他们没有从战略的高度理会主席指示电的精神。"

毛泽东："我也有此担心！"他说罢取出一纸文稿，说道，"为此，我又给少奇同志、朱老总写了封电报，你阅后没有不同的意见，就发给他们。"

定县城南北自井村　内　日

室内暖意洋洋，室外依然响着春节末尾的鞭炮声。

杨得志、罗瑞卿、杨成武、耿飚等围坐在一张八仙桌四边，喝着热茶，议论着下一阶段的军事行动。

杨得志："方才，我和罗政委商量了一下，今天讨论之前，先由耿飚同志传达中央军委、毛主席对我们的指示。如无不同意见，就由耿飚同志先讲！"

耿飚："中央军委对于我野战军两个拳头出击察南、绥东的作战计划，感到满意。但强调指出：此次主力远征，必须克服干部中怕远出，怕山地战，怕到人稀粮少的地区作战，以及怕傅作义等项错误思想；要求我们野司要学习刘邓、陈粟、陈谢诸军敢于在江淮河汉之间，远离后方，与强大敌人作战的艰苦奋斗精神；学习林罗军敢于在零下三十度气候条件下，在完全敌占区与强敌作战的精神；绝对不要向任何保守倾向让步，保证无出机动作战的胜利。传达完毕。"

杨得志："中央军委、毛主席担心我们理解不了上述指示的战略意图，遂又给少奇同志、朱老总发来电报。下面，由罗政委传达中央军委、毛主席的电报。"

罗瑞卿取出一纸电文，念道："该军，指我们野战军，须学会宽大机动的战略思想，他们一出平绥出冀东看见宽广的天地，眼光就扩大了，许多不必要的顾虑就可扫除了，此点请朱刘就近加以督促。"他收起电文，又说道，"二位领导把我找了去，他们的意见是：一、要求大家毫无顾虑地开座谈会，把该说的心里话全都讲出来；二、朱总司令将会代表少奇同志讲话，并宣布有关建制的一些改变。"

杨得志："座谈会正式开始！谁先讲？"

杨成武："我！一句话，还是中央军委、毛主席站得高，知道我们再耗下去，也很难弄出什么名堂，所以要让我们北上，打出一片新天地。"

罗瑞卿："这不正合我们的意嘛！当初，我们是怎么从张家口出来的？是被人家抄了后路撵出来的。现在，这仇就有得报了！"

杨得志："军委的意图很清楚，还是要配合东北决战。主席真是大手笔，他是要我们用'击虚'的办法，在更大范围内调遣傅作义，打的是大运动战！"

耿飚习惯地指着作战地图讲道："同志们！这回要离开解放区，到人家的地盘上运动喽！不是过去我们习惯的攻城打援，而是要分段打线，我仔细算了算，这条线可不短啊！"他抬起头，看了看似胸有成竹的杨得志，说道，"司令员，揭锅吧！"

杨得志："我认为，张家口以东距离敌人重兵团较近，而傅部主力增援又速度较快，如不能速决则有陷入被动之虞。而张家口以西的察南、绥东段，地处国统区腰部，敌守备兵力又较弱，我出击这一地区，将直接威胁傅作义的老巢绥远，不仅能有效地调动敌人，分散敌人，造成歼敌之机，而且为以后向冀东、热西转战，创造有利条件。"

这时，高科长从内室走出："报告！总司令来电话，要求野司把座谈会内容整理成文字，于今晚发给中央工委。明天，总司令要在他的工作室接见你们四位。"

总司令办公室　内　日

杨得志、罗瑞卿、杨成武、耿飚走进总司令办公室，一律向总司令行军礼。

朱德拿着教鞭，指着作战地图讲道："我和少奇同志研究了你们的作战方案，我们二人基本同意。简而言之，你们要乘敌平绥沿线和察南广大地区空虚之机，以主力五个纵队，西出紫荆关，向察哈尔南部和绥远东部地区发起攻击。听明白了吗？"

"听明白了！"

朱德："中央工委和军区基本同意以二、三、四纵队组成右翼兵团，由原野战军直接指挥，出兵察南，先歼蔚县、西河营、桃花堡守敌，再视情向北、东扩张；以一、六纵队组成左翼兵团，由一纵统一指挥，出兵绥东，先向阳高、天镇线进击，后向柴沟堡或大同外围等地扩张；冀热察地方军向沙城、南口段作破击配合，迟滞向察南增援。记住了吗？"

"记住了！"

朱德："拟于3月上旬开动，15号开始攻击！对此，你们有困难吗？"

"没有！"

朱德："你们回去之后，要立即向各参战部队传达，准时行动！"

"是！"

朱德笑着说："会后，还有一个特别的节目，那就是你们的聂司令要为你们送行。"

军区招待所小食堂　内　夜

一桌普通的北方菜肴，两瓶衡水老白干，周围摆着那种原木做的圆凳子。

聂荣臻左边跟着李正，右边跟着来鹰，十分高兴地走进小食堂。

接着，杨得志、罗瑞卿、杨成武、耿飚走进小食堂。

聂荣臻笑着说："都随便坐！不过，李正和来鹰同志要坐在我的两边。"

"不！不！"李正和来鹰说。

聂荣臻："不要客气，你们二位就是要坐，毛主席的部队是最尊重文化人的。"

罗瑞卿："毛主席就说过嘛，没有文化的军队，是愚蠢的军队。你们二人应当坐在聂司令的旁边。"

李正、来鹰很不好意思地坐在聂荣臻两边。

其他的与宴者随意地坐在圆桌的四周。

聂荣臻："饭前，我要讲几句。第一句，此次出紫荆关西去，是到傅作义的老巢大闹天宫的。一年零三个多月了，那时，我们被迫撤离了张家口，我的心到现在还疼啊！"

罗瑞卿："聂司令，我们也是啊！"

聂荣臻："我们遵照毛主席说的，一要坚定地跟着党，听党的指挥；二要时时不要忘了生养我们的人民，我们终于由弱到强，由主动撤出张家口，到解放石家庄，到斩杀傅作义的命根子——'绥远虎'

三十五军的'虎头师'，等等。现在，我们又主动地出紫荆关，以五个纵队的雄师杀向张家口、集宁、卓资山、大同，甚至还有归绥、包头。来！请端起酒杯，为你们扬我军威，灭敌口外，干杯！"

"干杯！"

聂荣臻："第二句话，我请你们带上两位文艺兵，一位是我身边的红遍口外的名角来鹰，一位是北京大学医学系的高才生李正。"

耿飚带头鼓掌。

聂荣臻："你们是知道的，就是我们退出张家口那个凄冷的夜晚，来鹰一个人离开戏班子，追赶部队，要求参军，我收下了她。当她看到我们的指战员那无精打采的样子，她迎着寒风高声唱了一段《霸王别姬》，我说得对吗？"

来鹰感情地："对。"

聂荣臻："现在，我英雄的部队又杀回去了，我希望你为傅作义放声唱《霸王别姬》！"

来鹰："我会按聂司令说的办！另外，从张家口到大同，我非常熟悉，需要我做什么就下命令，我保证完成任务。"

聂荣臻："这就是你们杨得志司令、罗瑞卿政委他们的事了。另外，我真的舍不得李正离开军区，但是当我一想到那些唱着《走西口》逃到口外去的难民，我就决定让李正同志跟着队伍去吧，能为当地的老百姓看看病也好啊！"

李正："请聂司令放心，我一定按您说的去做。"他转身看着杨得志、耿飚，"二位首长不要忘了，我可是攻打清风店、石家庄的冲锋号手啊！"

"对！对！"杨得志、耿飚笑着说。

聂荣臻端起酒杯，激动地说："为来鹰早日给傅作义唱《霸王别姬》、为李正早日吹响歼灭傅作义的命根子——'绥远虎'三十五军，干杯！"

"干杯！"

聂荣臻:"耿飚!你是知道的,口外的老百姓最怕春天,因为没有粮食吃。为此,军区准备好了你们出征的粮草,你要负责安全送出紫荆关!"

耿飚:"请聂司令放心,我这个押解粮草的参谋长一定完成任务!"

通向紫荆关的山路　外　日

几十辆大车蜿蜒盘旋在山路上,大车上装满了粮食。

一位穿着翻毛老羊皮的老汉甩了一声响鞭,遂放声唱起了《走西口》:

> 哥哥你啦走西口,
>
> 小妹妹实在是难留;
>
> 妹妹看着哥哥向西走,
>
> 泪水浇在了妹妹的心里头……

《走西口》的歌声回荡在刚刚吐绿的层层叠叠的深山。

一辆辆赶大车送军粮的老大爷们随声哼唱,显得是那样地悲凉。

来鹰、李正坐在一辆大车上,一边听唱一边聊天。

李正:"来鹰,你会唱《走西口》吗?"

来鹰:"从小就会唱。"

李正:"你要是和这位老大爷打擂台也唱一段,那将会是一个什么样子呢?"

来鹰:"肯定会毙了他,但我不干这种事。"

李正:"为什么?"

来鹰:"一来,这是我们梨园行的规矩;再者,我们是出征打傅作义,又不是哭哭啼啼去讨饭,这种歌我不唱。"

李正:"我要是即兴给你填首新词,你马上就能唱吗?"

来鹰:"用我们的行话来说:小菜一碟。"

李正："好嘞！"遂微闭双眼，陷入创作的沉思中。

来鹰看着李正酝酿写词的样子忍不住地笑了。

李正突然睁开双眼，一本正经地说："写完了，我念一遍你记得住吗？"

来鹰："没问题！可是……"

李正："可是什么？"

来鹰："你怎么这么快就写完了？"

李正："这就叫下笔千言，倚马可待。"

来鹰："什么，什么……你再说一遍！"

李正严肃地："下笔千言，倚马可待。"

来鹰："不懂，不懂。"

李正："过去啊，有一个秀才骑马出门，他的领导让他写一篇公文，他跳下马来，站在马旁，一口气就写完了。从此，就留下了'下笔千言，倚马可待'的成语。"

来鹰："我没有你有学问，但是我知道你写的词好不好唱。算了，你还是倚马可待地给我写出来吧！"

李正取出一个小本子，很快就写完了，用手撕下来："给你！看看行不行？"

来鹰接过纸看了看，连声赞曰："好！好！"

李正："下面就看你的了！"

来鹰："不用看！我唱的比你写的更好。"

李正："我相信。"

来鹰酝酿了一下情绪，对照稿纸高声唱起了《新走西口》：

　　　　哥哥你出征走西口，

　　　　小妹妹从军跟着走；

　　　　战场上兄妹来比赛，

　　　　看看谁能啊抓个敌人拔头筹……

随着来鹰的歌声，那些赶大车送军粮的老大爷停下马车，站在车辕子上看来鹰唱歌。

这时，一辆吉普车从后边驶来，停在来鹰那辆马车的旁边，打开车窗，探出头来听来鹰唱歌，他就是耿飚参谋长。

来鹰的歌声结束了，赶大车的老大爷自发地高喊："好！好哎……"

耿飚跳下吉普车，走到李正、来鹰那辆大车旁边，大声问道："来鹰！这新唱词是李正写的吧？"

来鹰："是！耿参谋长。"

耿飚："这新词写得好，这首《新走西口》你唱得更好。你看，连这些送军粮的老大爷都自发地为你叫好。"

来鹰："请耿参谋长放心，到晚上休息的时候，我还可以给他们唱山西梆子、唱二人台。"

耿飚："好！好！"

李正："耿参谋长，我们的解放军又打了不少胜仗吧？"

耿飚："是的！西北野战军转入外线作战，遂发起宜川战役，共歼灭国民党军二万九千余人，击毙中将军长刘戡、第九十师中将师长严明等十多名将军。华东野战军和晋冀鲁豫野战军联手攻克了洛阳，共歼国民党军二万五千余人，还俘虏、击毙数名中将、少将军官。"

来鹰："我们晋察冀野战军呢？"

耿飚："我们配合东北野战军发起的四平战役就要结束了！下面嘛……"他学着来鹰唱歌的样子唱道，"战场上兄妹来比赛，看看啊谁能拔头筹……"

李正、来鹰以及赶车的老乡全都笑了起来。

南京 国防部小作战厅 内 日

蒋介石站在作战地图前沉思着，怆然地低声自语："四平又丢了，他卫立煌为什么不派兵增援呢？……"

蒋经国小声地："父亲！幸亏他没有派兵增援，据可靠的情报，林彪把共军的主力埋伏在沈阳和四平之间，就等着卫立煌派兵增援了。"

廖耀湘："校长！如果出现了那种战局，我们的损失就不是一个四平了。"

蒋介石："吉林怎么办呢？"

蒋经国："郑洞国副司令让我请示您：他主张撤守吉林，把曾泽生将军的六十军调回长春。"

蒋介石："可以。"

廖耀湘："校长还有什么指示吗？"

蒋介石突然昂起头来，又恢复了那种所谓王者之气，坚定地说："你回到沈阳以后，告诉卫立煌，可以暂时不撤守锦州，但必须培养国军的必胜之气，只要有了这种必胜之气，我们丢掉的地方都可以再夺回来！"

廖耀湘："是！"

蒋介石："我们只要有了这种必胜之气，毛泽东就可以被我们打败的！"

陕北　杨家沟山坡　外　日

毛泽东和周恩来兴致勃勃地一边散步一边交谈。

周恩来："东北人民解放军发动的冬季攻势，历时三个月，歼灭国民党军十五万六千多人，其中俘军长陈林达等高级将领十八人，校级军官二百三十多人，缴获枪支弹药、各种火炮真是不计其数，收复四平、吉林两座省会以及法库、鞍山等十七座城市。"

毛泽东："这样一来，我们就把敌人孤立在长春、沈阳、锦州少数几个大城市了。"

周恩来："是的！"

毛泽东："除去发电祝贺之外，一定要林彪沉住气，不要在近期攻打长春，防止敌人被迫放弃东北，把关外几十万国民党军队撤到关内来。"

周恩来："果真如此，华北的文章就不好做了。"

毛泽东指着前边的一座小山包说道："恩来！我们一块爬上去。"

周恩来似乎猜到了毛泽东的心思，说道："好！我比你小五岁，帮你爬上去。"

周恩来扶着毛泽东吃力地爬上了这座小山包。

毛泽东长长地叹了一口气，放眼望去，大发感慨地说道："欲穷千里目，更上一层楼。"

周恩来怅然地叹了口气："主席！两年半了，我们这层楼登得好不容易啊！"

毛泽东："是的！抗战胜利后，蒋某人有雄兵四百万，背后还有美国人撑腰；我们呢，只有几十万小米加步枪的土八路，二者相比，他蒋某人就像是在山顶上，我们呢，也真的是在山脚下。"

周恩来："经过这两年半的较量，至少我们爬到了山中间了吧？"

毛泽东伸手向上抬了抬，说道："还高这么一点点。"

周恩来："同时，他蒋某人也被我们拉到山中间了吧？"

毛泽东伸手向下指了指，说道："我看是被我们拉到脚的下面了！"

周恩来伸出双手比画着说："主席！一个上山，一个下山，恰恰形成了个剪刀叉。"

毛泽东："你的这个剪刀叉的比喻很形象，准确地道出了中国革命形势的发展。"

周恩来："用主席的话说，我们现在到了传檄而定的时期。等我们登上高山，中国革命就成功了！"

这时，叶子龙拿着一份电报跑到山包下，大声说："主席！周副主席！据南京发来的密电称：蒋介石就要竞选总统了！"

毛泽东高兴地大声说："很好啊！蒋介石登上总统宝座的那一天，也就是他完全失败的开始！"

周恩来："我们如何迎接蒋某人的完全失败呢？"

毛泽东果断地说："东渡黄河，向西柏坡进军！"

定格　叠印字幕：第十八集终